염소의 축제 2

LA FIESTA DEL CHIVO
by Mario Vargas Llosa

Copyright © Mario Vargas Llosa, 2000
Korean translation copyright © MUNHAKDONGNE Publishing Corp., 2010
All rights reserved.

Korean translation rights by arrangement with Agencia Literaria Carmen Balcells, S.A.
through MOMO Agency.

이 책의 한국어판 저작권은 모모 에이전시를 통해
Agencia Literaria Carmen Balcells, S.A.와 독점 계약한 (주)문학동네에 있습니다.
저작권법에 의해 한국 내에서 보호를 받는 저작물이므로 무단 전재와 무단 복제를 금합니다.

이 도서의 국립중앙도서관 출판시도서목록(CIP)은
e-CIP 홈페이지(http://www.nl.go.kr/cip.php)에서 이용하실 수 있습니다.
(CIP제어번호: CIP2010003660)

세계문학전집
0 5 2

Mario Vargas Llosa : La Fiesta del Chivo

염소의 축제 2

마리오 바르가스 요사 장편소설

송병선 옮김

문학동네

염소의 축제 2   7

해설 | 처녀성의 비밀을 통해 드러나는 독재정치와 그 정신적 상처   373
마리오 마르가스 요사 연보   391

"정말 아레파*를 조금 더 먹지 않을래?" 아델리나 고모가 다정하게 더 먹으라고 권한다. "자, 조금 더 먹어. 어렸을 때 우리 집에 올 때마다 넌 아레파를 만들어달라고 졸랐지. 이젠 좋아하지 않니?"

"아니에요. 아직도 좋아해요, 고모." 우라니아가 맹세한다. "그런데 평생 이렇게 많이 먹어본 적이 없어요. 너무 배가 불러 한숨도 자지 못할 것 같아요."

"그래, 그럼 알았어. 혹시 나중에라도 더 먹고 싶으면 말해." 아델리나 고모가 단념한다.

그녀의 활기찬 목소리와 명민한 정신은 늙은 모습과 너무나 대조된

---

* 옥수수 가루로 만든 호떡과 같은 것. 보통 불에 구워 먹거나 기름에 튀겨 먹는다.

다. 아델리나 고모는 구부정하고 머리카락도 거의 없다. 하얀 머리카락 사이로 머리가죽이 훤히 보일 정도다. 얼굴에는 주름이 가득하고, 음식을 먹거나 말할 때마다 틀니가 움직인다. 쪼그라든 조그만 여인이 되어버린 그녀는 흔들의자에 푹 파묻혀 거의 보이지도 않는다. 루신다와 마놀리타, 그리고 마리아니타와 아이티 하녀가 아래층으로 그녀를 데려온 다음 놓아준 의자다. 그녀의 고모는 수십 년 후에 갑자기 나타난 아구스틴의 딸과 식당에서 함께 저녁을 먹겠다고 고집을 피웠다. 그런데 그녀는 아버지의 누나일까, 아니면 동생일까? 그녀의 목소리는 힘이 넘치고, 움푹 팬 조그만 두 눈은 또렷한 정신으로 빛난다. '길거리에서 마주쳤다면 알아보지 못했을 거야'라고 우라니아는 생각한다. 루신다도 알아보지 못했을 것이고, 마놀리타는 더욱 그랬을 것이다. 열한 살이나 열두 살이었던 그 아이는 이제 얼굴과 목에 주름이 가득한 조로한 부인이 되었다. 그리고 진한 남빛으로 잘못 염색한 머리카락은 너무 평범하다. 루신다의 딸 마리아니타는 스무 살쯤 된 것 같다. 가냘프고 창백하며, 머리카락은 거의 상고머리 스타일이고 눈은 우수에 젖어 있다. 그녀는 무언가에 홀린 사람처럼 계속해서 우라니아를 바라보고 있다. 그녀의 조카는 그녀에 관해 어떤 말을 들었을까?

"여기에 있는 사람이 바로 너라는 사실이 믿어지지 않아." 아델리나 고모는 예리한 눈으로 그녀를 뚫어지게 쳐다본다. "널 다시 보게 될 줄은 꿈에도 생각지 못했어."

"그런데 지금 여기에 있어요, 아델리나 고모. 고모를 다시 보게 되어 얼마나 기쁜지 몰라요."

"나도 마찬가지야. 아마 아구스틴은 더욱 기뻐했을 거야. 널 다시는 볼 수 없을 거라고 체념한 상태였어."

"나는 모르겠어요, 고모." 우라니아는 방어막을 설치한다. 그녀는 곤란한 질문과 비난의 말이 곧 나올 것을 예감한다. "하루 종일 아버지와 함께 있었어요. 그런데 나를 알아보지 못하는 것 같았어요."

그녀의 두 사촌이 이구동성으로 반응을 보인다.

"아냐, 외삼촌은 널 알아보았어, 우라니타." 루신다가 자신 있게 말한다.

"말을 할 수 없어서 그랬을 거예요." 마놀리타가 루신다를 거든다. "머리는 모두 쉬이들이요. 정신은 여직 민쩡히세요."

"아직도 지식인이지." 아델리나 고모가 웃음을 터뜨린다.

"우리는 네 아버지를 매일 봐왔기 때문에 그걸 알 수 있어." 루신다가 계속 말한다. "네 아버지는 널 알아보셨고, 네가 돌아와 무척 행복해하셨어."

"그랬으면 좋겠어, 루신다."

침묵이 길어진다. 시선들이 조그만 식당의 낡은 식탁 위에서 맞부딪친다. 식당에는 우라니아가 희미하게 알아볼 수 있는 유리 찬장이 있고, 색 바랜 초록색 벽에는 종교화가 걸려 있다. 이곳에서도 그녀는 마음이 편치 않다. 그녀의 기억 속에서 사촌들과 함께 놀았던 이 집은 크고 밝았으며 우아했고 활기가 넘쳤다. 그러나 지금은 침울한 가구가 빽빽이 들어찬 동굴 같다.

"골반 골절로 영영 아구스틴을 못 만나게 되었어." 그녀는 조그만 주먹을 흔든다. 손가락들은 경화증으로 일그러져 있다. "전에는 하루에도 몇 시간씩 오빠와 함께 보냈지. 우리는 오랫동안 대화를 나누었어. 그는 아무 말 하지 못해도, 나는 그가 말하려는 게 무언지 모두 알 수 있었지. 불쌍한 아구스틴! 이곳으로 데려왔으면 좋았을 거야. 하지만 좁고 지저분한 이 집구석에 어떻게 데려올 수 있겠니?"

그녀는 화내며 말한다.

"트루히요의 죽음은 우리 가족에게 종말의 시작이었어." 루신다가 한숨을 내쉰다. 그러면서 갑자기 놀란다. "미안해, 우라니아. 넌 트루히요를 증오하지, 그렇지?"

"그전부터 이미 시작됐어." 아델리나 고모가 루신다의 말을 수정한다. 우라니아는 그녀의 말에 관심을 보인다.

"언제였어요, 할머니?" 루신다의 첫째 딸이 가냘프고 조그만 소리로 묻는다.

"트루히요가 죽기 몇 달 전에 '여론광장'에 편지가 실리면서부터야." 아델리나 고모가 분명하게 밝힌다. 그녀의 눈은 허공을 꿰뚫고 있다. "1961년 1월인가 2월이었어. 우리가 그 소식을 이른 아침에 네 아버지에게 전해주었어. 아니발이 가장 먼저 읽었지."

"'여론광장'에 실린 편지라고요?" 우라니아는 기억을 더듬고 또 더듬는다. "아, 맞아요."

"별로 중요한 일은 아니에요. 곧 바로잡을 수 있는 하찮은 실수라고 생각해요." 그의 매제가 전화로 말했다. 하지만 그의 목소리는 너무나 흥분해 있었기 때문에 뻔한 거짓말처럼 들렸다. 상원의원 아구스틴 카브랄은 크게 놀랐다. 도대체 아니발에게 무슨 일이 있는 것일까? "〈엘카리베〉 읽었어요?"

"방금 전에 가져왔는데 아직 펼쳐보지도 못했어."

그는 초조한 헛기침 소리를 들었다.

"거기에 편지 한 통이 실려 있어요, 지식인." 매제는 애써 아무 일도 아니라는 듯 말했다. "말도 안 되는 편지예요. 가능한 한 빨리 해결하도록 해요."

"전화해줘서 고마워." 카브랄 상원의원이 작별 인사를 했다. "아델리나와 아이들에게 안부 전해줘. 곧 한번 들를게."

정권의 고위직으로 30년을 일했기 때문에 아구스틴 카브랄은 함정이나 모략 혹은 배신이나 매복 공격 등을 헤아릴 수 없이 경험했다. 그래서 〈엘카리베〉 신문에서 가장 많이 읽혔으며, 대통령궁의 생각을 표출하고 국내 정치의 척도가 되기 때문에 사람들이 가장 두려워하는 '여론광장'에 자기를 공격하는 편지가 실렸다는 사실을 알았지만, 그는 흥분하여 이성을 잃지 않았다. 그 지옥의 칼럼에 그의 이름이 등장한 건 처음이었다. 많은 장관들과 상원의원들, 주지사들이나 관리들이 그 악마의 불꽃에 타버려 희생되었다. 다행히 그는 지금까지 그런 일을 겪지 않았다. 그는 식당으로 돌아갔다. 그의 딸은 교복 차림으로 아침을 먹고 있었다. 바나나를 버터와 함께 으깨 만든 망구와 기름에 튀긴 치즈였다. 그가 딸아이의 머리에 입맞춤을 해주자, 딸은 "안녕, 아빠" 하고 말했고, 그는 딸아이 앞에 앉았다. 하녀가 커피를 가지고 오는 동안, 그는 천천히 그리고 조심스럽게 식탁 한쪽 구석에 접혀 있던 신문을 펼쳤다. 신문의 여러 면을 차례차례 지나 '여론광장'에 이르렀다.

편집인에게

나는 시민의 의무로 이 편지를 씁니다. 나는 도미니카 시민권과 트루히요 총통 각하의 정부가 우리 공화국에 보장하는 무제한적인 표현의 자유가 모욕받았다는 사실을 고발하고자 합니다. 사람들이 가장 많이 읽고 가장 신뢰받는 이 난이 모두가 알고 있는 사실에 대해 침묵하고 있다는 것을 지적하는 바입니다. '지식인'이라는 애칭을 가진 상원의원 아구스틴 카브랄은 그가 얼마 전까지 재직했던 건설교통부 장관 시절에 부정을 저질렀다는 사실이 확인되면서 상원의장직에서 파면되었습니다. 또한 이 체제가 정직성과 공공기금 사용의 문제에 양심적이고 빈틈이 없기에, 명백한 관리 실수와 공모 관계—상원의원이 장관 재직 시기에 개입했을지도 모르는 불법 청탁, 낡고 못 쓰는 자재의 고가 구입, 예산의 허위 부풀림—를 밝히기 위한 조사위원회가 설치되어 아구스틴 상원의원의 횡령을 철저히 규명하고 있다는 것도 이미 알려진 사실입니다.

이토록 중대하고 심각한 문제를 트루히요를 찬양하는 시민들이 알 권리가 있다고 생각지 않으십니까?

토목기사 텔레스포로 이달고 사이노
트루히요 시 두아르테가 171번지

"아빠, 시간이 없어 뛰어가야겠어요." 카브랄 상원의원은 딸의 목소리를 들었다. 그는 평소와 다름없는 표정을 유지한 채 신문에서 눈을 떼고 딸아이에게 키스했다. "스쿨버스를 타고 올 수 없어요. 배구

연습이 있거든요. 친구들과 함께 걸어서 올게요."

"사거리에서 길 건널 때 차 조심해라, 우라니타."

그는 오렌지주스를 마셨고, 전혀 서두르지 않은 채 김이 모락모락 피어오르는 갓 뽑아낸 커피를 마셨다. 하지만 망구나 기름에 튀긴 치즈와 꿀을 비른 토스트는 입에 대지 않았다. 그는 '여론광상'에 실린 편지를 한 단어씩 한 글자씩 꼼꼼하게 다시 읽었다. 의심의 여지 없이 주정뱅이 입헌의원이 날조한 편지였다. 기습을 하면서 즐기는 문필가였지만, 그런 기습은 수령의 지시가 있을 때에만 가능했다. 트루히요의 재가가 없었다면 그 누구도 이런 편지를 쓸 엄두를 내지 못했을 것이고, 언론에 기고할 생각은 더욱더 할 수 없었다. 그가 마지막으로 트루히요를 만난 게 언제였을까? 그저께 산책할 때였다. 수령은 그를 자기 옆으로 오라고 부르지 않았다. 수령은 산책 내내 로만 장군과 에스파이야트 장군과 담소를 나누었고, 그는 평소와 마찬가지로 정중하게 수령에게 인사를 했다. 아니, 그렇지 않았나? 그는 자신의 기억을 헤저었다. 뚫어지게 바라보는 그의 위협적인 시선에서 문제가 있다는 어떤 낌새가 있었던가? 트루히요는 상대방의 겉모습을 뚫고 들어가 영혼 깊숙한 곳까지 도달하는 것 같은 시선을 지니고 있었다. 혹시 그의 인사에 답했을 때 쌀쌀한 기운을 감지하지 못한 건 아니었을까? 그가 이맛살을 찌푸리지 않았을까? 아니었다. 그는 그 어떤 나쁜 기미도 기억하지 못했다.

요리사는 그에게 점심을 먹으러 올 것이냐고 물었다. 아니네, 저녁만 들어와서 먹을 걸세, 라고 그는 대답했다. 그리고 알렐리가 저녁 메뉴를 제안하자 고개를 끄덕였다. 상원의장 관용차가 대문 앞에 도착하는 소리가 들리자 그는 시계를 쳐다보았다. 정각 여덟시였다. 트루히요는 그에게 시간이 금이라는 철칙을 확실히 심어주었다. 다른 많은 사람들처럼 그는 젊은 시절부터 수령의 강박관념을 자기의 것으로 만들었다. 규칙과 정확성, 규율과 완벽함이 바로 그것이었다. 상원의원 아구스틴 카브랄은 그것을 어느 연설에서 말했다. "자선가이신 각하 덕분에 우리 도미니카 사람들은 정확성이라는 불가사의를 알게 되었습니다." 재킷을 입으면서 그는 집 밖으로 나갔다. '내가 해고되었다면, 관용차가 나를 태우러 오지도 않았을 거야.' 첩보부대와의 연관성을 숨기지 않았던 그의 조수 움베르토 아레날 공군 중위가 차 문을 열어주었다. 테오도시오가 운전석에 앉아 있었다. 조수도 그대로였다. 아무것도 걱정할 필요가 없었다.

"아버지는 자기가 왜 총애를 잃었는지 알지 못했어요?" 우라니아는 놀라움을 감추지 못하면서 묻는다.

"정확하게는 몰랐어." 아델리나 고모가 설명한다. "추측은 많았지만, 말 그대로 추측일 뿐이었어. 여러 해 동안 아구스틴은 자기가 무슨 잘못을 했기에 트루히요가 하루아침에 그를 내쳤던 것인지 스스로에게 물었어. 도대체 뭘 잘못했기에 평생 그를 위해 봉사한 사람을 그렇게 쫓아냈는지 자문했지."

우라니아는 마리아니타가 그들의 말을 믿지 못하겠다는 표정으로 듣고 있는 걸 보았다.

"마치 다른 행성에서 일어난 일 같지, 그렇지 조카?"

젊은 마리아니타가 얼굴을 붉힌다.

"정말이지 믿을 수 없어요, 우라니아 이모. 시네마클럽에서 본 오손 웰스의 영화 〈소송〉 같아요. 앤서니 퍼킨스는 영문도 모른 채 재판을 받고 처형돼요."

마놀리타는 한참 전부터 두 손으로 부채질을 하던 것을 멈추고 끼어든다. "주교들이 트루히요를 가톨릭교회의 자선가로 공포하는 걸 거부했는데, 누군가 그게 외삼촌의 잘못 때문이라고 모략했다고들 말해요."

"그것 말고도 수천 가지 말이 떠돌았어." 아델리나 고모가 큰 소리로 주장한다. "의문, 아구스틴이 가장 힘들어했던 게 그거였어. 집안은 완전히 파탄이 나고 있었지만, 왜 아구스틴이 비난을 받았고, 그가 무엇을 했으며 무엇을 잘못했는지 아는 사람은 아무도 없었어."

평상시처럼 여덟시 십오분에 상원에 들어섰을 때, 그곳에는 상원의원이 한 명도 없었다. 상원 경비병들은 그에게 경례를 붙였으며, 복도에서 만난 수위들과 직원들도 평소처럼 과장된 말투로 아침 인사를 건넸다. 그러나 두 명의 비서, 이사벨리타와 젊은 변호사 파리스 고이코의 얼굴에는 불안감이 배어 있었다.

"누가 죽기라도 했나?" 그는 그들에게 농담을 건넸다. "'여론광장'에 실린 편지 때문에 그러나? 지금 당장 그 더러운 중상모략을 바로잡도록 하지. 이사벨리타, 〈엘카리베〉 편집인에게 전화를 걸어주게. 집으로 걸도록 해. 판치토는 점심시간이 지나서야 출근하니까."

그는 책상에 앉아서 수북이 쌓인 서류와 서신들을 흘낏 쳐다보았다. 유능한 일꾼인 파리스가 작성해놓은 그날의 일정도 보았다. '그 편지는 수령님이 직접 구술하신 거야'라고 그는 생각했다. 그러자 조그만 뱀이 그의 척추를 타고 기어 올라가는 것 같아 몸서리를 쳤다.

총통이 벌이는 연극 중 하나였을까? 교회와 긴장 상태에 있고, 미국 및 미주기구와 대치하고 있는 상황에서 그는 무슨 생각으로 이런 연극을 벌이는 걸까? 그는 과거에, 그러니까 자신이 전능하며 그 어떤 위협도 느끼지 않았던 시절에 무모한 행동을 즐기곤 했다. 그런데 지금이 서커스를 할 시기일까?

"아구스틴 의장님, 전화 받으십시오."

그는 수화기를 들었고 말하기 전에 잠시 기다렸다.

"잠자고 있는 걸 깨웠나, 판치토?"

"지식인, 그게 무슨 말인가?" 기자의 목소리는 평상시와 같았다. "나는 아침형 인간이네. 거세된 수탉처럼 아침에 일찍 일어나는 사람이야. 게다가 언제 사건이 터질지 몰라 한쪽 눈만 감고 잔다네. 그런데 무슨 일인가?"

"음, 자네도 짐작하겠지만, 오늘 아침 '여론광장'에 실린 편지 때문에 전화했네." 상원의원 카브랄은 목청을 가다듬었다. "그것에 대해 내게 해줄 말이 없나?"

그는 마치 하찮은 일이라는 듯 조금 전과 마찬가지로 쾌활한 농담조의 말투로 대답했다.

"추천을 받아 도착한 편지네, 지식인. 난 확인도 해보지 않고 함부로 그런 글을 게재하는 사람이 아니네. 내 말을 믿어주게. 나도 그 편지를 실으면서 친구로서 마음이 편치 않았네."

'그래, 물론 그렇겠지'라고 그는 마음속으로 중얼거렸다. 한순간도 냉정을 잃어서는 안 되었다.

"난 그게 근거 없는 비방이라는 것을 밝히고 싶네." 그가 부드럽게 말했다. "난 어느 직책에서도 해고되지 않았네. 지금도 상원의장실에서 전화를 걸고 있어. 내가 어떻게 건설교통부를 관리하고 경영했는지 조사하겠다는 그 가상의 위원회는 거짓말이네."

"가능한 한 빨리 자네의 반박문을 보내주게." 판치토가 대답했다. "자네 반박문을 게재하기 위해 힘써보겠네. 최소한 그 정도는 해줄 수 있네. 내가 자네를 얼마나 아끼고 존경하는지는 자네도 알고 있을 것이네. 난 네시부터 신문사에 있을 걸세. 그럼 우라니타에게 안부 전해주게. 그리고 몸조심하게, 아구스틴."

전화를 끊은 후 그는 찜찜한 기분을 느꼈다. 〈엘카리베〉 편집인에게 전화를 건 게 잘한 일이었을까? 그가 뻔히 다 알고 있으면서도 괜히 선심 쓰는 척한 것은 아니었을까? 하기야 판치토가 뭐라고 말할 수 있었을까? 그는 직접 대통령궁에서 '여론광장'에 실을 편지들을 받았고, 아무런 질문도 제기하지 않은 채 그대로 게재하고 있었다. 시계를 쳐다보았다. 여덟시 사십오분이었다. 아직 시간이 있었다. 상원 집행위원회 회의는 아홉시 반에 열릴 예정이었다. 그는 그의 특징인 간결하고 분명한 말투로 이사벨리타에게 반박문을 구술했다. 그는 계속 상원의장직을 수행하고 있고, 그가 도미니카 공화국의 창시자이시며 총통 각하이시고 자선가이시며 새로운 조국의 아버지이신 라파엘 레오니다스 트루히요가 이끄는 정권이 임명한 장관으로 양심적이고 빈틈없이 건설교통부를 관리하고 경영했다는 사실에 의문을 제기하는 사람은 한 명도 없다는 내용의 간결하고 꾸밈없고 단호한 편지였다.

그가 구술한 내용을 타자 치기 위해 이사벨리타가 자리를 떠나자, 파리스 고이코가 집무실로 들어왔다.

"의장님, 상원 집행위원회 회의가 취소되었습니다."

감정을 감추거나 속일 줄 모르는 젊은 변호사는 얼굴이 창백해지고 입이 벌어져 있었다.

"내게 상의도 하지 않고? 누가 결정했나?"

"상원 부의장입니다, 아구스틴 의장님. 방금 전에 직접 제게 통보했습니다."

그는 곰곰이 생각했다. 그게 별개의 사건, 즉 '여론광장'에 실린 편지와 아무런 관계도 없는 일일까? 침통한 표정으로 파리스는 책상 옆에 서서 기다리고 있었다.

"킨타나 박사는 지금 집무실에 있나?" 비서가 고개를 끄덕이자 상원의원 아구스틴은 자리에서 벌떡 일어났다. "내가 지금 그리로 간다고 전하게."

"어떻게 기억하지 못할 수가 있어, 우라니타?" 아델리나 고모가 타이른다. "넌 열네 살이었어. 네 가족에게 일어났던 가장 중대한 사건이었다고. 네 어머니가 죽은 사고보다도 더 충격적인 일이었어. 그런데도 아무것도 몰랐다고?"

그들은 커피와 차를 다 마신 상태였다. 우라니아는 아레파를 조금 더 먹었다. 그들은 식탁에 둘러앉아 조그만 장 스탠드의 희미한 불빛 아래서 담소를 나누고 있었다. 아이티 출신의 하녀는 고양이처럼 소리 없이 식탁을 깨끗이 치웠다.

"물론 아빠가 얼마나 힘들어했는지는 기억나요, 고모." 우라니아가 설명한다. "자세한 것들은 잊어버렸어요. 일상적인 자잘한 일들은 생각나지 않아요. 처음에 아빠는 '문제가 생겼단다, 우라니타. 하지만 곧 해결될 거야라고 말하면서 숨기려고 했어요. 그 일이 내 삶을 완전히 뒤바꿔놓으리라고는 상상도 못했어요."

그녀는 고모와 사촌들, 그리고 조카의 이글거리는 시선을 느낀다. 루신다는 그들이 생각하는 것을 말한다.

"우라니타, 적어도 네게는 전화위복이 되었어. 그렇지 않았다면 넌 지금 있는 위치에 있지 못했을 거야. 반면에 우리에게는 재앙이 되었지."

"그 누구보다도 아구스틴에게 그랬지." 아델리나 고모가 비난조로 말한다. "그는 등에 비수를 맞았고, 30년 넘게 피를 흘리고 있어."

우라니아의 머리 위로 앵무새 한 마리가 날카로운 소리를 지르는 바람에 그녀는 깜짝 놀란다. 그 새가 거기에 있는지조차 모르고 있었다. 새는 심하게 날개를 흔들어대면서 파란색의 창살이 쳐진 커다란 새장의 둥근 나무 막대기 위에서 이쪽저쪽으로 움직인다. 아델리나 고모와 사촌들과 조카는 웃음을 터뜨린다.

"삼손이에요." 마놀리타가 소개한다. "우리가 잠을 깨웠다고 화를 내는 거예요. 잠꾸러기거든요."

앵무새 덕분에 긴장된 분위기가 풀린다.

"난 그때 아빠가 무슨 말을 하는지 이해했더라면 많은 비밀을 알 수 있었을 것이라고 확신해요." 우라니아가 농담조로 말하면서 삼손을 가리킨다.

상원의원 아구스틴은 웃을 기분이 아니다. 그는 상원 부의장 집무실에 막 발을 들여놓았고 상원 부의장 헤레미아스 킨타나 박사의 상냥한 인사에 엄숙하고 진지하게 고개만 끄덕이며 응답한다. 그리고 거두절미한 채 그를 나무란다.

"왜 상원 집행위원회를 취소했죠? 그건 의장 권한 아닙니까? 한번 설명해보세요."

상원의원 킨타나의 두툼한 얼굴은 카카오 색깔이다. 그는 여러 번 고개를 끄덕인다. 그러면서 운율적이고 음악처럼 들리는 스페인어로 그를 진정시키려고 한다.

"물론이지요, 지식인. 너무 화내지 마십시오. 죽음을 제외하곤 모든 게 이유가 있는 법입니다."

그는 60대의 퉁퉁한 거구다. 눈꺼풀은 부풀어 올라 있고, 입술은 촉촉하다. 파란색 양복을 입고 은색 줄무늬가 새겨진 반짝거리는 넥타이를 매고 있다. 그는 계속해서 웃는다. 아구스틴 카브랄은 그가 안경을 벗고 그에게 윙크하고 눈을 굴리면서 흰자위를 드러내는 것을 바라본다. 그는 아구스틴에게 한 발짝 다가가더니 그의 팔을 잡고 끌어당기면서 큰 소리로 말한다.

"여기 앉읍시다. 그러면 더 편할 겁니다."

그러면서 그는 집무실에 있는 호랑이 무늬가 새겨진, 다리가 묵직한 소파 대신 문이 살며시 열린 발코니로 데려간다. 비로소 두 사람은 도청될지도 모르는 위험에서 벗어나 단조로운 파도 소리를 들으며 대화를 나눌 수 있다. 뜨거운 햇볕이 내리쬔다. 화사한 아침이 말레콘을 달리는 자동차 엔진 소리와 경적 소리, 그리고 물건을 사라고 외치는 행상의 목소리로 이글이글 타오른다.

"도대체 무슨 일이야, 원숭이?" 카브랄이 속삭인다.

킨타나는 아직도 그의 팔을 잡고 있고, 아주 심각한 표정을 짓는다.

그의 시선에서 카브랄은 그를 도와주려는 마음 혹은 동정심을 희미하게 감지할 수 있다.

"지식인, 자네는 지금 일이 어떻게 돌아가고 있는지 잘 알고 있을 거야. 모른 척하지 말게. 사나흘 전에 언론에서 자네를 '고귀하신 신사'라고 부르지 않고 카브랄 '씨'라고 강등시킨 것을 눈치채지 못했나?" '원숭이' 킨타나는 귀엣말로 속삭인다. "오늘 아침 〈엘카리베〉를 읽지 않았나? 그게 지금 일어나고 있는 일이야."

'여론광장'에 실린 편지를 읽은 후 처음으로 아구스틴 카브랄은 두려움을 느낀다. 그건 사실이다. 어젠가 그저께 컨트리클럽에서 누군가가 〈라나시온〉의 사회면에서 그에게 '고귀하신 신사'라는 명칭을 빼버렸는데, 그건 나쁜 징조라고 농담했다. 그것은 총통이 즐겨하는 경고 방식이었다. 문제가 심각해지고 있었다. 폭풍 전야였다. 그는 폭풍에 휩쓸려 죽지 않도록 자신의 경험과 지성을 총동원해야만 했다.

"대통령궁에서 집행위원회 회의 취소 지시를 내렸나?" 그가 속삭이듯 묻는다. 상원의장 쪽으로 몸을 기울이고 있던 부의장은 자신의 귀를 카브랄의 입에 갖다 댄다.

"그렇지 않으면 어디서 오겠나? 그것뿐만이 아니네. 자네가 참여하고 있는 모든 위원회 활동이 중단되었네. '상원의장의 상황이 정상화될 때까지' 중단하라는 지시네."

그는 침묵을 지킨다. 드디어 일이 터졌던 것이다. 악몽은 현실이 되고 있었다. 그가 종종 꾸던 악몽이었다. 그의 승승장구와 정치적 업적이 결정적인 타격을 입는 꿈이었다. 총통과의 관계가 틀어지는 꿈이었다.

"그런 지시를 자네에게 통보한 게 누군가, 원숭이?"

오동통한 얼굴이 다시 불안해하며 긴장한다. 카브랄은 마침내 원숭이가 동요하는 이유를 이해한다. 부의장은 그런 배신 행위는 할 수 없다고 나올까? 이윽고 그는 결심한 듯이 말한다.

"헨리 치리노스네." 그는 다시 상원의장의 팔을 잡는다. "미안하네, 지식인. 내가 해줄 수 있는 일은 많지 않네. 하지만 할 수만 있다면 최선을 다하겠네."

"내가 무슨 혐의를 받고 있다고 치리노스가 말하던가?"

"단지 내게 지시만 전달하고서 장황하게 이렇게 말했네. '난 아무것도 모르네. 난 단지 상부의 결정을 전달하는 심부름꾼이네.'"

"네 아버지는 그 음모를 꾸민 장본인이 치리노스, 주정뱅이 입헌의원이라고 항상 의심했었어." 아델리나 고모가 기억을 떠올린다.

"그 뚱뚱하고 역겨운 껌둥이는 정권이 바뀌자 가장 잽싸게 변신한 인간 중 하나였지." 루신디타가 끼어들어 말한다. "트루히요의 침대와 식탁에서 알랑거리다가 발라게르 정권의 장관이자 대사가 된 작자야. 이 나라가 어떤지 알겠지, 우라니타?"

"난 그를 기억해. 몇 년 전에 워싱턴에서 봤어. 대사로 재직하고 있었어." 우라니아가 말한다. "내가 어렸을 때 우리 집에 자주 왔었어. 아빠와 친한 것 같았어."

"우리 집에도 자주 왔었지." 아델리나 고모가 덧붙인다. "이곳에 와서 온갖 아첨을 떨었고, 우리에게 자기가 쓴 시를 읽어주기도 했어. 항상 책의 한 구절을 인용하면서 교양 있는 척했지. 한번은 우리를 컨트리클럽으로 초청했어. 난 그가 평생의 동료를 헌신짝 버리듯이 배신했다는 사실을 믿을 수 없었어. 하지만 정치란 그런 거야. 시체를 짓밟으면서 나아갈 길을 만드는 게 정치거든."

"외삼촌은 너무 정직하고 청렴했어. 너무 착했어. 그래서 흉포한 그들에게 당한 거야." 루신디타는 그녀가 동의해주고 그가 당했던 부당한 처사에 대해 함께 분개해주기를 바란다. 그러나 우라니아는 그렇게 하지 않는다. 단지 유감스럽다는 표정으로 사촌의 말을 듣기만 한다.

"반면에 하늘에서 편히 쉬고 있을 내 남편은 신사처럼 행동했어. 네 아버지를 돕기 위해 있는 힘을 다했어." 아델리나 고모가 희미하게 비아냥거리는 미소를 짓는다. "돈키호테 같은 사람이었어! 담배 공장에서 쫓겨난 이후로는 일자리를 찾을 수 없었지."

앵무새 삼손이 다시 비명을 지르면서 부산한 소리를 낸다. 마치 욕설처럼 들린다. "조용히 해, 이 잠꾸러기야"라고 루신디타가 앵무새를 꾸짖는다.

"그나마 우리가 유머 감각을 잃지 않은 게 천만다행이었어." 마놀리타가 큰 소리로 말한다.

"헨리 치리노스 상원의원이 어디 있는지 알아보고, 내가 즉시 만나자고 전하게, 이사벨리타." 상원의원 카브랄은 집무실로 들어서면서 지시한다. 그리고 고이코 박사를 쳐다보면서 말한다. "그가 꾸민 음모인 게 분명하네."

그는 책상 앞에 앉아 다시 그날의 일정을 점검하려고 한다. 그러나 자신이 어떤 상황에 놓여 있는지 깨닫는다. 서신과 결의안, 비망록과 각서에 공화국 상원의장 자격으로 서명하는 게 의미가 있을까? 그가 아직 상원의장인지도 의심스러웠다. 그러나 비서나 직원들 앞에서 절대 낙담하는 표정을 보여선 안 된다. 힘들 때일수록 최고의 표정을 지어야 하는 법이다. 그는 서류 뭉치를 집어 첫 페이지를 다시 읽기 시작한다. 그런데 젊은 파리스가 아직도 자리를 뜨지 않고 있다는 것을 알게 된다. 그의 손이 떨리고 있다.

"의장님, 드릴 말이 있습니다." 그는 감정에 복받쳐 말을 더듬는다. "무슨 일이 생기더라도, 저는 의장님과 함께 있을 것입니다. 저는 의장님에게 많은 빚을 진 사람입니다."

"고맙네, 고이코. 자네는 아직 이 정치판에서는 신참내기야. 곧 더한 일을 많이 보게 될 거야. 걱정하지 말게. 우리는 이런 폭풍을 뚫고 나아갈 수 있을 거야. 그럼 가서 일하도록 하게."

"상원의원 치리노스가 자택에서 기다리고 있습니다, 의장님." 이사벨리타가 집무실에 들어서면서 말한다. "직접 전화를 받으셨습니다. 그런데 뭐라고 말씀하셨는지 아세요? '우리 집 대문은 내 훌륭한 친구 상원의원 카브랄을 위해 밤낮으로 열려 있네'라고 했어요."

의회 건물을 나서자 경비병이 평소처럼 경례를 한다. 운구차처럼 시커먼 자동차는 아직 그곳에 있다. 그러나 조수인 움베르토 아레날 중위는 사라지고 없다. 운전사 테오도시오가 차 문을 열어준다.

"헨리 치리노스 상원의원 집으로."

운전사는 입을 열지 않은 채 고개만 끄덕인다. 차가 메야 거리, 즉 식민지풍의 도시와 경계를 이루는 도로에 들어서자 운전사는 룸미러로 그를 쳐다보면서 이렇게 알려준다.

"의회를 나섰을 때부터 칼리에들이 탄 딱정벌레 차가 우리를 뒤쫓고 있습니다, 의장님."

카브랄은 뒤를 돌아본다. 15미터 혹은 20미터 거리에서 첩보부대 소속이 분명한 검은색 폴크스바겐 한 대가 보인다. 아침 햇살에 눈이 부셔 칼리에들이 몇이나 타고 있는지는 알 수가 없다. '이젠 내 조수 대신 첩보부대 요원들이 날 경호하는군' 하고 그는 생각한다. 자동차가 인파로 가능한 좁은 거리로 들어간다. 창문에 창살을 하고 입구가 돌로 지어진 1층과 2층짜리 집이 줄지어 서 있다. 식민지풍의 지역이다. 그는 비로소 문제가 생각보다 더욱 심각하다는 것을 깨닫는다. 조니 아베스가 미행하라고 지시했다면, 그를 체포하라는 결정이 내려졌을지도 모른다. 안셀모 파울리노의 악몽이 재연되려는 것인가? 그가 그도록 두려워했던 일 말이나. 그의 머리는 빨갛게 달아오른 용광로가 된 듯하다. 그런데 그가 무엇을 잘못했을까? 말실수라도 했던 것일까? 어떤 실수를 저질렀던 것일까? 그는 최근에 만난 사람들을 더듬어본다. 어느새 그는 체제의 적이 되어 있었다. 다른 사람도 아닌 바로 그가!

자동차는 살로메 우레냐 거리와 두아르테 거리가 만나는 길모퉁이에 멈췄고, 테오도시오가 문을 열어주기 위해 내렸다. 딱정벌레 차도 몇 미터 떨어진 곳에 멈춰 섰지만, 차에서 내리지는 않았다. 그는 왜 상원의장을 뒤쫓는 것이냐고 가서 묻고 싶었지만 애써 참았다. 명령에만 복종하는 그 가련한 후레자식들을 비난한들 무슨 소용이 있겠는가?

식민지풍의 발코니와 미늘살 창문이 있는 오래된 이층집이 상원의원 헨리 치리노스가 사는 곳이었다. 그것은 집주인과 흡사했다. 세월과 노화와 태만으로 그 집은 흉물이 되어 있었다. 중앙 부분이 너무

과도하게 확장된 탓에 배불뚝이가 된 모습이 곧 터져버릴 것 같았다. 오래전에는 틀림없이 위풍당당하게 서 있었을 저택이었지만, 이제는 더럽고 방치되었으며 곧 무너질 것 같았다. 얼룩과 기름때로 벽은 흉물스러워 보였고, 지붕에는 거미줄이 쳐져 있었다. 그가 초인종을 누르자마자 문이 열렸다. 그는 애처로운 신음 소리를 내는 계단을 올랐다. 난간은 손때로 지저분했다. 첫번째 층계참에서 집사가 삐걱거리는 유리문을 열어주었다. 커다란 서재, 무거운 벨벳 커튼, 책이 빼곡한 높은 책장, 색 바랜 카펫, 타원형의 그림들, 그리고 덧문 사이로 들어오는 햇빛을 받아 드러난 은빛의 거미줄이 그의 눈에 들어왔다. 늙은이의 고약한 체액 냄새가 났고, 찌는 듯이 더웠다. 그는 서서 치리노스를 기다렸다. 오랜 세월에 걸쳐 수없이 찾아왔던 곳이었고, 수령님을 위한 모임이나 협정, 협상과 음모 등을 수행했던 곳이었다.

"어서 오게, 지식인. 셰리주 한잔 하겠나? 달콤한 것? 아니면 씁쓸한 것? 너무 오래되지도 않고 갓 만든 것도 아닌 중간치 셰리주를 추천하네. 아주 시원해."

그는 파자마를 입은 채 화려한 초록색 플란넬 가운을 걸치고 있었다. 가운의 허리에 달린 실크 끈이 그의 뚱뚱한 몸매를 강조했다. 주머니에 커다란 손수건을 꽂고 있었고, 엄지발가락 염증으로 흉하게 변형된 실내화를 신고 있었다. 상원의원 치리노스가 그에게 미소 지었다. 몇 가닥 안 남은 머리카락은 헝클어져 있었고, 퉁퉁한 얼굴에는 눈곱이 끼었으며, 눈꺼풀과 입술은 자줏빛을 띠었고, 입가에는 침이 마른 흔적이 엿보였다. 상원의원 카브랄은 그가 아직 샤워를 하지 않았다는 사실을 알았다. 상원의원 치리노스는 카브랄의 어깨를 툭툭 치면서 실크 팔걸이가 달린 오래된 안락의자로 안내했다. 하지만 카브랄은 집주인의 호들갑스러운 환대에 아무 대답도 하지 않았다.

"우리는 오래전부터 알고 지낸 사이네, 헨리. 우리는 함께 수많은 일을 했네. 좋은 일도 있었고 나쁜 일도 있었지. 자네와 나처럼 이 정권에서 일심동체가 되었던 사람은 없을 것이네. 그런데 지금 무슨 일이 일어나는 것인가? 왜 오늘 아침부터 하늘이 내게 무너지고 있는 것인가?"

그는 입을 다물어야 했다. 집주인처럼 못생기고 꾀죄죄한 늙고 등이 굽은 건둥이 집시가 제비주기 담긴 용 리빙과 두 개의 신을 들고 빙으로 들어왔기 때문이다. 집사는 그것들을 테이블에 올려놓고 절뚝거리며 방을 나갔다.

"나도 몰라서 답답하네." 주정뱅이 입헌의원이 자기 가슴을 쳤다. "내 말을 믿지 않겠지. 지금 자네에게 일어나고 있는 일을 책동하고 선동하고 주도한 게 나라고 생각하고 날 찾아왔을 것이네. 하지만 이 집에서 가장 성스럽고 거룩한 나의 어머니를 두고 맹세하는데, 나는 아무것도 모르네. 나도 어제 오후에야 알았네. 어안이 벙벙할 따름이네. 기다리게, 기다려. 우선 건배나 하지. 이 혼란스러운 일이 곧 해결되기를 바라며!"

그는 감정에 복받쳐 말했다. 손을 가슴에 대고 달콤하고 다정하게 말했다. 마치 HIZ 라디오 방송국이 카스트로 혁명 이전에 아바나의 CMQ 방송국에서 수입하던 라디오 연속극의 주인공 같았다. 그러나 아구스틴 카브랄은 그를 알고 있었다. 그는 일급 배우였다. 그의 말이 사실인지 거짓인지 가늠할 방법이 없었다. 그는 마지못해 셰리주를 한 모금 마셨다. 그는 아침에는 절대 술을 먹지 않았다. 치리노스는 코털을 매만졌다.

"어제 수령님과 회의를 하고 있는데, 갑자기 내게 원숭이 킨타나에게 통보하라고 지시했네. 상원 부의장 자격으로 상원의장을 다시 임명할 때까지 모든 회의를 취소하라는 것이었네." 그는 손짓을 하면서 계속 이야기했다. "난 자네에게 무슨 사고가 생겼나 했지. 심장 발작을 일으켰거나. 왜 그런 생각을 했는지는 나도 모르겠어. 내가 '지식인에게 무슨 일이 일어났습니까, 수령님?' 하고 묻자, 수령님은 '나도 그걸 알고 싶네'라고 대답하셨네. 그리고 뼈가 얼어붙을 정도로 퉁명스럽고 무뚝뚝한 말투로 이렇게 말씀하셨지. '이제 우리 편이 아니라 적이 되었네.' 수령님의 말투가 너무나 단호했기 때문에 더 물어볼 수 없었네. 자기 명령을 수행하라면서 나를 보내셨어. 그리고 오늘 아침 '여론광장'에서 그 편지를 읽었던 거야. 다시 성스러운 내 어머니의 기억을 두고 맹세하는데, 이게 내가 아는 전부네."

"자네가 그 편지를 썼나?"

"나는 스페인어를 아주 정확하게 구사하네." 주정뱅이 입헌의원이 벌컥 화를 냈다. "그 무식쟁이는 세 번이나 문장의 오류를 저질렀네. 내가 여기 표시해두었네."

"그럼 누구인가?"

상원의원 치리노스의 지방에 둘러싸인 두 눈이 그에게 동정의 시선을 보냈다.

"그게 뭐가 중요한가, 지식인? 자네는 이 나라에서 가장 똑똑한 사람 중의 하나야. 그러니 그런 멍청한 질문은 그만하게. 난 자네를 어렸을 때부터 알고 있어. 지금 중요한 것은 뭔지 모르지만 자네가 수령님을 화나게 했다는 것이야. 수령님과 말하도록 하게. 용서를 빌게. 설명을 하고, 바로잡겠다고 약속하게. 그리고 그의 신임을 다시 얻도록 해."

그는 유리병을 집어 다시 자기 술잔을 채우고는 셰리주를 마셨다. 거리의 소음은 의회 건물 안보다는 덜했다. 식민지풍의 두터운 건물 벽이 소음을 막아주는 것 같았다. 아니면 자동차들이 비좁은 거리를 피해 다니기 때문인지도 몰랐다.

"용서를 빌라고, 헨리? 내가 뭘 잘못했나? 난 밤낮을 가리지 않고 수령님을 위해 헌신하고 있지 않은가?"

"그런 말을 내게 하지 말게. 그분을 설득시키게. 난 수령님을 아주 잘 알고 있네. 낙담하지 말게. 자네도 그분을 잘 알지 않나? 근본적으로 관대하신 분이야. 정의감도 투철하시고. 그토록 의심이 많지 않으셨다면, 31년간 통치하지 못하셨을 것이네. 실수가 있었던 것 같네. 아니 오해가 있었을 거야. 그러니 오해를 풀도록 해. 그에게 알현을 요청하게. 수령님이 귀 기울여 들어주실 것이네."

그는 손을 흔들면서 말했다. 그는 잿빛 입술에서 내뱉는 자신의 말을 음미하며 즐겼다. 앉아 있으니 서 있을 때보다 더 뚱뚱해 보였다. 커다란 배가 가운 밖으로 밀고 나올 것 같았고, 숨을 내쉴 때마다 조수의 간만처럼 규칙적으로 배가 움직였다. 카브랄은 그 게걸스러운 주둥이가 먹어치우는 엄청난 음식을 흡수하고 소화하느라 하루에도 수많은 시간을 바치는 그의 내장을 상상했다. 그는 그곳을 찾아온 것을 후회했다. 설마 주정뱅이 입헌의원이 그를 도와줄 것이라고 기대했던 것일까? 그가 이번 일을 꾸민 장본인이 아니더라도, 그로서는 자축할 일이 아니었던가? 두 사람은 겉으로만 친구였을 뿐 경쟁자가 아니었던 적은 단 한순간도 없었으니까.

"곰곰이 생각하고 머리를 쥐어짜보니 말인데……" 치리노스가 음모를 꾸미는 기색으로 덧붙였다. "주교들이 수령님을 가톨릭교회의 자선가로 공포하는 걸 거부한 데 대한 실망감이 아닐까 싶네. 자네가 그 임무를 맡았는데, 실패하지 않았나?"

"그 임무를 맡은 사람은 세 명이었네, 헨리! 발라게르와 내무종교부 장관인 파이노 피차르도도 그 일을 함께 수행했네. 게다가 그 협상은 몇 달 전의 일이었네. 주교들이 교서를 발표하고 얼마 안 되었을 때였지. 그런데 그게 어째서 모두 내 책임이란 말인가?"

"나도 모르겠네, 지식인. 그래, 그건 억지 해석인 것 같네. 나 역시 자네가 왜 총애를 잃어버렸는지 그 이유를 모르겠어. 오랜 우정을 생각해서 솔직하게 하는 말이네."

"우리는 친구 이상이었네. 우리는 이 나라를 변화시킨 중대한 결정을 할 때마다 수령님 뒤에 함께 있었네. 우리는 살아 있는 역사야. 우리는 수령님에게 더 많은 점수를 따기 위해 서로에게 올가미를 쳐놓았고, 비열하고 치사한 짓을 하고 더러운 술책도 부렸네. 그러면서도 상대방을 완전히 제거하고자 하지는 않았지. 하지만 이건 다른 문제네. 나는 체면을 구긴 채 파멸할 수도 있고 감옥에서 여생을 마감할 수도 있네. 왜 그런지도 모른 채 말이야! 만일 자네가 이 모든 걸 날조했다면, 축하하네. 대단한 걸작이야, 헨리!"

그는 차분하고 냉정하게 설교를 하듯 말한 다음 자리에서 일어났다. 치리노스 역시 거대한 체구를 들어 올리기 위해 의자 팔걸이 한쪽에 기대면서 일어났다. 두 사람은 거의 스칠 정도로 가까운 거리에 있었다. 카브랄은 책장 사이의 벽에서 조그만 액자를 하나 보았다. 타고르의 명언이 적혀 있었다. "펼쳐진 책은 말하는 머리이며, 닫힌 책은 기다리는 친구이고, 잊힌 책은 용서하는 영혼이며, 망가진 책은 우는 가슴이다." '행하고 만지고 말하고 느끼는 모든 게 유치하고 허세적이야'라고 그는 생각했다.

"솔직하게 말한 사람은 솔직한 말을 들을 자격이 있네." 치리노스가 그에게 얼굴을 갖다 댔고, 아구스틴 카브랄은 그 난어를와 함께 새어 나온 악취에 얼떨떨해졌다. "10년 전, 아니 5년 전만 해도, 나는 자네를 꺾기 위해 그 어떤 중상모략이나 음모도 주저하지 않았을 것이네. 그건 자네도 마찬가지였을 테지. 심지어 자네를 제거하는 것도 마다하지 않았을 거야. 그런데 왜 지금이지? 무엇 때문에 내가 그런 짓을 하겠나? 우리가 서로 청산해야 할 빚이라도 있나? 아니네. 이제 우리는 경쟁관계에 있지 않네, 지식인. 그건 자네도 잘 알고 있겠지. 죽어가는 이 체제를 숨 쉬도록 만들 수 있는 산소가 얼마나 남아 있겠나? 마지막으로 말하겠네. 난 지금 자네에게 벌어지는 일과 아무 관련이 없어. 정말이지 자네가 이 난관을 잘 극복하길 진심으로 바라고 소망하네. 힘든 시간이 닥쳐오고 있네. 체제는 자네를 필요로 하네. 맹공을 견뎌내기 위해서는 자네가 필요해."

상원의원 카브랄은 고개를 끄덕였다. 치리노스는 그의 어깨를 톡톡 두드렸다.

"지금 저 아래서 칼리에들이 날 기다리고 있네. 자네가 말한 것을 그들에게 말해주겠네. 체제는 질식해 죽어가고 있다고. 그러면 자네는 나와 함께 감옥에서 지내게 되겠지." 그는 작별 인사로 이렇게 속삭였다.

"자네는 그렇게 하지 못해." 집주인의 크고 시커먼 입이 웃음을 터뜨렸다. "자네는 나 같은 사람이 아니네. 자네는 진정한 신사거든."

"그 사람은 어떻게 되었어요?" 우라니아가 묻는다. "아직 살아 있어요?"

아델리나 고모는 살며시 웃는다. 잠든 것처럼 보이던 앵무새 삼손이 다시 비명을 지르면서 반응한다. 앵무새가 조용해지자 우라니아는 마놀리타가 앉은 흔들의자가 규칙적으로 삐걱거리는 소리를 듣는다.

"잡초는 결코 죽지 않아." 아델리나 고모가 설명한다. "살로메 우레냐 거리와 두아르테 거리가 만나는 그 식민지풍의 도심 지역에서 똑같은 소굴에 아직 살고 있어. 루신디타가 얼마 전에 그를 보았어. 실내화를 신고서 지팡이를 짚은 채 인데펜덴시아 공원을 거닐고 있었지."

"아이들이 '도깨비야, 도깨비야!'라고 소리 지르며 그의 뒤를 따라다녔어." 루신다가 웃는다. "전보다 더 흉물스럽고 역겨운 모습이야. 아마 아흔 살도 넘었을 거야, 그렇지?"

이제 저녁도 먹고 대화도 충분히 나누었으니 일어나도 되지 않을까? 우라니아는 그들과 대화를 나누는 자리가 편안하지 않다. 언제 공격적인 말이 나올지 몰라 긴장하고 있었다. 이들은 그녀에게 남은 유일한 친척이지만 별보다도 멀리 느껴진다. 우라니아를 뚫어지게 쳐다보는 마리아니타의 커다란 눈과 마주치자, 그녀는 초조해지기 시작한다.

"그때는 우리 가족에게 끔찍한 시간이었어." 아델리나 고모가 다시 그 주제로 돌아간다.

"아빠와 외삼촌이 이 거실에서 비밀 이야기를 속삭이던 게 기억나." 루신디타가 말한다. "네 아빠는 이렇게 말했어. '맙소사, 그런데 내가 수령님에게 뭘 잘못했기에 나를 이렇게 다루는 거지?'"

집 근처에서 개가 짖어대는 소리에 그녀는 입을 다문다. 두 번, 다섯 번 개 짖는 소리가 더 들린다. 천장에 달린 조그만 채광창으로 우나니아는 밤을 본다. 둥글고 소곳고 환하게 빛나는 달이다. 거기에서는 그런 달을 볼 수 없다.

"네 아빠는 자기에게 무슨 일이 일어나면 네 앞날이 힘들어질까봐 몹시 걱정하셨어." 아델리나 고모는 그녀를 질책하는 시선으로 쳐다본다. "은행 계좌가 압수당하자 더 이상 방법이 없다는 것을 알았어."

"은행 계좌라고요!" 우라니아는 고개를 끄덕인다. "그래요, 그때 처음으로 아빠가 말했어요."

그녀는 침대에 누워 있었다. 그런데 그녀의 아버지가 문을 두드리지도 않고 들어와 침대 발치에 앉았다. 반소매 셔츠를 입고서 아주 창백한 얼굴을 하고 있었다. 더욱 말랐으며, 기운이 없고 늙어 보였다. 그가 머뭇거리면서 말했다.

"일이 좋지 않은 방향으로 흘러가고 있단다, 내 딸아. 무슨 일이 일어날지 모르니 넌 준비해야만 해. 너한테는 숨겼지만 상황이 심각하단다. 너도 오늘 학교에서 무슨 소리를 들었을 거야."

우라니아는 진지하게 고개를 끄덕였다. 그러나 걱정하지는 않았다. 아버지에 대한 믿음이 확고했기 때문이다. 그토록 중요한 사람에게 어떻게 나쁜 일이 일어날 수 있겠는가?

"그래요, 아빠. '여론광장'에 아빠를 고발하는 편지가 실렸어요. 하지만 아무도 믿지 않을 거예요. 너무 황당한 이야기잖아요. 아빠가 절대 그런 부정을 저지를 사람이 아니라는 것을 사람들도 잘 알고 있어요."

그녀의 아버지는 누비이불 위로 그녀를 껴안았다.

신문의 중상모략보다 더 심각한 일들이 기다리고 있었다. 그는 상원의장직을 박탈당했다. 상원조사위원회는 그가 장관으로 재직할 때 공공기금 남용과 횡령이 없었는지 조사 중이었다. 며칠 전부터 첩보부대의 딱정벌레 차가 그를 미행했으며, 이제는 집 앞에 세 명의 칼리에들이 탄 자동차가 버젓이 서 있었다. 지난주에는 트루히요 연구소, 컨트리클럽, 도미니카 당에서 제명되었다는 통지를 받았으며, 그날 오후에 은행에 돈을 인출하러 갔을 때 최후의 일격을 받았다. 은행장인 그의 친구 호세포 에레디아가 그의 일반 계좌 두 개가 의회 조사가 끝날 때까지 동결되었다고 알려주었던 것이다.

"아주 나쁜 일이 우리에게 일어날 수 있어, 우라니타. 이 집이 몰수당할 수도 있고, 우리는 거리로 내쫓길 수도 있어. 심지어 감옥에 갈 수도 있고. 하지만 너무 놀라지 않아도 돼. 아무 일도 일어나지 않을 수도 있거든. 그래도 만반의 준비를 하는 게 좋을 것 같구나. 그리고 용기를 가져야 해."

그녀는 어리벙벙한 채 그의 말을 들었다. 무슨 일이 벌어지고 있다는 두려움 때문이 아니라, 아버지의 목소리에 힘이 없고 희망이 없는 표현을 쓰고 있으며, 눈에는 두려움이 가득했기 때문이다.

"성모님께 기도할게요." 그녀는 겨우 이 말만 할 수 있었다. "우리의 성모 알타그라시아가 도와줄 거예요. 그런데 수령님과 이야기는 해봤어요? 수령님은 항상 아빠를 좋아하셨잖아요. 수령님이 지시를 내리면 모든 게 해결될 거예요."

"내가 알현을 요청했는데 소식이 없어, 우라니타. 대통령궁으로 갈 때도 비서들과 군 경호원들은 내게 거의 인사도 하지 않아. 발라게르 대통령도 나를 만나주지 않고, 내무준교부 장관인 파이노 피차르도도 마산가시아, 넌 멀어 있지만 그건 시끄메 비름없는데, 네 말이. 그게, 네 말이 맞을 거야. 성모님을 믿고 의지하는 수밖에 없는 것 같구나."

그의 목소리에는 기운이 빠져 있었다. 우라니아가 앉은 채로 그를 껴안자, 그는 겨우 기운과 마음의 평정을 되찾았다. 그러면서 그녀에게 살며시 미소 지었다.

"내게 무슨 일이 일어나면, 고모부 집으로 가거라. 고모와 고모부가 널 보살펴줄 거야. 이건 어쩌면 시험일 수도 있어. 가끔 수령님은 측근들을 시험하느라 이런 일을 벌이기도 하거든."

"네 아버지를 횡령으로 고발하다니." 아델리나 고모가 한숨을 지으며 말한다. "가스쿠에 거리에 있는 그 조그만 집을 제외하고는 하나도 가진 게 없었어. 별장도 회사도 소유하지 않았고, 어디에 돈을 투자하지도 않았어. 네가 그곳에서 공부하는 동안 보내준 2만 5천 달러의 예금이 전부였어. 가장 정직한 정치인이었고 이 세상에서 가장 훌륭한 아버지였어, 우라니타. 이 늙어빠지고 비실비실대는 고모가 네 사생활에 간섭해도 괜찮다면, 네가 아버지에게 너무 무정했다는 소리를 안 할 수 없구나. 물론 네가 부양비며 간호사 비용을 보내주고 있다는 것은 알고 있어. 하지만 네가 답장도 하지 않고 전화를 걸어도 받으려고 하지 않자, 네 아버지가 얼마나 괴로워했는지 아니? 아니발과 나는 네 아버지가 너 때문에 우는 모습을 수없이 보았어. 바로 여기서 말이야. 이제 오랜 시간이 흘렀으니 그때 왜 그랬는지 말해도 되지 않겠니?"

우라니아는 안락의자에 갈고리처럼 웅크린 노인의 비난 어린 시선을 견디면서 생각에 잠긴다.

"고모가 생각하듯이 그리 좋은 아버지가 아니었기 때문이에요." 마침내 그녀가 말한다.

상원의원 카브랄은 택시를 타고 '국제병원'에 내려달라고 했다. 첩보부대는 병원과 마찬가지로 멕시코 거리에 위치해 있었으며, 병원에서 네 블록 떨어진 곳에 자리 잡고 있었다. 택시 운전사에게 행선지를 알려주면서, 그는 수치심과 곤혹감이 밀려오는 것을 느꼈다. 그래서 첩보부대 대신 병원으로 가자고 했던 것이다. 그는 서두르지 않고 네 블록을 걸었다. 정권을 떠받치는 중요한 시설 중에서 그가 한 번도 발을 들여놓지 않았던 유일한 장소가 아마도 조니 아베스가 지휘하는 그곳이었을 것이다. 칼리에들을 태운 딱정벌레 차가 슬로모션으로 보도 옆에 붙어 노골적으로 그를 미행하고 있었다. 그는 보행인들이 첩보부대의 상징인 폴크스바겐을 보자 머리를 흔들며 놀란 표정을 짓는 것을 보았다. 그는 자기가 의회 예산위원회에 있었을 때, 100대의 딱정벌레 차 수입 예산에 동의했다는 사실을 떠올렸다. 지금 체제의 적들을 찾아 전국을 조사하고 다니는 조니 아베스의 칼리에들이 타고 다니는 차였다.

아무런 이름도 새겨져 있지 않은 색 바랜 건물에는 정복을 입은 경찰과 기관총을 들고 사복을 입은 사람들이 철조망과 모래 부대 뒤의 입구를 지키고 있었다. 그들은 몸수색도 하지 않고 신분증을 요구하지도 않은 채 그를 들어가게 했다. 안으로 들어가자 조니 아베스 대령의 부관 하나가 그를 기다리고 있었다. 세사르 바에스였다. 우람하고 얼굴에 마마 자국이 나 있고 빨간 곱슬머리였다. 그는 땀에 젖은 손을 내밀고서 그를 좁은 복도로 안내했다. 복도에는 칸막이 방이 늘어서 있었고 벽마다 메모 쪽지가 가득한 게시판이 달려 있었다. 연기고 가득한 그 방에서 사람들은 권총이 든 가죽 케이스를 어깨에 차고 있거나, 겨드랑이 아래로 권총 케이스를 흔들거리면서 담배를 피우며 토론하거나 웃고 있었다. 땀과 오줌과 발 냄새가 풍겼다. 문 하나가 열렸다. 그곳에 첩보부대장이 있었다. 그는 집무실이 수도원처럼 헐벗은 것에 놀랐다. 벽에는 그림이나 포스터 하나 붙어 있지 않았다. 대령의 뒤로 보이는, 깃털이 꽂힌 삼각 모자를 쓰고 가슴이 훈장으로 번쩍거리는 사열식 정복을 입은 자선가의 초상화 하나가 전부였다. 사복 차림의 아베스 가르시아는 짧은 소매의 여름 셔츠를 입은 채 입에서 담배 연기를 한가득 내뱉고 있었다. 그의 손에는 카브랄이 수없이 보았던 빨간 손수건이 들려 있었다.

"안녕하십니까, 상원의원님." 그가 여자 손처럼 보드라운 손을 내밀었다. "앉으십시오. 여기에는 쾌적한 설비가 거의 없습니다. 죄송합니다."

"시간을 내주셔서 감사합니다, 대령님. 당신이 첫번째 사람입니다. 수령님이나 발라게르 대통령, 혹은 그 어떤 장관도 나를 만나주지 않았습니다."

조그맣고 배불뚝이이며 약간 곱사등 같은 사람이 고개를 끄덕였다. 이중 턱과 얇은 입술과 살이 축 처진 뺨 위로 카브랄은 대령의 움푹 패고 촉촉한 눈이 재빠르게 움직이는 것을 볼 수 있었다. 소문대로 잔인하기 그지없을까?

"오염되기를 원하는 사람은 아무도 없습니다, 카브랄 씨." 조니 아베스는 차갑게 말했다. 그러자 상원의원은 만일 뱀이 말을 할 수 있다면 틀림없이 그런 쉬쉬 소리를 내는 목소리일 거라고 생각했다. "은총을 잃어버리는 것은 전염병입니다. 무엇을 도와드릴까요?"

"내가 무슨 잘못을 저질렀는지 말해주십시오, 대령님." 그는 잠시 말을 멈추고 숨을 들이마셨다. 그러자 다소 마음이 가라앉았다. "내 양심은 깨끗합니다. 스무 살 때부터 지금까지 트루히요와 국가를 위해 봉사했습니다. 분명히 무슨 오해나 실수가 있었을 겁니다. 맹세합니다."

대령은 빨간 손수건을 들고 있는 부드러운 손을 흔들면서 그의 말을 막았다. 그는 놋쇠 재떨이에 담배를 껐다.

"내게 설명하면서 시간을 낭비하지 마십시오, 카브랄 박사. 정치는 내 영역이 아닙니다. 난 단지 국가의 안전 문제에만 관심이 있습니다. 수령님이 만나기를 거부했다면, 그건 아마도 당신에게 상처를 입었기 때문일 겁니다. 수령님에게 편지를 쓰십시오."

"벌써 그렇게 했습니다, 대령님. 그런데 내 편지를 받았는지조차 모르겠습니다. 나는 직접 그 편지를 대통령궁으로 가져갔습니다."

조니 아베스의 거만하고 부푼 얼굴이 약간 더 부풀어 올랐다.

"아무도 수령님에게 보낸 편지를 함부로 치우지 않습니다, 상원의원님. 아마도 그 편지를 읽었을 겁니다. 만일 당신이 진심으로 충실하게 썼다면, 답장을 할 것입니다." 그는 한참 동안 말을 멈추고서 불안하고 초조한 작은 눈으로 계속 그를 바라보았다. 그러더니 약간 도전적으로 덧붙였다. "내가 왜 빨간색 손수건을 쓰는지 궁금해하는 것 같군요. 왜 그런지 아십니까? 장미십자회의 가르침입니다. 빨간색은 내게 행운의 색깔입니다. 당신은 장미십자회를 믿지 않을 겁니다. 그걸 미신 또는 원시적이라고 여길 겁니다."

"난 장미십자회에 대해서는 아는 게 없습니다, 대령님. 그 점에 관해서는 할 말이 없습니다."

"지금은 시간이 없지만 젊었을 때에는 장미십자회에 관해 많이 읽었습니다. 많은 것들을 배웠지요. 가령 한 사람의 주변을 감싸고 있는 독특한 기운이 어떤 것인지 배웠습니다. 지금 당신은 두려움에 죽을 것 같은 사람의 기운을 띠고 있습니다."

"지금 나는 두려워 죽을 것만 같습니다." 즉시 카브랄이 대답했다. "며칠 전부터 당신 부하들이 나를 미행하고 있습니다. 나를 체포할 겁니까? 그것만이라도 말해주십시오."

"그건 내 마음대로 하는 게 아닙니다." 조니 아베스가 대수롭지 않게 말했다. 마치 전혀 중요한 문제가 아니라고 생각하는 것 같았다. "그런 명령을 하달받는다면 그렇게 할 겁니다. 경호원들을 배치한 것은 당신이 도피하지 못하도록 하기 위해서입니다. 만일 도피하려고 한다면 내 부하들이 체포할 겁니다."

"내가 도피할지도 모른다고요? 대령님, 내가 반체제 인사처럼 피신처를 찾는다고요? 하지만 나는 30년 전부터 체제의 일부입니다."

"당신 친구이자 양키가 우리에게 남겨둔 임무 책임자인 헨리 디어본이 있는 곳으로 말입니다." 아베스 대령은 빈정거리면서 말했다.

카브랄은 너무 놀라 아무 말도 할 수 없었다. 도대체 무슨 뜻으로 그런 말을 하는 것일까?

"미국 영사가 내 친구라고요?" 그는 말을 더듬는다. "나는 디어본 씨를 두세 번밖에 만난 적이 없습니다."

"당신도 알다시피 그는 우리의 적입니다." 아베스 가르시아가 계속 말했다. "미주기구가 경제 제재에 합의하자, 양키들은 그를 이곳에 두고 떠났습니다. 계속해서 그가 음모를 획책할 수 있도록 하기 위해서였지요. 1년 전부터 모든 음모는 디어본의 사무실을 거쳤습니다. 그런데도 상원의장인 당신은 얼마 전에 그의 집에서 열린 칵테일파티에 갔습니다. 기억하십니까?"

아구스틴 카브랄은 갈수록 놀라고 있었다. 그것 때문이라니? 미국이 대사관을 폐쇄하면서 임명한 대리대사의 집에서 열린 칵테일파티에 참석했기 때문이라니?

"나와 파이노 피차르도 장관은 각하의 지시를 받고 그 칵테일파티에 참석했던 겁니다." 그가 설명했다. "그의 정부가 어떤 계획을 가지고 있는지 넌지시 알아보기 위해서였습니다. 그럼 내가 그 지시를 따랐기 때문에 쫓겨난 것이란 말입니까? 난 그 모임에 대해 서면 보고도 했습니다."

아베스 가르시아 대령은 마치 꼭두각시 인형이 움직이듯이 둥글고 축 처진 어깨를 움찔거렸다.

"수령님이 내린 지시라면 내가 했던 말은 잊어버리십시오." 그는 약간 아이로니컬한 기운을 띤 목소리로 카브랄 상원의원의 말을 인정했다.

그는 약간 초조하고 불안한 표정을 지었지만 그곳을 떠나지 않았다. 그는 이 면담이 어느 정도 오해를 풀어줄 것이라는 터무니없는 희망에 사로잡혀 기운을 냈다.

"당신과 나는 결코 친구가 아니었습니다. 대령님." 그는 자연스럽게 말하려고 애썼다.

"나는 친구를 사귀지 않습니다." 아베스 가르시아가 대답했다. "내가 하는 일에 방해가 될 뿐입니다. 내 친구와 적들은 체제의 친구이자 적입니다."

"내 말을 끝낼 수 있도록 해주십시오." 아구스틴 카브랄이 말했다. "그러나 나는 당신을 항상 존경했습니다. 그리고 당신이 국가를 위해 보기 드문 봉사를 했다는 것도 인정합니다. 우리가 의견의 차이를 보였다면……"

대령은 손을 들어 그의 말을 끊으려는 것 같았지만, 그건 다시 담배에 불을 붙이기 위한 행동이었다. 그는 게걸스럽게 담배를 깊이 빨아들이고는 코와 입으로 차분히 연기를 뱉었다.

"물론 우리는 의견 차이를 보였습니다." 그도 인정했다. "당신은 양키들의 배신에 대항하여 우리가 소련과 동유럽에 가까이 가야만 한다는 내 주장에 가장 심하게 반대한 사람 중의 하나였습니다. 발라게르와 마누엘 알폰소와 더불어 당신은 수령님에게 양키와 아직 화해할 수 있다는 것을 설득하려고 했습니다. 아직도 그런 멍청한 생각이 옳다고 믿습니까?"

이것이 이유였을까? 아베스 가르시아가 그에게 비수를 찌른 장본인이었을까? 수령님이 그런 멍청한 생각을 받아들였을까? 이 정권이 공산주의 국가와 손을 잡기 위해 그를 멀리한 것이었을까? 국가 위기를 핑계로 이제는 자신을 정치 전략가로 여기는 이 고문과 살인 전문가 앞에서 계속 얘기해봐야 자신에게 수치스러운 일일 뿐이었다.

"나는 아직도 다른 대안이 있을 것이라고 생각지 않습니다, 대령님." 그는 단호하게 말했다. "너무 솔직하게 말해서 미안합니다만, 당신이 제안하는 건 환상에 불과합니다. 소련과 그 위성국들은 라틴아메리카 대륙의 반공주의 보루인 도미니카 공화국의 손짓을 받아들이지 않을 겁니다. 미국 역시 가만히 있지 않을 겁니다. 당신은 미군이 또다시 8년 동안 우리를 점령하기를 바라는 겁니까? 어떤 수를 쓰더라도 워싱턴을 납득시켜야만 합니다. 그러지 않으면 체제는 종말을 맞이하게 될 겁니다."

대령의 담뱃재가 바닥에 떨어졌다. 그는 연달아 담배를 빨아댔다. 마치 누가 그의 담배를 빼앗기라도 할 것처럼. 그러면서 불꽃처럼 보이는 손수건으로 연신 이마의 땀을 닦았다.

"유감스럽게도 당신 친구 헨리 디어본은 그렇게 생각하지 않습니다." 다시 그는 삼류 코미디언처럼 어깨를 으쓱했다. "그는 체제를 전복시키기 위해 쿠데타를 지원하고 있습니다. 어쨌거나 이런 토론은 아무런 의미가 없습니다. 아무쪼록 당신의 상황이 해결되기를 바랍니다. 그래서 당신에 대한 감시가 철회되기를 바랄 뿐입니다. 이렇게 찾아주셔서 고맙습니다, 상원의원님."

그는 손을 내밀지 않았다. 단지 당당한 사열식 제복을 입은 총통의 사진을 배경으로 연기 소용돌이 속에 반쯤 가려진 살집 많은 얼굴을 끄덕였다. 상원의원은 항상 주머니에 넣고 다니던 수첩에 적어놓은 오르테가 이 가세트*의 글귀를 떠올렸다.

앵무새 삼손도 우라니아의 말에 망연자실한 것 같다. 손으로 부채질하는 것을 멈추고 입을 벌리고 있는 아델리나 고모처럼 가만히, 그리고 조용히 있다. 루신다와 마놀리타는 당혹한 표정을 지으며 그녀를 바라본다. 미라이사마에는 티지 많고 눈을 끔쩍거린다. 하지만 우라니아는 창문으로 엿보고 있는 저 아름다운 달이 그녀의 말이 맞다고 수긍하는 것처럼 느낀다.

"네 아버지에 대해 왜 그런 식으로 말하는지 알 수가 없구나." 아델리나 고모가 대답한다. "내가 이 나이 먹도록 살아왔지만 그 불쌍한 아구스틴보다 딸을 위해 희생한 사람은 보지 못했어. 정말로 너는 그를 나쁜 아버지라고 생각하는 거니? 그는 너를 사랑했어. 너 때문에 고통받고 괴로워했어. 널 힘들게 하지 않기 위해 네 엄마가 죽은 후에도 재혼하지 않았어. 젊은 나이에 홀아비가 되었는데도 말이야. 네가 미국에서 공부할 수 있었던 게 다 누구 때문인데? 너를 위해 가진 돈을 모두 쓰지 않았니? 그런데도 나쁜 아버지라고 말하는 거니?"

넌 아무 대답도 하지 말아야 한다, 우라니아. 늙은 고모는 마지막

---

* 스페인의 철학자. 20세기 초 스페인의 문학과 문화에 큰 영향을 끼쳤다. 대표적인 저서로 『대중의 반란』 『예술의 비인간화와 소설사상』 등이 있다.

몇 년, 아니 마지막 몇 달이나 몇 주를 거동도 못한 채 비참하게 살고 있어. 그러니 그토록 오래전에 일어난 일에 대해 무슨 잘못이 있겠니? 대답하지 마. 그저 그녀의 말에 동의하는 척해. 아무 핑계나 대고, 작별 인사를 하고서 그녀에 관해서는 영원히 잊어버리도록 해. 그러자 차분하게, 그 어떤 호전적인 기색도 없이 우라니아는 말한다.

"아버지는 나를 사랑해서 희생한 게 아니에요, 고모. 날 사려고 했던 거예요. 자기의 죄의식을 씻어버리고 싶었던 거예요. 그런 게 하등의 쓸모도 없으며, 무슨 일을 하더라도 자기가 비열하고 사악한 인간이라고 느끼면서 평생을 살 것이라는 사실을 알고 있었어요."

멕시코 거리와 3월 30일 거리가 만나는 길모퉁이에 위치한 첩보부대 사무실을 나오면서, 그는 경비병들이 자기에게 동정과 자비의 눈길을 던지고 있으며, 그 경비병들 중 하나는 그를 뚫어지게 쳐다보면서 의도적으로 어깨에 메고 있던 산크리스토발 자동 소총을 어루만지고 있다고 생각했다. 숨이 막힐 것만 같았다. 약간의 현기증도 느꼈다. 그의 수첩에 오르테가 이 가세트의 문구가 적혀 있을까? 너무나 적절하고 너무나 예언적인 말이었다. 그는 넥타이를 헐겁게 하고서 재킷을 벗었다. 택시들이 지나갔지만, 불러 세우지 않았다. 집으로 갈까? 우리에 갇힌 것처럼 느끼기 위해서? 침실에서 서재로 내려오거나 거실을 거쳐 다시 침실로 올라가면서 수천 번이나 무슨 일이 생겼는지 생각하면서 머리를 쥐어뜯기 위해서? 왜 이 토끼는 보이지 않는 사냥꾼에게서 쫓기고 박해받는 것일까? 이미 상원의장실과 관용차량도 빼앗긴 후였다. 컨트리클럽의 회원권도 박탈당해 더 이상 그곳에서 위안을 구할 수도 없었고, 바에서 잘 가꾸어진 정원과 멀리서 골프

치는 사람들을 보면서 차가운 음료를 마실 수도 없었다. 아니면 친구를 찾아가야 할까? 하지만 그에게 친구가 있을까? 그가 전화를 걸면 사람들은 하나같이 겁에 질려 말을 삼갔고, 심지어 적대적이기까지 했다. 그들과 만나려고 하는 것 자체가 그들을 위험에 빠뜨리는 행동이었다. 그는 재킷을 팔에 걸고 무작정 걸었다. 헨리 디어본의 집에서 열린 칵테일파티가 원인이 될 수 있을까? 그건 있을 수 없는 일이었다. 각료 회의에서 수령님은 그와 파이노 피차르도에게 '그쪽 분위기를 살펴보기 위해' 참석하라고 지시했다. 그렇게 명령에 순종했을 뿐인데 어떻게 그에게 벌을 내릴 수 있을까? 파이노가 트루히요에게 그가 그 칵테일파티에서 미국 대리대사에게 너무 공손하고 친절했다고 보고했던 것이 아닐까? 아니다, 그건 아니다. 그런 하찮고 시시한 일 때문에 수령님이 그 누구보다도 사심 없이, 그리고 그 누구보다도 열성을 다해 봉사했던 사람을 무참하게 짓밟을 리는 없었다.

그는 길을 잃은 사람처럼 몇몇 블록마다 방향을 바꾸면서 걸었다. 더워서 땀이 흘렀다. 트루히요 시의 거리를 방황한 것은 정말 오랜만의 일이었다. 그는 그 도시가 성장하는 모습을 두 눈으로 목격한 증인이었다. 도시는 1930년 산세논 허리케인으로 폐허가 되고 초토화된 조그만 마을에서 이제는 포장된 도로와 전깃불, 최신 모델의 자동차가 다니는 널찍한 도로를 갖춘 아름답고 번창하는 현대식 대도시로 탈바꿈했다.

그는 시계를 보았다. 오후 네시 십오분이었다. 두 시간이나 걸었고, 목이 말라 죽을 지경이었다. 이제 그는 파스퇴르 거리와 세르반테스 거리 사이에 있는 카시미로 데 모야 지역에 있었다. '엘투레이' 식당에서 불과 몇 미터 떨어져 있지 않았다. 그는 그곳으로 들어가 첫번째 테이블에 앉았다. 그리고 아주 차가운 프레시덴테 맥주를 주문했다. 에어컨은 없었지만 선풍기가 돌아가고 있었고, 그늘에 있게 되어 기분이 좋아졌다. 오랫동안의 산책이 그의 마음을 진정시켰던 것이다. 하지만 앞으로 무슨 일이 벌어질까? 우라니타는 어떻게 될까? 감옥에 가거나 최악의 경우 살해 명령이 떨어지면 그 아이는 어떻게 될까? 아델리나는 그 아이를 엄마처럼 잘 돌봐줄까? 그렇다. 그의 여동생은 아주 착하고 관대한 여자였다. 우라니타는 루신디타와 마놀리타처럼 그녀의 또 다른 딸이 될 것이 분명했다.

그는 기쁘게 맥주를 음미했다. 그러면서 수첩을 뒤적여 오르테가 이 가세트의 문구를 찾았다. 차가운 액체가 목구멍을 타고 내려가자 행복한 느낌을 받았다. 희망을 잃지 말아야 한다. 악몽은 곧 사라질 수도 있다. 그런 일이 일어난 적이 없었을까? 그는 수령님에게 세 통의 편지를 보냈다. 솔직하고 진심에서 우러나온 그 편지들은 그의 영혼을 잘 보여주었다. 그가 범했을지도 모르는 실수를 용서해달라고 빌면서, 혹시 무심코 저지른 행동이나 부주의로 인해 기분이 몹시 상하셨다면, 그것을 바로잡고 다시 신임을 회복할 수 있도록 모든 일을 하겠다고 맹세했다. 그는 자기가 온몸을 바쳐 봉사했던 그 오랜 세월을 떠올렸다. 그는 정직하게 일했다. 그의 계좌—그가 평생 동안 저축해놓은 약 20만 페소—가 동결된 지금 그는 가스쿠에 거리의 조그만 집이 전 재산일 정도로 정직하고 청렴했다(또한 긴급한 경우를 대비해 뉴욕 케미컬 은행에 2만 5천 달러를 숨겨놓은 게 전부였다). 트루히요는 아량이 넓은 사람이었다. 그건 분명한 사실이었다. 그는 국가가 요구할 때에만 잔인하게 행동했다. 그러나 그가 항상 인용하는 『쿠오바디스』의 페트로니우스처럼 인자하고 훌륭했다. 언제라도 카브랄을 대통령궁이나 라드아메스 영지로 부를 수 있었다. 그러면서 연극처럼 과장된 설명을 늘어놓을 것이었다. 그러면 모든 것이 해결될 터였다. 그는 트루히요가 자기에게 수령님이며 성치인이고 공화국의 창시자일 뿐만 아니라, 인간적인 모델이며 아버지라고 말할 것이었다. 그렇게 악몽은 종결될 것이었다. 이전의 삶이 마치 마술처럼 현실로 돌아올 것이었다. 그가 조그만 글씨로 써놓은 오르테가 이 가세트의 말이 어느 페이지의 한쪽 구석에서 나타났다. "한 사람이 이루었고 이루고 있으며 이를 그 이면 것도 이루었던 상태나 이루고 있는 상태 혹은 이룰 상태로 영원히 지속되지 않는다. 그것들은 언젠가 그렇게 되었다가 이후에는 그렇게 되지 않을 것이다." 그는 그 철학이 가정하는 존재의 불확실성을 보여주는 살아 있는 예였다.

엘투레이의 한쪽 벽에는 저녁 일곱시에 피아노의 대가 엔리키요 산체스의 연주가 있음을 알리는 포스터가 붙어 있었다. 테이블 두 개에 커플들이 앉아 작은 소리로 속삭이면서 다정한 시선을 주고받고 있었다. '나를 배신자로 비난하다니, 나를.' 트루히요를 위해 쾌락과 즐거움과 돈과 사랑과 여자를 포기했던 그였다. 옆 의자에 누군가가 두고 간 〈라나시온〉 신문이 있었다. 그는 할 일 없는 두 손에 일거리를 주기 위해 신문을 들어 페이지를 넘겼다. 3면에 네모꼴 사진이 실려 있었다. 저명하고 고귀한 마누엘 알폰소가 건강상의 이유로 해외로 갔다가 귀국했음을 알리고 있었다. 마누엘 알폰소! 트루히요와 직접 통할 수 있는 사람은 그 말고는 아무도 없었다. 수령님의 총애를 한 몸에 받고 있었고, 수령님이 의상이나 향수에서부터 낭만적인 모험까지 은밀한 것들을 모두 털어놓을 수 있는 사람이었다. 마누엘은 그의 친구였고, 그에게 몇 가지 신세를 지고 있었다. 그는 핵심 인물이 되어 줄 수 있었다.

그는 맥주 값을 치르고 그곳에서 나왔다. 딱정벌레 차는 보이지 않았다. 의도하지는 않았지만 그가 칼리에들을 따돌린 것일까? 아니면 그를 추적하지 않기로 결정한 것일까? 그의 가슴에서는 감사의 느낌이, 기쁨에 찬 희망이 솟구치고 있었다.

14

　자선가는 다섯시에 호아킨 발라게르 박사의 집무실로 들어섰다.
9개월 전부터 월요일에서 금요일까지 매일 행하는 일과였다. 1960년
8월 3일, 그는 미주기구의 경제 제재를 피하기 위해 자기 동생 검둥이
엑토르 트루히요를 사임시키고 다정하고 부지런한 시인이자 법률가
를 공화국 대통령으로 임명했다. 발라게르는 자리에서 일어나 그에게
다가오면서 인사했다.

　"안녕하십니까, 각하."

　지틀맨 부부를 위해 베푼 점심식사가 끝난 후, 총통은 30분 정도 휴
식을 취하면서 옷을 갈아입었다. 이제 그는 가볍고 얇은 하얀 리넨 정
장을 입고 있었다. 5분 전까지 네 명의 비서와 함께 일상적인 업무를
처리했다. 그는 얼굴을 찌푸리고, 분노를 숨기지 않은 채 본론으로 들

어갔다.

"보름 전에 아구스틴 카브랄의 딸이 출국하도록 허락했습니까?"

왜소한 체구의 발라게르 박사는 두꺼운 안경알 뒤로 고도 근시의 조그만 눈을 깜빡거렸다.

"그렇습니다, 제가 승인했습니다, 각하. 우라니아 카브랄이었습니다. 도미니크회 수녀들이 그 아이에게 장학금을 주어 미시간에 있는 학교에 보내고자 했습니다. 그 아이는 몇 가지 시험을 치르기 위해 급히 출국해야만 했습니다. 교장 수녀가 그런 사실을 제게 설명했고, 대주교 리카르도 피티니도 그 일에 관심을 보였습니다. 저는 이 조그만 아랑이 교회 고위층과 연결될 수 있는 가교가 될 것이라고 생각했습니다. 저는 이 모든 것을 메모에 설명했습니다, 각하."

그 조그만 사람은 평상시처럼 부드럽고 다정하게 말하면서, 둥그런 얼굴에 미소를 지었다. 그의 발음은 라디오 드라마의 성우나 음성학 교수처럼 완벽했다. 트루히요는 그를 뚫어지게 바라보면서 그의 표정과 입술 모양, 그의 모호한 눈에서 최소한의 표시, 즉 최소한의 암시라도 찾아내려고 했다. 무한한 의심을 가지고 있었음에도 그는 아무것도 보지 못했다. 꼭두각시 대통령 역시 본심을 완벽하게 숨길 수 있는 교활하고 빈틈없는 정치인이었다.

"그 메모를 언제 내게 보냈습니까?"

"보름 전입니다, 각하. 피티니 대주교가 개입한 이후입니다. 저는 그에게 그 아이의 출국 일정이 촉박하기 때문에 각하가 반대 의견을 표명하지 않는 한 허락하겠다고 말했습니다. 그리고 각하로부터 별다른 응답이 없기에 절차대로 진행했습니다. 그 아이는 이미 미국 비자를 받아놓은 상태였습니다."

자선가는 발라게르의 책상 앞에 앉았고, 발라게르에게도 앉으라고 지시했다. 대통령궁 2층에 있는 이 집무실에서 그는 편안한 느낌을 받았다. 환기가 잘되었고 넓었으며 수수했고, 책장들이 있었으며, 바닥과 벽은 반짝거렸고, 책상은 항상 깨끗하게 정돈되어 있었다. 꼭두각시 대통령은 우아한 사람이라고 말할 수는 없었지만(거의 난쟁이처럼 보이는 사람이 어떻게 우아할 수 있겠는가?) 그의 말하는 습관처럼 단정하게 옷을 입었고, 의전을 존중했으며, 휴일도 없이 지칠 줄 모르고 일하는 사람이었다. 수령님은 그가 불안해하고 있다는 사실을 눈치챘다. 발라게르는 지식인의 뻴에게 흘긋 히기를 네준 것이 중대한 실수일지도 모른다는 점을 깨달았던 것이다.

"난 그 메모를 30분 전에 보았습니다." 그가 꾸짖듯이 말했다. "아마도 분실되었던 모양입니다. 그렇지만 참으로 이상하다는 생각이 듭니다. 그걸 보았다는 비서가 한 명도 없으니 말입니다. 내가 허락하지 않을지도 모른다고 생각하고 지식인의 친구가 다른 서류에 섞어놓았던 것 같습니다."

발라게르 박사는 흠칫 놀란 표정을 지었다. 그는 몸을 앞으로 기울이더니 입을 약간 벌렸다. 시를 읊을 때는 부드러운 아르페지오와 섬세하게 떨리는 소리가 나왔고, 정치 연설을 할 때는 과장되고 때로는 감동이 넘치는 문장이 나오던 입이었다.

"누가 그 메모를 각하 집무실로 가져갔고, 누구에게 건네주었는지 철저히 조사해서 알아보겠습니다. 분명히 제가 조금 서두른 탓도 있습니다. 각하에게 직접 보고하지 않은 것도 제 불찰입니다. 부디 용서해주시기 바랍니다." 손톱을 짧게 자른 그의 조그맣고 통통한 손이 회개하듯이 펴졌다가 오므려졌다. "사실은 그다지 중요하지 않은 문제라고 생각했습니다. 각하께서 각료회의에서 지식인의 죄를 그의 가족에게까지 묻지 않겠다고 강조하셨기 때문입니다."

자선가는 고개를 흔들면서 그의 입을 막았다.

"하지만 누군가가 그 메모를 보름 동안 숨겼다는 사실은 중요합니다." 그가 퉁명스럽게 말했다. "비서실에 배신자나 무능력한 자가 있음에 틀림없습니다. 나는 차라리 배신자이길 바랍니다. 무능력자는 더욱 해로운 존재이니 말입니다."

그는 피로한 듯 한숨을 내쉬었다. 그리고 엔리케 리트고우 세아라 박사를 떠올렸다. 세아라 박사가 정말로 그를 죽이려고 했던 것일까, 아니면 단순한 실수였을까? 집무실에 있는 두 개의 창문으로 그는 바다를 보았다. 배가 불룩 튀어나온 커다란 흰 구름들이 태양을 가리고 있었고, 잿빛 오후의 바다 표면은 거칠게 움직이고 있었다. 커다란 파도가 몰려와 물러터진 해변을 마구 때려댔다. 그는 비록 바다에서 멀리 떨어진 산크리스토발에서 태어났지만, 거품 이는 파도와 수평선으로 사라지는 수면의 장관은 그가 가장 좋아하는 풍경이었다.

"수녀들은 카브랄이 권력에서 쫓겨난 것을 알고 장학금을 준 겁니다." 그는 못마땅한 표정으로 중얼거렸다. "그가 적을 위해 봉사할 거라고 생각했을 테지요."

"저는 이번에는 그렇지 않다고 확신합니다, 각하." 총통은 발라게르 박사가 단어를 고르면서 머뭇거리는 것을 보았다. "마리아 수녀, 즉 메리 수녀와 산토도밍고 학교 교장은 아구스틴을 좋게 생각하지 않습니다. 분명히 그는 딸아이와 사이가 좋지 않았습니다. 그 아이는 집에서 고통을 받고 있었습니다. 그래서 그 아이를 도와주려고 했던 것이지, 그를 도우려고 한 게 아니었습니다. 수녀들은 그 아이가 공부에 천부적인 소질을 가졌다고 자신 있게 말했습니다. 저는 그 아이의 출국 허가서에 성급히 서명하는 실수를 저질렀습니다. 죄송합니다. 그러나 무엇보다도 저는 교회와의 긴장관계를 완화시키고 싶었습니다. 제가 보기에 교회와 문제를 일으키는 건 위험합니다, 각하. 아마 각하께서도 제 말을 충분히 이해하실 겁니다."

그는 거의 감지할 수 없는 제스처를 지으면서 그의 말을 중단시켰다. 지식인이 이미 배신한 것일까? 수외되고 버려졌으며, 이무 피력도 없고 경제적 수단도 없으며, 불확실성 속에 내동댕이쳐졌다고 느끼면서 벌써 적들의 편에 선 것일까? 그는 그게 아니기를 바랐다. 그는 옛 협력자였으며, 과거에 그를 위해 아낌없이 봉사했으며, 미래에도 그럴 수 있는 사람이었다.

"지식인을 만났나요?"

"아닙니다, 각하. 저는 각하의 지시대로 그를 만나지도 않았고, 그의 전화를 받지도 않았습니다. 그는 제게 몇 통의 편지를 썼고, 그 내용은 각하도 익히 알고 계십니다. 담배 공장에서 일하는 그의 매제 아니발에게 듣기로는 그가 매우 괴로워하고 있다고 합니다. 거의 '자살 직전'이라고 말했습니다."

카브랄과 같은 유능한 부하를 지금처럼 어려운 시기에 그런 시험을 받게 한 것은 경솔한 짓이었을까? 아마도 그럴 것이다.

"아구스틴 카브랄 문제로 너무 많은 시간을 허비했습니다." 그가 말했다. "교회와 미국, 그 문제들에 관해 말해봅시다. 레일리 주교에게 어떤 일이 벌어질 것 같습니까? 언제까지 그가 순교자 역을 하면서 산토도밍고 학교에 머물게 놔둘 작정입니까?"

"그 문제 때문에 대주교와 교황 대사를 만나 오랫동안 얘기했습니다. 저는 그들에게 몬시뇨르 레일리가 산토도밍고 학교에서 나와야 하며, 그가 그곳에 있는 것은 참을 수 없다고 주장했습니다. 그들도 제 말에 수긍했으리라고 생각합니다. 그들은 주교의 안전을 보장하고, 〈라나시온〉과 〈엘카리베〉, 그리고 〈도미니카의 목소리〉에서 반교회 선전을 중단할 것을 요구했습니다. 그리고 그가 산후안 델라 마구아나 주교 관구로 돌아가도록 허락해달라고도 요청했습니다."

"당신에게 대통령직을 양보하라고 하지는 않던가요?" 자선가가 물었다. 레일리나 파날 주교의 이름만 들어도 그는 피가 들끓었다. 어쩌면 첩보부대장의 말이 옳은 게 아닐까? 곪은 부위를 단칼에 도려내야 할까? "아베스 가르시아는 레일리와 파날을 비행기에 태워 그들 나라로 돌려보내라고 제안했습니다. 불온분자로 분류하여 추방하라는 겁니다. 쿠바의 피델 카스트로가 스페인 신부와 수녀들에게 쓰고 있는 방법입니다."

대통령은 아무 말도 하지 않았고, 그 어떤 제스처도 보이지 않았다. 그는 꼼짝도 하지 않고 기다리고 있었다.

"아니면 우리 국민들의 손에 두 배신자를 넘기라는 게 그의 제안입니다." 자선가는 잠시 말을 멈춘 후 계속 말을 이었다. "사람들은 그렇게 하고 싶어 안달하고 있지요. 최근 며칠 동안 전국을 순회하면서 나는 그걸 분명히 보았습니다. 라베가의 산후안 델라 마구아나에서 그들은 거의 분노를 억누르지 못하고 있었습니다."

발라게르 박사는 사람들이 할 수만 있다면 두 신부에게 폭력을 행사하리라는 것을 인정했다. 국민들은 그 자줏빛 옷을 걸친 사제들에게, 그리고 1844년부터 공화국의 어떤 정부보다 가톨릭교회에 혜택을 준 사람에 대한 배은망덕에 분개하고 있었다. 그러나 총통은 첩보부대장의 경솔하고 비정치적인 충고를 따르기에는 너무나 현명하고 현실주의자였다. 만일 첩보부대장의 충고를 실행에 옮긴다면, 국가는 더 큰 불행에 직면할 게 뻔했기 때문이다. 발라게르 박사는 천천히, 그리고 차분하게 말했다. 그런 목소리가 그의 달변과 합쳐지자 자장가처럼 들렸다.

"당신은 아베스 가르시아를 가장 증오하는 사람이지요." 트루히요가 갑자기 그의 말을 끊었다. "이유가 뭡니까?"

발라게르 박사는 이미 대답할 말을 준비해놓고 있었다.

"대령은 국가 안전 문제의 전문가이며, 국가를 위해 훌륭하게 일하고 있습니다." 그가 대답했다. "그러나 일반적으로 그의 정치적 판단은 분별없으며 무모합니다. 저는 각하를 존경하고 존중합니다. 그래서 드리는 말씀인데, 그런 생각은 버리는 것이 좋습니다. 레일리와 파날 주교를 추방하거나 살해할 경우, 또 다른 군사 침략의 원인을 제공할 수 있습니다. 그랬다가는 트루히요 체제가 종말을 맞게 됩니다."

그의 말투는 매우 부드럽고 정중했으며, 그가 사용하는 단어들은 쾌적한 음악처럼 들렸다. 그래서 종종 그의 말은 확고한 생각이나 날카로움이 결여되는 경향이 있었다. 특히 지금처럼 수령과 대화를 할 때는 더욱 그렇게 들렸다. 그런데 그가 도를 넘어선 게 아닐까? 지식인처럼 그도 자기 자신이 확고부동하다고 믿는 어리석음에 빠졌던 것일까? 그 또한 약간의 현실감이 부족했던 것일까? 호아킨 발라게르, 그는 참으로 기묘한 인물이었다. 그는 1930년부터 트루히요 편이었다. 당시 트루히요는 그가 머물던 산토도밍고의 조그만 호텔에 두 명의 수비대원을 보내 그를 찾아낸 다음, 한 달 동안 자기 집에 데리고 있었다. 그렇게 해서 그는 선거전에서 트루히요를 돕기로 마음을 돌렸다. 발라게르는 한때 시바오 출신의 지도자인 에스트레야 우레냐와 동맹관계였으며, 젊은 시절에 그의 열렬한 지지자였다. 트루히요의 초대를 받아 그는 약 30분가량 담소를 나누었다. 그 후 스물네 살의 시인이자 교수이고 변호사였으며, 나바레테라는 추레하고 작은 마을 출신이었던 발라게르는 트루히요 신봉자가 되었다. 그리고 트루히요가 맡긴 모든 외교직이나 관리직, 그리고 정치 요직에서도 능력 있고 사려 깊은 봉사자가 되었다. 그들은 30년을 함께했다. 사실대로 말하자면 트루히요는 자기가 사람들의 성격을 간파하는 데 경찰견 같은 후각을 가졌다고 자부했지만, 발라게르만큼은 아직도 미스터리한 인물이었다. 중뿔나게 굴지 않고 너무 겸손한 나머지, 트루히요는 언젠가 그에게 '그림자'라는 별명을 붙여주기도 했다. 그는 발라게르가 야심이 없는 인물이라고 결론 내렸다. 그는 측근 그룹의 다른 사람들과 판이했다. 수령님은 펼쳐진 책처럼 측근들의 행동과 솔선 정신, 그리고 아첨의 말에서 그들의 욕망을 읽을 수 있었다. 그러나 호아킨 발라게르는 항상 자선가가 주는 것만 원한다는 인상을 풍겼다. 스페인, 프랑스, 콜롬비아, 온두라스, 멕시코에서의 외교관 직책, 교육부와 대통령 비서실, 그리고 외무부에서의 직책을 맡으면서 그는 자신의 희망을 완전히 충족시킨 것 같았다. 심지어 그의 꿈과 능력 이상의 임무를 맡은 것에 당황해하기도 했다. 바로 그런 이유로 그는 임무를 제대로 해내기 위해 부단한 노력을 했다. 문득 자선가는 그런 겸손 때문에 조그만 체구의 시인이자 법학자가 항상 최고의 지위에 있는 것이라고 생각했다. 대수롭지 않은 존재감 때문에 그는 오히려 눈 밖에 나는 시련을 겪지도 않았다. 그래서 지금 꼭두각시 대통령으로 있는 것이었다. 1957년 그의 동생 검둥이 트루히요가 재선되어 부통령을 선출하려고 할 때였다. 도미니카 당은 그의 지시에 따라 스페인 대사였던 라파엘 보네이를 선출했다. 그런데 갑자기 총통은 이 귀족 정치가를 하찮은 발라게르로 대체하기로 결정했다. '이 사람은 야심이 없다'고 수장하면서 말이다. 야심이 없는 덕택에 섬세하고 우아하게 행동하며 세련된 연설을 하는 이 지식인은 국가의 최고 통치자의 자리에 올랐고, 첩보부대장을 마음대로 비난하고 있었다. 언젠가 한 등급이나 두 등급을 내려야만 할 것 같았다.

발라게르는 자선가의 생각을 방해할 엄두를 내지 못한 채 조용히, 그리고 가만히 있으면서 자선가가 말하기를 기다렸다. 마침내 자선가가 말했다. 하지만 교회와의 문제가 아니었다.

"난 항상 당신에게 경어를 사용했습니다. 그렇지요? 내 협력자들 중에서 내가 반말을 사용하지 않은 유일한 사람입니다. 그런 사실을 눈치챘습니까?"

둥그렇고 조그만 얼굴이 새빨개졌다.

"그렇습니다, 각하." 그는 부끄러워하면서 조그맣게 대답했다. "제 동료들보다 저를 덜 신임하기에 그러시는 게 아닐까 하고 항상 저 자신에게 물었습니다."

"난 지금 이 순간에야 비로소 그걸 깨달았소." 트루히요는 놀란 표정으로 덧붙였다. "그리고 다른 사람들과는 달리 당신도 나를 수령님이라고 부르지 않지요. 지난 30년 동안 함께 일했지만, 아직도 당신은 알 수 없는 인물입니다. 난 인간들이 지닌 약점을 당신에게서 하나도 발견할 수 없었습니다, 발라게르 박사."

"저는 약점으로 가득한 사람입니다, 각하." 대통령이 웃었다. "그렇지만 그 말은 칭찬이라기보다는 비난의 말로 들립니다."

총통은 농담하고 있지 않았다. 그는 다리를 꼬았다가 풀면서 발라게르에게서 날카로운 시선을 떼지 않았다. 조그만 콧수염과 메마른 입술을 만지작거리며 발라게르 대통령을 유심히 바라보았다.

"당신에게는 비인간적인 것이 있습니다." 그는 자기의 언급 대상이 그곳에 없는 것처럼 혼잣말로 중얼거렸다. "당신은 인간의 자연스러운 욕구를 가지고 있지 않습니다. 내가 알고 있는 당신은 여자들을 좋아하지 않으며 젊은 남자들도 좋아하지 않습니다. 그리고 막시모 고메스 거리에 있는 당신 이웃, 그러니까 교황 대사보다 더 정숙하고 순결한 삶을 살고 있습니다. 아베스 가르시아 말에 따르면 당신은 여자 문제도 깨끗합니다. 유부녀나 매춘부는 물론이고 여자 친구도 사귄 적이 없었습니다. 당신은 섹스에 별 관심이 없는 것 같습니다. 돈도 당신의 관심사가 아닙니다. 저축한 돈이 약간 있을 뿐입니다. 당신이 살고 있는 집을 제외하고는, 당신은 다른 부동산도 없고 주식도 없으며 출자한 돈도 없습니다. 적어도 여기에서는 그렇습니다. 내 협력자들은 당신에게 음모를 꾸몄지만, 당신은 그 어떤 음모에도 가담하지 않았습니다. 내 협력자들이 서로 진흙탕 싸움을 벌일 때도 끼어들지 않았습니다. 나는 장관직이나 대사직, 부통령직과 심지어 지금의 대통령직까지 당신에게 강제로 맡겨야만 했습니다. 내가 당신을 대통령 직에서 사임시키고 몬테크리스티나 아수아에 있는 아무도 모르는 조그만 마을로 보내더라도, 당신은 기쁜 마음으로 그곳으로 갈 겁니다. 당신은 술도 마시지 않고, 담배도 피우지 않으며, 폭식도 하지 않고, 여자들 뒤꽁무니를 쫓아다니지도 않으며, 돈과 권력을 추구하지도 않습니다. 정말로 당신이 그런 사람인가요? 아니면 그런 행동은 비밀스러운 생각을 숨기기 위한 전략입니까?"

박라게르 바사이 말끔하게 면도된 얼굴이 디니 삘겋게 달구어졌다. 그는 부드럽고 작은 목소리로 주저하지 않고 이렇게 말했다.

"각하를 알게 되었던 1930년 4월의 어느 날 아침부터 저의 유일한 악습은 각하에게 봉사하는 것이었습니다. 그 순간부터 저는 트루히요를 섬기는 것이 조국을 위해 봉사하는 것임을 알았습니다. 이것이 여자나 돈 혹은 권력이 해줄 수 있는 것보다 제 삶을 더 풍요롭게 해주었습니다. 저를 각하 옆에 있게 해주신 은혜를 어떤 말로 감사드려야 할지 모르겠습니다."

흥, 평상시 흔히 듣던 아부의 말이었다. 그보다 학식을 덜 갖춘 사람도 트루히요 신봉자라면 쉽게 할 수 있는 말이었다. 순간적으로 그는 작고 거슬리지 않는 그 사람이 마치 고해소에 있는 것처럼 마음을 열고 그의 죄와 두려움, 그의 증오와 꿈을 드러낼 것이라고 상상했었다. 아니, 어쩌면 그는 그 어떤 비밀스러운 삶도 지니고 있지 않으며, 모든 사람이 알고 있는 모습 그대로일지도 몰랐다. 검소하고 근면하며, 참을성이 강하고 쓸데없는 공상을 하지 않으며, 아름다운 문장으로 선언문과 서신과 협정문과 연설문을 작성하고 외교 협상을 총통의 생각에 맞게 주조하는 사람이었다. 또한 시 축제나 특별한 기념일, 미스 도미니카 선발 대회와 애국적 행사를 아름답게 치장하는 도미니카 여성과 도미니카의 풍경에 관해 이합체 시나 송시를 쓰는 시인이었다. 그는 태양인 트루히요가 있어야만 빛날 수 있는 달과 같은 존재, 즉 스스로는 빛을 발할 수 없는 왜소한 사람이었다.

"나도 알고 있습니다. 당신은 나의 훌륭한 동반자였습니다." 자선가가 밝혔다. "그래요, 1930년 그날 아침부터였습니다. 당시 내 아내였던 비엔베니다가 당신을 부르도록 제안했습니다. 그녀는 당신 친척이었지요?"

"제 사촌입니다, 각하. 그날 점심이 제 인생을 결정지었습니다. 각하는 저를 부르셔서 선거전을 도와달라고 부탁하셨습니다. 각하는 산페드로 데 마코리스 시와 라로마나 시에서 열린 모임에서 제게 각하를 소개하라는 영광을 베푸셨습니다. 그것이 정치 연설가로서의 첫 무대였습니다. 그 순간부터 제 운명이 바뀌었습니다. 그때까지 제 소명의식은 문학과 강의, 그리고 강연이었습니다. 각하 덕분에 정치가 제 운명의 중심이 되었던 것입니다."

그때 비서가 문을 두드리고는 들어가도 되는지 물었다. 발라게르는 눈으로 총통에게 허락을 구했고, 총통은 그러라고 승인했다. 근사한 양복을 입고 작은 콧수염을 길렀으며 포마드를 발라 머리카락을 딱 붙인 비서는 산후안 델라 마구아나에 사는 576명의 훌륭한 주민들이 서명한 편지를 가지고 들어왔다. '파렴치한 주교인 몬시뇨르 레일리가 그곳의 주교로 다시 돌아오는 것을 반대한다'는 탄원서였다. 시장과 도미니카 당의 지역 지부장이 이끄는 대표단이 그 편지를 직접 대통령에게 전달하고자 했다. 그 대표단을 맞이해야 할까? 그는 다시 의견을 구했고, 자선가는 고개를 끄덕였다.

"기다려달라고 해주게." 발라게르가 지시했다. "각하와의 모임이 끝나는 즉시 대표단을 맞이하겠네."

그런데 사람들이 말하는 것처럼 발라게르는 독실한 가톨릭 신자였을까? 그의 독신 생활과 그가 미사나 감사 예배 혹은 행렬 때 취하는 경건하고 열성적인 태도에 대해 수많은 소문이 떠돌았다. 그는 발라게르가 두 손을 모으고 눈을 아래로 내리깐 채 성체를 받는 걸 직접 본 적이 있었다. 그가 지금 여자 형제들과 함께 살고 있는 집을 막시모 고메스 거리에, 즉 교황 대사관 옆에 지었을 때, 트루히요는 '걸어다니는 오물'에게 '여론광장'에 편지를 쓰게 해서, 그들이 가까이 사는 것을 비웃으며, 작달막한 변호사와 교황 사절 사이에 어떤 관계가 있는지 물었다. 그가 독실한 신자로 명성이 자자했고 사제들과 좋은 관계를 유지하고 있었기 때문에, 트루히요는 그에게 가톨릭교회에 대한 정책을 입안하여 수립하도록 지시했다. 그는 그 일을 훌륭하게 수행했고, 그 빌어먹을 주교들의 교서가 발표된 1960년 1월 24일까지 교회는 굳건한 동맹자였다. 발라게르가 협상을 맡았고, 트루히요가 1954년 로마에서 서명한 도미니카 공화국과 바티칸의 협약은 막강한 힘을 발휘했다. 가톨릭 세계로부터 그의 체제와 존재에 대한 지지를 이끌어냈던 것이다. 시인이며 법학자인 발라게르는 정부와 사제들의 갈등이 지속된 최근 1년 반 동안 많은 고통을 겪었음이 분명했다. 그런데 그가 그토록 독실한 가톨릭 신자일까? 그는 항상 정권이 주교와 사제들, 그리고 바티칸과 좋은 관계를 유지해야 한다고 주장했다. 그러나 그것은 종교적인 이유가 아니라 실리적이고 정치적인 이유에서였다. 가톨릭교회가 정권의 행위를 승인하면, 그것은 동시에 도미니카 국민들에게 합법성을 인정받기 때문이었다. 페론 정부는 교회가 등을 돌리자 붕괴하기 시작했다. 페론에게 일어났던 일이 트루히요에게 일어나서는 안 되었다. 그런데 그의 말이 맞을까? 그 내시 같은 사제들이 적대감을 품으면 트루히요도 종말을 맞이하게 될까? 그러나 그런 일이 일어나기 전에, 파날과 레일리는 절벽 아래 던져져 상어들을 살찌우는 먹이가 될 것이었다.

"당신이 좋아할 말을 해드리겠습니다, 대통령님." 갑자기 그가 말했다. "난 지식인들이 쓴 빌어먹을 글들을 읽을 시간이 없습니다. 시나 소설들 말입니다. 국가의 문제는 너무나 벅찬 일입니다. 마레로 아리스티가 그토록 오랜 세월을 나와 함께 일했지만, 난 그의 글을 전혀 읽지 않았습니다. 『오버』도 읽지 않았고, 그가 나에 관해 쓴 기사도 읽지 않았으며, 내가 그에게 청탁한 『도미니카 공화국의 역사』도 읽지 않았습니다. 또한 시인과 극작가와 소설가 들이 내게 헌정한 수백 권의 책도 읽지 않았습니다. 심지어 내 아내가 쓰는 엉터리 작품도 읽지 않습니다. 난 그럴 시간이 없습니다. 영화를 보거나 음악을 듣거나 발레 구경을 가거나 투계를 보러 갈 시간도 없습니다. 게다가 난 예술가들을 믿지 않습니다. 그들은 줏대 없는 인간들이며 절조라고는 눈곱만큼도 없고, 걸핏하면 배신하는 성향이 있으며 비굴하기 짝이 없는 사람들입니다. 나는 당신의 시와 에세이도 읽지 않았습니다. 단지 너무나 다정한 헌사를 써서 내게 보낸 후안 파블로 두아르테에 관한 『자유의 그리스도』만 대충 살펴보았을 뿐입니다. 그러나 예외가 있습니다. 7년 전에 쓴 당신의 연설문입니다. 당신이 학술원 회원이 되면서 예술의 전당에서 읽었던 그 연설문을 기억하십니까?"

자그마한 남자의 얼굴이 더욱 빨개졌다. 그는 말할 수 없는 기쁨을 느낀 것처럼 의기양양한 빛을 내뿜고 있었다.

"「하느님과 트루히요: 현실적 해석」입니다." 그가 눈꺼풀을 내리면서 중얼거렸다.

"난 그 글을 수없이 읽었습니다." 자선가가 고음의 달콤하고 작은 목소리로 쟁쟁거리며 말했다. "마치 시처럼 그 대목을 외우고 있습니다."

왜 꼭두각시 대통령에게 이런 걸 밝히는 것일까? 그것은 인간이라면 누구나 지닐 수 있는 약점이었기 때문이다. 그 자신은 결코 그런 약점에 굴복하지 않았다. 하지만 발라게르는 그런 사실을 자랑으로 삼고 자기 자신이 매우 중요한 인물이라고 느낄 수 있었다. 그러나 연달아 두번째 협력자를 잃는다는 것은 바람직하지 않은 일이었다. 그러면서 그는 이 난쟁이의 특징이 가장 적당한 것만 알고자 할 뿐만 아니라 적당하지 않은 것은 알려고 하지 않는 것임을 떠올리면서 마음을 가라앉혔다. 그는 같은 일을 반복하지 않을 작정이었다. 그랬다가는 다른 충신들도 언제 자기 차례가 될지 모른다고 느껴 은밀하게 적대감을 키울 수도 있었다. 그는 발라게르의 연설에 깊은 감동을 받았고, 종종 그것이 심오한 진실을 표현하고 있지는 않은지, 국민의 운명에 획을 그을 수 있는 헤아릴 수 없는 하느님의 결정 중 하나가 아닌지 생각했다. 그날 밤 그 신임 학술회원은 촌스럽게 앞자락과 뒷자락을 어슷하게 재단한 연미복을 입고는 예술의 전당 연단에 올라 연설문을 읽었다(그도 모든 남성 참석자들처럼 연미복을 입고 있었다. 롱드레스를 입은 여자들은 온몸에 번쩍거리는 보석과 다이아몬드를 주렁주렁 달고 있었다). 자선가는 처음에는 연설에 그다지 관심을 기울이지 않았다. 그런데 그것은 콜럼버스가 이스파니올라 섬에 도착한 이후부터 전개된 도미니카 역사를 종합한 것 같았다. 그는 연설에 귀를 기울이기 시작했다. 연사의 교양 있는 말과 우아한 말투 속에서 그의 통찰력과 사상이 빛을 발했다. 도미니카 공화국은 4세기 넘게—438년—해적들, 아이티의 침략, 미국과의 병합 시도, 백인들의 학살과 도주(아이티로부터 독립을 선포했을 때 불과 6만 명의 백인만 남아 있었다)를 비롯한 수많은 역경을 극복했으며, 그것은 모두 하느님의 뜻에 따른 것이라는 주장이었다. 그전까지 그 과업은 창조주 하느님의 소관이었다. 그러나 1930년 이후 라파엘 레오니다스 트루히요 몰리나가 이런 힘든 임무에서 하느님의 일을 덜어주었다고 연사는 강조했다.

"그런 과감하고 강력한 의지는 공화국이 운명을 이행하기 위해 나아가는 데 필요한 초자연적인 힘의 보호와 자비를 받고 있습니다." 눈을 살며시 감고서 트루히요가 읊었다. "하느님과 트루히요, 여기에 이것이 종합되어 있습니다. 첫째, 그것은 우리나라가 살아남은 것에 대한 설명이 되며, 둘째는 현재 도미니카 국민의 삶이 번창하고 있다는 것에 대한 설명이 됩니다."

그는 눈을 뜨고서 향수에 사로잡혀 한숨을 내쉬었다. 감격으로 마음이 더욱 오그라든 발라게르는 열심히 그의 말을 듣고 있었다.

"당신은 하느님이 내게 바통을 넘겨주었다고 아직도 믿습니까? 이 나라를 구원할 책임을 내게 위임했다고 생각합니까?" 그는 관심을 보이는 것 같기도 하고 비웃는 것 같기도 한 모호한 표정을 지으며 물었다.

"그 어느 때보다도 그렇습니다, 각하." 섬세하고 분명한 작은 목소리가 대답했다. "초월적 존재의 도움이 없었다면, 트루히요는 초인적인 사명을 완수하지 못했을 겁니다. 이 나라에게 각하는 하느님이었습니다."

"그 밑어먹을 냉성한 누교들이 그런 것을 들었다니, 님이 아까운 디운 일입니다." 트루히요가 웃었다. "만일 당신의 이론이 맞다면, 하느님께서 그들에게 무지에 대한 대가를 치르게 하실 겁니다."

발라게르는 그의 업적을 하느님의 거룩함과 연결시킨 첫번째 사람이 아니었다. 자선가는 그 이전에 법학교수이며 변호사이고 정치가인 하신토 비엔베니도 페이나도*(1938년 아이티인 학살로 인해 트루히요의 3선 선거에 국제적인 비난이 쏟아지자, 그가 꼭두각시 대통령으로 앉힌 사람이다)가 그의 집 현관에 '하느님과 트루히요'라고 쓴 크고 밝은 현판을 걸어놓았다는 것을 떠올렸다. 그때부터 동일한 현판이 수도를 비롯하여 전국의 수많은 집에 걸렸다. 아니다. 정확히 그런 말들은 아니었지만, 논지는 압도적인 진실로 트루히요를 놀라게 했던 그 연결 관계의 정당함을 증명하고 있었다. 매년 트루히요 연구소에

---

* 1938년 8월 16일부터 1940년 2월 24일까지 도미니카 공화국 대통령으로 재임했다.

서 재발행된 발라게르의 연설문은 모든 학교에서 필수적으로 읽어야 할 글이었으며, 고등학생과 대학생들에게 트루히요의 가르침과 교훈을 가르치기 위해 사용된 '시민 안내서'의 중심 텍스트였다. 시민 안내서는 그가 직접 선택한 세 사람, 즉 발라게르와 지식인 카브랄, 그리고 '걸어 다니는 오물'이 함께 만든 책자였다.

"나는 수없이 당신의 이론을 생각했습니다, 발라게르 박사." 그가 솔직하게 말했다. "그게 하느님의 결정이었습니까? 그렇다면 왜 나를 선택한 거지요? 왜 내가 선택된 겁니까?"

발라게르 박사는 혀끝으로 입술을 적신 다음 대답했다.

"하느님의 결정은 피할 수 없습니다." 그가 자못 감동한 듯이 말했다. "각하의 지도력, 수행 능력, 그리고 무엇보다도 나라를 향한 각하의 사랑을 염두에 두셨을 겁니다."

왜 이런 어리석은 말을 주고받으며 시간을 낭비하고 있는 것일까? 급히 처리할 일들이 산적해 있었다. 그런데 이상하게도 이런 모호하고 회고적이며 개인적인 대화를 멈추고 싶지 않았다. 왜 대화 상대가 발라게르일까? 협력자들 중에서 그는 트루히요와 은밀한 순간을 가장 덜 나눈 사람이었다. 발라게르는 산크리스토발에서의 비공식 만찬이나 술이 넘쳐흐르고 가끔씩 난장판이 벌어지는 '마호가니의 집'에 한 번도 초대받은 적이 없었다. 아마도 지식인과 문인 무리를 통틀어 발라게르가 유일하게 그를 실망시키지 않은 사람이었기 때문인지도 몰랐다. 비록 아베스 가르시아는 대통령 주변이 더러운 기운으로 둘러싸여 있다고 말했지만, 그가 지식인으로 워낙 명성이 드높았기 때문에 그를 그런 자리에 부르지 않았는지도 몰랐다.

"나는 항상 지식인과 문인에 대해 좋지 않게 말했습니다." 그가 다시 말했다. "공적을 따지자면 군인들이 첫번째입니다. 그들은 의무에 충실하고, 음모에 휩쓸리지 않으며, 시간을 낭비하지도 않습니다. 그다음이 농민들입니다. 이 나라에서 건전하고 열심히 일하며 명예로운 사람들은 제당 공장과 오두막집, 그리고 사탕수수 농장에 있습니다. 그다음은 관리들과 기업인들, 상인들입니다. 문인들과 지식인들은 맨 마지막입니다. 심지어 사제들보다도 뒤에 위치합니다. 하지만 당신은 예외입니다, 발라게르 박사. 그러나 다른 사람들은 아닙니다! 그들은 범죄자 집단과 마찬가지입니다. 그들은 가장 많은 은덕을 입었으면서도, 그들을 먹여주고 옷 입혀주고 멀리로 기득 채워준 정권에 가장 많은 해를 끼쳤습니다. 가령 호세 알모이나, 헤수스 데 갈린데스와 같은 스페인 망명자들을 보세요. 우리는 그들에게 피난처와 일자리를 주었습니다. 하지만 그들은 글을 통해 우리에게 아부하고 애걸하더니 결국 이 나라를 중상모략하고 거짓말을 썼습니다. 당신이 이곳으로 데려왔던 절뚝발이 콜롬비아인 오소리오 리사라소*는 어땠습니까? 그는 내 전기를 쓰러 왔고, 나를 극구 칭송하면서 이곳에서 왕처럼 살았습니다. 그리고 주머니에 돈을 채우고 콜롬비아로 돌아가더니 트루히요 반대자가 되었습니다."

발라게르의 또 다른 장점은 언제 입을 다물어야 하는지, 총통이 감

---

* 콜롬비아의 소설가이며 문학 비평가이자 정치 평론가. 1946년에 콜롬비아를 떠나 아르헨티나에 1955년까지 거주하면서 페론 정권과 협력했으며, 이후 칠레를 거쳐 도미니카 공화국으로 가서 트루히요 정권의 공식 기관지를 이끌었다. 여기서 말하는 트루히요의 전기는 『이것이 트루히요』라는 제목으로 1958년 부에노스아이레스에서 출판되었다.

정을 실컷 토해낼 수 있도록 언제 스핑크스가 되어야 하는지 잘 안다는 것이었다. 트루히요는 입을 다물었다. 그리고 창밖을 쳐다보면서 창문과 평행을 이루는 거품 이는 해안에서 찰싹거리는 파도 소리에 귀를 기울였다. 하지만 바다의 속삭임은 들을 수 없었다. 자동차 엔진의 소음이 삼켜버렸던 것이다.

"당신은 라몬 마레로 아리스티가 배신했다고 생각합니까?" 그는 대화 상대이면서도 가만히 입을 다물고 있던 사람을 향해 고개를 돌리면서 갑자기 물었다. "그가 〈뉴욕 타임스〉의 기자에게 정보를 주어 우리를 공격하게 만들었다고 생각합니까?"

발라게르 박사는 트루히요의 갑작스러운 질문에 절대로 놀라는 법이 없었다. 그런 질문은 위험하여 잘못 대답했다간 위태로운 상황에 빠질 수 있었다. 실제로 많은 사람들이 그런 질문의 덫에 걸려 옴짝달싹 못했다. 그는 빠져나가는 방법을 알고 있었다.

"그는 그런 적이 없다고 맹세했습니다, 각하. 눈에 눈물을 머금고서 지금 각하가 앉아 계신 그곳에 앉아서 자기 어머니와 모든 성인들을 두고 자기는 절대로 태드 슐츠의 정보원이 아니었다고 맹세했습니다."

트루히요는 분노한 표정을 지으며 반응했다.

"그럼 마레로가 이곳에 와서 자기가 매수되었다고 고백하겠습니까? 당신의 의견을 듣고 싶습니다. 그가 배신했습니까, 안 했습니까?"

발라게르는 언제 물에 뛰어들어야 하는지도 잘 알고 있었다. 그건 자선가도 익히 알고 있는 그의 장점이었다.

"저는 라몬을 개인적으로, 그리고 지적으로 존경합니다. 그래서 이런 말을 하기에는 몹시 가슴 아프고 슬프지만, 그가 태드 슐츠에게 정보를 제공했다고 믿습니다." 그는 거의 들리지 않을 만큼 작은 목소리로 말했다. "그것을 보여주는 증거가 너무나 많습니다, 각하."

그 역시도 동일한 결론에 이르렀었다. 30년간의 통치 동안—정권을 잡기 전에 경찰 보안 대원이었고, 심지어 그전에 사탕수수 농장의 감독관이었을 때에도—그는 과거를 돌아보거나 혹은 이미 결정한 것을 후회하거나 축하하면서 시간을 낭비하는 사람이 아니었다. 라몬 마레로 아리스티는 막스 엔리케스 우레냐*가 '천재적인 무학자'라고 불렀으며, 트루히요가 진정으로 존경을 하게 되었고, 그래서 명예와 돈과 높은 직책—〈라나시온〉의 칼럼니스트이자 편집인, 그리고 노동부 장관—으로 가득 채워준 역사가이자 작가였다. 또한 자기 주머니 돈을 꺼내서 세 권짜리 『도미니카 공화국의 역사』를 발간해주기도 했다. 그런 이유로 그는 자주 라몬 마레로 아리스티 일을 떠올렸으며, 그럴 때마다 개운치 못한 뒷맛을 느끼곤 했다.

그가 전혀 의심하지 않았던 사람이 있었다면, 그건 국내와 해외에서 가장 많이 읽혔을 뿐만 아니라 심지어 영어로도 번역된 도미니카 소설이며 라로마나 사탕수수 농장 노동자들의 이야기인 『오버』의 작가였다. 그는 부동의 트루히요 추종자였다. 〈라나시온〉의 편집인으로 그는 확고한 신념과 과감한 글로 체제를 옹호하면서 자신이 트루히요 신봉자임을 보여주었다. 그리고 노동부 장관으로 노동조합원과 고용주들과 훌륭한 관계를 유지하면서 성공적으로 임무를 수행했다. 그래

---

* 도미니카 출신의 작가이며 변호사. 트루히요 정권에서 외무부 장관, 유엔 대사, 브라질 대사, 아르헨티나 대사 등을 역임했다.

서 〈뉴욕 타임스〉의 태드 슐츠 기자가 도미니카 공화국에 관한 기사를 쓰기 위해 오겠다고 알리자, 그는 마레로 아리스티에게 미국 기자와 동행하는 임무를 맡겼던 것이다. 그는 기자와 함께 전국 방방곡곡을 여행했고, 태드 슐츠가 인터뷰를 요청하면 나서서 주선해주었다. 심지어 트루히요와 인터뷰할 수 있도록 도와주었다. 태드 슐츠가 미국으로 돌아갈 때, 그는 마이애미까지 그를 배웅해주었다. 총통은 〈뉴욕 타임스〉의 기자가 그의 체제를 찬양하는 기사를 쓸 것이라고는 기대하지 않았다. 그러나 트루히요 왕국의 부정부패를 적나라하게 폭로할 것이라고도 생각하지 않았다. 또한 태드 슐츠가 트루히요 가족이 소유한 재산과 친척이나 친구나 협력자들에게 제공한 사업에 관한 자료와 날짜와 이름과 숫자를 그토록 정확하게 밝힐 것이라고는 전혀 예상하지 못했다. 그런 정보를 제공할 수 있는 사람은 마레로 아리스티뿐이었다. 그는 노동부 장관이 절대 트루히요 시에 발을 딛지 않을 것이라고 확신했다. 그런데 놀랍게도 마이애미에서 태드 슐츠의 기사를 반박하는 편지를 〈뉴욕 타임스〉에 보냈을 뿐만 아니라, 대담하게도 도미니카 공화국으로 돌아온 것이었다. 그는 대통령궁으로 찾아왔다. 그러면서 자기는 아무 죄가 없으며, 그 양키가 그의 감시를 따돌리고 몰래 적들과 이야기했다고 울면서 말했다. 트루히요가 이성을 잃은 경우는 몇 번 되지 않았는데, 그때가 바로 그런 경우였다. 그가 훌쩍이는 모습을 보자 역겨운 나머지 그의 따귀를 후려갈겼고, 그는 비틀거리면서 말을 멈추었다. 너무 놀라 뒷걸음질 치기까지 했다. 자선가는 그에게 욕을 퍼부으면서 배신자라고 불렀고, 군 경호대장이 그를 죽여버리자, 조니 아베스에게 시체를 처리하라고 지시했다.

1959년 7월 17일 노동부 장관과 그의 운전사는 콘스탄사로 가는 길에 중앙산맥의 벼랑으로 미끄러졌다. 국가가 주도한 공식 장례식이 치러졌고, 묘지에서 상원의원 헨리 치리노스는 고인의 정치적 업적을 강조했으며, 발라게르 박사는 그를 기리는 문학적인 송덕문을 읽었다.

"그는 나를 배신했지만, 그가 죽었을 때 난 슬펐습니다." 트루히요가 솔직하게 말했다. "젊었습니다. 겨우 마흔여섯 살이었죠. 우리를 위해 많은 일을 해줄 수 있는 나이였습니다."

"하느님의 결정은 피할 수 없습니다." 한 치의 비아냥거림도 없이 대통령은 다시 이 말을 반복했다.

"우리가 주제에서 벗어난 것 같습니다." 트루히요가 대답했다. "교회와 화해할 가능성이 있다고 생각합니까?"

"당장은 없다고 봐야 합니다, 각하. 그들과의 불화는 해롭습니다. 솔직하게 말하자면, 저는 각하께서 아베스 대령에게 〈라나시온〉 신문과 〈카리브 라디오〉 방송국에 주교들에 대한 공격을 완화하라고 지시하지 않으면, 상황이 갈수록 악화될 것 같아 두렵습니다. 오늘 저는 교황 대사와 대주교 피티니의 불평을 접수했습니다. 어제 몬시뇨르 파날을 공격했기 때문입니다. 각하도 읽으셨습니까?"

그는 책상에 그 기사를 스크랩해놓았고, 그것을 자선가에게 아주 공손하고 정중하게 읽어주었다. 〈라나시온〉에 다시 실린 〈카리브〉 라디오의 논설에 따르면 라베가의 주교인 몬시뇨르 파날은 '예전에 레오폴도 데 우브리케'라고 알려진 사람이며, 스페인에서 탈옥하여 인터폴 수배 명단에 올라 있는 범죄자였다. 그러면서 그를 '테러리즘의 괴수가 되기 전에는 독실한 여신도들로 라베가의 주교관을 가득 채웠으며', 이제는 '합당한 민중 보복을 두려워한 나머지 병적일 정도로 신심이 두터운 여자들 뒤에 숨었으며, 아마도 그 여자들과 무절제한 성관계를 즐기고 있는 것 같다'고 비난하고 있었다.

총통은 껄껄거리며 웃었다. 아베스 가르시아의 머릿속에서 나온 게 고작 그것인가! 므두셀라처럼 늙은 그 스페인 신부의 고추가 선 것은 아마도 20년, 아니면 30년 전이었을 것이다. 그런 상황에서 그가 라베가의 여신도들과 성관계를 가졌다고 고발하는 것은 너무 생각 없는 행동이었다. 기껏해야 그는 음란한 동성애 신부들처럼 복사들에게 손을 대는 것밖에는 할 수 없었을 것이다.

"대령은 종종 과장이 심합니다." 그가 미소를 지으며 평했다.

"교황 대사와 교황청에서도 공식적인 항의가 들어왔습니다." 발라게르는 심각한 얼굴로 말을 이었다. "지난 5월 17일, 신문과 라디오가 산 카를로스 보로메오의 수사들을 집중 비난한 사건입니다, 각하."

그는 스크랩이 들어 있는 파란색 폴더를 들었다. 헤드라인이 눈에 확 띄는 기사였다. '프란체스코-카푸친 수도회 테러분자 수사들'이 그 교회에서 직접 폭탄을 제작하고 보관해두었다는 내용이었다. 그 폭탄이 우연히 폭발하는 바람에 이웃 주민들이 발견했다고 했다. 〈라나시온〉과 〈엘카리베〉 신문은 공권력을 투입해 테러리스트의 소굴을 소탕할 것을 요구하고 있었다.

트루히요는 따분한 시선으로 스크랩된 기사들을 슬쩍 쳐다보았다.

"그 사제들은 폭탄을 만들 용기조차 없습니다. 기껏해야 그들은 설교로 우리를 공격할 뿐입니다."

"저는 대수도원장을 알고 있습니다, 각하. 알론소 데 팔미라 신부는 덕망 높으며, 사도의 임무에 헌신하고 있고, 정부를 존중하는 사람입니다. 절대로 반란을 획책할 사람이 아닙니다."

그는 잠시 말을 쉬고서 식후의 대화에서 사용함직한 정중하고 진심 어린 말투로 자기의 주장을 전개했다. 총통이 아구스틴 카브랄에게서 수없이 들었던 주장과 동일했다. 고위 성직자들, 바티칸, 그리고 신부들—대부분은 무신론을 주장하는 공산주의가 두려워서 계속 체제를 지지하고 있었다—과 다시 다리를 놓기 위해서는 신문과 방송을 통한 비난과 비방 선전을 중단하거나 아니면 약화시켜야만 하며, 그러지 않을 경우 적들은 이 정권을 반가톨릭이라고 규정하게 될 것이라고 말했다. 교소키럼 에이틀 디메먼기 빌피케그 빅시는 총통에게 산토도밍고 학교에 대한 탄압과 관련된 미국 국무부의 항의 서한을 보여주었다. 대통령은 경찰력을 배치한 것은 혹시 일어날지도 모르는 불미스러운 사태로부터 수녀들을 보호하기 위한 조치라고 해명하는 답장을 보냈다. 그러나 사실상 그것은 수녀들을 애먹이기 위한 것이었다. 가령 매일 밤 아베스 가르시아 대령의 부하들은 학교 앞에서 확성기로 트루히요주의자들의 메렝게 음악을 틀어놓았고, 그래서 수녀들은 한시도 눈을 붙일 수 없었다. 그전에는 산후안 델라 마구아나의 몬시뇨르 레일리의 주교관에서 그랬고, 라베가의 몬시뇨르 파날의 주교관에서도 똑같은 일이 벌어졌다. 아직 교회와 화해할 가능성은 남아 있었다. 그러나 이런 비방 선전이 갈등을 극단적인 단절로 몰아가고 있었다.

"장미십자회원과 대화를 해서 그를 설득하십시오." 트루히요는 어깨를 으쓱거리면서 말했다. "그는 사제를 증오합니다. 그는 교회를 회

유하기에는 너무 늦었으며, 내가 추방되거나 감옥에 갇히거나 혹은
죽기를 신부들이 바라고 있다고 확신합니다."

"절대로 그렇지 않습니다, 각하."

자선가는 그의 말에 별다른 관심을 기울이지 않았다. 아무 말도 하
지 않은 채 상대방을 제압하고 두려워하게 만드는 예리하고 통찰력
있는 눈으로 꼭두각시 대통령을 자세히 바라보고 있었다. 왜소한 체
구의 박사는 다른 사람들보다 그런 심문조의 시선을 잘 견뎠다. 그러
나 지금은 무례하고 노골적인 시선이 몇 분 동안 이어지자 그는 거의
발가벗겨진 느낌을 받았고 불안감을 드러내기 시작했다. 그의 작은
눈이 두꺼운 안경알 너머로 쉴 새 없이 깜빡거렸다.

"당신은 하느님을 믿습니까?" 트루히요가 약간 초조한 모습으로
그에게 물었다. 그는 차가운 눈으로 그를 도려내면서 솔직한 대답을
요구하고 있었다. "죽은 다음에 또 다른 삶이 있다고 믿습니까? 착한
사람들은 천국에 가고 나쁜 사람들은 지옥에 간다고 믿습니까? 그걸
믿습니까?"

트루히요는 호아킨 발라게르의 작은 모습이 그 질문에 난처해하면
서 더욱 작아지는 것 같다고 생각했다. 그의 뒤에는 자신의 사진이 걸
려 있었다. 깃털이 꽂힌 삼각 모자를 쓰고 정복을 입은 채 그가 가장
자랑스럽게 여기는 스페인 카를로스 3세의 십자가 훈장과 함께 대통
령 현장(懸章)을 가슴에 두른 사진이었다. 그의 사진은 금색의 사진
틀에서 더욱 커져가는 것처럼 보였다. 꼭두각시 대통령은 조그만 손
을 비비면서 마치 비밀을 고백하는 사람처럼 말했다.

"가끔씩은 의심합니다, 각하. 그러나 몇 년 전에 저는 더 이상의 대

안은 없다는 결론에 이르렀습니다. 그래서 믿어야만 하는 것입니다. 무신론자가 될 수는 없는 일입니다. 우리나라와 같은 세상에서는 결코 그럴 수 없습니다. 국가 관리직에 소명의식을 느끼고 정치에 참여하더라도 그럴 수는 없습니다."

"당신은 신심이 깊기로 명성이 높습니다." 트루히요가 의자에서 움직이면서 집요하게 말했다. "당신은 결혼을 하지 않았으며, 여자 친구도 없으며, 술도 마시지 않으며, 사업도 벌이지 않는데, 그건 모두 비밀 서약을 했기 때문이라는 말도 들었습니다. 그러니까 평신도 사제라는 말이지요."

자그마한 대통령은 고개를 흔들며 부정했다. 그건 진여 사실이 아니라는 것이다. 그는 어떤 서약도 하지 않았고 앞으로도 그럴 생각은 추호도 없었다. 사범학교의 몇몇 친구들이 가톨릭 신도들의 목자로 봉사하도록 하느님에게 선택되었는지 의심하면서 몹시 괴로워했던 것과는 달리, 그는 자기의 소명의식이 사제직이 아니라 지적인 작업과 정치 활동이라는 것을 알고 있었다. 종교는 그에게 삶과 맞서 싸울 수 있는 정신적 질서와 윤리의식을 가져다주었다. 종종 그는 초월성을 의심했고 하느님을 의심했지만, 가톨릭이 인간의 탈을 쓴 야수의 비이성적 열정과 욕망을 사회적으로 구속할 수 있는 도구로서 둘도 없는 기능을 수행한다는 점만은 의심하지 않았다. 도미니카 공화국에서는 스페인어와 마찬가지로 국민성의 구성력으로 작용한다는 것도 의심하지 않았다. 가톨릭 신앙이 없다면, 나라는 혼돈에 빠지고 야만적이 될 것이었다. 믿음에 관해서, 그는 이냐시오 데 로욜라가 『영성수련』에서 권고한 것을 따랐다. 미사에 참석하고 기도하고 고해하고 성체를 받아 모시면서 의식과 가르침을 흉내 내고 마치 믿는 것처럼 행동하라는 것이었다. 그렇게 종교 형식을 체계적으로 반복하면 점차 내용을 갖추게 되고 어느 순간 하느님의 존재로 빈 공간이 메워진다는 주장이었다.

발라게르는 입을 다물고서 눈을 아래로 내리깔았다. 자기 영혼의 험난한 장소가 어딘지, 자기가 최고의 존재를 개인적으로 어떻게 수용하는지 총통에게 드러냈다는 사실에 창피해하는 것 같았다.

"내가 의심을 가졌더라면, 내가 행동하기 전에 하늘로부터 어떤 신호를 기다렸다면, 아마도 나는 이 몸을 결코 일으키지 못했을 겁니다." 트루히요가 말했다. "나는 삶과 죽음을 결정하는 문제에 직면했을 때 나 자신을 믿어야 했습니다. 그 누구도 믿지 말아야 했습니다. 물론 종종 나는 실수를 저지르기도 했습니다."

자선가는 발라게르의 표정을 보면서 그의 말뜻을 이해하기 위해 애쓰고 있다는 것을 알아챘다. 트루히요는 엔리케 리트고우 세아라 박사를 떠올리고 있었지만 말하지 않았다. 그가 처음 소변을 보는 데 불편을 겪기 시작했을 때 지식인 카브랄이 소개해준 비뇨기과 의사가 바로 세아라 박사였다. 1950년대 초 마리온 박사는 요도염 수술을 한 후 더 이상 아무런 문제가 없을 것이라고 장담했다. 그러나 증상이 다시 시작되었다. 수많은 검사와 몹시 불쾌한 직장 검사 끝에 리트고우 세아라 박사는 창녀 얼굴 혹은 기름기 도는 성당 관리인의 표정을 지으면서 그가 이해할 수 없는 용어를 마구 뱉어서 그의 기를 죽였다('요도 회음 경화증', '요도 엑스레이', '입상과 전립선염'). 그런 다음 그가 도저히 감당할 수 없는 진단을 내렸다.

"하느님을 믿으셔야 합니다, 각하. 각하의 전립선은 현재 암일 가능성이 높습니다."

그는 육감으로 의사가 과장하고 있거나 거짓말하고 있다는 것을 알았다. 그 비뇨기과 의사가 급히 수술할 것을 권하자, 그는 자신의 느낌이 틀림없다고 확신했다. 리트고우 세아라 박사는 전립선을 제거하지 않으면 위험해지며, 전이될 수도 있다고 했다. 그러면서 수술로 제거하고 화학요법을 병행하면 몇 년간 수명을 연장할 수 있을 것이라고 밝혔다. 그는 과장하거나 거짓말하고 있었다. 그는 돌팔이 의사, 아니면 '조국의 아버지'의 죽음을 앞당기려는 적이었다. 바르셀로나에서 그 유명한 의사를 데려오면서 그것은 더욱 분명해졌다. 안토니오 푸이치베르트 박사는 그가 암에 걸렸다는 사실을 부정하면서, 나이 때문에 전립선이 비대해진 것이며, 약물로 치료 가능하고, 생명에는 전혀 지장이 없다고 진단했다. 전립선 절제 수술은 전혀 필요 없었다. 그날 아침 트루히요는 명령을 하달했고, 군 경호원인 호세 올리바 중위가 그 지시를 이행했다. 그리하여 무례하기 짝이 없는 리트고우 세아라 박사는 산토도밍고의 항구에서 익사했으며, 그와 더불어 그의 독설과 엉터리 지식도 함께 영원히 사라졌다. 아 참! 꼭두각시 대통령은 페냐 리베라 중위를 대위로 승진시키는 서류에 아직 서명하지 않고 있었다. 총통은 하느님의 존재에서 속세의 문제로 대화 수준을 내렸다. 아베스 가르시아가 모집한 가장 능력 있는 살인 집단의 봉사에 대한 속세의 대가였다.

"잊을 뻔했습니다." 그는 머리로 화난 제스처를 취하며 말했다. "당신은 뛰어난 공로를 세운 것에 대한 대가로 페냐 리베라 중위를 대위로 승진시킨다는 결정문에 아직 서명하지 않았습니다. 난 그 서류를 내가 승인한다는 메모와 함께 일주일 전에 보냈습니다."

발라게르 대통령의 조그맣고 뚱뚱한 얼굴이 일그러졌고, 그의 입은 오므라들었으며, 손은 씰룩씰룩 움직였다. 그러나 곧 자제심을 발휘하여 평상시의 차분한 태도로 돌아왔다.

"저는 각하와 이 승진 문제를 논의할 필요가 있다고 생각해서 서명을 하지 않았습니다."

"논의할 것은 하나도 없습니다." 총통은 그의 말을 호되게 잘랐다. "당신은 내 지시 사항을 받았습니다. 그렇지 않은가요?"

"맞습니다, 각하. 하지만 제 말을 들어보십시오. 만일 제 말에 동의하지 않으시면, 저는 즉시 페냐 리베라 중위의 승진 서류에 서명할 것입니다. 지금 여기에 있습니다. 저는 언제든지 서명할 준비가 되어 있습니다. 하지만 미묘한 문제가 있어서 각하와 상의하는 게 좋다고 생각했습니다."

그는 발라게르가 어떤 의견을 개진할지 잘 알고 있었다. 그러자 부아가 치밀기 시작했다. 이 늙어빠지고 피로에 지친 하잘것없는 인간이 감히 그의 지시를 어기겠다는 것일까? 그는 분노를 숨기고서 그의 말을 끊지 않고 들어주었다. 발라게르는 온갖 수사법을 동원하여 기적을 만들고 있었다. 부드러운 말과 극히 세련되고 교양 있는 말투로 자기의 생각이 경솔하거나 무례하지 않게 들리도록 애쓰고 있었다. 이 세상에 존재하는 모든 경의를 표하면서, 그는 승진 결정을 재고하는 게 좋다고 충고했다. 빅토르 알리시니오 페냐 리베라와 같은 사람을 현저한 공로를 세웠다는 이유로 승진시킨다는 것은 문제가 있다는 말이었다. 페냐 리베라 중위는 부정적인 전력이 많았고, 부당한 말일지는 몰라도 비난받아 마땅한 행위로 더럽혀진 사람이라서, 그의 승진은 적들에게 이용당할 수 있었다. 특히 미국은 미네르바, 파트리아, 마리아 테레사 미라발을 죽인 데 대한 보상이었다고 주장할 수도 있었다. 비록 사법당국이 세 미라발 자매와 그들의 운전사가 교통사고로 죽었다고 발표했지만, 외국에서는 산티아고 주재 첩보부대장인 페냐 리베라 중위가 저지른 정치적 살인이라고 보도하고 있었다. 대통령은 적들이 야기했던 이 소동을 떠올렸다. 그것은 각하의 지시에 따라 올해 2월 7일에 대통령령으로 승인한 사건이었다. 즉 국가가 반란 행위를 했다는 이유로 파트리아 미라발과 그의 남편에게 몰수한 4억 다르의 농장과 가옥을 페냐 리베라 중위에게 양도한 사건이었다. 비난의 소리는 아직도 그치지 않고 있었다. 미국에 설립된 위원회는 파트리아 미라발의 집과 토지를 페냐 리베라에게 준 것은 범죄의 대가로 준 선물이라고 하면서 거세게 항의하고 있었다. 호아킨 발라게르 박사는 총통에게 적들이 그가 살인자들과 고문관들을 보호하고 있다는 말을 반복하지 못하도록 새로운 구실을 제공하지 말라고 조언하고 있었다. 발라게르는 그것 이외에도 망명자들의 비방 선전을 지적했다. 그 비방 선전에 따르면, 아베스 가르시아가 총애하는 그 중위는 미라발 자매의 죽음뿐만 아니라, 마레로 아리스티의 자동차 사고와 여러 실종 사건에도 깊이 연루되어 있었다. 이런 상황에서 공개적으로 중위에게 포상을 내리는 것은 경솔한 행동이라고 생각했던 것이다. 가령 은밀하게 경제적 보상을 해주거나, 아니면 머나먼 나라에 외교관으로 파견하는 것은 어떨까?

그는 말을 마치면서 다시 손바닥을 비볐다. 그리고 불안하게 눈을 깜빡거리면서, 자신의 조심스러운 의견이 먹혀들지 않을 것이며, 질책만 받을 것이라고 예감하고 있었다. 트루히요는 부글부글 끓어오르는 분노를 애써 참았다.

"발라게르 대통령, 당신은 정치의 양지에서 일할 수 있는 행운을 누리고 있습니다." 그가 차갑게 말했다. "법령, 개혁, 외교 협상, 사회변혁 등이요. 31년 동안 당신은 그런 일들을 했습니다. 당신은 정치 중에서도 즐겁고 기쁜 면에만 연관되었습니다. 얼마나 부러운지 모르겠습니다! 나도 경세가, 개혁가 역할만 한다면 여한이 없겠습니다. 하지만 통치한다는 것은 더러운 면도 지니고 있습니다. 그것이 없었다면 당신이 하는 일은 불가능했을 겁니다. 질서가 뭡니까? 안정이 뭡니까? 국가 안전은 또 뭡니까? 나는 당신이 그런 불쾌한 일에 손대지 않게 해주었습니다. 그러나 평화를 어떻게 얻을 수 있는지 모른다고 말하지는 마십시오. 그건 수많은 희생과 피를 필요로 합니다. 내가 당신에게 다른 쪽을 바라보게 해준 것, 좋은 일에만 전념하게 해준 것에 감사하십시오. 그러나 나와 아베스, 페냐 리베라 중위와 다른 사람들은 당신이 시를 쓰고 연설문을 쓸 수 있도록 이 나라의 치안과 질서를 바로잡았습니다. 당신은 예리한 지성을 지닌 사람이니 내 말을 이해하고도 남을 거라고 생각합니다."

호아킨 발라게르는 고개를 끄덕였다. 그는 창백해져 있었다.

"이제 말하기 힘든 것에 관해서는 그만합시다." 총통이 종지부를 찍었다. "페냐 리베라 중위의 승진 서류에 서명하시고, 내일 〈관보〉에 게재하십시오. 그리고 당신 손으로 직접 쓴 축하 편지를 그에게 보내십시오."

"그렇게 하겠습니다, 각하."

트루히요는 손으로 얼굴을 쓰다듬었다. 하품이 나올 것 같았으나, 그건 거짓 징후였다. 오늘 밤 '마호가니의 집'의 열린 창문으로 나무와 풀 향내를 맡으며 칠흑처럼 어두운 밤하늘에서 무수한 별들을 보면서 그는 '판관' 페트로니우스처럼 품위 있게 벌거벗고 다정하며 그다지 겁에 질리지 않은 여자아이의 몸을 애무할 것이었다. 그리고 자기 양다리 사이로 점점 커져오는 흥분을 느끼면서, 그녀의 성기에서 흘러나오는 미적지근한 즙을 빨아먹을 것이었다. 그의 물건은 예전처럼 크고 단단하게 발기할 것이었다. 그 여자아이를 신음하게 만들고 쾌감에 몸을 떨게 할 것이었고, 그 역시 그런 쾌락을 즐기면서 멍청한 말라깽이 계집애에 대한 쏩쓸한 기억을 지워버릴 작정이었다.

"정부가 석방할 구속자 명단을 살펴보았습니다." 그가 좀 더 사무적인 어투로 말했다. "몬테크리스티의 교수 움베르토 멜렌데스를 제외하고는 이견이 없습니다. 그대로 진행하십시오. 석방자 가족들을 목요일 오후에 대통령궁으로 부르십시오. 그곳에서 석방자들과 만나게 될 겁니다."

"즉시 진행하겠습니다, 각하."

총통은 자리에서 일어났다. 꼭두각시 대통령이 따라서 일어나려고 하자 앉아 있으라는 제스처를 보냈다. 아직 그곳을 떠나는 게 아니었다. 저린 다리를 풀기 위해서였다. 그는 책상 앞에서 두어 발짝을 옮겼다.

"이번 특별 가석방이 양키들을 달랠 수 있을 것 같습니까?" 그가 말했다. "그럴 수 있을지 의문이 듭니다. 헨리 디어본은 계속해서 음모를 사주하고 있습니다. 아베스 말로는 또 다른 음모가 진행 중이라고 합니다. 심지어 후안 토마스 디아스도 가담하고 있다고 들었습니다."

그는 일순 뒤가 조용하다고 느꼈다. 마치 무겁고 끈적끈적한 것이 있는 것처럼 침묵의 소리를 들었다. 그는 화들짝 놀라면서 뒤로 돌아 꼭두각시 대통령을 바라보았다. 발라게르는 그곳에 움직이지 않은 채 행복한 표정으로 그를 바라보고 있었다. 트루히요는 마음을 놓을 수 없었다. 그런 직관은 결코 틀린 적이 없었다. 이 미생물 같은 존재, 이 난쟁이가 뭔가 알고 있는 게 아닐까?

"새로운 음모에 대해서 들은 게 있습니까?"

그는 발라게르가 힘껏 고개를 가로저으며 부정하는 걸 보았다.

"그랬다면 즉시 아베스 가르시아 대령에게 알렸을 겁니다, 각하. 반란과 관련된 일말의 소문이라도 들리면, 저는 항상 그렇게 했습니다."

그는 아무 말도 하지 않은 채 책상 앞에서 다시 두어 발짝 움직였다. 아니었다. 정권의 협력자들 중에서 음모에 가담할 주제도 못 되는 사람이 있다면, 그는 바로 신중하고 용의주도한 대통령이었다. 그는 트루히요가 없다면 자신도 존재할 수 없을 것이며, 자선가는 그에게 생명을 준 수액이며, 그가 없다면 자기는 영원히 정치계에서 사라질 것임을 잘 알고 있었다.

그는 널찍한 창문 앞으로 걸어갔다. 한참 동안 바다를 응시했다. 구름이 태양을 가리고 있었고, 회색의 하늘과 대기에는 은빛 줄무늬가 새겨져 있었으며, 감청색의 바닷물이 반짝거리고 있었다. 조그만 배한 척이 바다를 가로지르면서 오사마 강의 하구로 향하고 있었다. 고기잡이 배가 조업을 마치고 부두로 돌아가는 길이었다. 그 배는 물거품을 남겼다. 이곳에서는 볼 수 없었지만, 갈매기들이 끊임없이 울어대며 날갯짓을 하고 있을 거라고 상상했다. 그는 기쁜 마음으로 한 시간 반가량의 산책을 예상했고, 어머니에게 인사를 한 후 막시모 고메스 거리와 가로수 길을 따라 걸으면서 파도의 자장가 소리를 듣고 소금기 밴 공기 냄새를 맡게 될 것이라고 생각했다. 그리고 공군 기지 입구에 망가진 하수관을 그대로 방치한 것에 대해 공군 사령관을 질책해야 한다는 사실도 잊지 말아야 했다. 군사 기지 입구에서 그토록 역겨운 광경을 다시는 보지 않기 위해, 푸포 로만의 코를 악취 풍기는 웅덩이에 박아버릴 작정이었다.

그는 작별 인사도 하지 않은 채 호아킨 발라게르 대통령의 집무실에서 나갔다.

15

"함께 있는 우리도 이런데, 저기 혼자 있는 피피 파스토리사는 어떻겠어?" 우아스카르 테헤다는 산크리스토발로 향하는 도로의 7킬로미터 지점에 주차한 묵직한 검은색 올즈모빌 98의 운전대에 기댔다.

"도대체 우리가 여기서 뭘하고 있는 거지?" 페드로 리비오 세데뇨가 격분했다. "아홉시 사십오분이야. 이제는 오지 않을 거야!"

그는 마치 부숴버리고 싶은 것처럼 무릎에 있던 M1 반자동 소총을 꽉 잡았다. 페드로 리비오는 쉽게 분노를 폭발시키는 사람이었다. 그런 결점이 그의 군 경력을 망가뜨렸고, 결국 대위로 있을 때 군에서 쫓겨나고 말았다. 그는 군을 떠나면서 무척 아쉬워했다. 미국 군사학교에서 공부했고 뛰어난 성적으로 졸업했으나, 언제나 그 불같은 성격이 문제였다. 누군가가 그에게 검둥이라고 부르면 분노가 횃불처럼 타올랐고, 이유를 가리지 않고 마구 주먹질을 해댔다. 바로 그런 성격 때문에 그는 복무 기록이 훌륭했음에도 진급에 제동이 걸렸던 것이다. 그는 장교가 병사들과 너무 친하게 지내는 것은 좋지 않다고 훈계하는 장군에게 권총을 꺼내 들었고, 그 일로 강제 제대를 해야만 했다. 그러나 함께 기다리는 동료인 기술자 우아스카르 테헤나 삐멘텔처럼 그를 아는 사람들은 그가 겉으로는 과격해 보이지만 착하고 고운 심성을 가졌다는 것을 알고 있었다. 또한 본 적도 없는 미라발 자매의 살해 소식을 듣고 눈물을 흘렸던 사람이었다. 우아스카르가 바로 그 목격자였다.

"조급함도 살인마야, 검둥이." 우아스카르 테헤다는 농담을 시도했다.

"널 낳은 빌어먹을 창녀가 바로 검둥이 년이겠지."

테헤다 피멘텔은 웃으려고 했지만, 동료의 과도한 반응에 슬픔을 감출 수 없었다. 페드로 리비오는 도저히 어찌해볼 방법이 없는 사람이었다.

"미안해." 잠시 후 그가 사과했다. "이 빌어먹을 기다림 때문에 신경이 곤두서 있어서 그래."

"무승부야, 검둥이. 이런 젠장, 또 검둥이라고 말했네. 또다시 우리 엄마에게 욕할 거야?"

"이번에는 아니야." 페드로 리비오가 결국 웃었다.

"왜 검둥이란 말을 들으면 그토록 화를 내는 거지? 우리는 그냥 다정하게 부르는 건데."

"나도 알아, 우아스카르. 그런데 미국 군사학교에서 생도들이나 장

교들이 나를 검둥이라고 불렀을 때에는, 다정한 의미가 아니라 인종
차별이었어. 난 그들에게 무시당하고 싶지 않았어."

서쪽으로, 그러니까 산크리스토발로 향하는 고속도로로 몇 대의 차
가 지나갔다. 또한 동쪽으로, 그러니까 트루히요 시를 향해서도 몇 대
가 지나갔다. 그러나 트루히요의 시보레 벨에어도 아니었고, 그 차를
뒤따라가는 안토니오 델라 마사의 시보레 비스케인도 아니었다. 그들
의 지령은 단순했다. 두 대의 자동차가 보이자마자―그들은 토니 임
베르트의 신호로 그것들을 알아볼 수 있는데, 토니가 세 번 헤드라이
트를 껐다 켰다 하기로 했다―무거운 검은색의 올즈모빌로 염소의
차가 지나가지 못하도록 막는 것이었다. 그는 M1 반자동 소총을 들고
있었다. 안토니오는 그에게 여러 발의 여분 탄알을 주었다. 그리고 우
아스카르는 아홉 발이 장전된 9밀리 스미스 & 웨슨 M39를 들고 있었
다. 그들은 그 차의 앞쪽에서 총을 쏠 예정이었고, 뒤쪽에서는 임베르
트와 아마디토, 그리고 안토니오와 터키인이 사격을 할 것이었다. 염
소는 결코 그들을 빠져나가지 못할 것이다. 그러나 만일의 경우를 대
비하여 서쪽으로 2킬로미터 떨어진 곳에 피피 파스토리사가 에스트
레야 사드알라 소유의 머큐리 자동차를 타고 대기 중이었다. 염소가
빠져나갈 경우 그가 다시 길을 막고 사격을 할 예정이었다.

"네 아내는 오늘 밤의 거사를 알고 있어, 페드로 리비오?" 우아스
카르 테헤다가 물었다.

"후안 토마스 디아스의 집에서 영화를 보고 있다고 생각할 거야.
지금 임신 중이라서……"

그는 엄청난 속도로 자동차 한 대가 지나갔고, 불과 10미터 간격으

로 다른 차가 뒤쫓는 것을 보았다. 어둠 속이었지만 안토니오 델라 마사의 비스케인처럼 보였다.

"우아스카르, 저거 아냐?" 그는 어둠을 뚫고 보려고 애썼다.

"헤드라이트가 반짝거리는 걸 봤어?" 테헤다 피멘텔이 흥분해서 소리쳤다. "봤어?"

"아니야, 아무런 신호도 보내지 않았어. 하지만 그들이야."

"그럼 어떻게 하지, 검둥이?"

"출발해, 어서 출발하란 말이야!"

페드로 리비오의 가슴이 성난 듯 벌렁거리며 뛰기 시작했기 때문에 그는 거의 아무 말도 할 수 없었다. 우아스카르가 올즈모빌을 반 바퀴 돌렸다. 두 차량의 빨간 미등이 갈수록 멀어졌고, 곧 시야에서 사라졌다.

"그들이야, 우아스카르. 그들이 틀림없어. 젠장, 그런데 왜 신호를 보내지 않은 거야?"

빨간 미등은 이미 사라지고 없었다. 그들 앞에는 올즈모빌의 헤드라이트가 비추는 원추형의 빛이 전부였다. 칠흑 같은 밤이었다. 구름이 달을 완전히 덮고 있었다. M1 반자동 소총을 창가에 기대놓고서 페드로 리비오는 아내 올가를 생각했다. 자기 남편이 트루히요 살해범 중 하나라는 것을 알게 되면 어떤 반응을 보일까? 올가 데스프라델은 두번째 아내였다. 그들은 멋진 결혼 생활을 보내고 있었다. 첫번째 아내와의 가정생활은 지옥이었다. 첫번째 아내와는 달리, 올가는 그의 분노가 폭발하더라도 무한한 인내심으로 참아주었으며, 그가 격앙되었을 때에는 말대꾸나 말싸움을 피하곤 했다. 게다가 그녀는 집을 항상 깨끗하고 훌륭하게 관리했다. 행복한 나날이었다. 아마 충격을 받을 게 분명했다. 그녀는 최근에 남편이 반트루히요주의자들인 안토니오 델라 마사, 후안 토마스 디아스 장군과 기술자 우아스카르 테헤다와 친하게 지내고 있다는 것을 알았지만, 정치에는 전혀 관심이 없다고 믿고 있었다. 불과 몇 달 전까지만 해도 그의 친구들이 체제를 비판하면, 그는 스핑크스처럼 입을 굳게 다물었기에 아무도 그의 생각을 알 수 없었다. 그는 트루히요 집안이 소유한 도미니카 건전지 공장의 관리직을 잃어버리고 싶지 않았다. 경제 제재가 있기 전까지 공장은 아주 잘 돌아갔다.

물론 올가는 페드로 리비오가 체제에 반감을 품고 있다는 사실을 알고 있었다. 첫번째 아내가 총통의 친한 친구이자 열광적인 트루히요 찬미자였기 때문이다. 총통은 그녀를 산크리스토발 주지사로 임명했고, 그녀는 자기 지위를 이용하여 페드로 리비오가 딸 아다넬라와 만나지 못하도록 법원 명령을 얻어냈다. 전처에게만 자녀 양육권을 인정했던 것이다. 올가는 그가 그런 부당한 처사에 복수하기 위해 음모에 가담했다고 생각할 것이다. 하지만 아니었다. 그런 이유로 그가 M1 반자동 소총에 탄알을 장전하고 트루히요를 기다린 게 아니었다. 올가는 이해하지 못하겠지만, 미라발 자매의 죽음이 그의 운명을 결정했던 것이다.

"총소리 아냐, 페드로 리비오?"

"그래, 맞아, 총소리야. 그들이 맞아! 어서 밟아, 우아스카르."

그는 총소리를 구별할 수 있었다. 밤의 적막을 찢는 그 소리는 여러 화기에서 내뿜는 총탄 소리였다. 안토니오와 아마디토의 카빈총, 터키인의 권총, 그리고 아마도 임베르트의 소총 소리일 것이다. 오랜 기다림으로 인한 좌절이 삽시간에 흥분으로 바뀌었다. 올즈모빌은 도로 위를 날아갈 듯이 질주하고 있었다. 페드로 리비오는 차창 밖으로 머리를 내밀었지만, 염소의 시보레 자동차나 그를 뒤쫓는 추적자들의 차는 보이지 않았다. 반면에 도로가 구부러지는 곳에서 에스트레야 사드알라의 머큐리 자동차를 알아보았고, 잠시 후 올즈모빌의 헤드라이트 불빛에 피피 파스토리사의 해쓱한 얼굴도 볼 수 있었다.

"그들은 피피도 그냥 지나쳤어." 우아스카르 테헤다가 말했다. "신호 보내는 걸 또 잊어버린 거야. 빌어먹을 놈들!"

100미터도 안 되는 거리에서 트루히요의 시보레 자동차가 눈에 들어왔다. 헤드라이트를 켠 채 멈추어 도로 오른쪽으로 기울어져 있었다. "저기 있어!" "그가 맞아, 젠장!" 페드로 리비오와 우아스카르가 소리쳤다. 그와 동시에 다시 권총과 카빈총과 반자동 소총이 작렬했다. 우아스카르는 불을 껐다. 그리고 시보레 자동차에서 10미터도 떨어지지 않은 곳에서 급제동했다. 올즈모빌 문을 열고 있던 페드로 리비오는 총을 쏘기도 전에 도로에 쓰러졌다. 그는 온몸이 찢기고 세게 두들겨 맞은 것 같은 충격을 느꼈다. 그는 흥분한 안토니오 델라 마사의 목소리를 들을 수 있었다. '이 독수리는 더 이상 병아리를 먹을 수 없어'라고 말하는 듯했다. 터키인과 토니 임베르트, 아마디토의 목소리와 외침도 들었다. 그는 간신히 일어나 그들을 향해 달려가려고 했다. 두 발짝, 아니 세 발짝을 내디뎠을까, 아주 가까운 곳에서 다시 총소리가 들렸다. 불타는 것 같다고 느끼며 그는 아랫배를 부여잡고 쓰러졌다.

"쏘지 마, 빌어먹을. 우리란 말이야." 우아스카르 테혜다가 소리쳤다.

"총에 맞았어." 그가 신음했다. 그리고 전혀 머뭇거리지 않은 채 근심스러운 표정으로 목소리를 높였다. "염소는 죽었어?"

"완전히 죽었어, 검둥이." 그의 옆에서 우아스카르 테혜다가 말했다. "봐!"

페드로 리비오는 온몸에서 기운이 쭉 빠져나간다고 느꼈다. 그는 부서진 유리 파편에 둘러싸인 채 도로에 주저앉아 있었다. 우아스카르 테혜다가 피피 파스토리사를 찾아보겠다고 말하는 소리가 들렸다. 곧이어 올즈모빌이 출발하는 소리와 친구들의 흥분한 외침 소리를 들었지만 현기증이 일어 아무 말도 할 수 없었다. 그들이 말하는 내용만 간신히 알아들을 수 있었다. 이제 그의 온 신경은 불타는 듯한 통증의 진원지인 아랫배에 집중되어 있었다. 그의 팔도 불타는 것 같았다. 두 발을 맞은 것일까? 올즈모빌이 되돌아왔다. 그는 피피 파스토리사가 "젠장, 젠장, 하느님은 위대하셔"라고 외치는 목소리를 알아들을 수 있었다.

"저걸 트렁크에 실어." 안토니오 델라 마사가 차분하게 지시했다. "시체를 푸포에게 가져가야 해. 그래야 계획을 실행에 옮기게 돼."

그는 손이 축축하다는 걸 알았다. 그 끈끈한 액체는 피 이외의 그 어떤 것일 수 없었다. 그의 피였을까, 아니면 염소의 피였을까? 아스팔트는 젖어 있었다. 비가 오지 않았기 때문에 그것 역시 피일 수밖에 없었다. 누군가가 그의 어깨에 손을 얹더니 어떠냐고 물었다. 그의 목소리는 슬픔에 잠긴 것 같았다. 그는 그게 살바도르 에스트레야 사드알라라는 걸 알았다.

'배에 총을 한 방 맞은 것 같아.' 하지만 그 말 대신에 그의 입에서는 헉헉거리는 소리가 나오고 있었다.

그는 친구들이 무언가를 시보레 비스케인의 트렁크에 옮기는 모습을 보았다. 트루히요였다. 드디어 해낸 것이다. 그는 기쁨을 느끼지 않았다. 오히려 안도감이 엄습했다.

"운전사는 어디 있어요? 사카리아스를 보지 못했나요?"

"그도 죽었어. 저기 어둠 속에 있어." 토니 임베르트가 말했다. "그를 찾느라 시간 낭비하지 마, 아마디토. 돌아가야만 해. 중요한 건 이 시체를 빨리 푸포 로만에게 가져가는 거야."

"하지만 페드로 리비오가 다쳤어." 살바도르 에스트레야 사드알라가 소리쳤다.

그들은 시체가 든 트렁크 문을 닫은 후였다. 얼굴 없는 그림자들이 그를 에워싸더니 그의 등을 툭툭 치면서 "어때? 괜찮아, 페드로 리비오?"라고 물었다. 그들이 온정의 일격을 가해 그의 숨통을 끊어줄까? 그들은 만장일치로 그렇게 하기로 약속한 상태였다. 부상당한 동료를 뒤에 버려두지 않기로, 칼리에들의 손에 잡혀 조니 아베스에게 고문받고 굴욕당하지 않게 하기로 말이다. 그는 후안 토마스 디아스 장군과 그의 아내 차나의 집에 있던 망고 나무와 플람보얀 나무와 빵나무로 가득한 정원에서 나누었던 대화를 떠올렸다. 거기에는 루이스 아미아마 티오도 있었다. 모든 사람이 의견의 일치를 보았다. 절대로 고통 속에 서서히 죽음을 맞고 싶지 않다고 했다. 만일 일이 잘못되어 누군가가 중상을 입는다면, 그의 고통을 끝내주기로 했었다. 그는 죽을까? 그들이 온정의 일격을 쏠까?

"어서 차에 태워." 안토니오 델라 마사가 지시했다. "후안 토마스의 집에 도착해서 의사를 부르는 게 좋겠어."

친구들의 그림자가 서두르면서 염소의 자동차를 고속도로 바깥으로 옮겼다. 그는 그들이 숨을 헐떡이는 소리를 느꼈다. 피피 파스토리사가 휘파람을 불면서 "젠장, 여과기보다 구멍이 더 많아"라고 말했다.

친구들이 페드로 리비오를 들어서 시보레 비스케인에 태우자, 통증이 너무 심한 나머지 그는 의식을 잃고 말았다. 잠시 후 의식이 돌아왔을 때도 그들은 아직 출발하지 않은 상태였다. 그는 뒷좌석에 있었다. 살바도르는 팔로 그의 어깨를 감싸고서 그의 머리를 자기 가슴에 받쳐 베개 삼도록 했다. 토니 임베르트가 운전석에 있고, 안토니오 델라 마사가 그의 옆에 있었다. "좀 어때, 페드로 리비오?" 살바도르가 물었다. 페드로 리비오는 이렇게 말하고 싶었다. '저 빌어먹을 놈이 죽어서 좋아 죽겠어.' 하지만 그는 신음만 내뱉고 있었다.

"검둥이 상태가 영 좋지 않아." 임베르트가 중얼거렸다.

아니면 그가 없는데도 친구들이 그를 검둥이라고 부르고 있는 것 같았다. 하지만 그가 그곳에 있건 없건, 그건 중요하지 않았다. 어쨌거나 그들은 그의 친구였다. 그에게 온정의 일격을 가해야 한다고 생각한 사람은 아무도 없었다. 그들은 너무나 당연하다는 듯 그를 차에 태웠고, 차나와 후안 토마스 디아스의 집을 향해 차를 달렸다. 아랫배와 팔의 통증은 약간 누그러졌다. 그는 자기가 힘이 없다고 느끼면서 말하려고 하지 않았다. 하지만 정신은 맑았다. 친구들이 말하는 것을 완벽하게 알아듣고 있었다. 토니, 안토니오와 터키인도 다쳤지만 중상은 아니었다. 안토니오와 살바도르는 총알이 스치면서 찰과상을 입었는데, 안토니오는 이마에, 살바도르는 머리 뒤통수에 상처가 나 있었다. 그들은 손수건으로 상처의 피를 닦아내고 있었다. 토니는 파편에 왼쪽 가슴의 살갗이 벗겨졌고, 셔츠와 바지가 피에 물들었다고 말했다.

그는 국립복권회사 건물을 알아보았다. 그렇다면 차량이 적은 지역으로 돌아서 트루히요 시로 가기 위해 산체스행 구도로를 택한 것일까? 아니었다. 그런 이유 때문이 아니었다. 토니 임베르트가 앙헬리타 거리에 살고 있는 친구 홀리토 세니오르의 집에 들르려고 했던 것이다. 그곳에서 디아스 장군에게 전화를 걸어 시체를 푸포 로만에게 가져가고 있다는 사실을 알릴 작정이었다. 암호는 '비둘기 새끼들을 오븐에 넣을 준비가 다 됐어, 후안 토마스'였다. 그들은 어둠에 잠긴 어느 집 앞에 멈췄다. 토니가 차에서 내렸다. 주변에는 아무도 보이지 않았다. 페드로 리비오는 안토니오의 말을 들었다. 그의 불쌍한 시보레 자동차는 수십 발의 총탄을 맞았고, 타이어 하나에 공기가 빠진다는 것도 알고 있었다. 차가 귀에 거슬리는 소리를 내면서 덜컹거리는 바람에, 배에서 찌르는 듯한 심한 통증을 느꼈던 것이다.

임베르트가 돌아왔다. 홀리토 세니오르의 집에는 아무도 없었다. 후안 토마스의 집으로 직접 가는 게 나을 것 같았다. 그는 다시 출발했다. 이번에는 아주 천천히 출발했다. 자동차는 한쪽으로 기운 채 삐걱거렸고, 그들은 통행량이 많은 거리를 피했다.

살바도르가 그에게 몸을 기울였다.

"어때, 페드로 리비오?"

'괜찮아, 터키인, 괜찮아.' 그러나 말이 나오지 않았기 때문에 그는 터키인의 팔을 꽉 잡았다.

"조금만 참아. 후안 토마스의 집에 도착하면 의사가 널 치료해줄 거야."

유감스럽게도 그는 기운이 빠진 나머지 친구들에게 걱정하지 말라고, 염소가 죽었으니 자기는 더없이 행복하다고 말할 수 없었다. 마침내 그들은 미라발 자매의 죽음에 복수했던 것이다. 또한 수감된 남편들을 만나도록 그 자매들을 푸에르토 플라타 요새로 데려갔으며, 트루히요가 그럴듯한 교통사고로 위장하기 위해 죽이도록 지시했던 불쌍한 운전사 루피노 델라 크루스에 대한 복수이기도 했다. 그 살해 사건은 페드로 리비오의 영혼을 심하게 요동치게 했고, 1960년 11월 25일 이후 그의 친구 안토니오 델라 마사가 조직한 음모에 그를 가담하게 만든 동기이기도 했다. 그는 미라발 자매에 대해 얘기만 들었을 뿐 실제로 만난 적은 없었다. 하지만 수많은 도미니카 사람들이 그랬듯이 그는 살세도 출신의 그 자매들이 겪은 비극을 들었을 때 심장이 떨렸다. 이제 그들은 어떤 불법 행위도 저지르지 않은 힘없는 여자들까지 마구 죽이고 있는 것이다! 정권이 이토록 파렴치한 지경에 이르렀는가? 젠장, 이 나라에는 진정으로 용기 있는 남자가 한 명도 없어! 그는 안토니오 임베르트가 미네르바 미라발에 관해 너무나 감동적으로 말하는 것을 들었다. 그러자 자기 감정을 웬만해선 드러내지 않는 그도 친구들 앞에서 눈물을 흘리고 말았다. 성인이 되어 처음으로 눈물을 흘린 순간이었다. 그랬다. 아직도 도미니카 공화국에는 용기 있는 남자들이 있었다. 트렁크에서 덜컹거리는 시체가 그 증거였다.

"죽을 것 같아!" 그가 소리쳤다. "날 죽게 놔두지 마!"

"거의 다 도착했어, 검둥이." 안토니오 델라 마사가 그를 진정시켰다. "이제 곧 치료해줄게."

그는 의식을 잃지 않으려고 안간힘을 썼다. 잠시 후 그는 막시모 고메스 거리와 볼리바르 거리의 교차로를 볼 수 있었다.

"저 관용차 봤어?" 임베르트가 말했다. "로만 장군의 자동차 아니야?"

"푸포는 집에서 우리를 기다리고 있어." 안토니오 델라 마사가 대답했다. "아미아마와 후안 토마스에게 오늘 밤에는 나가지 않을 거라고 말했어."

100년과도 같은 몇 분이 지난 후, 자동차가 멈추었다. 친구들의 대화를 통해 그는 디아스 장군 집의 뒷문에 있다는 것을 알았다. 누군가가 문을 열어주었다. 그들은 마당으로 들어가 차고 앞에 차를 세웠다. 거리의 은은한 가로등 불빛과 창문으로 새어나오는 불빛 속에서 그는 그곳이 차나가 그토록 열심히 가꾼 나무와 꽃으로 가득한 정원이라는 것을 알아보았다. 수많은 일요일에 혼자서 혹은 올가와 함께 장군이 친구들을 위해 준비한 맛있는 점심을 먹으러 왔던 곳이었다. 그때 그는 자기가 음모에 참여한 사람이 아니라, 그런 모든 행위와는 아무 상관도 없는 방관자에 불과하다고 느꼈다. 그날 오후 오늘 밤이 거사일이라는 사실을 알고, 그는 아내와 작별했다. 아내에게는 영화를 보러 이 집에 간다고 말했다. 아내는 1페소를 주머니에 넣어주면서 집에 올 때 초콜릿과 바닐라 아이스크림을 사오라고 부탁했다. 불쌍한 올가! 임신 때문에 먹고 싶은 게 떠올랐던 것이다. 충격을 받고 아이를 유산하면 어쩌지? 아니, 그런 생각을 하다니! 배 속의 아이는 딸일 것이고, 두 살짜리 아들 루이스 마리아노와 다정한 오누이가 될 것이다. 터키인, 임베르트와 안토니오는 이미 차에서 내린 상태였다. 희미한 어둠 속의 시보레 차 안에는 그 혼자 누워 있었다. 그는 그 누구도 그 무엇도 그를 죽음에서 살려내지는 못할 것이며, 오늘 밤 야구는 누가 이겼는지도 모른 채 죽을 것이라고 생각했다. 그의 회사 야구팀인 헤르쿨레스 건전지와 도미니카 항공사의 경기가 도미니카 국립 맥주 야구장에서 열릴 예정이었다.

마당에서 심한 말다툼이 벌어졌다. 에스트레야 사드알라는 피피와 우아스카르, 그리고 아마디토를 호되게 꾸짖고 있었다. 그들이 터키인의 머큐리 자동차를 고속도로에 놔둔 채 올즈모빌을 타고 왔기 때문이었다. "멍청이들, 바보들! 아직도 모르겠어? 너희들은 나를 고발한 거란 말이야! 지금 당장 돌아가서 내 머큐리 자동차를 찾아와." 이상한 상황이었다. 그는 자기가 그곳에 있기도 하고 동시에 그곳에 없기도 하다는 느낌을 받았다. 피피, 우아스카르와 아마디토는 터키인을 진정시키고 있었다. 너무 서두르는 바람에 다들 제정신이 아니었고, 그래서 아무도 머큐리를 기억하지 못했던 것이다. 그런데 그게 무슨 상관이람! 로만 장군은 바로 오늘 밤 권력을 인수받을 것이다. 그러니 전혀 걱정할 필요가 없었다. 국민들은 거리로 나가서 환호성을 지르며 독재자를 죽인 사람들을 환영할 것이었다.

그런데 그가 차 안에 있다는 사실을 잊어버린 것이 아닐까? 안토니오 델라 마사의 권위적인 목소리가 상황을 정리했다. 그 누구도 고속도로로 돌아가선 안 되며, 그곳에는 칼리에들이 이미 득실거릴 것이라고 말했다. 중요한 것은 푸포 로만을 만나 그가 요구했던 대로 시체를 보여주는 것이었다. 그러나 한 가지 문제가 있었다. 후안 토마스 디아스와 루이스 아미아마가 방금 그의 집에 들렀는데—페드로 리비오도 알고 있는 그 집은 바로 옆 길모퉁이에 있었다—푸포의 아내 미레야는 푸포가 에스파이야트 장군과 나갔다면서, 충동에게 무슨 일이 벌어진 것 같다고 말했다는 것이다. 안토니오 델라 마사는 그들을 안심시켰다. "너무 걱정하지 마. 루이스 아미아마, 후안 토마스 그리고 모데스토 디아스는 푸포의 동생 비빈을 찾으러 갔어. 푸포가 어디에 있는지 찾을 수 있도록 그가 도와줄 거야."

그랬다. 그들은 그를 까마득히 잊고 있었다. 그는 총알로 구멍투성이가 된 자동차 안에서 트루히요의 시체와 함께 죽어가고 있었다. 그의 인생을 망쳤던 어떤 분노가 갑자기 치솟았지만, 그는 곧 마음을 가라앉혔다. 지금 이 순간 화를 낸다고 무슨 소용이 있어, 이 바보야?

그는 눈을 감아야만 했다. 서치라이트나 강력한 랜턴이 얼굴을 비추었기 때문이다. 사람들이 모여 있었다. 그는 후안 토마스 디아스의 사위인 치과의사 비엔베니도 가르시아의 얼굴과 아마디토의 얼굴을 알아보았다. 그리고 리니토의 얼굴이었나? 그랬다. 그건 리니토, 그러니까 의사 마르셀리노 벨레스 산타나 박사의 얼굴이었다. 그들은 몸을 구부려 그를 만져보고는 셔츠를 들추었다. 그에게 뭐라고 물었지만 알아들을 수 없었다. 그는 통증이 가라앉았다고 말하려고 하면서, 자기 몸에 얼마나 많은 구멍이 났는지 확인하려고 했다. 하지만 목소리가 나오지 않았다. 그는 그들에게 자기가 살아 있다는 것을 알리기 위해 눈을 크게 떴다.

"빨리 병원으로 데려가야 해요." 벨레스 산타나 박사가 말했다.

박사는 추운 사람처럼 이를 덜덜 떨고 있었다. 페드로 리비오 때문에 그렇게 떨 정도로 두 사람은 친한 사이가 아니었다. 아마도 그들이 염소를 죽였다는 사실을 알고서 떠는 것 같았다.

"내부 출혈이 있어요." 그의 목소리도 떨렸다. "적어도 총알 하나가 심장 주변으로 파고들었습니다. 즉시 수술해야만 합니다."

그들은 논의했다. 그는 죽음 따윈 아무래도 상관없었다. 죽을지도 모르는 상황이었지만 그는 행복했다. 하느님이 용서해줄 거라고 믿었다. 임신 6개월 된 올가와 루이스 마리아노를 두고 떠난 걸 용서할 것이다. 하느님은 트루히요가 죽더라도 그가 얻을 것은 하나도 없다는 사실을 알고 있었다. 정반대로 그는 트루히요 회사 중 하나를 경영하고 있었고, 총애받던 인물이었다. 그런데 이런 빌어먹을 짓에 가담하는 바람에 그는 자신의 자리와 가족의 안전을 위태롭게 했던 것이다. 그는 이 모든 걸 하느님이 이해하실 것이고 자기를 용서해주실 것이라고 생각했다.

그는 배가 강하게 당기는 것을 느끼면서 외마디 비명을 질렀다. "진정해, 걱정하지 마, 검둥이." 우아스카르 테헤다가 애원했다. 그는 '네 엄마가 검둥이 년일 거야'라고 대답하고 싶었지만, 그럴 수가 없었다. 사람들은 그를 시보레 자동차에서 꺼냈다. 후안 토마스의 사위이자 그의 딸 마리아넬라의 남편인 비엔베니도의 얼굴과 벨레스 산타나 박사의 얼굴이 아주 가까이에 있었다. 그들은 아직도 이를 덜덜 떨고 있었다. 그는 장군의 운전사 미리토와 절룩거리는 아마디토를 보았다. 그들은 시보레 자동차 옆에 주차해 있던 후안 토마스의 오펠 자동차에 그를 조심스럽게 눕혔다. 페드로 리비오는 달을 보았다. 구름 한 점 없는 하늘이었다. 망고 나무와 꼬까오랑캐꽃 위로 달빛이 내려 앉아 있었다.

"국제병원으로 갈 거예요, 페드로 리비오." 벨레스 산타나 박사가 말했다. "참아요, 조금만 더 참아요."

갈수록 그는 자기에게 일어나고 있는 일이 하나도 중요하게 느껴지지 않았다. 그는 오펠 자동차에 있었다. 미리토가 운전을 했고, 앞자리에는 비엔베니도가 타고 있었으며, 뒷자리 그의 옆에는 벨레스 산타나 박사가 있었다. 리니토는 강력한 에테르 냄새가 나는 것을 그에게 들이마시도록 했다. "사육제 냄새야." 치과의사와 의사는 그에게 용기를 불어넣었다. "거의 다 도착했어요, 페드로 리비오." 그들이 말하는 것도, 비엔베니도와 리니토가 중요하다고 생각하는 것조차도 그는 관심이 없었다. "로만 장군은 도대체 어디로 간 거야?" "그를 만나지 못하면 우리는 완전히 엿 먹은 거야." 올가는 초콜릿과 바닐라 아이스크림 대신 남편이 미라발 자매의 살인자를 처단한 후 대통령궁에서 세 블록 떨어진 국제병원에서 수술을 받고 있다는 소식을 듣게 될 것이었다. 후안 토마스의 집에서 병원까지는 몇 블록 되지 않았다. 그런데 왜 이렇게 오래 걸리는 것일까?

마침내 오펠 자동차가 브레이크를 밟았다. 비엔베니도와 벨레스 산타나 박사가 차에서 내렸다. 그는 그들이 문을 두드리는 것을 보았다. '응급실' 표지판 안의 형광등이 깜빡거리고 있었다. 흰 간호복을 입은 간호사 한 명이 나타났고, 이내 간이침대가 모습을 보였다. 비엔베니도 가르시아와 벨레스 산타나가 그를 일으키자, 그는 아주 심한 통증을 느꼈다. "살살해, 죽을 것 같아." 그는 복도의 흰빛에 눈이 부셔 눈을 깜빡거렸다. 그들은 그를 엘리베이터에 태웠다. 이제 그는 침대맡에 성모 마리아상이 걸린 깨끗한 병실에 있었다. 비엔베니도와 벨레스 산타나는 보이지 않았다. 두 명의 여자 간호사가 그를 벗겼고, 짧은 콧수염이 달린 젊은 남자가 그에게 얼굴을 가까이 가져다 댔다.

"나는 호세 호아킨 푸에요 박사입니다. 지금 어떻습니까?"

"괜찮습니다, 괜찮아요." 그는 중얼거렸다. 자기 목소리가 나온다는 사실이 행복했다. "중상인가요?"

"우선 통증을 가라앉히겠습니다." 푸에요 박사가 말했다. "그러는 동안 수술을 준비하겠습니다. 안에 있는 총탄을 제거해야 합니다."

의사 어깨 너머로 아는 얼굴이 보였다. 이마가 넓고 예리하고 커다란 눈을 가진 그 사람은 아르투로 다미론 리카르트 박사였다. 국제병원의 병원장이자 외과과장이었다. 그러나 페드로 리비오는 그가 평소처럼 웃으며 온후한 표정을 짓는 대신, 괴롭고 심란한 표정이라는 것을 알았다. 비엔베니도와 리니토가 그에게 모든 걸 이야기한 것일까?

"이 주사는 수술을 준비하기 위한 거예요." 그가 미리 알려주었다. "걱정 마요, 괜찮을 겁니다. 집에 전화하고 싶으십니까?"

"올가에게는 하지 마세요. 지금 임신 중이에요. 놀라게 하고 싶지 않아요. 처제 마리에게 하는 게 나을 것 같아요."

그의 목소리가 제대로 나오고 있었다. 그는 그들에게 마리 데스프라델의 전화번호를 주었다. 방금 전에 삼킨 알약과 주사, 그리고 간호사들이 그의 팔과 배에 부어준 소독약 때문인지 좀 살 것 같았다. 이제는 기절할 것 같다는 느낌이 들지 않았다. 다미론 리카르트 박사가 그의 손에 수화기를 쥐여주었다. "여보세요, 여보세요?"

"마리, 페드로 리비오야. 난 지금 국제병원에 있어. 사고를 당했어. 올가에게는 말하지 마. 놀랄 테니까. 난 곧 수술을 받을 거야."

"하느님 맙소사! 내가 곧 그리로 갈게요, 형부."

의사들이 그를 진찰했고, 그를 움직였다. 그는 그들의 손을 느낄 수 없었다. 평온함이 밀려왔다. 그는 또렷한 정신으로 다미론 리카르트가 아무리 친구라 할지라도 총상을 입은 남자가 병원 응급실에 도착했다는 사실을 첩보부대에 알리지 않을 수 없었을 것이라고 생각했다. 병원은 그렇게 해야만 할 의무가 있었고, 그런 지시를 어길 경우 의사와 간호사 들은 감옥에 갈 수도 있었다. 그래서 이곳에 첩보부대원들이 몰려와 질문을 퍼부을 것이 틀림없었다. 아니, 그러지 않을 수도 있었다. 후안 토마스, 안토니오와 살바도르가 지금쯤 푸포에게 시체를 보여주었을 것이고, 로만은 이미 군에 경보를 발령하고 군민 합동 평의회를 설치하겠다고 예고했을 수도 있었다. 지금 이 순간 푸포 휘하의 군인들이 아베스 가르시아와 그의 살인자 일당들을 체포하거나 제거하고, 트루히요의 형제들과 협력자들을 감옥에 처넣고 있을 것이고, 국민들은 독재자가 죽었다는 사실을 알리는 라디오 방송을 듣고 거리로 뛰쳐나오고 있는지도 몰랐다. 식민 지역과 인데펜덴시아 공원, 엘콘데와 대통령궁 주변은 자유를 찬양하면서 기쁨의 축제를 벌이는 사람들로 가득할 것이다. '페드로 리비오, 춤추지 못하고 수술대에 있다는 것은 정말 안타까운 일이야.'

그런데 그때 눈물을 흘리면서 놀란 표정을 짓고 있는 아내의 얼굴을 보았다. "여보, 이게 뭐예요? 무슨 일이 있었던 거예요? 무슨 일을 당한 거예요?" 그녀를 껴안고 키스하면서 진정시키려고 애쓰는 동안 ('여보, 사고였어. 놀라지 마. 수술하면 괜찮을 거야') 처제 마리와 동서 루이스 데스프라델 브라체의 얼굴이 보였다. 동서는 의사였고, 그래서 다미론 리카르트 박사에게 수술에 관해 묻고 있었다. "왜 그런 일을 했어요, 페드로 리비오?" "우리 아이들이 자유롭게 살게 하기 위해서야, 여보." 그녀는 울음을 멈추지 못한 채 계속해서 질문을 퍼부었다. "맙소사, 온몸이 피투성이예요." 그는 참았던 감정이 터져 나왔고, 아내의 팔을 잡고 그녀의 눈을 쳐다보면서 소리쳤다.

"죽었어, 올가! 죽었단 말이야! 죽었어!"

영화에서처럼 영상이 멈추고 시간이 옮겨갔다. 그는 올가와 처제와 동서, 그리고 간호사들과 의사들이 믿지 못하겠다는 얼굴로 그를 쳐다보자 웃음을 터뜨리고 싶었다.

"조용히 해요, 페드로 리비오." 다미론 리카르트 박사가 조그맣게 속삭였다.

모두가 문을 향해 고개를 돌렸다. 벽에 걸린 '정숙'이라는 표지에는 아무런 관심도 없다는 듯이 복도에서 뛰어오는 발소리와 군화를 신은 사람들 소리가 났기 때문이다. 병실 문이 열렸다. 군인들의 모습 속에서 그는 흐늘흐늘한 얼굴과 이중 턱, 그리고 툭 튀어나온 살 속에 파묻힌 눈을 보았다. 조니 아베스 가르시아 대령이었다.

"안녕하십니까." 그가 페드로 리비오를 보며 말했지만, 다른 사람들에게 하는 인사이기도 했다. "나가주시면 고맙겠습니다. 다미론 리카르트 박사가 누구죠? 당신은 여기 남아 있으시오."

"제 남편이에요." 올가가 훌쩍거리면서 페드로를 안았다. "나도 남편과 함께 있고 싶어요."

"데려가." 아베스 가르시아가 그녀를 쳐다보지도 않고 명령했다.

병실은 순식간에 군인들로 들어찼다. 허리에 권총을 찬 칼리에들과 어깨에 기관총을 멘 산크리스토발 부대 군인들이었다. 그는 눈을 지그시 감으면서 흐느끼는 올가('건드리지 마시오. 지금 임신 중이오')와 마리를 강제로 떠미는 모습을 보았다. 동서는 군인들이 떠밀 필요도 없이 두 여자를 뒤쫓아가고 있었다. 그들은 그를 궁금하다는 표정으로, 그리고 약간은 역겹다는 얼굴로 쳐다보았다. 그는 펠릭스 에르미다 장군과 군에서 알았던 피게로아 카리온 대령을 알아보았다. 카리온 대령은 첩보부대에서 아베스 가르시아의 오른팔로 알려진 사람이었다.

"어떻소?" 아베스가 떨리는 목소리로 천천히 물었다.

"중태입니다, 대령님." 다미론 리카르트 박사가 대답했다. "탄알이 심장 근처, 상복부에 있는 것 같습니다. 출혈을 막기 위해 투약했습니다. 그래야 수술에 들어갈 수 있습니다."

많은 사람들이 담배를 입에 물고 있었고, 방 안은 연기로 가득 찼다. 갑자기 담배가 피우고 싶어졌다. 우아스카르 테헤다가 피우곤 했고, 차나 디아스가 그녀의 집에서 항상 권하던 시원한 향내를 내뿜고 멘톨을 함유한 샐럼 한 개비를 빨고 싶었다.

아베스 가르시아의 부풀어 오른 얼굴과 거북처럼 눈꺼풀이 축 처진 두 눈이 그의 얼굴 위를 스치고 있었다.

"무슨 일이 있었소?" 아베스 가르시아가 부드럽게 말하는 소리가 들렸다.

"모릅니다." 그는 이렇게 대답하면서 후회했다. 정말 멍청한 대답이었던 것이다. 그러나 아무 일도 일어나지 않았다.

"누가 당신에게 총을 쐈소?" 아베스 가르시아는 전혀 동요하지 않고 집요하게 물었다.

페드로 리비오 세데뇨는 입을 다물었다. 최근 몇 달 동안 트루히요의 암살을 준비하면서 지금과 같은 상황을 전혀 생각하지 못했던 것이 의아했다. 취조를 피하기 위해 약간의 알리바이나 변명도 준비하지 못했다니! 바보 멍청이들!

"사고였습니다." 그는 너무나 바보 같은 말을 내뱉은 것을 다시 후회했다.

아베스 가르시아는 전혀 초조한 기색이 없었다. 머리카락이 곤두설 정도의 침묵이 흘렀다. 페드로 리비오는 그를 둘러싼 사람들의 모질고 적대적인 시선을 느꼈다. 그들이 담배를 들어 입으로 가져갈 때마다 담배 끝이 빨개졌다.

"그 사고에 대해 말해보시오." 목소리의 변화가 전혀 없이 첩보부 대장이 말했다.

"술집에서 나오는데 어느 차에서 총을 쐈습니다. 누군지 모르겠습니다."

"어느 술집이오?"

"팔로 인카도에 있는 엘루비오입니다. 인데펜덴시아 공원 근처입니다."

몇 분도 안 되어 칼리에들은 그가 거짓말했다는 것을 확인할 것이었다. 그의 친구들이 부상당한 사람에게 온정의 일격을 가하기로 했던 약속을 위반하면서, 그에게 최악의 호의를 베푼 게 아니었을까?

"각하는 어디에 계시오?" 조니 아베스가 물었다. 그의 질문에는 약간의 감정이 스며들어 있었다.

"모릅니다." 목구멍이 닫히기 시작했다. 또다시 기운을 잃어버리고 있었다.

"살아 있소?" 첩보부대장이 물었다. 그리고 다시 물었다. "어디에 있소?"

페드로 리비오는 구토가 올라올 것 같고 실신할 것 같다는 느낌 속에서도 첩보부대장이 차분한 겉모습과는 달리 흥분과 동요로 들끓고 있다는 사실을 눈치챘다. 그가 담배를 입으로 가져갈 때, 그의 손이 초조하게 움직이면서 입술을 찾고 있었던 것이다.

"지옥에 있기를 바랍니다. 지옥이 있다면 말입니다." 그는 자기 목소리를 들었다. "우리는 그곳으로 그를 보냈습니다."

연기로 다소 희미하게 가려져 있던 아베스 가르시아의 얼굴은 이번에도 아무런 변화가 없었다. 그러나 마치 공기가 부족한 사람처럼 입을 벌렸다. 침묵은 갈수록 짙어졌다. 기운이 빠져나가고 다시 기절할 것만 같았다.

"그게 누구요?" 그가 아주 부드럽게 물었다. "누가 그를 지옥으로 보냈소?"

페드로 리비오는 대답하지 않았다. 아베스 가르시아는 그의 눈을 쳐다보고 있었고, 페드로 리비오도 그를 쳐다보면서 이게이에서 보낸 어린 시절을 떠올렸다. 먼저 눈을 깜빡거리는 아이가 놀이에서 지는 것이었다. 대령의 손이 올라가더니 입에서 불붙은 담배를 잡았다. 그리고 표정 하나 바꾸지 않은 채 담배를 그의 얼굴에 갖다 대더니 그의 왼쪽 눈 근처에 눌러서 꺼버렸다. 페드로는 신음 소리를 내지 않았다. 그는 눈을 감았다. 뜨거운 기운이 그대로 전해졌다. 불에 탄 고기 냄새가 났다. 그가 눈을 들었을 때, 아베스 가르시아는 계속 그곳에 머물러 있었다. 이제 시작된 것이었다.

"이런 일들은 말이야, 제대로 하지 않으면 안 한 것만도 못한 법이야." 그는 대령이 말하는 소리를 들었다. "사카리아스 델라 크루스가 누군지 아나? 수령님의 운전사네. 나는 지금 마리온 병원에서 그를 만나고 오는 길이네. 그는 자네보다도 상태가 좋지 않더군. 머리끝에서 발끝까지 온통 총알로 구멍투성이네. 하지만 아직 살아 있지. 자네도 알겠지만, 일은 제대로 마무리되지 못했어. 자네는 엿 먹은 신세가 되었네. 하지만 죽지는 않을 거야. 자네는 살 것이네. 살아서 무슨 일이 있었는지 내게 이야기하게 될 걸세. 고속도로에 자네와 함께 있던 놈들이 누군가?"

페드로 리비오는 기운을 잃고 둥둥 떠다니는 느낌이었다. 금방이라도 토할 것만 같았다. 그런데 토니 임베르트와 안토니오는 사카리아스 델라 크루스 역시 대갈못처럼 죽었다고 말하지 않았나? 아베스 가르시아가 그에게 동료들의 이름을 불게 하려고 거짓말하고 있는 것일까? 멍청이들! 염소의 운전사도 숨통이 완전히 끊어졌는지 확인했어야지.

"임베르트는 사카리아스가 죽었다고 말했습니다." 그가 이의를 제기했다. 그런 말을 하는 자기가 본래의 자기인 것 같기도 했고 다른 사람인 것 같기도 했다.

첩보부대장의 얼굴이 그를 향해 기울었다. 숨소리와 함께 담배 냄새가 났다. 그의 작은 눈은 검은색이었고, 주변에는 누런 기미가 끼어 있었다. 기운만 있다면 축 늘어진 뺨을 꽉 물어버리고 싶었다. 그게 안 된다면 침이라도 뱉고 싶었다.

"그가 실수한 것이네. 그는 죽지 않고 부상만 입었네." 아베스 가르시아가 말했다. "임베르트의 이름이 뭐지?"

"안토니오 임베르트입니다." 그가 당혹해하고 불안해하면서 말했다. "그렇다면 날 속였단 말인가요? 젠장, 빌어먹을 놈."

그는 발소리를 들었다. 몸들이 움직이는 소리였다. 방 안에 있던 사람들이 그의 침대 주변으로 모여들었다. 연기로 인해 그들의 얼굴이 잘 보이지 않았다. 그는 마치 가슴이 짓눌린 듯 질식할 것만 같았다.

"안토니오 임베르트와 또 누구지?" 아베스 가르시아 대령이 그의 귀에 대고 말했다. 이번에는 담배를 눈에다 꺼버려 애꾸가 될지도 모른다는 생각을 하자 소름이 돋았다. "임베르트가 대장인가? 그가 이 모든 걸 조직한 작자인가?"

"아닙니다, 대장은 없습니다." 그는 기운이 없어 그 말도 제대로 끝내지 못할지 모른다고 두려워하면서 중얼거렸다. "있다면 안토니오입니다."

"그 안토니오의 성은 뭐지?"

"안토니오 델라 마사입니다." 그가 설명했다. "지휘자가 있다면 그 사람입니다. 하지만 특별히 대장이라고 말할 수 있는 사람은 없습니다."

또다시 긴 침묵이 흘렀다. 그들이 그에게 최면용 펜토탈 나트륨을 준 것일까? 왜 그가 그토록 말을 많이 하는 것일까? 펜토탈 나트륨을 투약하면 잠들지만, 잠에서 깨어나면 과도하게 흥분하여 말하고자 열망하고, 자기 안에서 곱씹고 있던 비밀을 꺼내놓게 된다. 그들의 질문에 그는 계속해서 대답할까? 바닥 타일 위로 두런거리는 소리와 발소리가 들렸다. 그들이 떠나는 것일까? 문이 열렸다가 닫혔다.

"임베르트와 안토니오 델라 마사는 지금 어디에 있지?" 첩보부대장은 담배 연기 한 모금을 뱉었고, 페드로 리비오는 그 연기가 목과 코로 들어와 배 속까지 내려가는 느낌을 받았다.

"푸포를 찾으러 갔습니다. 그가 있는 곳이 아니면 어디로 갔겠습니까?" 이 말을 끝낼 기운이 있을까? 아베스 가르시아, 펠릭스 에르미다 장군, 그리고 피게로아 카리온 대령은 너무나 놀랐고, 그래서 그는 그들이 이해할 수 없는 것을 설명해주기 위해 초인적인 노력을 기울였다. "염소의 시체를 보지 않으면, 그는 손가락 하나도 움직이지 않을 겁니다."

그들은 이미 눈을 둥그렇게 뜨고 있었고, 믿지 못하겠다는 표정으로, 그리고 한편으로는 경악을 금치 못하는 얼굴로 그를 뚫어지게 쳐다보았다.

"푸포 로만인가?" 이제 아베스 가르시아는 자신감을 잃어버리고 있었다.

"로만 페르난데스 장군인가?" 피게로아 카리온이 반복해서 물었다.

"국방부 장관이란 말인가?" 펠릭스 에르미다 장군이 흥분한 나머지 침묵을 깨고 날카로운 목소리로 물었다.

아베스 가르시아의 손이 다시 내려와 불붙은 담배를 그의 입에 꺼버렸다. 페드로 리비오는 그런 행동에 전혀 놀라지 않았다. 혀에서 담배와 담뱃재의 역한 맛이 났다. 그는 자기의 잇몸과 입천장을 후리는 뜨겁고 역겨운 그 쓰레기를 내뱉을 힘이 없었다.

"기절했습니다, 대령님." 그는 다미론 리카르트 박사가 속삭이는 소리를 들었다. "수술하지 않으면 죽을 겁니다."

"그의 정신이 다시 돌아오지 못하면, 죽을 사람은 바로 당신이오." 아베스 가르시아가 조용히 화를 내면서 대답했다. "수혈을 하든지 무슨 방법을 써서라도 깨우시오. 이 작자는 말해야만 하오. 다시 기운을 차리게 만드시오. 아니면 이 권총에 있는 탄알을 당신 몸에 모두 박아주겠소."

그들이 그렇게 말하는 것으로 보아, 그는 죽지 않은 게 분명했다. 그들이 푸포 로만을 찾았을까? 그에게 시체를 보여주었을까? 만일 혁명이 시작되었다면, 아베스 가르시아나 펠릭스 에르미다, 피게로아 카리온이 그의 침대를 에워싸고 있지는 않을 것이었다. 트루히요의 형제나 조카들처럼 그들은 체포되거나 죽었을 것이다. 그는 그들에게 왜 체포되지 않거나 죽지 않은 건지 설명해달라고 부탁하려 했지만 허사였다. 이제 배도 아프지 않았다. 화상으로 눈꺼풀과 입술만 뜨겁게 달아오르고 있었다. 그들은 그에게 다시 주사를 놓았고, 샐럼 담배처럼 멘톨 냄새가 나는 조그만 솜덩이를 흡입하게 했다. 그는 자기 침대 옆에서 링거액이 가득 든 병을 발견했다. 그는 그들의 말을 듣고 있었지만, 그들은 듣지 못할 거라고 생각하고 있었다.

"정말일까요?" 피게로아 카리온은 놀라기보다는 두려움에 사로잡힌 것 같았다. "정말로 국방부 장관이 개입했을까요? 있을 수 없는 일입니다, 아베스 대령님."

"놀랍고 황당하고 납득이 가지 않소." 아베스 가르시아가 그의 말을 고쳐주었다. "하지만 불가능한 일은 아니오."

"왜, 뭣 때문에?" 펠릭스 에르미다 장군이 목소리를 높였다. "그가 얻을 수 있는 게 뭔가요? 그는 지위며 모든 것을 수령님에게 빚지고 있소. 이 빌어먹을 놈이 우리를 혼란에 빠뜨리기 위해 그런 이름들을 나불댄 것이오."

페드로 리비오는 몸을 비틀었다. 그가 실신한 것도 아니고 죽은 것도 아니며, 자기 말이 사실이라는 것을 보여주기 위해 일어나려고 했던 것이다.

"이제는 이것이 누가 충신이고 누가 배신자인지 확인하기 위해 수령님이 꾸민 연극이라고는 생각하지 않으시겠지요, 펠릭스 장군님?" 피게로아 카리온이 말했다.

"이제는 그렇지 않소." 에르미다 장군이 슬픔에 잠겨 인정했다. "이 빌어먹을 개자식들이 수령님을 죽였다면, 도대체 무슨 일이 벌어질 것 같소?"

아베스 가르시아 대령이 자기 이마를 손바닥으로 철썩 때렸다.

"왜 로만이 군 사령부에서 나를 만나자고 했는지 이제 알겠군. 그는 이 일에 개입된 게 틀림없소! 수령님의 심복들을 가까이 붙잡아두어 쿠데타를 일으키는 것을 막고 감옥에 처넣으려는 수작이었소. 내가 그곳으로 갔다면, 난 이미 죽었을 거요."

"그 말을 믿을 수 없소." 펠릭스 에르미다 장군이 말했다.

"첩보부대 순찰대를 라드아메스 다리로 보내 봉쇄시키시오." 아베스 가르시아가 명령했다. "그 어떤 정부 관리도, 특히 트루히요의 친척들이 오사마 강을 건너지 못하게 하고, '12월 18일 요새'로 접근하지 못하게 하시오."

"국방부 장관이자, 미레야 트루히요의 남편인 호세 레네 로만 장군이……" 펠릭스 에르미다 장군이 넋을 놓고 혼잣말로 중얼거렸다. "정말 아무것도 이해가 되지 않소. 젠장."

"그가 결백하다는 것이 밝혀지기 전까지는 그렇게 믿으시오." 아베스 가르시아가 말했다. "어서 가서 수령님의 형제들에게 알리시오. 대통령궁에 모이라고 전하시오. 푸포 이야기는 아직 꺼내지 마시오. 그들에게 살해 기도가 있었다는 소문이 있다고만 말하시오. 자, 어서 서두르시오! 그런데 이 작자는 어떻소? 계속 심문할 수 있겠소?"

"지금 죽어가고 있습니다, 대령님." 다미론 리카르트 박사가 말했다. "의사로서 제 의무는……"

"당신의 의무는 입 닥치는 것이오. 공범으로 몰리고 싶지 않다면 말이오." 페드로 리비오는 다시 아주 가까이에서 첩보부대장의 얼굴을 보았다. '난 죽어가지 않아'라고 그는 생각했다. '그가 내 얼굴에 계속 담배 꽁초를 끄지 못하게 거짓말을 한 거야.'

"로만 장군이 수령님을 죽이라고 명령했나?" 다시 대령의 코와 입에서 고약한 입내와 담배 냄새가 풍겼다.

"그에게 시체를 보여주려고 찾고 있어요." 페드로 리비오는 자기가 고함치는 소리를 들었다. "그는 그런 사람입니다. 반드시 두 눈으로 확인해야 믿는 사람입니다. 서류 가방도 마찬가지입니다."

그 말을 하기 위해 안간힘을 쓰느라 그는 탈진 상태였다. 그는 칼리에들이 이 순간 올가의 얼굴에 담배를 비벼끄고 있을지도 모른다고 두려워했다. 불쌍한 여자, 이게 무슨 꼴이람. 그녀는 유산할 것이고, 전육군 중위 페드로 리비오 세데뇨와 결혼한 것을 저주할지도 모른다.

"무슨 서류 가방?" 첩보부대장이 물었다.

"트루히요의 서류 가방입니다." 그는 또렷하게 말했다. "밖은 피투성이가 되어 있고, 안에는 페소와 달러로 가득합니다."

"각하의 이니셜이 적힌 가방 말인가?" 대령이 집요하게 물었다. "금속으로 RLTM(라파엘 레오니다스 트루히요 몰리나의 이니셜)이라고 적힌 가방인가?"

그는 대답할 수 없었다. 그의 의지와는 달리 기억이 말을 듣지 않았다. 토니와 안토니오는 그것을 자동차 안에서 발견하고 열어보았다. 그리고서 그 가방에는 도미니카 공화국의 페소와 미국 달러로 가득차 있었다고 말했다. 엄청난 액수였다. 그는 첩보부대장이 머리를 흔들고 있다는 것을 알았다. 개자식, 가방 이야기가 나오자 첩보부대장은 그의 말이 사실이며, 그가 죽었다는 것을 확신했다.

"이 일에 또 누가 관련되어 있지?" 아베스 가르시아가 물었다. "이름을 말해봐. 그러면 수술실로 내려가 총알을 꺼내게 해주지. 자, 누가 더 있지?"

"푸포를 찾았습니까?" 그는 흥분한 나머지 빠르게 말했다. "그에게 시체를 보여주었습니까? 발라게르에게도 보여주었나요?"

다시 아베스 가르시아 대령이 턱을 떨어뜨렸다. 대령은 놀라움과 불안으로 입을 벌린 채 그의 얼굴 위에 있었다. 모호하게나마 그는 게임에서 이기고 있었다.

"발라게르라고?" 그는 천천히 말했다. 음절 하나하나 정확하게 발음했다. "공화국 대통령 발라게르도 관련되어 있다고?"

"아마도 군과 시민 합동 평의회 의장이 될 겁니다." 페드로 리비오는 이렇게 설명하면서, 구토 증세를 참으려고 안간힘을 썼다. "난 반대했습니다. 그러나 그들은 미주기구를 안심시키기 위해서는 필요하다고 말했습니다."

이번에 그는 머리를 돌려 바닥에 토할 시간이 없었다. 따스하고 끈끈한 것들이 그의 목을 타고 내려와 그의 가슴을 더럽혔다. 그는 첩보부대장이 몹시 불쾌해하면서 침대에서 멀어지는 걸 보았다. 위가 심하게 경련을 일으켰고, 뼈에서는 소리가 느껴졌다. 그는 더 밀릴 수 없었다. 잠시 후 대령의 얼굴이 다시 그의 얼굴 위에 와 있었다. 이제는 초조하고 불안한 나머지 일그러져 있었다. 그는 마치 페드로 리비오의 두개골에 구멍을 뚫어 모든 사실을 확인하려는 사람처럼 그를 노려보았다.

"호아킨 발라게르도 가담했나?"

그는 그의 시선을 겨우 몇 초만 견딜 수 있었다. 그는 눈을 감았다. 잠자고 싶었다. 아니 죽고 싶었다. 그는 죽는 것에 연연하지 않았다. 그는 "발라게르도, 발라게르도 가담했나?"라는 질문을 두세 번 들었다. 그는 대답하지 않았고, 눈도 뜨지 않았다. 오른쪽 귓불에서 무언가가 뜨겁게 타는 느낌에 몸이 움찔했을 때에도 눈을 뜨지 않았다. 대령은 담배를 껐고, 이제는 그것을 비틀어 그의 귀 안에 짓누르고 있었다. 그는 비명도 지르지 않았고 움직이지도 않았다. 페드로 리비오는 칼리에 두목의 재떨이가 되어 있었다. 그렇게 그의 목숨은 끝나가고 있었다. 빌어먹을! 염소는 죽었다. 그는 잠들고 싶었고 죽고 싶었다. 그는 깊은 나락으로 떨어지면서도 계속해서 아베스 가르시아의 말을 듣고 있었다. "그처럼 독실한 신자는 틀림없이 신부들과 공모했을 것이오. 이건 미국 놈들과 한패가 된 주교들의 모반 행위라고 봐야 하오." 긴 침묵이 흘렀고, 중간 중간에 속삭이는 소리가 들렸다. 간간이 다미론 리카르트 박사가 만일 수술 시간을 놓치면 환자는 죽게 될 것이라면서 소심하게 애원하는 소리도 들렸다. '하지만 내가 원하는 건 죽는 거야'라고 페드로 리비오는 생각했다.

사람들이 뛰어다니는 소리, 서두르는 발소리, 그리고 문을 쾅 닫는 소리가 들렸다. 방은 다시 사람들로 가득 찼다. 방금 도착한 사람들 중에는 또다시 피게로아 카리온 대령이 끼어 있었다.

"고속도로에서, 정확히는 각하의 시보레 자동차 근처에서 틀니를 발견했습니다. 현재 각하의 치과 주치의 페르난도 카미노 세르테로 박사가 검사하고 있습니다. 내가 직접 그를 깨웠습니다. 30분 안에 우리에게 보고할 겁니다. 첫눈에 보건대, 수령님의 틀니가 맞는 듯합니다."

그의 목소리는 슬픔에 잠겨 있었다. 다른 사람들은 침묵을 지키며 대화를 듣고 있었다.

"더 발견된 것은 없소?" 아베스 가르시아는 이렇게 물으면서 입술을 깨물었다.

"45구경 자동 권총이 있었습니다." 피게로아 카리온이 말했다. "등록 사항을 확인하는 데 몇 시간 걸릴 겁니다. 그리고 사건 현장에서 약 200미터 떨어진 곳에 자동차 한 대가 버려져 있었습니다. 머큐리

자동차입니다."

페드로 리비오는 살바도르가 피피 파스토리사에게 고속도로에 머큐리를 두고 왔다고 화를 낸 게 맞았다고 생각했다. 그들은 자동차 소유주를 확인할 것이고, 잠시 후 칼리에들은 터키인의 얼굴에 담배꽁초를 끌 것이었다.

"또 털어놓은 건 없습니까?"

"대통령 발라게르의 이름을 말했소." 아베스 가르시아가 휘파람을 불었다. "그게 무슨 뜻인지 알겠소? 국방부 장관과 공화국 대통령이 개입되어 있소. 그는 규과 시민의 합동 평의회에 관해 말했소. 미주기구를 안심시키기 위해 발라게르가 의장을 맡을 것이라고 했소."

피게로아 카리온 대령은 다시 '젠장'이라는 말을 토해냈다.

"그건 우리를 따돌리려는 수작이 분명합니다. 그래서 중요한 이름을 언급하고, 모든 사람의 명예를 훼손시키는 겁니다."

"그럴 수도 있소. 곧 알게 될 것이오." 아베스 가르시아 대령이 말했다. "하지만 한 가지는 분명하오. 많은 사람이, 특히 고위층 반역자들이 연루되어 있다는 사실이오. 물론 신부들도 끼어 있을 것이오. 레일리 주교를 산토도밍고 학교에서 끌어내야만 하오. 그가 떠나고 싶어 하는지 아닌지는 상관없이 말이오."

"주교를 라쿠아렌타로 데려갈까요?"

"사람들이 알면 그를 찾으러 그곳으로 갈 것이오. 산이시드로가 더 나을 것 같소. 하지만 잠깐만 기다려보시오. 이건 매우 복잡하고 미묘한 일이오. 수령님의 형제들과 논의해봐야 할 것 같소. 음모에 가담하지 않을 유일한 사람이 있다면 바로 비르힐리오 가르시아 트루히요 장군이오. 그에게 직접 가서 이 모든 것을 알려주시오."

  페드로 리비오는 피게로아 카리온 대령의 발소리가 멀어져가는 것을 느꼈다. 그는 지금 첩보부대장과 단둘이 남게 된 것일까? 그가 또 담배를 그에게 끌까? 그러나 이제 그를 괴롭히는 것은 그게 아니었다. 비록 염소를 죽였지만, 상황은 그들이 계획했던 대로 진행되지 않았다는 사실을 깨달았기 때문에 괴로웠다. 왜 푸포는 군대를 이용해 권력을 장악하지 않았을까? 아베스 가르시아는 칼리에들에게 레일리 주교를 검거하라는 지시를 내리면서, 무엇을 하려는 것일까? 어째서 이 피에 굶주린 악마가 계속 명령을 내리고 있는 것일까? 첩보부대장은 계속해서 그의 주위를 맴돌고 있었다. 페드로 리비오는 그를 볼 수 없었지만, 그의 코와 입은 아베스 가르시아의 진하고 뜨거운 숨 냄새를 맡을 수 있었다.

  "몇 사람 이름만 더 불면 편히 쉬게 해주지." 그가 말하는 소리가 들렸다.

  "그는 듣지도 못하고 보지도 못합니다, 대령님." 다미론 리카르트 박사가 애원했다. "지금 의식을 잃은 상태입니다."

  "그럼 수술하시오." 아베스 가르시아가 말했다. "난 그가 살기를 바라오. 잘 들으시오. 그 작자의 목숨이 바로 당신 목숨이오."

  "대령님은 내게 그토록 많은 목숨을 빼앗을 수 없습니다." 페드로 리비오는 의사가 한숨을 내쉬며 말하는 소리를 들었다. "내 목숨은 단 하나입니다, 대령님."

16

"마누엘 알폰소라고?" 아델리나 고모는 마치 듣지 못했던 것처럼 손을 귀로 가져간다. 그러나 우라니아는 고모가 늙었지만 귀가 밝으며, 다만 충격을 받았다는 것을 숨기기 위해 그런 제스처를 한다는 것을 잘 알고 있다. 루신디타와 마놀리타도 눈을 크게 뜨고 그녀를 바라본다. 마리아니타만이 충격을 받지 않은 것처럼 보인다.

"그래요, 마누엘 알폰소, 바로 그 사람이지요." 우라니아가 반복한다. "스페인 정복자와 똑같은 이름을 가지고 있어요. 고모는 그 사람을 알고 있죠?"

"한두 번 만났어." 당혹스럽고 불쾌한 표정으로 늙은 여자는 고개를 끄덕인다. "그런데 네가 아구스틴에 대해 말했던 터무니없는 내용이 그와 무슨 관계가 있는 거지?"

"그는 플레이보이였고, 트루히요에게 여자들을 구해주었어요." 마놀리타가 떠올린다. "그렇죠, 엄마?"

"플레이보이, 플레이보이." 앵무새 삼손이 소리 지른다. 그러나 이번에는 단지 키가 크고 비쩍 마른 조카만 웃는다.

"아주 잘생긴 사람이었어요. 아도니스였지요." 우라니아가 말한다. "암에 걸리기 전까지는 말이에요."

마누엘 알폰소는 그의 세대에서 제일 멋쟁이로 꼽혔던 도미니카 남자였다. 그러나 아구스틴 카브랄이 몇 주 동안, 아니 몇 달 동안 만나지 못한 사이에, 지나가던 여자들도 꼭 뒤를 돌아 다시 볼 정도로 우아하고 품위 있던 신 같은 모습은 뼈와 가죽만 남은 그의 그림자처럼 변해 있었다. 상원의원은 자기 눈을 믿을 수 없었다. 족히 10킬로그램이나 15킬로그램은 빠진 것 같았다. 수척하고 쇠약했으며 전에는 항상 의기양양했고 미소 짓던 눈―향락가의 시선과 승리자의 미소―은 전혀 생기가 없었고, 눈 주위에는 다크서클이 짙었다. 마누엘은 워싱턴 대사로 재임하던 당시 스케일링을 하러 치과에 갔다가 우연히 혀 밑에 조그만 종양이 생긴 것을 알았다고 한다. 사람들 말에 따르면, 그 소식을 듣고 트루히요는 마치 자식 일처럼 충격을 받았고, 그가 미국의 유명한 메이요 병원에서 수술을 받는 동안 전화기에서 한시도 떨어지지 않았다.

"고국으로 돌아오자마자 자네를 괴롭혀서 정말 미안하네, 마누엘." 카브랄은 조그만 거실에서 마누엘을 기다리고 있다가 그가 들어오는 것을 보자 자리에서 일어났다.

"내 친구 아구스틴, 정말 반갑네." 마누엘 알폰소가 그를 포옹했다.

"내 말을 알아듣겠나? 혀의 일부를 도려내야만 했네. 하지만 치료를 받으면 다시 정상적으로 말할 수 있을 거야. 내 말을 알아들을 수 있겠나?"

"완벽하게 알아듣겠네, 마누엘. 자네 목소리에서 전혀 이상한 걸 발견할 수 없네. 정말이야."

그러나 그건 사실이 아니었다. 대사는 마치 돌을 씹거나 혀가 짧은 사람처럼, 아니면 말더듬이처럼 말하고 있었다. 그는 찡그린 얼굴로 말 한 마디 한 마디 할 때마다 몹시 힘들어했다.

"앉게, 아구스틴. 커피 마시겠나? 아니면 술 한잔 어때?"

"아니네, 아무것두 필요하지 않게. 기네 기간을 많이 뺏시 않았네. 수술하고 회복 중인 자네를 귀찮게 해서 재차 미안하다고 말하고 싶네. 난 지금 아주 힘든 상황에 처해 있어, 마누엘."

그는 창피한 나머지 말을 멈추었다. 마누엘 알폰소는 다정하게 한 손을 그의 무릎 위에 올려놓았다.

"익히 짐작할 수 있네, 지식인. 조그만 나라일수록 고통은 큰 법이네. 미국에서 소문을 들었네. 상원의장직을 박탈당했고, 자네가 건설교통부에 재임할 당시의 일까지 조사하고 있다는 얘기였지."

도미니카의 아폴론이라고 불리던 그는 병마와 고통에 시달린 나머지 늙어버렸다. 희고 고른 치열을 지닌 그의 얼굴은 처음으로 미국을 공식 방문한 트루히요의 눈에 들었다. 그리고 잘생긴 외모 덕택에 마누엘 알폰소의 운명은 마치 마술 지팡이가 건드린 신데렐라처럼 갑작스러운 변화를 겪었다. 그러나 그는 여전히 우아한 사람이었다. 뉴욕의 도미니카 이민자였던 젊은 시절과 마찬가지로 패션모델처럼 옷을 입고 있었다. 그는 세무 구두를 신고 베이지색 벨루어 바지와 이탈리아 실크셔츠를 입고 목에 맵시 있게 스카프를 둘렀다. 새끼손가락에서는 금반지가 반짝거렸으며, 얼굴은 정성스럽게 면도를 했고, 머리카락은 단정히 빗겨져 있었으며, 몸에서는 향수 냄새가 풍겼다.

"날 만나주어 얼마나 고마운지 모르겠네, 마누엘." 아구스틴 카브랄은 안정을 되찾았다. 그는 항상 자기 자신을 불쌍히 여기는 자들을 경멸했던 사람이었다. "자네가 유일하네. 난 추방당한 신세가 되었고, 그래서 아무도 날 만나려고 하지 않는다네."

"난 자네의 도움을 잊을 수 없네, 아구스틴. 자네는 항상 관대했네. 내가 임명될 때마다 의회에서 항상 날 지지해주었지. 난 자네에게 많은 빚을 지고 있네. 내가 최선을 다하겠네. 그런데 어떤 혐의를 받고 있는 건가?"

"나도 모르겠네, 마누엘. 그걸 알았다면 나 자신을 방어했을 것이네. 그런데 내가 어떤 잘못을 범했는지 이야기해주는 사람이 아무도 없었네."

"그래, 아주 근사했어. 그가 가까이 있을 때면 다들 심장이 마구 뛰었지." 아델리나 고모가 조급하게 인정한다. "그런데 왜 갑자기 그 사람 얘기를 하는 거지?"

우라니아는 목이 말라서 물을 몇 모금 마신다. 그런데 왜 너는 그 이야기를 하려고 고집을 피우는 거지? 무엇 때문이지?

"마누엘 알폰소는 친구들 중에서 유일하게 아빠를 도와주려고 했던 사람이에요. 고모는 모를 거예요. 여기에 있는 사람들 모두 몰랐을 거예요."

세 사람은 일제히 그녀를 쳐다보았다. 마치 그녀를 정신이상자라고 생각하는 것 같았다.

"그래, 그래, 난 몰랐어." 아델리나 고모가 조그만 소리로 중얼거린다. "그가 쫓겨났을 때 도와주려고 했다고? 확실해?"

"마누엘 알폰소가 아빠를 곤경에서 구해내기 위해 무슨 일을 했는지 아빠는 고모나 고모부에게도 말하지 않았을 거라고 확신해요."

그녀는 입을 다문다. 아이티 하녀가 식당으로 들어왔기 때문이다. 그녀는 쾌활하지만 부정확한 스페인어로 아직도 할 일이 남았는지, 아니면 잠자러 가도 되겠느냐고 묻는다. 루신다는 손으로 가라고 제스처를 한다. 이제 그만 잠을 자도 좋다는 말이다.

"마누엘 알폰소가 누구예요, 우라니아 이모?" 마리아니타가 거의 들리지 않는 희미한 소리로 묻는다.

"아주 유명한 사람이었어. 잘생겼고, 집안도 아주 좋았지. 그는 돈을 벌기 위해 뉴욕으로 갔다가 패션 디자이너와 유명 백화점의 모델이 되었어. 콜게이트 치약 광고 모델이 되어 입을 활짝 벌린 사진이 길거리 광고판에 나붙었지. 그 치약으로 이를 닦으면 치아가 깨끗하고 상쾌해지며 윤이 난다는 광고였어. 트루히요는 미국을 여행하면서 광고판의 그 멋진 젊은이가 도미니카 출신이라는 걸 알았어. 그래서 그를 불러오라고 해서 채용했어. 아주 중요한 사람으로 만들어주었지. 그가 완벽하게 영어를 구사했기에 통역사로 고용했어. 그리고 우아한 패션 디자이너였기 때문에 의전 강사로도 활용했어. 그의 옷과 넥타이, 신발, 양말과 그의 옷을 만들어줄 뉴욕의 재봉사들을 고르는 일도 그에게 맡겼는데, 이건 정말 중요한 역할이었지. 그는 트루히요가 최신 유행에 맞춰 옷을 입도록 해주었어. 수령님의 취미 중의 하나였던 그의 군복을 디자인하는 것도 도와주었어."

"무엇보다도 여자들을 골라주었지." 마놀리타가 우라니아의 말을 끊는다. "그렇지 않아요, 엄마?"

"그게 아구스틴과 무슨 관련이 있지?" 그녀는 작고 성난 주먹을 흔든다.

"여자들은 가장 중요하지 않은 부분이었어." 우라니아는 자기 조카에게 계속해서 알려준다. "트루히요는 그런 것에 거의 관심이 없었어. 모든 여자들이 그의 여자였기 때문이야. 하지만 옷과 액세서리에는 무척 관심이 많았지. 마누엘 알폰소는 그를 세련되고 우아하며 고상하게 느끼게 만들어주었어. 트루히요가 항상 인용하던 『쿠오바디스』의 페트로니우스처럼 말이야."

"난 아직 수령님을 만나지 못했네, 아구스틴. 오늘 오후에 수령님의 거처인 라드아메스 영지에서 만나기로 했네. 내가 알아보겠네. 약속하지."

그는 단지 고개를 끄덕이고 기다리면서, 상원의원의 기운이 떨어질 때까지, 혹은 슬픔이나 괴로움 때문에 그의 목소리가 제대로 나오지 않을 때까지 말을 끊지 않은 채 계속 말하게 놔두었다. 카브랄은 '여론광장'에 첫번째 편지가 게재되었던 열흘 전부터 자기에게 무슨 일이 일어났는지, 자기가 무슨 말을 했고 무슨 행동을 했으며 무슨 생각을 했는지 모두 들려주었다. 마누엘 알폰소는 그 끔찍한 날 이후 처음으로 그를 동정해준 사람이었다. 그래서 상원의원은 사려 깊은 그 사람에게 자기 마음을 모두 털어놓았다. 스무 살 때부터 도미니카 역사에서 가장 중요한 사람에게 봉사하면서 사는 동안 겪었던 은밀한 얘기까지 자세하게 했다. 30년 전부터 그를 위해, 그만을 위해 살았던 사람의 말을 들어주길 거부하는 게 정당한 일일까? 그는 자기가 실수를 저질렀다면 기꺼이 잘못을 인정할 준비가 되어 있었다. 필요하다면 자기의 양심을 검사할 준비도 되어 있었다. 또한 잘못을 범했다면 그 대가를 치를 준비도 되어 있었다. 그러나 수령님은 단 5분도 시간을 내주지 않았다.

마누엘 알폰소는 다시 그의 무릎을 가볍게 쳤다. 새 주거 지역인 '아로요 온도'에 있는 그 집은 널찍했고, 공원으로 둘러싸여 있으며, 고급 가구를 갖추고 세련되게 꾸며져 있었다. 사람들 속에 숨겨진 가능성을 발견하는 데 결코 실수하지 않는─아구스틴 카브랄이 항상 경이로워했던 능력─수령님은 모델 출신에 걸맞은 적절한 일을 찾아냈다. 마누엘 알폰소는 그의 상냥함과 천부적인 대인관계 능력 덕분에 외교계에서 자유자재로 활동했고, 트루히요 정권에 많은 이득을 제공했다. 그는 모든 임무를 성공적으로 수행했다. 특히 가장 힘든 시기였던 워싱턴에서의 마지막 임기 동안, 즉 트루히요가 양키 정권의 귀염둥이에서 언론과 수많은 의원들의 공격을 받는 성가신 골칫거리가 되었을 때 그의 역할은 더욱 눈에 띄었다. 대사는 고통스럽다는 듯이 손을 들어 얼굴로 가져갔다.

"가끔씩 채찍을 맞는 것 같은 통증이 오네." 그가 사과했다. "지금 내게 일어나고 있는 일이네. 난 의사가 사실을 말했기를 바라네. 적절한 시기에 종양을 발견했다는 말이 사실이기를 바라지. 성공 확률이 90퍼센트라는 말을 믿고 싶을 따름이네. 그런데 그가 왜 거짓말을 하겠나? 미국인들은 잔인할 정도로 솔직하네. 우리처럼 섬세하거나 민감하지 않아. 그들은 돌려서 말하는 법이 없네."

그는 말을 멈춘다. 수척해진 얼굴에 경련이 일어나 인상을 쓴다. 잠시 후 고통이 가신 듯 곧바로 심각한 표정을 짓고는 철학적으로 설명한다.

"자네가 어떤 기분인지 난 알고 있네, 지식인. 수령님과 20년 넘게 잘 지내고 있지만 내게도 두어 번 그런 일이 있었네. 자네처럼 극단적이지는 않았지만 그가 거리를 두었지. 나를 차갑게 대했는데, 왜 그런지 이해할 수 없었네. 내가 느꼈던 고독과 불안이 떠오르는군. 마치 나침반을 잃어버린 느낌이었지. 하지만 모든 것이 밝혀졌고, 수령님은 다시 나를 신임하게 되셨네. 자네의 재능을 용서하지 못하는 질투 어린 사람의 음모일 걸세, 아구스틴. 하지만 자네도 알다시피 수령님은 정의로운 분이시잖나. 오늘 오후에 내가 이야기하겠네. 내 말을 믿게."

카브랄은 감동하여 자리에서 일어났다. 아직도 도미니카 공화국에는 훌륭한 인격을 갖춘 점잖은 사람이 남아 있었던 것이다.

"하루 종일 집에 있겠네, 마누엘." 그는 마누엘과 힘껏 악수하면서 말했다. "내가 그분의 신임을 회복하기 위해서라면 무슨 일이든 할 준비가 되었다고 꼭 말해주게."

"나는 그가 할리우드의 스타, 그러니까 타이론 파워나 에롤 플라인일 거라고 생각했어요." 우라니아가 말한다. "그날 밤 그를 보고 나는 무척 실망했어요. 그런 사람이 아니었어요. 혀를 반 이상 잘라낸 후였거든요. 그래서 마치 돈 후안처럼 보였어요."

그녀의 고모 아델리나와 사촌들, 그리고 조카는 조용히 그녀의 이야기를 경청하면서 자기들끼리 시선을 교환하고 있다. 심지어 앵무새 삼손도 관심을 보이는 것 같다. 날카로운 소리로 그녀의 말을 방해하더니 한참 전부터 조용하다.

"네가 우라니아니? 네가 아구스틴의 딸이야? 그동안 정말 많이 컸구나. 난 네가 기저귀 차고 있을 때부터 알고 있단다. 자, 이리로 와서 내게 키스해줘."

"그는 침을 질질 흘리며 말했어요. 마치 정신박약아 같았어요. 날 아주 다정하게 대했어요. 나는 그 수척한 사람이 마누엘 알폰소라는 걸 믿을 수가 없었어요."

"네 아버지와 할 말이 있단다." 그는 집 안으로 들어서면서 말했다. "그런데 너, 정말 예뻐졌구나. 많은 남자들의 가슴을 찢어놓겠어. 아구스틴 있니? 자, 어서 가서 불러와."

"그는 라드아메스 영지에서 트루히요와 만난 뒤 바로 우리 집으로 온 것이었어요. 자기가 무엇을 했는지 알려주기 위해서였지요. 아빠는 믿을 수 없는 표정을 지었어요. '유일하게 내게 등을 돌리지 않은 사람이야. 유일하게 내게 손을 내민 사람이야'라고 몇 번이나 말했어요."

"마누엘 알폰소가 네 아빠를 위해 무언가를 했다고 꿈꾼 건 아니니?" 아델리나 고모가 당혹해하면서 큰 소리로 말한다. "그랬다면 아구스틴은 아니발과 내게 달려와 말해주었을 거야."

"끊지 말고 이야기하게 좀 놔둬요, 엄마." 마놀리타가 끼어든다.

"그날 밤 난 알타그라시아 성모님께 약속했어요. 아빠가 옛날로 돌아갈 수 있게 도와준다면 말이에요. 그게 뭔지 상상할 수 있어요?"

"수녀원에 들어가겠다고 맹세한 거야?" 그녀의 사촌 루신다가 웃는다.

"평생 순결을 지키겠다고 맹세했어요." 우라니아가 웃는다.

사촌들과 조카들 역시 웃는다. 그러나 당황함을 감춘 채 마지못해 웃는 게 역력하다. 아델리나 고모는 심각한 표정으로 우라니아에게서 눈을 떼지 않은 채 초조함을 감추지 않는다. 그래, 어떻게 되었어, 우라니아, 어떻게 되었는지 빨리 말해봐.

"그 꼬맹이가 이제는 아주 예쁘게 자랐군." 마누엘 알폰소는 아구스틴 카브랄 앞에 있는 안락의자에 털썩 앉으면서 말한다. "그 아이의 엄마가 기억나는군. 자네 아내처럼 께느른한 눈과 날씬하고 우아한 몸매를 지니고 있어, 지식인."

그러자 카브랄은 미소를 지으며 고마워한다. 그는 대사를 거실에서 맞이하는 대신 서재로 데려갔다. 우라니아와 하인들이 그들의 대화를 듣지 못하게 하기 위해서였다. 그는 마누엘 알폰소에게 전화를 하는 대신 직접 와주는 수고를 해준 것에 대해 또다시 고맙다고 말한다. 상원의원은 마누엘 알폰소가 말 한 마디 할 때마다 심장이 터질 것 같다고 느끼면서 다급하게 재촉한다. 수령님과 얘기해봤나?

"물론이지, 아구스틴. 난 약속했고, 실제로 그렇게 했네. 우리는 거의 한 시간가량 자네에 관해 말했네. 쉽지 않을 것 같네. 하지만 희망을 잃어버려서는 안 되네. 그게 중요하네."

그는 나무랄 데 없는 검은 맞춤양복과 목이 빳빳한 흰 셔츠를 입고 있었고 흰 반점이 아로새겨진 파란색 넥타이를 매고 진주 넥타이핀을 하고 있었다. 흰 실크 손수건 하나가 재킷 가슴주머니로 살짝 올라와 있었고, 의자에 앉으면서 바지 주름이 펴지지 않도록 바지를 약간 올렸다. 주름 하나 없는 파란 양말이 보였다. 그의 신발은 반짝반짝 빛났다.

"그는 자네 때문에 몹시 괴로워하고 있네, 지식인." 그는 수술 상처로 고통스러워하는 것 같았다. 시시각각 이상하게 입술을 찡그렸다. 아구스틴 카브랄은 그가 이빨을 부딪치는 소리를 듣고 있었다. "구체적인 것은 하나도 없네. 아마도 지난 몇 달 동안 누적되어온 많은 일 때문에 그런 것 같네. 수령님은 극도로 지각력이 뛰어난 분이네. 그는 하나도 놓치지 않네. 사람들의 가장 미묘한 변화까지도 감지하시네. 수령님은 이 위기가 시작되었을 때부터, 그러니까 주교들의 교서와 원숭이 같은 베탕쿠르와 쥐새끼 같은 무뇨스 마린이 야기한 미주기구와의 문제가 발생한 이후, 자네가 변했다고 말하셨네. 그가 바라던 대로 최선을 다하지 않았다는 것이네."

상원의원은 고개를 끄덕였다. 수령님이 그렇게 느꼈다면, 아마도 사실이었을 것이다. 물론 그건 전혀 의도한 바가 아니었고, 수령님에 대한 존경심과 충성심이 줄어들었기 때문도 아니었다. 무의식적인 것이었다. 공산주의자들과 피델 카스트로, 신부들, 워싱턴과 국무부, 피게레스, 무뇨스 마린과 베탕쿠르가 트루히요를 전복시키기 위해 아메리카 대륙 차원의 음모를 꾸몄으며, 미주기구의 경제 제재, 망명자들의 비열한 행동 등 지난 한 해를 엄청난 긴장 속에서 보내느라 피로했기 때문이다. 그래, 그가 무심코 일과 정당과 의회에 그다지 전념하지 않았을 수도 있었다.

"수령님은 낙담이나 우둔한 행동을 절대 받아들이지 않으시네, 아구스틴. 그는 우리 모두가 자기처럼 되길 원하시네. 피로를 모르는 바위와 같은 사람, 강철 같은 의지를 지닌 사람을 원하시네. 자네도 그건 이미 알고 있을 거야."

"그분의 말씀이 맞네." 아구스틴 카브랄은 조그만 책상을 주먹으로 툭툭 쳤다. "그렇기에 이 나라를 만드신 것이지. 그분은 항상 말을 타고 돌아다니셨네, 마누엘. 1940년 선거전에서 말씀하신 그대로 말이야. 수령님은 우리에게 자기처럼 하라고 요구하실 권리가 있네. 난 나도 모르게 그분을 실망시켰네. 혹시 내가 주교들이 그분을 교회의 자선가라고 선포하도록 설득하지 못했기 때문은 아닌가? 수령님은 부당한 교서 이후에 일종의 보상책으로 그것을 원하셨지. 나는 발라게르와 파이노 피차르도와 함께 위원회의 일원이었네. 자네는 그 일이 실패해서 그런 거라고 생각하나?"

대사는 고개를 가로저었다.

"그분은 매우 요령 있는 분이시네. 비록 그 문제 때문에 마음이 상하더라도, 그런 걸 내게 말씀하실 분이 아니네. 아마도 그게 여러 이유 중의 하나일 수는 있겠지. 자네는 수령님을 이해해야만 하네. 31년 전부터 그분의 도움을 가장 많이 받은 사람들이 그를 배신했네. 최고의 친구라고 생각했던 사람들이 뒤에서 칼을 꽂으려고 하는 판인데, 어떻게 예민하지 않을 수 있겠나?"

"난 그가 향수 냄새를 풍겼다는 걸 기억해요." 우라니아가 잠시 말을 멈춘 후 다시 잇는다. "그날 이후로 진한 향수를 뿌린 사람이 근처에 있으면 마누엘 알폰소가 떠올랐어요. 이건 거짓말이 아니에요. 그리고 그가 사용하는 은어를 들어도 그래요. 나는 두 번이나 그와 함께 있을 영광을 누렸기 때문에 그의 말투를 잘 알고 있어요."

그녀가 오른손으로 식탁보를 구긴다. 그녀의 고모와 사촌과 조카는 그녀의 적개심과 빈정거림에 당황해한다. 그리고 언짢은 기분으로 머뭇거린다.

"그 이야기를 하면서 좋지 않은 과거가 떠오른다면, 하지 마요." 마놀리타가 제안한다.

"넌더리가 나. 토할 것만 같아." 우라니아가 대답한다. "그를 생각하면 가증스럽고 역겨워. 이런 얘긴 누구에게도 해본 적이 없어. 기슴속에 묻어둔 이야기를 꺼내니까 차라리 후련해지는 것 같아. 하기야 가족이 아니면 누구한테 이 이야기를 하겠어?"

"자네 생각은 어떤가, 마누엘? 수령님이 내게 다시 한 번 기회를 주실까?"

"위스키 한잔 마시는 게 어떤가, 지식인?" 대사는 대답을 피하면서 큰 소리로 말한다. 그는 손을 들어 상원의원이 잔소리를 못하게 한다. "마시면 안 된다는 걸 나도 잘 알고 있네. 절대로 술을 마시면 안 된다고 했지. 제기랄! 좋은 것도 못하면서 꼭 살아야만 하나? 고급 위스키가 바로 그런 것 중의 하나라네."

"미안하네, 자네에게 아무것도 권하지 않았다는 걸 이제야 알았네. 물론이지. 나도 술 한잔 마셔야겠네. 자, 거실로 내려가세. 우라니타는 이미 잠들었을 걸세."

그러나 그녀는 아직 잠자리에 들지 않았다. 막 저녁식사를 마치고서 그들이 계단을 내려오는 것을 보고 자리에서 일어난다.

"내가 널 마지막으로 봤을 때는 어린 소녀였어." 마누엘 알폰소가 우라니타에게 미소 지으며 아첨을 떤다. "그런데 이제는 아주 어여쁜 숙녀가 되었구나. 아구스틴, 자네는 그런 변화를 눈치채지 못했을 것이네."

"안녕히 주무세요, 아빠." 우라니아는 아버지에게 키스한다. 그런 다음 손님에게 손을 내밀려고 하지만, 마누엘 알폰소는 먼저 뺨을 갖다 댄다. 그녀는 얼굴이 빨개지면서 그에게 살짝 키스한다. "안녕히 가세요, 대사님."

"날 그냥 마누엘 아저씨라고 불러." 그는 우라니아의 이마에 키스하면서 말한다.

카브랄은 집사와 하녀에게 이제 그만 침실로 가도 좋다고 지시하고, 손수 위스키 병과 잔과 얼음 통을 가져온다. 친구의 잔에 얼음을 담고서 술을 따라주고, 자기 잔에도 얼음을 넣은 다음 술을 따른다.

"건배, 마누엘."

"건배, 아구스틴."

대사는 눈을 살며시 감으면서 흡족한 얼굴로 술을 음미한다. "아, 정말 기분 좋아"라고 그는 큰 소리로 말한다. 그러나 그의 얼굴이 고통으로 일그러지는 것으로 보아 목구멍으로 술을 넘기기가 힘든 것 같다.

"난 한 번도 술에 취한 적이 없고, 술 때문에 실수한 적도 없네." 그가 말한다. "하지만 난 인생을 어떻게 즐겨야 하는지 알고 있었네. 심지어 다음 날 내가 끼니를 해결할 수 있을지 모를 때에도, 나는 조그만 것에서 최대의 기쁨을 끌어내는 방법을 알고 있었네. 그건 바로 좋은 술 한 잔, 좋은 시가, 멋진 경치, 훌륭한 요리, 우아하게 허리를 구부리는 여자 등등이었네."

그는 향수에 젖어 웃고, 카브랄도 마지못해 따라 웃는다. 어떻게 해야 그가 관심 있는 유일한 주제로 되돌아갈 수 있을까? 예의를 차리기 위해 그는 초조함을 숨긴다. 오래전부터 술을 마시지 않았기 때문에 두세 모금만 홀짝 마셔도 정신이 멍해진다. 그러나 다시 마누엘 알폰소의 술잔을 채워준 다음, 자기 잔에도 술을 따른다.

"자네가 돈 문제로 고생했다고 생각할 사람은 아무도 없을 걸세, 마누엘." 그는 그에게 입에 발린 말을 하려고 애쓴다. "내가 생각하는 자네는 우아하고 활수하며 관대하고 지갑을 잘 여는 사람이라네."

한때 모델로 활동했던 그는 잔을 흔들면서 고개를 끄덕이며 만족스러운 얼굴을 한다. 샹들리에의 불빛이 그의 얼굴을 직접 비춘다. 이제는 난시 카브랄만이 그의 목 주변을 휘감는 꾸불꾸불한 상처를 눈치챈다. 자기의 얼굴과 몸을 그토록 자랑스럽게 여기는 사람에게는 자신의 신체 일부가 잘렸다는 것은 참으로 받아들이기 힘든 일이었을 것이다.

"나는 배고픔이 뭔지 아네, 지식인. 젊었을 때 뉴욕에서 나는 룸펜처럼 거리에서 잠을 잔 적도 있네. 콩 한 접시나 빵 하나만 먹고 살았던 날이 허다하지. 트루히요가 없었다면, 내 운명이 어떻게 되었을지 누가 알겠나? 난 여자들을 좋아하긴 했지만, 결코 우리의 멋진 친구 포르피리오 루비로사처럼 난봉꾼으로 살 수는 없었네. 아마도 나는 바우어리가*의 부랑자가 되었을 것이네."

그는 자기 잔에 남아 있는 술을 비운다. 상원의원이 잔을 채워준다.

"나는 그에게 모든 것을 빚지고 있네. 내가 가진 모든 것, 내가 이룬 모든 것이 그분 덕택이네." 그는 고개를 숙이고서 얼음덩이를 뚫어지게 바라본다. "나는 세계에서 가장 힘센 나라들의 장관들이며 대통령과 친하게 지냈네. 백악관의 초청도 받았고, 트루먼 대통령과 함께 포커도 쳤으며, 록펠러 가족의 파티에도 갔지. 전 세계에서 가장 훌륭한 메이요 병원에서 미국 최고의 의사가 내 종양을 떼어냈네. 누가 수술비를 댔는지 아나? 물론 수령님이셨네. 아구스틴, 이제 알겠나? 우리나라와 마찬가지로 나는 트루히요에게 모든 것을 빚지고 있네."

아구스틴 카브랄은 줄곧 후회하고 있었다. 컨트리클럽, 의회 혹은 동떨어진 별장에서 가족이나 친척들과 함께 있을 때, 그리고 친한 친구들(그가 친하다고 믿었던)과 함께 모여 있을 때, 그는 콜게이트 치약의 옛 모델에 대해 농담을 하면서 비웃곤 했다. 그러면서 그가 고위급 외교관이 되고 트루히요의 자문관이라는 직책에 오른 것은 모두 그가 각하를 위해 주문하는 비누, 탤컴파우더와 향수 때문이며, 수령님을 빛나게 해주는 넥타이와 양복, 셔츠, 파자마와 신발을 고르는 감각이 뛰어나기 때문이라고 말했다. 그는 그런 모든 것을 후회했다.

"마찬가지로 내가 이룩한 것과 지금의 내가 있도록 만들어준 것도 수령님이네, 마누엘." 그가 밝혔다. "난 자네를 잘 이해하네. 그리고 바로 그런 이유 때문에 나는 그의 신임을 회복하기 위해 무슨 일이든 할 준비가 되어 있다네."

마누엘 알폰소는 고개를 앞으로 내밀면서 그를 쳐다보았다. 그는

---

* 뉴욕의 큰 거리로 술집이 많고 부랑자가 우글거리는 구역.

한참 동안 아무 말도 하지 않았지만, 그의 말이 얼마나 진심인지 일일이 무게를 재어보듯이 그를 자세히 살폈다.

"그럼 이제 실천에 옮기도록 하세, 지식인!"

"람피스 트루히요 이후 그는 내게 새롱거린 두번째 남자였어요." 우라니아가 말한다. "정말 예쁘다고, 엄마를 꼭 닮았다고, 눈이 너무 아름답다고 칭찬했지요. 나는 남자아이들과 파티에도 가고 춤을 춘 적도 있었어요. 아마 대여섯 번 정도는 되었을 거예요. 하지만 내게 그렇게 말한 남자아이는 한 명도 없었어요. 박람회에서 람피스가 했던 칭찬은 어린 여자아이에게 하는 말이었어요. 하지만 마누엘 알폰소 '아저씨'는 마치 아가씨에게 하듯 내게 새롱거렸어요."

그녀는 무언의 분노를 드러내면서 이 모든 말을 빠르게 뱉어냈다. 친척들은 아무 질문도 던지지 않았다. 조그만 식당 안의 침묵은 마치 여름에 격렬한 폭풍이 몰아치기 직전, 그러니까 천둥이 치기 직전의 고요함 같았다. 저 멀리서 사이렌 소리가 밤의 적막을 깨고 있었다. 앵무새 삼손은 깃털을 퍼덕거리면서 나무 막대기 위를 초조하게 오가고 있었다.

"내가 보기에는 노인 같았어요. 그가 이상한 발음으로 말하는 모습을 보자 조금 우스웠고, 그의 목에 난 커다란 상처가 왠지 무서웠어요." 우라니아는 손을 비틀어 꺾는다. "그런 중대한 순간에 왜 그런 말을 내게 했을까요? 나중에 나는 그가 내게 던졌던 그 아침의 새롱거림을 수없이 떠올렸어요."

그녀는 기운이 빠져 다시 말을 멈춘다. 루신다가 말한다. "그때 너는 열네 살이었지?" 우라니아는 그 질문이 바보 같다고 생각한다. 루신다는 그녀가 자기와 동갑이라는 걸 잘 알고 있다. 열네 살. 애매모호한 나이였다. 어린 소녀는 아니었지만, 아직 아가씨라고 부르기에도 적절하지 않은 나이였다.

"서너 달 전에 처음으로 월경을 했어." 그녀가 자그마한 소리로 속삭인다. "그래서 내가 더 성숙하게 보였을 거야."

"금방 생각난 건데, 그러니까 내가 들어오면서 갑자기 생각난 게 있어." 대사가 말하면서 손을 내밀어 다시 위스키를 자기 잔에 따른다. 그런 다음 주인의 잔에도 술을 따른다. "나는 항상 수령님이 먼저고, 그다음이 나라고 생각했네. 아구스틴, 자네는 너무 혼란스럽고 당황해하고 있네. 내 말이 틀린가? 아니, 내 말을 듣지 않은 것으로 하게. 잊어버리게. 난 이미 잊어버렸네. 자, 건배, 지식인!"

상원의원 카브랄은 쭉 술을 들이켠다. 위스키가 내려가면서 그의 목은 불타는 것 같고, 눈은 시뻘겋게 달아오른다. 이 시간에 수탉이 울고 있는 것일까?

"그게, 그게 말이네……" 그는 어떻게 말해야 할지 몰라 같은 말을 반복한다.

"우리, 잊어버리도록 하게! 난 자네가 내 말을 나쁜 뜻으로 받아들이지 않았기를 바라네. 잊어버리게! 잊도록 하게!"

마누엘 알폰소는 이미 자리에서 일어나 있다. 그는 조그만 거실의 쓸모없는 가구들 사이를 서성인다. 그 가구들은 잘 정돈되어 있고 깨끗하지만, 가정주부의 손길이 부족하다. 상원의원 카브랄은 아내와 사별한 후 홀아비로 살아왔던 것이 실수였다고 생각한다. 그는 그즈음에 얼마나 많이 그런 생각을 했을까? 결혼하고 다른 아이들을 낳았더라면, 그런 불행이 일어나지 않았을지도 모른다. 그런데 왜 재혼하지 않았을까? 그가 다른 사람들에게 말했듯이 우라니아 때문이었을까? 아니었다. 그것은 수령님에게 더 많은 시간을 바치고 밤낮으로 그에게 헌신하며, 아구스틴 카브랄의 삶에서는 수령님보다 더 중요한 일도, 사람도 없다는 깃을 보여주기 위함이었다.

"나쁘게 받아들이지 않았네." 그는 침착하게 보이도록 최선을 다한다. "하지만 조금 당황스럽네. 내가 기대하던 말이 아니라서 말이네, 마누엘."

"자네는 아직도 딸을 어린아이로 생각하고 있을 겔세. 자네는 그 아이가 이제 어엿한 아가씨가 되었다는 걸 몰랐을 거야." 마누엘 알폰소는 컵 속의 얼음을 흔들어 땡그랑 소리를 낸다. "아주 근사한 아가씨가 되었더군. 자네는 그런 딸을 가진 걸 자랑스럽게 생각하고 있겠지."

"물론이네." 그가 아무 생각 없이 덧붙인다. "반에서 일등을 놓친 적이 없다네."

"이것 아나, 지식인? 난 한시도 주저하지 않았을 것이네. 그건 그의 신임을 다시 받기 위해서도 아니고, 그를 위해 어떤 희생이라도 감수할 수 있다는 것을 보여주기 위해서도 아니네. 단지 수령님이 내 딸에게 즐거움을 주고 그 아이와 함께 즐거움을 누릴 수 있도록 하는 것보다 내게 더 큰 기쁨과 행복이 없기 때문이네. 난 과장하는 게 아니야, 아구스틴. 트루히요는 인류 역사에서 예외적인 인물 중 하나네. 샤를마뉴 대제, 나폴레옹, 볼리바르와 같은 남자들의 혈통이라네. 자연의 힘이며 하느님의 도구이고 국가를 건설하는 사람이네. 그는 그런 사람들 중의 하나야, 지식인. 우리는 그분 곁에 있었고, 그분이 행동하는 것을 보았으며, 그에게 협력할 수 있는 특권을 지녔던 사람들이네. 어떤 값으로도 치를 수 없는 특권이지."

그는 급히 술잔을 비웠고, 아구스틴도 술잔을 입으로 가져갔지만, 겨우 입술만 적셨다. 더는 머리가 어찔어찔하지 않았지만, 배 속이 뒤집어져 있었다. 금방이라도 토할 것만 같았다.

"아직 어린아이라네." 그는 말을 더듬었다.

"그렇다면 더 좋네!" 대사가 큰 소리로 외쳤다. "수령님은 자네의 그런 충성을 더욱 높이 평가할 것이네. 자기가 실수를 저질렀으며, 자네를 너무 성급하게 판단하여 감정적이 되었거나 적들의 말을 곧이곧대로 들었다는 사실을 깨닫게 될 걸세. 자네만 생각하지 말게, 아구스틴. 이기적이 되지 말게. 자네의 어린 딸을 생각하게. 자네가 모든 걸 잃어버리고, 사기와 부정으로 고발되어 감옥에라도 간다면 그 아이는 어떻게 되겠나?"

"내가 그걸 생각하지 않았을 것 같은가, 마누엘?"

대사는 어깨를 으쓱거렸다.

"자네 딸이 예쁘게 자란 것을 보고 갑자기 떠올랐던 생각이네." 그는 똑같은 말을 반복했다. "수령님은 아름다움을 음미할 줄 아시는 분이네. 내가 그분에게 '지식인이 그의 애정과 충성을 증명하기 위해 수령님에게 그의 예쁜 딸을 바치고 싶어 합니다. 아직 처녀입니다'라고 말하면, 그분은 거부하지 않을 것이네. 난 그분을 잘 알고 있네. 그분은 명예를 중시하는 신사라네. 아마도 깊은 감동을 받으실 걸세. 자네를 곧 부르실 거야. 그리고 자네에게 빼앗았던 것을 모두 되돌려줄 것이네. 우라니아는 확실한 미래를 보장받게 될 것이야. 아구스틴, 우라니아를 생각하게. 구태의연한 편견을 버리도록 해. 자네만을 생각하지 말게."

그는 다시 술병을 집더니 자기 잔과 카브랄의 잔에 위스키를 졸졸 따랐다. 그리고 손으로 얼음덩이를 집어 두 사람의 잔에 집어넣었다.

"자네 딸이 예쁘게 자란 것을 보고 갑자기 떠오른 생각이네." 그는 네번째 혹은 다섯번째로 읊조렸다. 심히 걱정이 되었던 것일까, 아니면 목 때문에 미칠 것 같았던 것일까? 그는 머리를 흔들더니 손가락 끝으로 목의 상처를 어루만졌다 "기분 나빴다면, 듣지 않은 셋으로 하게."

"넌 야비하고 흉악하다고 말했어." 갑자기 아델리나 고모가 폭빌한다. "목숨은 부지하고 있지만 죽음을 기다리는 네 아버지에게 그렇게 말했어. 내 오빠에게 말이야. 내가 가장 사랑했고 가장 존경했던 사람에게 말이야. 왜 그런 모욕적인 말을 했는지 설명하지 않고는 이 집에서 못 나갈 줄 알아라, 우라니아."

"야비하고 흉악하다고 말한 건, 그것보다 더 심하게 욕해줄 수 있는 말을 모르기 때문이에요." 우라니아가 천천히 설명한다. "만일 알았다면, 그렇게 말했을 거예요. 물론 나름대로 이유가 있었을 거예요. 참작할 만한 상황과 동기가 있었겠죠. 하지만 난 아빠를 용서하지 않았고 용서할 수도 없어요."

"그렇게 미워하면서 왜 아버지를 도와주는 거니?" 고모는 분노로 몸을 부들부들 떤다. 곧 기절할 것처럼 얼굴이 창백하다. "왜 간호사 비용과 먹을 것을 대주는 거지? 그냥 죽게 내버려두는 게 낫지 않아?"

"나는 아빠가 살아 있지만 죽은 몸으로 평생 고통 속에 살길 원해요." 그녀는 시선을 떨어뜨린 채 차분하게 말한다. "그래서 도와주는 거예요, 고모."

"그런데, 그런데 외삼촌이 도대체 네게 어떻게 했기에 그토록 입에 담지 못할 말을 하는 거지?" 루신디타가 방금 들은 말을 믿지 못하겠다는 듯이 양팔을 올린다. "하느님 맙소사!"

"내 말을 들으면, 자네는 소스라치게 놀랄 걸세, 지식인." 마누엘 알폰소가 연극을 하듯이 소리를 높인다. "나는 아름다운 여자, 정말로 멋진 계집년, 그러니까 자네 머릿속에서 빙빙 도는 그런 계집년을 보면, 나를 생각하지 않는다네. 대신 수령님을 생각하지. 그래, 그분을 생각해. 그분이 그년을 품에 꼭 껴안고서 사랑하고 싶어 하실지 생각한다네. 난 이 말을 그 누구에게도 하지 않았네. 수령님에게도 하지 않았지. 하지만 그분은 알고 계시네. 심지어 이런 문제에서도 나는 항상 그분을 먼저 생각했네. 물론 나도 여자를 몹시 좋아하네, 아구스틴. 하지만 내가 권력을 바라고 예쁜 계집년들을 양보하면서 희생했다고 생각하지는 말게. 그건 비열한 작자들이나 돼지 같은 놈들이 생각하는 것이네. 내가 왜 그랬는지 아나? 사랑과 동정과 연민 때문이네. 자네도 그걸 이해할 것이네. 자네와 나는 그분의 삶이 어땠는지 잘 알고 있어. 그분은 새벽부터 자정까지, 일주일 내내, 그리고 1년 열두 달 내내 일하시네. 한 번도 쉬신 적이 없지. 중요한 일뿐만 아니라 사소한 일까지 모두 챙기시네. 300만 명의 도미니카 사람들의 생사가 좌우된 결정을 하시네. 20세기에 걸맞은 국민으로 만들기 위해

서지. 원한에 사무친 형편없는 인간들과 빌어먹을 배은망덕한 자들도 신경 써야 하네. 그러니 그도 가끔 즐겨야 하지 않겠는가? 몇 분간 계집애와 즐길 권리도 없는가? 그게 그의 삶에서 몇 안 되는 보상 중의 하나네, 아구스틴. 그래서 독사 같은 놈들이 나보고 수령님의 뚜쟁이라고 말해도, 나는 그걸 자랑스럽게 여긴다네. 자, 그럼 명예를 위해서, 지식인!"

그는 위스키 없는 빈 잔을 입으로 가져갔고 얼음 한 덩이를 입안에 털어넣었다. 그는 혼잣말에 지친 듯 아무 말도 없이 얼음을 빨면서 생각에 잠겼다. 카브랄 역시 침묵 속에 그를 쳐다보면서, 위스키가 가득한 자기 술잔을 어루만지고 있었다.

"술이 떨어졌군. 그런데 우리 집에는 더 이상 술이 없네." 카브랄이 사과했다. "내 것을 마시게나. 난 더 마실 수가 없네."

고개를 끄덕이면서 대사는 빈 술잔을 그에게 내밀었고, 카브랄 상원의원은 자기 잔에 남아 있던 술을 그에게 따라주었다.

"자네의 말에 난 깊은 감동을 받았네, 마누엘." 그가 중얼거렸다. "그러나 그다지 놀라지는 않았네. 자네가 그분에 대해 느끼는 것, 그 존경과 감사는 나도 수령님에게 항상 느꼈던 것이니까 말이네. 그래서 이런 상황이 몹시 고통스럽네."

대사는 그의 어깨에 손을 올려놓았다.

"해결될 것이네, 지식인. 내가 그분과 말하겠네. 난 그분에게 어떻게 말해야 하는지 잘 알고 있어. 내가 설명하겠네. 그게 내 생각이 아니라 자네 생각이라고 말하겠네. 아구스틴 카브랄이 자진해서 생각한 것이라고 하겠네. 총애를 잃어버린 상태에서도, 심지어 모욕을 당하는 지금과 같은 순간에도 오직 수령님만을 생각하는 절대적인 충신이라고 말하겠네. 자네도 수령님을 잘 알고 있지 않은가. 그분은 솔선해서 행동하는 사람을 좋아하네. 그분은 나이도 있고, 따라서 건강에 약간의 문제도 있을 수 있어. 하지만 결코 사랑의 도전만은 거부한 적이 없지. 내가 절대적 비밀에 부치고 신중하게 추진하겠네. 걱정 말게. 자네는 곧 예전의 자리로 돌아갈 것이고, 자네에게 등을 돌렸던 사람들은 곧 이 문 앞에 길게 줄을 늘어설 것이네. 이제 그만 가보겠네. 위스키 잘 마셨네. 내 집에서는 술은 한 방울도 입에 댈 수 없거든. 목구멍이 약간 뜨겁기도 하고 씁쓸하기도 한 이 간지러운 느낌이 얼마나 좋은지 모르겠네. 자, 그럼 잘 있게, 지식인. 더 고민하지 말게. 모든 걸 내게 맡기게. 자네는 우라니타나 잘 준비시키게. 자세한 것은 말해주지 말게. 그럴 필요 없네. 수령님이 알아서 하실 걸세. 자네는 그분이 이런 경우 얼마나 섬세하고 얼마나 다정하게, 그리고 인간적으로 접촉하는지 상상하지 못할 걸세. 그 아이를 행복하게 해주고, 부족하지 않게 보상해줄 걸세. 그 아이의 미래는 보장될 거야. 그는 항상 그렇게 했네. 달콤하고 아름다운 여자에게는 특히 더 그렇다네."

그는 비틀거리면서 현관으로 향했고, 문을 가볍게 탕 닫고는 집을 떠났다. 거실 소파에서 아구스틴 카브랄은 빈 잔을 손에 든 채 그곳을 떠나는 자동차 엔진 소리를 들었다. 피로와 말할 수 없는 의욕 상실이 밀려들었다. 자리에서 일어나 계단을 올라가서 옷을 벗고 욕실로 가서 이를 닦고 잠자리에 누워 불을 끌 기운도 없는 것 같았다.

"그러니까 지금 네 말은 마누엘 알폰소가 네 아버지에게……" 아델리나 고모는 차마 말을 끝마칠 수 없다. 분노가 치밀어 목이 막히기 때문이다. 그녀는 부드럽고 흉하지 않게 말할 적당한 표현을 찾지 못하고 있다. 어쨌거나 말을 끝내야 한다는 심산으로 괜히 얌전히 있는 앵무새 삼손에게 주먹을 불끈 쥐며 위협한다. "조용히 해, 이 빌어먹을 앵무새야!"

"난 단지 실제로 일어났던 일을 말하는 거예요." 우라니아가 말한다. "듣고 싶지 않으면 입을 다물고 그만 떠나겠어요."

아델리나 고모는 입을 열지만, 아무 말도 하지 못한다.

그러나 우라니아 역시 상원의원이 평생 처음으로 잠을 자러 올라오지 않았던 그날 밤에 마누엘 알폰소와 아버지가 어떤 대화를 나누었는지 자세히는 모르고 있었다. 아구스틴 카브랄은 옷을 입은 채 거실에서 잠들었다. 그의 발밑에는 빈 술잔과 빈 위스키 병이 뒹굴고 있었다. 다음 날 아침 우라니아는 아침을 먹고 등교하기 위해 아래층으로 내려왔다가 그 광경을 보고 입을 다물 수 없었다. 그녀의 아버지는 술에 취한 적이 없었다. 그래서 주정뱅이들과 난봉꾼들을 못 참아 했다. 그는 아무 잘못도 없이 박해받고 비난받고 조사받고 파면되자, 그리고 은행 계좌가 동결되자, 절망감에 사로잡혀 술에 취해 있었다. 그녀는 흐느끼면서 소파에 쓰러져 있던 아빠를 껴안았다. 그는 눈을 뜨고 자기 옆에서 울고 있는 딸의 모습을 보았다. 그리고 딸에게 수도 없이 키스를 했다. '울지 마라, 내 사랑스러운 딸아. 우리는 이 상황을 이겨낼 수 있어. 정말이야. 우리는 결코 패배하지 않을 거야.' 그는 자리에서 일어나 옷매무새를 고치고는 딸이 아침을 먹는 동안 함께 있었다. 그녀의 머리카락을 쓰다듬으면서 학교에서는 아무 말도 하지 말라고 타일렀다. 그때 그녀는 아버지가 매우 이상하다고 느꼈다.

"아마도 고민이 많았을 거예요." 우라니아가 상상한다. "망명도 생각했을 거예요. 하지만 경제 제재 이후 라틴아메리카 대사관이 모두 폐쇄되어 그곳으로 피신할 수도 없었어요. 게다가 칼리에들이 하루 종일 집 안에 누가 들어가고 나가는지 감시하고 있었어요. 아마도 양심과 싸우면서 끔찍한 하루를 보냈겠죠. 그날 오후 학교에서 돌아왔을 때, 아버지는 이미 결심을 굳힌 상태였어요."

아델리나 고모는 아무런 이의도 제기하지 않는다. 움푹 팬 눈으로 그녀를 쳐다볼 뿐이다. 놀라움과 믿을 수 없다는 비난의 표정이 뒤섞여 있다. 그러나 그녀의 노력에도 불구하고 믿을 수 없다는 표정은 사그라져간다. 마놀리타는 손으로 머리카락을 말았다가 풀고 있다. 루신다와 마리아니타는 목석처럼 꼼짝도 하지 않는다.

그는 목욕을 했고, 평소처럼 단정하게 옷을 입고 있었다. 괴로워하면서 잠을 설쳤던 지난밤의 흔적은 온데간데없었다. 그러나 그는 아무것도 먹지 않았고, 괴로움과 불확실성은 그의 시체와 같은 창백한 얼굴과 움푹 팬 다크서클, 그리고 두려움으로 가득한 시선에 선명하게 드러나 있었다.

"아파요, 아빠? 왜 이렇게 창백해요?"

"우라니타, 너와 할 말이 있어. 자, 하인들이 들으면 안 되니 네 방으로 올라가자."

'감옥에 가게 되는 거야'라고 아이는 생각했다. '나한테 아니발 고모부와 아델리나 고모 집에 가서 살라고 말할 거야.'

두 사람은 방으로 들어갔다. 우라니타는 책상에 책가방을 놓고서 침대 모서리에 앉았다("월트 디즈니의 동물 캐릭터들이 그려진 파란색의 침대시트였어"). 그녀의 아버지는 창가에 기댔다.

"넌 내가 이 세상에서 가장 사랑하는 사람이야." 그가 미소 지었다. "내가 가진 최고의 것이지. 네 엄마가 세상을 떠난 이후, 넌 이 세상에서 내게 남은 유일한 존재야. 알겠지, 내 딸아?"

"물론이에요, 아빠." 그녀가 대답했다. "또 나쁜 일이 일어난 거예요? 아빠를 감옥에 가두겠대요?"

"아니야, 아니야." 그가 고개를 가로저으며 말했다. "그것보다는 모든 걸 해결할 수 있는 실마리가 보인다고 말하는 편이 좋을 것 같아."

그는 말을 잇지 못한 채 잠시 침묵을 지켰다.

그의 입술과 손이 떨리고 있었다. 그녀는 놀란 표정으로 아버지를 바라보았다. 그렇다면 그건 아주 좋은 소식이었다. 라디오와 신문이 이제 아빠를 비방하지 않을 거라는 말일까? 다시 상원의장으로 복귀한다는 소릴까? 그게 사실이라면, 왜 아빠 표정이 저럴까? 왜 낙담하고 슬픈 표정일까?

"내게 희생제물을 요구하기 때문이야, 내 딸아." 그가 자그맣게 말했다. "네가 한 가지 알았으면 좋겠어. 잘 기억해둬. 난 너를 위해서가 아니라면 그 어떤 것도, 정말 그 어떤 것도 하지 않을 거란다. 지금 내가 말하는 걸 절대로 잊지 않겠다고 약속해."

우라니아는 초조해하기 시작한다. 도대체 아빠가 무슨 말을 하고 있는 것일까? 왜 그게 뭔지 빨리 말하지 않는 것일까?

"그럼요, 아빠." 그녀는 지겨운 표정을 지으면서 마침내 말한다. "그런데 무슨 일이 있었던 거예요? 왜 말을 빙빙 돌리는 거예요?"

그녀의 아버지는 침대에 있는 그녀 옆에 털썩 앉았다. 그리고 어깨를 만지면서 끌어당기더니 그녀의 이마에 키스를 했다.

"파티가 있는데, 총통이 너를 초대했단다." 그는 우라니아의 이마에서 입술을 떼지 않고 말했다. "산크리스토발에 있는 집, 그러니까 푼다시온 농장에 있는 집에서 파티가 열려."

우라니아는 그의 팔에서 빠져나왔다.

"파티라고요? 트루히요가 우리를 초대했다고요? 아빠, 그럼 나쁜 일이 다 해결되었다는 말이네요. 그렇죠?"

상원의원 카브랄은 어깨를 들었다가 내렸다.

"나도 몰라, 우라니타. 수령님은 알 수 없는 분이야. 그분의 의도가 무엇인지는 전혀 짐작할 수 없어. 우리 두 사람을 초대한 게 아니라, 너만 초대했어."

"나만요?"

"마누엘 알폰소가 널 데려갈 거야. 그리고 파티가 끝나면 이리로 데려다줄 거야. 왜 너를 초대하면서 나는 초대하지 않았는지, 그 이유는 나도 몰라. 아마도 모든 희망이 사라진 게 아니라는 사실을 내게 알려주는 첫번째 제스처일 거야. 마누엘은 그렇게 추측하고 있어."

"아빠의 기분이 어땠을 것 같아요?" 우라니아는 아델리나 고모를 보며 말한다. 노인은 고개를 푹 숙인다. 더 이상 비난의 시선을 던지지 않는다. 그 시선에는 어느새 확신이 지워져 있다. "횡설수설했어요. 앞뒤도 안 맞는 말을 계속 늘어놓았어요. 내가 아빠의 거짓말을 믿지 않을까봐 벌벌 떨고 있었어요."

"마누엘 알폰소가 네 아버지를 속였을 수도 있어……" 그러나 아델리나 고모는 미처 말을 맺지 못한다. 그녀는 후회하는 제스처를 취

144

하더니 손과 머리로 사과한다.

"싫으면 가지 않아도 돼, 우라니타." 아구스틴 카브랄은 밤으로 접어드는 그 뜨거운 저녁 날씨가 마치 추운 것처럼 손을 비빈다. "지금이라도 당장 마누엘 알폰소에게 전화를 걸게. 네 몸이 좋지 않다고, 수령님에게 유감을 전해달라고 말할게. 네가 반드시 가야만 하는 건 아니야, 내 딸아."

그녀는 어떻게 대답해야 할지 모른다. 왜 그녀가 그런 결정을 해야 하는 것일까?

"모르겠어요, 아빠," 그녀는 당황해서 머무거린다 "너무 이상하잖아요. 왜 나 혼자만 초대하는 거죠? 늙은이들의 파티에서 내가 뭘하는 거죠? 내 또래의 다른 여자아이들도 초대되었나요?"

조그만 결후(結喉)가 상원의원 카브랄의 가느다란 목으로 오르내린다. 그의 눈이 우라니아의 시선을 피한다.

"너를 초대했다면, 다른 여자아이들도 있을 거야." 그는 말을 머뭇거린다. "아마도 이제는 너를 어린아이가 아니라 숙녀로 여기기 때문일 거야."

"하지만 수령님은 날 몰라요. 멀리서만 나를 봤을 뿐이에요. 게다가 그때 난 여러 사람들과 함께 있었어요. 그런데 어떻게 날 기억하겠어요, 아빠?"

"아마도 사람들이 너에 대해 말했을 거야, 우라니타." 그녀의 아버지는 말꼬리를 흐린다. "다시 말하는데, 반드시 참석해야 하는 건 아니야. 네가 원하지 않으면 마누엘 알폰소에게 전화를 걸어서 네 몸이 좋지 않다고 말할게."

"모르겠어요, 아빠. 아빠가 원하면 갈게요. 아빠가 원하지 않으면 가지 않을 거고요. 난 아빠를 돕고 싶어요. 내가 싫다고 하면 그분이 화내지 않을까요?"

"그런데 아무것도 눈치채지 못했어요?" 용기를 내서 마놀리타가 묻는다.

넌 아무것도 눈치채지 못했어, 우라니아. 넌 아직 어린 소녀였어. 어린 소녀라는 것은 욕망과 본능과 권력에 대해서 완전히 무지하다는 것을 의미했다. 그리고 그런 것들이 월권 행위 및 잔혹한 행위와 결합되는 건 트루히요가 만든 나라에서만 의미를 지닐 수 있다는 사실도 전혀 몰랐다는 걸 뜻했다. 우라니아는 똑똑한 소녀였고, 그래서 모든 게 너무 갑작스럽다는 인상을 받았다. 준비할 시간도 없이 파티가 열리는 날 초대한다는 게 있을 수 있는 일일까? 그러나 그녀는 정상적이고 건전한 아이였으며—우라니아, 그러나 그게 마지막 날일 거야—동시에 호기심이 많았다. 그래서 산크리스토발에 있는 총통의 그 유명한 농장에서, 모든 상을 휩쓸었던 말과 소가 사육되는 농장에서 열리는 파티를 생각하니 그녀는 호기심과 흥분을 느꼈다. 학교에 가서 친구들에게도 자랑할 거리가 많지 않을까? 최근에 신문과 라디오에서 상원의원 아구스틴 카브랄에 관해서 떠들어대는 이야기를 친구들이 속닥대는 통에 그녀는 마음이 울적했지만, 이제 다들 부러워하고 시샘할 거라고 생각했다. 아버지가 허락한 일인데 불안해할 필요는 없지 않을까? 오히려 그녀는 그 초대가 용서의 첫번째 제스처, 그러니까 아빠의 고통이 이제 끝났다는 것을 알리는 첫번째 신호가 될 수 있다는 사실에 설레기조차 했다.

그녀는 아무것도 의심하지 않았다. 막 피어나기 시작한 소녀였기에 가장 사소한 것만을 걱정했다. 어떤 옷을 입을까요, 아빠? 어떤 신발을 신지요? 시간이 너무 없어서 안타까워요. 시간이 있다면 지난달에 미스 산토도밍고 선발 대회에 시녀로 참석했을 때, 화장을 해주고 머리를 만져주었던 미용사에게 전화를 걸 수도 있었을 텐데. 파티에 가기로 결정한 이후, 그녀의 유일한 걱정은 그런 것뿐이었다. 그것은 모두 수령님의 기분을 상하지 않게 하기 위해서였다. 마누엘 알폰소는 밤 여덟시에 그녀를 데리러 오기로 했다. 학교 숙제를 할 시간이 없었다.

"알폰소 아저씨는 내가 몇 시까지 그곳에 머물러야 한다고 말했어요?"

"사람들이 떠나기 시작할 때까지일 거야." 상원의원 카브랄은 자기 손을 짓누르면서 말한다. "피곤하거나 다른 이유로 그전에 나오고 싶으면 마누엘 알폰소에게 말하도록 해. 그러면 그가 즉시 집으로 데려다줄 거야."

17

벨레스 산타나 박사와 후안 토마스 디아스의 사위인 비엔베니도 가르시아가 페드로 리비오 세데뇨를 차에 태워 국제병원으로 데려갔을 때, 도저히 떼려야 뗄 수 없는 삼인조—아마디토, 안토니오 임베르트와 터키인 에스트레야 사드알라—는 결정을 내렸다. 디아스 장군과 루이스 아미아마, 그리고 안토니오 델라 마사가 호세 레네 로만 장군을 찾을 때까지 기다리는 것은 아무 의미도 없다는 결정이었다. 그보다는 그들의 상처를 치료해줄 의사를 찾고, 피로 얼룩진 옷을 갈아입고, 상황이 분명해질 때까지 숨을 곳을 찾는 게 급선무라고 생각했다. 그런데 이 시간에 믿을 만한 의사가 어디에 있을까? 거의 자정이 가까운 시각이었다.

"내 사촌 마누엘이 있어." 임베르트가 말했다. "마누엘 두란 바레라스야. 이곳에서 가까이 살고 있고, 집 옆에 진료실이 있어. 믿을 만한 사람이야."

토니의 표정이 어두웠다. 그것을 보고 아마디토는 놀랐다. 두란 바레라스에게 가는 차 안에서—도시는 침묵에 잠겨 있었고, 거리에는 차가 거의 없는 것으로 보아, 아직 뉴스가 전해지지 않은 것 같았다—아마디토가 물었다.

"왜 장례식에 가는 표정을 짓고 있어요?"

"이번 일은 완전히 망쳤어." 임베르트가 조용히 대답했다.

터키인과 중위가 서로 쳐다보았다.

"푸포 로만이 나타나지 않는다는 게 정상이라고 생각해?" 그가 이를 악물고 말했다. "두 가지 설명만 가능해. 그가 음모에 가담했다는 사실이 발각되어 감옥에 있거나, 아니면 겁을 먹은 거야. 어느 쪽이든 우리는 엿 먹은 거야."

"하지만 우리는 트루히요를 죽였어요, 토니!" 아마디토가 기운을 북돋웠다. "아무도 그를 부활시킬 수 없어요."

"내가 후회한다고 생각하지 마." 임베르트가 말했다. "사실 나는 쿠데타 같은 건 꿈도 꾸지 않았어. 안토니오 델라 마사가 꿈꾸었던 군과 시민의 합동 평의회는 기대하지 않았어. 난 항상 우리가 자살 테러를 하는 사람들이라고 생각했어."

"조금 더 일찍 얘기하지 그랬어요." 아마디토가 농담했다. "그랬다면 유서를 써놓았을 텐데요."

터키인은 그들을 두란 바레라스 박사의 집 앞에 내려주고 자기 집으로 향했다. 칼리에들이 곧 고속도로에 버려진 그의 차를 발견할 것이라고 생각했기 때문에 아내와 아이들에게 위험을 경고하고 옷가지와 돈을 챙기려고 했던 것이다. 두란 박사는 잠자리에 들어 있었다. 그는 하품을 하면서 잠옷 차림으로 나왔다. 그가 하품하던 입을 다물자, 임베르트는 왜 그들이 진흙과 피로 범벅이 되었는지 설명했고, 찾아온 용건을 이야기했다. 그는 놀라서 어안이 벙벙한 채 한참 동안 그들을 쳐다보았다. 긴 수염으로 뒤덮인 크고 홀쭉한 얼굴이 일그러졌다. 아마디토는 의사의 목으로 결후가 오르내리는 것을 볼 수 있었다. 이따금 귀신을 본 사람처럼 두려운 듯 눈을 비볐다. 마침내 그가 반응을 보였다.

"우선 치료합시다. 진료실로 갑시다."

상태가 가장 나쁜 사람은 아마디토였다. 총탄 하나가 그의 발목을 관통하면서 생긴 구멍이 보였고, 그 상처로 부서진 뼛조각들이 튀어나와 있었다. 발과 발목이 퉁퉁 부어 변형되어 있었다.

"이렇게 부서진 발목으로 어떻게 서 있는지 모르겠군요." 의사는 상처를 소독하면서 말했다.

"지금까지 아프다는 걸 느끼지 못했어요." 중위가 대답했다.

방금 전 일어난 사건에 너무나 흥분한 나머지 그는 발목이 아픈 줄도 몰랐다. 그러나 지금은 통증이 느껴졌고, 욱신욱신 쑤시는 느낌이 무릎까지 올라오고 있었다. 의사는 붕대를 감아주고 주사를 놓았으며, 네 시간마다 먹으라면서 알약을 주었다.

"갈 곳 있어?" 그를 치료하는 동안 임베르트가 물었다.

아마디토는 즉시 메카 고모의 집을 떠올렸다. 그녀는 열한 명의 고모 중에서도 어렸을 때부터 그를 가장 귀여워해주었다. 늙은 고모는 인데펜덴시아 공원에서 그리 멀지 않은 산마르틴 거리에서 나무로 지은 집에 혼자 살고 있었다. 화분으로 둘러싸인 집이었다.

"그들이 가장 먼저 찾을 곳이 바로 친척들의 집이야." 토니가 경고했다. "차라리 믿을 만한 친구가 더 나아."

"내 친구들은 모두 군인이야. 골수 트루히요 신봉자들이야."

그는 왜 임베르트가 그토록 걱정스럽고 비관적인 표정을 짓는지 이해할 수 없었다. 푸포 로만이 곧 나타나 계획을 실행에 옮길 텐데 말이다. 그는 그것을 확신했다. 무엇보다도 트루히요가 죽었고, 그의 정권은 마치 카드로 지은 성처럼 붕괴될 것이 분명했다.

"내가 당신을 도울 수 있을 것 같군요." 두란 바레라스 박사가 끼어들었다. "내 왜건을 수리해주는 정비공이 조그만 농장을 가지고 있는데, 마침 그걸 임대할 참이었어요. 오사마 지역 근방에 있어요. 내가 얘기해볼까요?"

그는 그렇게 했고, 아마디토의 문제는 쉽게 해결되었다. 정비공의 이름은 안토니오 산체스(토뇨)였고, 늦은 시각임에도 불구하고 그는 의사가 부르자마자 달려왔다. 그에게 사실대로 모든 걸 말해주었다. 그러자 그는 "젠장, 오늘 밤에는 취할 때까지 술을 마셔야겠군요!" 하고 소리쳤다. 그는 그들에게 농장을 빌려주는 걸 영광으로 여겼다. 농장 근처에는 가까이 사는 이웃이 없었기 때문에 중위는 안전할 것이었다. 그는 자기 지프차로 그를 데려가겠다며, 먹을 것도 걱정하지 말라고 당부했다.

"이 은혜를 어떻게 갚아야 할까요, 박사님?" 아마디토가 두란 바레라스에게 물었다.

"몸조심하는 것으로 갚으면 됩니다." 의사는 그에게 손을 내밀면서 동정 어린 눈으로 바라보았다. "당신이 체포되더라도, 난 당신과 같은 처지가 되고 싶지 않거든요."

"그런 일은 없을 겁니다, 박사님."

그는 이미 가진 총알을 모두 써버렸다. 그러나 임베르트는 상당한 양의 총알을 지니고 있었고, 그래서 한 줌의 총알을 그에게 건네주었다. 중위는 45구경 권총에 총알을 장전했고, 일종의 작별 인사로 이렇게 말했다.

"이젠 더 안전하게 느껴져."

"곧 다시 만났으면 좋겠어, 아마디토." 토니가 그를 껴안았다. "너와 우정을 나누게 된 것은 내 인생에서 잊지 못할 좋은 일 중의 하나야."

그들이 토뇨 산체스의 지프를 타고 오사마 근교로 향하고 있을 때, 도시는 이미 달라져 있었다. 그들은 칼리에들이 탄 두어 대의 딱정벌레 차와 마주쳤고, 라드아메스 다리를 건너면서 군인들을 실은 트럭 한 대를 보았다. 트럭에서 병사들이 뛰어내려 도로를 봉쇄하고 있었다.

"염소가 죽었다는 사실이 알려진 겁니다." 아마디토가 말했다. "두목이 없는 지금 그들이 어떤 얼굴을 하고 있는지 보고 싶군요."

"시체를 보고 냄새 맡지 않는 한 아무도 믿지 않을 겁니다." 정비공이 대답했다. "젠장, 트루히요가 없어졌으니 이 나라는 다른 나라가 될 겁니다."

농장은 10헥타르의 미개간지 한가운데에 있는 초라한 건물이었다. 가옥에는 가구가 거의 없었다. 매트리스가 있는 간이침대 하나, 부서진 의자 몇 개, 증류수 한 병이 전부였다. "내일 먹을 것을 가져오겠어요"라고 토뇨 산체스는 약속했다. "걱정 마요. 여기에는 아무도 오지 않으니까요."

집에는 전기가 들어오지 않았다. 아마디토는 신발을 벗고 옷을 입은 채 침대에 드러누웠다. 토뇨 산체스의 지프 소리가 점점 희미해지더니 이내 완전히 사라졌다. 그는 피곤했고 뒤꿈치와 발목이 아팠지만, 마음은 평온하고 차분했다. 트루히요가 죽은 것만으로도 그는 커다란 짐을 덜었던 것이다. 그 불쌍한 사람을 죽여야만 했던—루이사 힐의 남동생이었다! 맙소사!—날 이후, 그의 영혼을 갉아먹고 있던 죄의식을 떨쳐버릴 수 있게 되었다고 그는 확신했다. 그는 과거의 사람, 즉 거울을 바라볼 때마다 거기에 비친 자신의 모습에 역겨움을 느끼지 않는 사람으로 돌아갈 수 있을 터였다. 아, 젠장, 아베스 가르시아와 로베르토 피게로아 카리온 대령까지 제거할 수만 있다면 여한이 없을 텐데! 그러면 편안하게 죽을 수 있을 것 같았다. 그는 몸을 웅크리고서 이리저리 뒤척이면서 잠을 자려고 애썼지만, 잠이 오지 않았다. 그는 어둠 속에서 소음, 급히 움직이는 발걸음 소리를 들었다. 해가 밝아올 무렵 흥분과 고통은 잦아들었고, 비로소 몇 시간가량 눈을 붙일 수 있었다. 그러다가 그는 놀라서 잠을 깼다. 악몽을 꾸었지만 내용은 기억나지 않았다.

그는 다음 날 창문을 힐끗힐끗 쳐다보고, 지프가 오는지 살펴보면서 시간을 보냈다. 그 작은 집에는 먹을 게 하나도 없었지만, 그는 배고픔을 느끼지 않았다. 가끔 몇 방울씩 마시는 증류수가 그의 배를 가득 채워주는 것 같았다. 그러나 그는 고독과 권태로 인해, 그리고 뉴스를 듣지 못해 고통 받고 있었다. 라디오라도 하나 있으면 좋으련만! 신문을 찾아 사람들이 사는 곳까지 걸어가고 싶은 유혹을 견뎌냈다. 초조함과 불안을 참아내야 해, 청년. 토뇨 산체스가 곧 올 거야.

그는 사흘째가 되어서야 모습을 드러냈다. 6월 2일 정오, 배고픔으로 반죽음이 되고 뉴스를 듣지 못해 절망에 빠진 채 서른두번째 생일을 맞는 날이었다. 토뇨는 그를 이곳으로 데리고 왔을 때와는 달리 더이상 태평하고 감정적이며 자신만만한 모습이 아니었다. 그의 얼굴은 창백했다. 고통과 번민에 사로잡혀 있었고 면도도 하지 않았으며 말을 더듬었다. 토뇨는 아마디토에게 따뜻한 커피를 담은 보온병과 소시지와 치즈를 넣은 샌드위치 두어 개를 건네주었다. 아마디토는 좋지 않은 소식을 들으면서 그것들을 게 눈 감추듯 먹어치웠다. 그의 사진이 온 신문을 장식했고, 시시각각 텔레비전을 통해 방송되고 있었다. 후안 토마스 디아스, 안토니오 델라 마사, 에스트레야 사드알라, 피피 파스토리사, 페드로 리비오 세데뇨, 안토니오 임베르트, 우아스카르 테혜다와 루이스 아미아마도 마찬가지였다. 그러면서 그들에 대한 정보를 제공하는 사람에게 상당한 사례를 하겠다고 제안하고 있었다. 반트루히요주의자로 혐의를 받는 사람들에 대한 가혹한 탄압과 박해가 시작되었다. 두란 바레라스 박사는 전날 밤에 체포되었고, 토뇨는 그가 고문을 이기지 못해 결국 그들의 이름을 불고 말 것이라고 걱정했다. 아마디토가 그곳에 계속 머무르는 건 위험천만한 일이었다.

"안전한 은신처라고 할지라도 오래 머무르지 않을 생각이었어요, 토뇨." 중위가 말했다. "이런 고독 속에서 다시 사흘을 보내느니 차라리 죽는 편이 낫겠어요."

"어디로 갈 생각이죠?"

그는 두아르테 고속도로에 면한 조그만 땅뙈기를 가지고 있는 그의 사촌 막시모 미에세스를 떠올렸다. 그러나 토뇨가 말려 단념했다. 고속도로마다 순찰차가 없는 곳이 없었고, 모든 차량을 검문하고 있다고 했다. 그가 무사히 사촌의 농장까지 가는 건 불가능했다.

"지금 상황이 어떤지 파악하지 못하고 있군요." 토뇨 산체스가 벌컥 화를 냈다. "수백 명이 검거되었어요. 그들은 지금 당신들을 찾기 위해 혈안이 되어 있다고요."

"마음대로 하라고 해요." 아마디토가 말했다. "날 죽이려면 죽이라고 해요. 염소는 이미 죽었고, 그들은 그를 되살릴 수 없어요. 당신은 걱정 마요. 당신한테 많은 신세를 졌어요. 고속도로까지 날 데려다줄 수 있나요? 그러면 걸어서 수도까지 가겠어요."

"두려워요. 하지만 당신을 아무 데나 버려둘 정도로 두렵지는 않아요. 난 그런 개자식이 아니거든요." 토뇨가 마음을 진정시키며 말했다. 그리고 그의 어깨를 톡톡 두드렸다. "좋아요, 데려다주죠. 만일 가다가 걸리면 내 머리에 권총을 겨누도록 해요. 알았죠?"

그는 지프의 뒷좌석에 덮개를 놓고 그 아래에 아마디토를 앉혔다. 그리고 덮개 위에 감은 밧줄과 석유통 몇 개를 놓았다. 그 석유통들은 웅크리고 앉은 중위의 몸 위에서 흔들거리면서 덜컹거렸다. 그런 자세로 인해 쥐가 났고 다리의 통증은 더욱 심해졌다. 도로에 파인 구멍을 지나갈 때마다 어깨와 등과 머리가 석유통과 부딪쳤다. 그 와중에도 45구경 총만큼은 손에서 놓지 않았다. 안전 장치를 풀고서 오른손에 꼭 쥐고 있었다. 무슨 일이 일어나든 그는 절대 생포되지 않겠다고 굳게 마음먹었다. 그는 두렵지 않았다. 사실 그는 희망을 거의 버린 상태였다. 그러나 그건 중요하지 않았다. 조니 아베스와 보냈던 그 불운한 밤 이후 그는 처음으로 마음의 평온을 느꼈다.

"라드아메스 다리에 다 왔어요." 그는 토뇨 산체스가 겁에 질려 말하는 소리를 들었다. "움직이지 마요. 아무 소리도 내지 마요. 순찰차가 있어요."

지프가 멈추었다. 목소리와 발소리가 들렸고, 약간의 적막이 흐른 후 다정한 외침 소리가 들렸다. "어이, 토뇨, 웬일이야?" "잘 지내나, 친구?" 그들은 차를 수색하지 않고 통과시켰다. 다리 중간쯤 도착했을 무렵, 다시 토뇨 산체스의 목소리가 들렸다.

"순찰대장이 내 친구예요. 말라깽이 라스푸틴이지요. 이건 기적과 같은 행운이에요! 하지만 아직 안심하기에는 일러요, 아마디토. 그런데 어디에 내려줄까요?"

"산마르틴 거리에 내려줘요."

잠시 후 지프가 브레이크를 밟으며 멈추었다.

"칼리에들이 보이지 않아요. 자, 지금이에요." 토뇨가 말했다. "행운을 빌어요."

중위는 덮개와 깡통들을 들었고, 보도로 뛰어내렸다. 몇몇 자동차들이 지나갔지만 등을 돌린 채 지팡이를 짚고 멀어져가는 사람 말고는 그 어떤 보행자도 눈에 띄지 않았다.

"하느님의 은총이 깃들길 빌어요, 토뇨."

"행운을 빌어요." 토뇨 산체스가 차를 출발시키면서 똑같은 말을 반복했다.

메카 고모의 집은 나무로 지은 1층짜리 집이었다. 울타리는 있었지만 정원은 없었다. 창문마다 제라늄 화분이 걸려 있어 집을 빙 둘러싸고 있었다. 그 집은 불과 20미터 거리에 있었고, 아마디토는 권총을 숨기지 않은 채 절룩거리면서 성큼성큼 걸었다. 현관문을 두드리자마자 문이 열렸다. 메카 고모는 누가 왔는지 살펴볼 시간도 없었다. 중위가 갑자기 뛰어들어 그녀를 한쪽으로 밀치고서 문을 닫았기 때문이다.

"어떻게 해야 할지 모르겠어요. 어디에 숨어야 할지 모르겠어요, 메카 고모. 안전한 장소를 찾을 때까지 하루나 이틀이면 돼요."

메카 고모는 그에게 키스를 하고서 평소처럼 다정히게 재안았다. 아마디토가 걱정했던 것처럼 놀란 것 같지는 않았다.

"그들이 널 보았을 거야. 어떻게 백주 대낮에 여기로 올 생각을 할 수 있어? 내 이웃들은 미친 듯이 날뛰는 트루히요 찬양자들이야. 그런데 피범벅이구나. 그 붕대는 뭐니? 다쳤니?"

아마디토는 커튼 사이로 몰래 거리를 살펴보았다. 보도에는 아무도 없었다. 길 건너편의 문과 창문들은 굳게 닫혀 있었다.

"뉴스를 듣고 줄곧 성 페드로 클라베르에게 너를 보살펴달라고 기도하고 있었어, 아마디토. 성 페드로 클라베르는 기적의 성인이란다." 그의 고모는 두 손으로 얼굴을 감싸고 있었다. "텔레비전과 〈엘카리베〉에 네 얼굴이 나오자, 이웃 여자들이 내게 물어보러, 아니 확인하러 들렀었어. 제발 그들이 너를 보지 못했으면 좋으련만. 그런데 얼굴이 왜 그 모양이니? 필요한 것 있니?"

"예, 고모." 그는 웃으면서 고모의 흰 머리카락을 만졌다. "샤워하고 뭐라도 좋으니 먹고 싶어요. 배고파 죽겠어요."

"그런데 오늘이 네 생일이잖아!" 메카 고모가 기억했고, 다시 그를 포옹했다.

그녀는 키가 작고 활기차며 단호한 표정을 지닌 노인이었다. 그녀의 눈은 마음에서 우러나오는 다정함을 그대로 드러냈다. 메카 고모는 그에게 셔츠와 바지를 벗으라고 하면서 그것들을 빨아주겠다고 했다. 아마디토가 샤워를 하는 동안—신들이나 느낄 수 있는 기쁨이었다—그녀는 부엌에서 남은 음식을 모두 데웠다. 팬티와 속셔츠를 입은 채 중위는 부엌으로 갔고, 식탁에 차려진 진수성찬을 보았다. 바나나 튀김, 튀긴 소시지, 밥, 기름에 튀긴 닭 껍질 요리였다. 그는 맛있게 음식을 먹으면서 메카 고모가 하는 이야기를 들었다. 그가 트루히요 살인자 중 하나라는 사실을 알고 가족들이 혼란스러워했으며, 새벽에 그녀의 세 자매 집에 칼리에들이 들이닥쳐 이것저것 물어보았다는 이야기였다. 이곳에는 아직 칼리에들이 다녀가지 않았다.

"좀 눈을 붙이고 싶어요, 메카 고모. 며칠 동안 거의 잠을 자지 못했거든요. 너무 지겨웠어요. 하지만 이곳에 고모와 함께 있으니 얼마나 행복한지 모르겠어요."

그녀는 아마디토를 침실로 데려가서, 페드로 클라베르 성인의 성상이 걸려 있는 그녀의 침대에 눕게 했다. 그리고 창 덧문을 닫아 방 안을 어둡게 해주었으며, 그가 자는 동안 군복을 빨아 다려놓겠다고 말했다. "네가 숨을 만한 곳으로 어디가 좋을지 생각해보자꾸나"라고 덧붙였다. 그녀는 여러 번 그의 이마와 머리에 키스하면서, "난 네가 트루히요주의자라고 생각했어"라고 속삭였다. 그는 금세 잠들었다. 그는 터키인 사드알라와 안토니오 임베르트가 "아마디토, 아마디토!" 라고 반복해서 부르는 꿈을 꾸었다. 그들은 그에게 중요한 얘기를 전하려고 했지만, 그는 그들의 말이나 제스처를 이해할 수 없었다. 그는 자기가 막 눈을 감았다고 생각했다. 그런데 누가 그를 마구 흔드는 걸 느꼈다. 메카 고모였다. 얼굴이 새파랗게 질린 채 놀란 표정을 짓고 있었다. 그 순간 그는 그녀를 이런 사건에 연루시킨 것에 대해 죄책감과 미안함을 느꼈다.

"저기 있어, 그들이 저기에 있어." 그녀는 나오지도 않는 목소리로 간신히 말하면서 성호를 그었다. "열 대 아니 열두 대가량의 딱정벌레자가 서 있고 칼리에늘이 쫙 깔렸어."

그는 이제 정신을 차렸고, 자기가 어떻게 해야 하는지 완벽하게 알고 있었다. 그는 고모를 바닥에 눕게 했다. 침대 뒤의 벽 쪽에 붙어서, 그러니까 페드로 클라베르 성인 아래에 눕게 했다.

"움직이지 마세요. 무슨 일이 있어도 절대로 일어나지 마세요." 그는 고모에게 명령했다. "메카 고모, 사랑해요."

그는 손에 45구경 권총을 들고 있었다. 맨발로, 그리고 속셔츠와 군용 카키색 팬티만 입은 채 그는 벽에 붙어 현관으로 다가섰다. 그리고 커튼 사이로 몰래 살펴보았다. 구름이 낀 오후였고, 멀리서 볼레로 음악이 들려왔다. 첩보부대의 검은색 폴크스바겐이 거리를 가득 메우고 있었다. 기관총과 권총으로 무장한 최소 스무 명의 칼리에들이 집을 에워싸고 있었다. 현관 앞에는 세 명이 있었다. 그들 중 하나가 주먹으로 문을 두드렸고, 그러자 나무문이 흔들렸다. 그는 한껏 목청을 높여 소리쳤다.

"우리는 네가 여기에 있는 걸 알고 있다, 가르시아 게레로! 개죽음을 당하고 싶지 않으면 손을 들고 나와라!"

"개처럼 죽을 수는 없어"라고 그는 중얼거렸다. 그는 왼손으로 현관문을 열었고, 동시에 오른손으로 총을 발사했다. 권총에 장전된 총알을 모두 사용했고, 그에게 항복하라고 요구하던 사람이 가슴 한복판에 총알을 맞고 신음하면서 쓰러지는 것을 보았다. 그러나 빗발치는 기관총과 권총의 총알에 쓰러진 그는 자기가 죽기 전에 한 명의 칼리에를 죽였을 뿐만 아니라 다른 두 사람에게 부상을 입혔다는 것을 알지 못했다. 그는 자기 시체가 중앙산맥에서 사냥꾼들이 사슴을 묶듯이 폴크스바겐의 지붕 위에 묶이는 모습을 보지 못했다. 또한 딱정벌레 차 안에 타고 있던 조니 아베스의 부하들이 그의 발목과 손목을 묶은 다음, 그를 살해한 자들이 승리의 환호를 지르면서 인데펜덴시아 공원으로 갔고, 거기서 그의 시체를 구경꾼들에게 전시한 것도 보지 못했다. 그런 일이 벌어지는 동안 나머지 칼리에들은 그가 숨었던 집으로 들어갔고, 그가 숨어 있으라고 당부했던 곳에서 살았다기보다는 죽었다고 말하는 편이 더 나을 정도로 겁에 질려 있던 메카 고모를 발견했다. 그들은 그녀를 냅다 밀고서 침을 뱉으며 첩보부대 본부로 데려갔고, 동시에 경찰들이 조롱하면서 냉정하게 쳐다보는 가운데 탐욕스러운 무리들이 집 안으로 들어가 칼리에들이 훔쳐가지 않은 나머지 물건들을 약탈하기 시작했다. 약탈이 끝난 후, 칼리에들은 그 집을 부수고 벽을 헐어버리고 지붕을 뒤엎고는 불을 붙여 태워버릴 것이었다. 그리고 황혼이 질 무렵에는 잿더미와 시커멓게 타버린 잡석만이 남을 것이었다.

18

군 경호원 하나가 마누엘 알폰소의 운전사인 루이스 로드리게스를 집무실로 들여보내자, 총통은 자리에서 일어나 그를 맞이했다. 가장 중요한 인사들에게도 하지 않던 행동이었다.

"대사는 어떤가?" 그가 관심을 가지고 물었다.

"그저 그렇습니다, 수령님." 운전사는 상황에 맞게 적절한 표정을 짓고는 자기 목을 만졌다. "다시 심한 통증을 느끼고 있습니다. 오늘 아침에 저를 보내 의사를 데려오게 했습니다. 의사가 주사를 놓아주었습니다."

불쌍한 마누엘. 젠장, 이건 공평하지 않아. 평생 자기 몸을 보살피고 근사하고 우아함을 잃지 않으려고 애를 썼으며, 모든 것이 추해지도록 만드는 자연의 법칙과 맞서 싸웠던 사람이 이런 식으로, 그에게 가장 치욕적인 방식으로 벌을 받아야 하다니! 더군다나 활력과 품위와 건강미를 발산하던 얼굴이 그런 벌을 받아야 하다니! 그는 차라리 수술대 위에서 죽는 편이 나았을지도 몰랐다. 메이요 병원에서 수술을 받은 후 트루히요 시에서 그를 만났을 때 자선가의 눈에는 눈물이 가득 고였다. 마누엘은 완전히 망가져 있었다. 혀를 반쯤 잘라내 그가 하는 말은 거의 알아들을 수도 없었다.

"내가 안부를 전한다고 말하게." 총통은 루이스 로드리게스를 살펴보았다. 검은 양복에 하얀 셔츠를 입었고 파란 넥타이를 맸으며 구두는 반짝거렸다. 도미니카 공화국에서 옷을 가장 잘 입는 검둥이라고 말해도 과언이 아니었다. "다른 소식은 없나?"

"좋은 소식이 있습니다. 수령님." 루이스 로드리게스의 큰 눈이 반짝거렸다. "여자아이를 찾았습니다. 아무 문제도 없었습니다. 언제든지 말씀만 하십시오."

"틀림없이 동일인인가?"

흉터와 콧수염이 있는 긴 얼굴이 여러 번 고개를 끄덕였다.

"확실합니다. 월요일에 각하에게 산크리스토발 청년단의 이름으로 꽃을 건네주었던 아이입니다. 이름은 욜란다 에스테렐이고, 열일곱 살입니다. 여기 그 아이의 사진이 있습니다."

그것은 학생증에 부착된 사진이었지만, 트루히요는 께느른한 눈과 도톰한 입술의 자그마한 입, 그리고 어깨 위로 늘어진 풀어진 머리카락을 알아보았다. 그 아이는 산크리스토발 중앙 공원에 설치된 연단 앞에서 총통의 커다란 사진을 들고서 학생 퍼레이드를 지휘했었다. 그런 다음 연단으로 올라와 셀로판지로 포장한 장미와 수국 꽃다발과 함께 그에게 그 사진을 건네주었다. 그는 포동포동하고 잘 발육된 그녀의 몸과 블라우스 안에서 도발적으로 흔들리는 조그만 유방과 볼록한 엉덩이를 떠올렸다. 그러자 고환이 간지러웠고, 갑자기 기운이 솟구쳤다.

"열시경에 '마호가니의 집'으로 데려오게." 그는 이렇게 말하면서, 자기의 시간을 헛되이 낭비하고 있는 환상을 억지로 잠재웠다. "마누엘에게 안부를 전해주게. 몸조리 잘하라는 말도 전하고."

"예, 수령님. 수령님의 안부를 전하겠습니다. 그럼 열시 조금 전에 그 아이를 데려가겠습니다."

그는 경례를 하고 집무실을 떠났다. 총통은 래커를 칠한 책상에 놓인 여섯 대의 전화기 중 하나로 '마호가니의 집' 경비 초소에 전화를 걸어, 베니타 세풀베다가 아니스 향내를 풍기고 신선한 꽃으로 가득한 방들을 준비하도록 조치를 취했다(사실 그건 불필요한 일이었다. 그 집의 여주인은 그가 언제 올지 모르기 때문에 항상 '마호가니의 집'을 번쩍거리게 해놓았기 때문이다. 그러나 그는 자기가 도착하기 전에 미리 알리곤 했다). 그리고 군 경호원들에게 오늘 밤 산책을 마친 후에 산크리스토발로 갈 것이니 시보레 자동차를 준비하고 운전사를 부르도록 지시했다. 운전사는 전속 부관이자 경호원인 사카리아스 델라 크루스였다.

그는 기대에 부풀어 있었다. 산크리스토발의 학교 여교장의 딸이 맞을까? 그 교장은 10년 전에 그가 정치적 이유로 고향을 방문했을 때 살로메 우레냐의 시를 읊었다. 그녀는 낭송 도중에 면도한 겨드랑이를 보여주면서 그를 흥분시켰고, 그래서 그는 자기를 기리기 위해 준비한 공식 만찬이 시작되자마자 그곳을 나와 산크리스토발의 여자를 '마호가니의 집'으로 데려갔었다. 테렌시아 에스테렐이었던가? 그래, 그게 그녀의 이름이었다. 욜란다가 그 선생의 딸이거나 아니면 동생일지도 모른다고 생각하자 갑자기 흥분이 일었다. 그는 서둘러 급히 걸으면서 대통령궁과 라드아메스 영지 사이에 있는 정원을 가로질렀다. 군 경호원 중 하나가 설명하는 소리도 건성으로 들었다. 그 경호원은 국방부 장관인 로만 페르난데스 장군이 여러 차례 전화를 걸었으며, 각하가 산책 전에 만나고 싶어 하면 언제든지 달려올 준비가 되어 있다고 전했다. 아, 그래, 오늘 아침의 전화 때문에 푸포 장군은 잔뜩 겁을 먹고 있었다. 그에게 더러운 물웅덩이를 보여주면서 빌어먹을 코를 그 안에 대고 문지르라고 하면 더욱 겁을 먹을 게 분명했다.

그는 회오리바람처럼 빠르게 라드아메스 영지에 있는 자기 침실로 들어갔다. 평상시에 입는 황록색의 군복이 침대 위에 가지런히 놓여 그를 기다리고 있었다. 신포로소는 족집게 점쟁이였다. 그에게 산크리스토발에 갈 것이라고 말하지 않았지만, 그 늙은이는 푼다시온 농장에 갈 때 항상 입는 옷을 준비해놓고 있었다. 그런데 '마호가니의 집'에 갈 때는 왜 평상시의 군복을 입는 것일까? 그도 이유를 몰랐다. 제식에 대한 열정, 즉 그가 젊어서부터 가지고 있던 제스처와 행동을 반복하는 것을 좋아했기 때문일 것이다. 조짐이 좋았다. 팬티나 바지에 오줌 얼룩이 없었던 것이다. 빅토르 알리시니오 페냐 리베라 중위의 승진에 감히 반대 의견을 개진했던 발라게르 때문에 치밀었던 화도 어느새 누그러졌다. 그는 고환에서 상쾌한 느낌이 올라오며 회춘

한 것 같았고, 품안에 행복한 기억을 간직하고 있던 테렌시아의 딸이나 동생을 안는다고 생각하니 기분이 몹시 좋았다. 그런데 처녀일까? 이번에는 비쩍 마른 계집애와의 그 불쾌한 경험이 반복되지 않을 것이 분명했다.

소금 냄새를 맡고 시원한 바닷바람을 쐬며 파도가 도로에 부딪치는 것을 지켜보면서 이후 시간을 보낼 것을 생각하자 즐거웠다. 운동은 그날 오후 내내 느꼈던 씁쓸한 맛을 지우는 데 도움을 줄 것이었다. 그런데 그건 참으로 이상한 일이었다. 그는 결코 우울하거나 아니면 쓸데없는 기분에 사로잡히는 성격이 아니었던 것이다.

방에서 나가자 하녀가 다가와서 마리아 부인이 파리에서 전화를 건 람피스의 메시지를 전하고 싶어 한다고 알려주었다. "나중에, 나중에, 지금은 시간이 없어." 그 지독한 구두쇠와 대화를 하면 좋은 기분이 잡칠 것 같았다.

그는 다시 활기찬 발걸음으로 해변에 빨리 도착하고자 조바심을 내면서 라드아메스 영지의 정원을 지났다. 그러나 그전에 평소와 마찬가지로 막시모 고메스 거리에 있는 자기 어머니의 집을 들렀다. 훌리아 부인의 장밋빛 대저택 앞에는 그의 산책에 동행할 스무 명 남짓한 사람들이 기다리고 있었다. 매일 해질 녘에 그를 경호하는 역할을 맡기 때문에 그런 영광을 얻지 못한 사람들에게 질투와 혐오의 대상이 되는 특권적인 사람들이었다. 숭고하신 대비마마의 정원에 모인 군 장교들과 시민들은 그가 지나가도록 두 줄로 갈라졌고, 그에게 "안녕하십니까, 수령님", "안녕하십니까, 각하"라고 인사했다. 그중에서 그는 '면도칼' 에스파이야트, 호세 레네 로만 장군—그 불쌍한 바보의 눈에는 얼마나 수심이 가득한지! —, 조니 아베스 가르시아 대령, 헨리 치리노스 상원의원, 그의 사위 레온 에스테베스 대령, 고향 사람인 모데스토 디아스, 방금 전에 아구스틴 카브랄 후임으로 상원의장직을 맡은 헤레미아스 킨타나 상원의원, 〈엘카리베〉 사장인 판치토, 그리고 거의 보이지 않을 정도로 왜소한 발라게르 대통령이 눈에 들어왔다. 그는 그 누구와도 악수하지 않고 곧장 1층으로 올라갔다. 훌리아 부인이 해질 녘이면 흔들의자에 앉아 있는 곳이었다. 그의 늙은 어머니는 의자에 푹 파묻힌 채 그곳에 있었다. 난쟁이처럼 작은 그녀는 태양이 붉은 구름의 후광을 받은 채 수평선으로 지면서 만들어내는 불꽃을 뚫어지게 바라보고 있었다. 그의 어머니를 에워싸고 있던 부인들과 하녀들이 한쪽으로 비켰다. 그는 몸을 숙여 훌리아 부인의 쭈글쭈글한 뺨에 키스를 했고, 다정하게 그녀의 머리카락을 어루만졌다.

"어머니는 석양을 무척 좋아하시죠, 그렇죠?"

그녀는 고개를 끄덕이면서, 움푹 들어갔지만 아직도 민첩한 조그만 두 눈으로 그에게 미소를 지었다. 그리고 조그만 집게와 같은 손으로 그의 뺨을 문질렀다. 그를 알아보는 것일까? 알타그라시아 훌리아 몰리나 부인은 아흔여섯 살이었고, 그녀의 정신은 기억이 용해되는 비눗물과 같은 상태였다. 그러나 매일 오후 정확하게 그녀를 찾아오는 그 남자가 자신의 사랑하는 아들이라는 사실을 본능적으로 알아차리는 것 같았다. 산크리스토발로 이주했던 아이티인의 사생아로 태어난 그녀는 착한 여자였다. 그와 형제들은 어머니의 얼굴 생김새를 그대로 물려받았다. 그는 어머니를 무척 사랑했지만, 그런 유전적 요소를 항상 창피하게 여겼다. 하지만 경마장이나 컨트리클럽 혹은 예술의 전당에서 모든 도미니카의 상류층 사람들이 그에게 경의를 표하는 것을 볼 때면, 그는 조롱하면서 '한 명의 노예 후손 때문에 바닥을 핥고 있군' 하고 생각했다. 자기 혈관에 검은 피가 흐른다는 사실에 숭고하신 대비마마가 무슨 잘못이 있을까? 훌리아 부인은 게으름뱅이에 주정뱅이이고 난봉꾼이었던 남편 호세 트루히요 발데스와 아이들만을 위해 살았다. 자기 자신을 생각하지 않고 남편과 아이들을 위해 모든 것을 바친 여자였다. 그는 돈이나 옷을 달라고 하지도 않았고, 여행을 보내달라거나 재산을 갖게 해달라고 요구하지도 않았던 이 왜소한 체구의 여자를 보면서 항상 놀라움을 금치 못했다. 그녀는 결코 그 어떤 것도 달라고 남편을 조르지 않았다. 그래서 그는 어머니에게 모든 걸 강제로 줘야만 했다. 그가 이 저택을 주지 않았다면, 선천적으로 검소한 훌리아 부인은 총통이 태어났고 어린 시절을 보냈던 산크리스토발의 허름한 집에서, 혹은 굶주림으로 죽었던 아이티의 조상들이 살았던 움막집에서 계속 살았을 것이다. 훌리아 부인이 그에게 했던 유일한 부탁은 머리도 둔하고 제멋대로 행동하는 그의 형제들인 페탄, 검둥이, 피피, 아니발이 잘못을 범해도 불쌍히 여기라는 것이었다. 그리고 어렸을 때부터 잘못을 저질러놓고 할머니 뒤에 숨어서 아버지의 화가 누그러질 때까지 기다렸던 앙헬리타, 람피스, 그리고 라드아메스에게도 동정을 베풀라고 했다. 그러면 그는 훌리아 부인의 청을 거역할 수 없어 그 아이들을 용서하곤 했다. 그녀는 공화국의 수많은 거리와 공원과 학교가 트루히요가의 미망인 이름인 훌리아 몰리나로 불린다는 사실을 알고 있을까? 수많은 사람들이 아부하면서 그녀를 받들었음에도 불구하고 그녀는 계속해서 조용한 여자로 머물고 있었다.

트루히요가 어렸을 때부터 기억하던 눈에 띄지 않는 여자로 남아 있었던 것이다.

종종 그는 어머니 곁에서 한참을 보내면서, 비록 그녀가 알아듣지 못할지라도 그날의 사건들에 관해 말해주곤 했다. 그러나 오늘 그는 다정한 몇 마디만 건넨 채 바다 냄새를 맡고자 하는 조바심에 막시모 고메스 거리로 돌아갔다.

문 앞에 몰려 있던 군 장교들과 시민들의 무리가 다시 그에게 길을 터주었고, 그는 널찍한 거리로 나가자마자 성큼성큼 걷기 시작했다. 여덟 블록 아래로 석양의 격렬한 황금빛으로 불타고 있는 카리브해가 보였다. 또다시 만족감이 밀려왔다. 그는 오른쪽으로 걸었고, 그 뒤로는 수행원들이 도로와 보도를 점령한 채 부채꼴을 이루어 따라오고 있었다. 이 시간에 막시모 고메스 거리와 가로수 길의 교통은 완전히 통제되었다. 교차로에서 경호원들과 칼리에들이 득실거리는 것을 보면 폐소공포증을 느꼈기 때문에, 그는 칼리에들을 배치하지 말라고 지시했었다. 하지만 조니 아베스는 거의 눈에 띄지 않게 두 거리에 요원들을 배치해 그를 안전하게 경호하고 있었다. 아무도 총통과 1미터 간격을 두고 있는 군 경호원의 방벽 사이로 들어갈 수 없었다. 모두가 수령이 누가 다가올 수 있는지 지적하기를 기다리고 있었다. 반 블록 정도 걸어갔을 때, 그는 정원의 향기를 들이마시면서 뒤로 돌아 머리가 반쯤 벗어진 모데스토 디아스를 보았고, 그에게 신호를 보냈다. 약간의 혼란이 있었다. 뚱뚱한 상원의원 치리노스가 모데스토 디아스 옆에 있었는데, 자기를 부른 줄 알고 급히 총통 쪽으로 다가갔던 것이다. 그러나 곧 그의 접근이 차단되었고 그는 다시 사람들의 무리 속으로 되돌아가야만 했다. 뚱뚱한 모데스토 디아스에게는 트루히요와 보조를 맞추어 걸어가는 게 무척 힘든 일이었다. 그는 땀을 줄줄 흘리고 있었다. 손에는 손수건을 들고 있었고, 수시로 이마와 목과 퉁퉁한 뺨을 닦았다.

"안녕하십니까, 수령님."

"자네는 살 좀 빼야겠군." 트루히요가 충고했다. "이제 쉰 살인데 숨도 제대로 못 쉬고 있잖아. 일흔 번의 봄을 보내고도 멀쩡한 나를 본받게."

"제 아내도 매일 그렇게 이야기합니다, 수령님. 제게 닭 국물과 샐러드를 만들어줍니다. 하지만 저는 그런 걸 먹고 싶은 생각이 없습니다. 다른 건 몰라도 맛있는 음식만은 포기할 수 없습니다."

그의 뚱뚱한 몸은 간신히 그와 보조를 맞추고 있었다. 모데스토는 그의 형 후안 토마스 디아스처럼 커다란 얼굴에 납작한 코, 퉁퉁한 입술과 그가 어떤 인종인지 확실히 보여주는 피부를 지니고 있었다. 그러나 그는 형보다 더 똑똑했고, 트루히요가 알고 있는 대부분의 도미니카 사람들보다 훨씬 명민했다. 그는 도미니카 당의 당수, 상원의원, 장관을 역임했지만, 총통은 그가 정부에 오래 머물러 있게 놔두지 않았다. 그것은 문제를 해석하고 분석하고 해결하는 그의 예리한 지성이 매우 위험하다고 여겨졌기 때문이다. 그런 인간은 필시 거만해질 것이고 언젠가 반역을 도모할 수도 있었다.

"후안 토마스는 지금 어떤 음모를 꾸미고 있나?" 트루히요는 이렇게 질문하면서 뒤를 돌아 그를 바라보았다. "난 자네가 자네 형과 사위가 어떤 일을 꾸미고 있는지 잘 알고 있으리라고 생각하네."

모데스토는 마치 농담을 즐기는 것처럼 미소 지었다.

"후안 토마스 말입니까? 별장과 토지를 돌아다니고, 집 안마당에서 위스키를 마시며 영화를 상영하고 있습니다. 그러니 음모를 꾸밀 시간이라도 있겠습니까?"

"그는 지금 양키 외교관인 헨리 디어본과 음모를 꾸미고 있네." 트루히요가 마치 모데스토의 말을 듣지 않은 것처럼 단정적으로 말했다. "그런 멍청한 짓은 그만하라고 전하게. 그는 이미 한 번 힘든 시절을 겪었네. 하지만 지금은 더욱 나쁜 시간을 보내게 될 수도 있어."

"제 형은 수령님에게 음모를 꾸밀 정도로 바보가 아닙니다. 하지만 수령님의 말씀을 전하겠습니다."

정말로 쾌적하고 즐거운 날씨였다. 바닷바람은 그의 폐를 맑게 해주었고, 그는 파도가 바위와 가로수 길의 시멘트 벽에 부딪치면서 내는 시끄러운 소리를 듣고 있었다. 모데스토 디아스는 자기 위치로 돌아가려고 움직였지만, 자선가가 붙잡았다.

"잠깐 기다리게, 아직 끝나지 않았네. 아니면 더 걷기가 힘든가?"

"수령님을 위해서라면 심장 발작도 감수하겠습니다."

트루히요는 미소로 그에게 보답해주었다. 그는 항상 모데스토를 마음에 들어 했다. 모데스토는 똑똑할 뿐만 아니라, 생각이 깊고 공명정대하며 다정하고 이중적이지 않았다. 그러나 그의 똑똑함은 지식인이나 주정뱅이 입헌의원, 혹은 발라게르와 달리 통제할 수도 없고 적절히 사용할 수도 없었다. 모데스토의 지성은 불굴의 측면, 즉 너무 많은 권력을 가지게 되면 선동적이 될 수 있는 독립성을 지니고 있었다. 그와 후안 토마스 역시 산크리스토발 태생이었고, 젊었을 때부터 그는 그들과 자주 만났다. 트루히요는 그에게 고위직을 준 것 이외에도 모데스토를 일종의 자문관으로 활용했다. 그는 모데스토를 엄격하기 그지없게 시험했지만, 그는 항상 의기양양하게 그 시험을 통과했다. 첫번째 시험은 1940년대 말에 있었다. 모데스토 디아스가 비야 메야에서 조직했던 순종 투우와 젖소 가축 전시회를 방문하고 난 이후였다. 트루히요가 거기서 얼마나 놀랐던지! 그다지 크지 않은 농장은 푼다시온 농장처럼 청결하고 근대적이었으며 번창하고 있었다. 흠 하나 없는 마구간과 튼튼한 젖소들은 그렇다 치고, 모데스토가 그와 다른 손님들에게 사육 농상을 거드럭거리며 흡족한 표정으로 보여준 것이 그의 기분을 상하게 했다. 다음 날 그는 '걸어 다니는 오물'에게 만 페소짜리 수표를 주어 그곳으로 보냈다. 그 농장을 사들이기 위해서였다. 그런데 모데스토는 자기가 가장 자랑스럽게 생각하는 농장을 그토록 터무니없는 가격, 그러니까 젖소 한 마리 가격밖에 안 되는 돈을 받고 팔아야 한다는 사실에도 전혀 주저하지 않고 매매 계약서에 서명했다. 그러면서 '각하께서 제 조그만 가축 농장을 각하의 유능하신 손으로 발전시킬 가치가 있다고 여겨주신 것'에 깊은 감사를 표하는 서한까지 보냈다. 그 편지에 처벌할 만한 빈정거림이 있을지도 몰랐지만, 결국 자선가는 그렇지 않다고 마음을 굳혔다. 5년 후, 모데스토 디아스는 라에스트레야라는 외딴 지역에 또 다른 크고 아름다운 목장을 운영하고 있었다. 그렇게 멀리 떨어진 지역이라면 자선가가 모를 거라고 생각했던 것일까? 배꼽이 빠질 듯 웃으면서, 트루히요는 지식인 카브랄에게 만 페소짜리 수표를 쥐여주고서 또다시 그에게 보냈다. 그러면서 그의 목축에 대한 재능만 믿고 보지도 않고 그 농장을 사겠다고 말했다. 모데스토는 매매 계약서에 기꺼이 서명했고, 상징적인 액수를 주머니에 넣은 다음, 이번에도 총통에게 애정이 듬뿍 담긴 서한을 보내 감사의 뜻을 표했다. 그의 순종에 보답하기 위해, 얼마 후 트루히요는 가정용 세탁기와 믹서를 수입할 수 있는 독점권을 주었고, 그것으로 후안 토마스 장군의 동생은 손실액을 모두 되찾을 수 있었다.

"그 문제, 그 빌어먹을 신부들 문제 말이네." 트루히요가 투덜거렸다. "해결책이 있을 것 같은가?"

"물론 해결책이 있습니다, 수령님." 모데스토는 이제 혓바닥을 밖으로 내놓은 채 걷고 있었다. 이마와 목은 물론이고 벗어진 머리 부분에도 땀방울이 송골송골 맺혀 있었다. "제가 이런 말을 해도 될지 모르겠지만, 교회와의 문제는 중요하지 않습니다. 중요한 문제가 해결되면 그것들은 알아서 풀릴 겁니다. 그 문제는 바로 미국인들입니다. 그들에게 모든 게 달려 있습니다."

"그렇다면 해결책이 없군. 케네디는 내 머리를 원하고 있네. 하지만 난 내 머리를 주고 싶은 생각이 눈곱만큼도 없다네. 그래서 오랫동안 그들과 전쟁을 벌이고 있는 거야."

"미국인들이 두려워하는 것은 각하가 아니라 카스트로입니다. 피그스만 침공 실패 후에는 더욱 그렇습니다. 그들은 공산주의가 라틴아메리카 전역으로 퍼질까봐 두려워하고 있습니다. 지금은 그들에게 라틴아메리카 지역에서 빨갱이들과 싸울 수 있는 최고의 방어책은 베탕쿠르도 아니고 피게레스도 아니라, 바로 각하라는 것을 보여주셔야 합니다."

"그들은 그런 걸 깨닫고도 남을 만한 시간이 있었네, 모데스토."

"각하께서 그들의 눈을 뜨게 해주셔야 합니다. 미국인들은 종종 매우 둔합니다. 베탕쿠르, 피게레스, 무뇨스 마린을 공격하는 것으로는 충분하지 않습니다. 더 효과적인 것은 아무도 모르게 베네수엘라와 코스타리카의 공산주의자들을 도와주는 겁니다. 그리고 푸에르토리코의 독립주의자들도 도와주어야 합니다. 게릴라가 그 나라들을 혼란에 빠뜨리기 시작하면, 케네디는 이곳의 평화와 안정을 그 나라들과 비교하게 될 것이고, 그러면 깨닫게 될 것입니다."

"그 문제는 나중에 말하도록 하지." 총통이 갑자기 그의 말을 끊었다.

지난 일들이 언급되자 기분이 삽쳤던 것이다. 옴울한 생각은 하고 싶지 않았다. 그는 산책을 시작했을 때의 즐겁고 유쾌한 기분을 그대로 간직하고 싶었다. 꽃을 든 그 여자아이를 생각하려고 애썼다. '오, 하느님, 제게 그 은총을 베풀어주소서. 저는 예정했던 것처럼 오늘 밤 욜란다 에스테렐과 사랑을 해야만 합니다. 그래야 내가 죽은 몸이 아니라는 것을 알 수 있습니다. 제가 늙은 몸이 아니라는 것을 알게 해주소서. 당신을 대신해서 제가 이 멍청이들로 가득한 빌어먹을 나라를 발전시킬 과제를 계속 떠맡게 해주소서. 신부들, 양키들, 음모자들, 망명자들, 이들 모두 지금은 중요하지 않습니다. 저는 제 힘으로 이들을 완전히 소탕할 수 있습니다. 그러나 그 아이와 사랑을 나누기 위해서는 주님의 도움이 필요합니다. 아끼지 말고, 인색하지 마시고 그 도움을 제게 주소서. 제발 저를 도와주소서.' 그는 한숨을 내쉬었다. 그러면서 자기가 애원하고 있는 존재가 정말로 있다면, 첫번째 별이 모습을 드러내기 시작한 검푸른 하늘에서 재미있다는 듯이 자기를 지켜보고 있을지도 모른다는 생각에 불쾌해졌다.

막시모 고메스 거리를 따라 이루어지는 산책로는 기념물로 가득했다. 그가 지나온 집들은 지난 31년간 권좌에 있는 동안 일어난 중대한 사건들과 권력을 누렸던 유명 인사들의 상징이었다. 람피스의 집은 안셀모 파울리노가 살았던 부지에 있었다. 안셀모 파울리노는 10년간 그의 오른팔이었다. 그런데 1955년에 모든 재산을 몰수당했고, 얼마 동안 감옥에 갇혀 있었다. 트루히요는 그에게 그동안 봉사한 대가로 700만 달러 수표를 쥐여주고 스위스로 보냈다. 앙헬리타와 페치토 레온 에스테베스의 집 건너편은 루도비노 페르난데스 장군이 살았던 집이었다. 그는 체제를 위해 많은 피를 흘렸던 부지런한 신하였지만, 그가 정치적 변덕을 부리자 트루히요는 그를 죽이라고 명령했다. 라드아메스 영지 옆에는 미국 대사관 정원이 있었다. 28년 이상 그의 편을 들어준 집이었으나 독사의 소굴로 변한 곳이었다. 그곳에는 람피스와 라드아메스가 야구를 하면서 놀게 하려고 지어준 야구장이 있었다. 그곳에는 또한 발라게르의 집과 배은망덕하고 야비하게 변해버린 교황 대사관이 쌍둥이 형제처럼 나란히 있었다. 저쪽으로는 첩보부대장이었던 에스파이야트 장군의 웅장한 저택이 있었다. 그 맞은편에는, 그러니까 완만한 내리막길에는 람피스의 술친구인 로드리게스 멘데스 장군의 집이 있었다. 이제는 텅 빈 아르헨티나와 멕시코 대사관이 있었고, 그의 동생인 '검둥이'의 집이 있었다. 마지막으로 넓은 잔디밭과 정성 들여 가꾼 커다란 화단을 자랑하는 사탕수수 백만장자 비시니 가족의 저택이 있었다. 그는 지금 그 집 앞을 지나가고 있었다.

널찍한 가로수 길을 지나자마자 바다 쪽으로 붙어 있는 말레콘으로 걸어갔다. 오벨리스크로 발걸음을 옮기면서, 파도의 거품이 튀는 걸 느꼈다. 그는 벽 쪽에 기댔고, 눈을 감고서 갈매기 떼의 울음소리와 날갯짓하는 소리를 들었다. 그는 산들바람을 한껏 들이마셨다. 그것은 세정용 목욕과도 같아서 그에게 다시 기운을 주었다. 그러나 다른 곳에 정신을 쓰지 말아야 했다. 아직도 해야 할 일이 남아 있었다.

"조니 아베스를 부르게."

총통은 조지 워싱턴 기념탑을 본떠 만든 시멘트 기둥을 향해 빠르게 걷고 있었다. 시민과 군 장교 무리에서 벗어나 첩보부대장의 세련되지 못하고 흐늘흐늘한 몸이 그의 옆으로 다가왔다. 뚱뚱했지만 조니 아베스는 아무 어려움 없이 그를 따라오고 있었다.

"후안 토마스의 일은 어떻게 되어가고 있나?" 트루히요는 그를 쳐다보지도 않고 물었다.

"특이한 사항은 없습니다, 각하." 첩보부대장이 대답했다. "오늘 안토니오 델라 마사와 함께 모카에 있는 그의 농장에 있었습니다. 송아지를 데려갔습니다. 장군과 그의 아내 차나가 부부싸움을 했습니다. 차나가 송아지를 잘라서 요리하기가 얼마나 힘든지 아느냐고 불평했기 때문입니다."

"최근에 발라게르와 후안 토마스가 만난 적 있나?" 트루히요가 그의 말을 끊었다.

아베스 가르시아가 즉시 대답하지 않자, 트루히요는 고개를 돌려 그를 쳐다보았다. 대령은 고개를 가로저었다.

"아닙니다, 각하. 제가 알기로는 오래전부터 만나지 않고 있습니다. 그런데 왜 그걸 물으십니까?"

"특별한 일이 있어서는 아니네." 총통이 어깨를 으쓱했다. "그런데 방금 전에 대통령의 집무실에서 후안 토마스가 무언가 음모를 꾸미고 있을지도 모른다고 말하면서, 난 뭔가 이상한 느낌이 들었네. 그게 뭔지는 모르겠네. 자네 보고서에는 대통령을 의심할 만한 것이 하나도 없나?"

"전혀 없습니다, 각하. 저는 스물네 시간 그를 감시하고 있습니다. 별다른 낌새는 포착되지 않았습니다. 특별히 만나는 사람도 없고, 우리 몰래 전화 통화를 하는 사람도 없습니다."

트루히요는 고개를 끄덕였다. 허수아비 대통령을 불신할 이유가 없었다. 그의 예감이 틀렸을 수도 있었다. 그 음모는 그다지 고려의 대상이 되지 않을 것 같았다. 안토니오 델라 마사가 음모자들 중 하나일까? 후안 토마스는 그에게 분개한 또 다른 패배자와 함께 위스키와 진수성찬으로 자신의 좌절감을 위로하고 있었다. 그들은 오늘 밤 송아지를 마리네이드에 절여 구워 먹을 것이었다. 만일 그가 가스쿠에 거리에 있는 후안 토마스의 집에 불시에 찾아간다면 어떻게 될까? "안녕하십니까, 신사 여러분. 내가 함께 구운 고기를 먹어도 괜찮겠습니까? 냄새가 아주 고소하군요! 굽는 냄새가 대통령궁까지 흘러와서 이곳까지 오게 되었습니다." 그러면 그들은 공포에 질린 표정을 지을까? 아니면 영광으로 알까? 뜻밖의 방문이 그들의 복권을 의미한다고 생각할까? 아니다, 욜란다 에스테렐에게 비명을 지르게 하고, 내일 그의 몸이 건강하고 젊다고 느끼기 위해서 오늘 밤에는 산크리스토발로 가야만 했다.

"왜 보름 전에 카브랄의 딸을 미국으로 떠나게 놔뒀나?"

이번에 아베스 가르시아 대령은 정말로 소스라치게 놀랐다. 그는 어떻게 대답해야 할지 몰라서 두툼한 뺨을 손으로 만지작거렸다.

"상원의원 아구스틴 카브랄의 딸 말입니까?" 그는 웅얼거리면서 시간을 벌었다.

"지식인의 딸 우라니아 카브랄 말이네. 산토도밍고 학교 수녀들이 미국에서 공부할 수 있도록 장학금을 주었네. 왜 내게 의논도 하지 않고 출국을 허락했나?"

대령은 위축된 것 같았다. 그는 무슨 말을 해야 할지 몰라 입을 열었다가 닫았다.

"죄송합니다, 각하." 그가 고개를 숙이면서 큰 소리로 말했다. "각하의 지시는 상원의원을 감시하고, 만일 망명을 시도하면 체포하라는 것이었습니다. 하룻밤을 '마호가니의 집'에서 보냈고, 발라게르 대통령이 서명한 출국 허가서를 갖고 있어서 그 아이에 대한 생각은 미처…… 사실대로 말하자면, 그걸 각하와 상의해야 한다는 생각을 하지 못했습니다. 그게 그토록 중요한 일인지 몰랐습니다."

"그런 것쯤은 자네가 생각해야만 했었네." 트루히요가 호되게 꾸짖었다. "자네는 내 비서진을 수사하게. 발라게르가 그 아이의 여행에 관한 메모를 보냈는데, 누군가가 그걸 숨겼네. 그게 누구인지, 왜 그랬는지 알고 싶네."

"즉시 착수하겠습니다, 각하. 저의 소홀함을 용서해주십시오. 앞으론 그런 일이 절대로 일어나지 않도록 하겠습니다."

대령은 경례를 붙이고서(그러자 그는 웃음이 터져 나오는 걸 간신히 참았다) 신하들이 있는 곳으로 되돌아갔다. 트루히요는 생각에 잠겨 아무도 부르지 않은 채 두 블록을 걸었다. 아베스 가르시아는 경비병과 칼리에들을 철수시키라는 그의 지시를 부분적으로만 따르고 있었다. 그래서 길모퉁이마다 있었던 철조망 바리케이드와 초소들이 보이지 않았고, 조그만 폴크스바겐과 정복 차림으로 기관총을 든 경찰도 보이지 않았다. 하지만 때때로 가로수 길의 교차점에서는 칼리에들이 검은 딱정벌레 차의 창문으로 고개를 내밀고 있는 모습을 멀리서 볼 수 있었다. 혹은 권총을 차서 겨드랑이가 불룩 튀어나온 사복 차림의 험상궂은 얼굴들이 가로등에 기대어 있는 모습도 볼 수 있었다. 조지 워싱턴 거리에서는 차량 통행을 막지 않고 있었다. 트럭과 자가용에서 사람들이 고개를 내밀고서 그에게 손을 흔들며 "수령님 만세!"라고 외쳤다. 그는 그들에게 손을 흔들어 답례했다. 산책을 하자 몸에서는 달콤한 열기가 올라왔고 다리에서는 약간의 피곤함이 감지되었지만, 그는 목적지까지 도달하겠다는 생각에 잠겨 있었다. 가로수 길에는 어른 보행자가 한 명도 없었다. 단지 누더기를 걸친 아이들과 구두닦이 소년들, 초콜릿과 담배를 파는 아이들이 입을 벌린 채 그를 쳐다보고 있었다. 그 옆을 지나가면서, 그는 아이들의 머리를 쓰다듬어주거나 아니면 동전 몇 개를(그는 항상 주머니에 잔돈을 가지고 다녔다) 던져주었다. 그리고 얼마 후 '걸어 다니는 오물'을 불렀다.

상원의원 치리노스는 사냥개처럼 숨을 헉헉 몰아쉬면서 다가왔다. 모데스토 디아스보다도 더 많은 땀을 흘리고 있었다. 자선가는 기운이 용솟음치는 걸 느꼈다. 주정뱅이 입헌의원은 그보다 더 젊었지만, 벌써 기진맥진해 있었던 것이다. "안녕하십니까, 수령님"이라고 건네는 그의 인사에 답하는 대신 이렇게 물었다.

"람피스에게 전화했나? 런던의 로이즈 사에 실명했나?"

"람피스와 두 번 이야기했습니다." 상원의원 치리노스는 발을 질질 끌고 있었고, 일그러진 구두 바닥과 구두 콧등은 오래된 야자수와 아몬드 나무의 뿌리에 밀려 솟아오른 보도 블록에 계속 부딪혔다. "그 문제를 설명했고, 각하의 명령을 반복해서 알려주었습니다. 어떤 반응을 보였을지는 각하께서 익히 상상하실 것이라고 믿습니다. 하지만 결국 제 논지를 받아들였습니다. 그리고 오해가 있었던 부분을 명확하게 밝히고, 지불은 중앙은행으로 이세되도록 확인하는 내용은 로이즈 사에 보내겠다고 약속했습니다."

"실제로도 그렇게 했나?" 트루히요가 퉁명스럽게 치리노스의 말을 끊었다.

"그래서 제가 다시 전화를 했던 겁니다, 수령님. 람피스는 로이즈 사에 선보문을 보내기 전에 번역가에게 점검을 받으려고 했습니다. 영어가 완벽하지 않아 오류투성이의 글을 바로잡기 위해서 말입니다. 틀림없이 보낼 겁니다. 제게 그런 문제를 야기해서 유감이라고 말했습니다."

람피스는 이제 늙은이의 말에 따를 필요가 없다고 생각했던 것일까? 그전 같으면 그런 하찮은 핑계로 시간을 질질 끌면서 그의 지시를 미루지는 않았을 것이다.

"다시 전화하게." 그는 몹시 불쾌한 표정으로 지시했다. "만일 오늘 내로 로이즈 사의 문제를 해결하지 않으면, 나와 만나야 할 것이라고 전하게."

"즉시 명령대로 하겠습니다, 수령님. 하지만 걱정하지 마십시오. 람피스는 상황을 잘 이해했습니다."

그는 치리노스와 헤어지고서 혼자 고독하게 행하던 산책에 종지부를 찍기로 마음먹었다. 그와 몇 마디라도 나누기를 고대하는 다른 사람들의 희망에 찬물을 끼얹고 싶지 않았던 것이다. 그는 사람들의 행렬이 다가오기를 기다렸다가 그 행렬 안으로 들어가서 비르힐리오 알바레스 피냐와 내무종교부 장관인 파이노 피차르도 사이에 자리를 잡았다. 그 그룹에는 '면도칼' 에스파이야트, 경찰청장, 〈엘카리베〉 사장, 그리고 신임 상원의장인 헤레미아스 킨타나도 있었다. 그는 신임 상원의장에게 축하 인사를 건네면서 좋은 결과가 있기를 기대한다고 말했다. 갓 승진한 상원의장은 감사하다고 수차례 말했고, 기뻐하는 표정이 역력했다. 평소처럼 빠른 발걸음으로 그는 바다에 접한 길의 동쪽으로 나아가면서 큰 소리로 이렇게 부탁했다.

"자, 신사 여러분, 최근에 떠돌고 있는 반트루히요 농담을 이야기해보시오."

함께 걷고 있던 사람들이 갑작스럽게 웃음을 터뜨리며 그의 재담을 기렸다. 잠시 후 모두가 앵무새처럼 재잘거렸다. 그는 그들의 말을 듣는 척하면서 고개를 끄덕이고 미소 지었다. 가끔씩 그는 기운 빠진 호세 레네 (푸포) 로만 장군의 얼굴을 몰래 쳐다보았다. 국방부 장관은 고통과 번민을 숨기지 못하고 있었다. 총통이 무슨 일로 그를 질책하려는 건지 걱정되었던 것이다. 트루히요는 '곧 알게 될 거야, 이 바보야'라고 생각했다. 그는 이 그룹 저 그룹으로 옮기면서 그 누구도 소외된 느낌을 받지 않게 했다. 그렇게 그는 하라과 호텔의 잘 정돈된 정원을 가로질렀다. 호텔의 칵테일 시간*에 연주하는 오케스트라의 음악이 들려왔다. 그는 거기서 한 블록을 더 가서 도미니카 당사의 발코니 아래를 지났다. 사무원들과 비서들, 그리고 선물을 달라고 부탁하기 위해 그곳에 갔던 사람들이 당사에서 나와 박수를 쳤다. 오벨리스크에 도착하자 그는 시계를 보았다. 한 시간 3분이 소요되었다. 날은 어두워지고 있었다. 이제는 더 이상 갈매기들이 공중을 선회하지 않았다. 해변에 있는 은신처로 돌아간 모양이었다. 몇 개의 별들이 반짝거리고 있었고, 배불뚝이 구름들이 달을 가리고 있었다. 오벨리스크 아래에는 지난수에 시승했던 죄신 보넬의 캐딜락이 그를 기다리고 있었다. 그는 자기를 뒤따라온 사람들을 향해 "그럼 좋은 밤 보내십시오, 신사 여러분. 동행해주어서 고맙습니다"라고 인사하면서, 동시에 호세 레네 로만 장군을 쳐다보지도 않은 채, 오만하게 손가락으로 제복을 입은 운전사가 열어놓은 자동차 문을 가리켰다.

"자네는 나와 함께 가세."

로만 장군은 군화가 부딪치는 소리를 힘껏 내어 차려 자세를 취하고는 한 손을 군모의 챙에 갖다 대고서 경례를 한 다음 급히 그의 명령을 따랐다. 그는 차의 뒷좌석 끝에 앉고서 상체를 곧추세우고 모자를 무릎 위에 올려놓았다.

"산이시드로 기지로."

관용차가 라드아메스 다리를 지나 오사마 강의 동쪽 강변로로 들어서기 위해 시내 중심가 쪽으로 방향을 잡자, 트루히요는 마치 혼자 있

---

* 보통 저녁식사 전인 오후 4시에서 6시 사이에 이루어진다.

는 것처럼 경치를 바라보았다. 로만 장군은 소나기가 내려주기를 빌 뿐 트루히요에게 말을 걸 엄두도 내지 못하고 있었다. 오벨리스크에서 공군 기지까지는 약 16킬로미터 거리였다. 그들이 5킬로미터가량을 달려왔을 때부터 소나기가 내릴 조짐이 보였던 것이다.

"자네 몇 살이지?" 트루히요는 그를 쳐다보지도 않고 물었다.

"얼마 전에 쉰여섯 살이 되었습니다, 수령님."

사람들이 푸포라는 애칭으로 부르는 로만 장군은 키가 크고 강인하며 육상선수와 같은 사람이었고, 승무원처럼 상고머리에 가깝게 머리카락을 짧게 깎고 있었다. 운동으로 다져진 탄탄한 근육질의 몸매는 지방의 흔적이 전혀 없었다. 그는 나직하고 겸손하게 대답하면서 그의 분노를 잠재우려고 노력했다.

"군에 복무한 지 몇 년이 되었나?" 트루히요가 마치 그곳에 없는 사람을 심문하듯이 바깥을 쳐다보면서 계속 물었다.

"졸업 후부터 31년 되었습니다, 수령님."

그는 아무 말도 하지 않은 채 몇 초를 보냈다. 마침내 그는 국방 책임자에게 고개를 돌렸다. 평소와 마찬가지로 로만 장군은 그의 눈에서 무한한 경멸감을 보았다. 갑자기 어둠이 내리고 있었다. 그래서 트루히요는 그의 눈을 제대로 볼 수 없었지만, 푸포 로만이 눈을 깜빡거리고 있거나, 아니면 한밤중에 깨어나 두려움에 질려 눈을 가늘게 뜨고 어둠 속을 바라보는 아이처럼 눈을 살며시 감고 있을 것이라고 확신했다.

"그렇게 오래 복무했는데 부하들의 행동에 상관이 책임져야 한다는 것을 아직도 배우지 못했나? 부하들이 잘못하면 상관이 책임지는 것을 몰랐나?"

"아주 잘 알고 있습니다, 수령님. 무슨 문제가 있었는지 말씀하시면, 아마도 제가 설명할 수 있을 것 같습니다."

"어떤 문제인지 곧 알게 될 걸세." 트루히요가 눈에 띌 정도로 차분하게 말했다. 그의 협력자들이 그의 고함 소리보다 더 무서워하는 목소리였다. "자네는 매일 비누칠하면서 목욕하는가?"

"물론입니다, 수령님." 로만 장군은 웃으려고 시도했지만, 총통이 계속해서 심각한 표정을 짓고 있자 입을 다물었다.

"미레야를 위해 그렇게 하길 바라네. 나는 자네가 매일 목욕하고 비누칠하고, 잘 다려진 군복을 입고 반짝거리는 군화를 신는 게 매우 잘하는 일이라고 생각하네. 국방 책임자로서 도미니카 장교들과 군인들에게 청결과 반듯한 복장의 본보기가 되어야 하니 말이네. 그렇지 않은가?"

"물론 그렇습니다, 수령님." 장군이 비굴한 태도로 대답했다. "그런데 제가 무엇을 잘못했는지 말씀해주시기를 간곡히 애원합니다. 그러면 제가 바로잡고 수정하겠습니다. 저는 각하를 실망시키고 싶지 않습니다."

"외모는 영혼의 거울이네." 트루히요가 철학자인 체했다. "만일 누군가가 콧물을 질질 흘리고 악취를 풍기며 다닌다면, 공공위생을 믿고 맡길 수 없을 것이네. 그렇지 않은가?"

"물론입니다, 수령님."

"공공기관도 마찬가지네. 겉모습을 돌보지 않는다면, 누가 그 기관을 존경하겠나?"

로만 장군은 말을 하지 않는 편을 택했다. 총통은 갈수록 화를 내면서 산이시드로 공군 기지에 도착할 때까지 15분 동안 쉬지 않고 그를 꾸짖었다. 그는 푸포에게 여동생 마리나의 딸이 그처럼 평범한 장교와 결혼하는 미친 짓을 벌였을 때 자기가 얼마나 유감스럽게 생각했는지 떠올려주었다. 그리고 결혼으로 인해 맺게 된 자선가와의 관계 덕분에 그는 가장 높은 계급으로 승진했음에도 불구하고, 아직도 평범한 장교에서 벗어나지 못하고 있다고 지적했다. 그런 특권을 부여받았지만 그는 자극을 받은 것이 아니라, 이미 얻은 명예에 만족하면서 수없이 트루히요의 믿음을 저버렸다. 무능한 군인으로 머무는 것도 모자라 가축을 기르고 땅과 젖소를 관리하는 일은 머리가 필요 없다고 생각했는지 농장 경영에 뛰어들었다. 그 결과가 어땠을까? 그는 빚더미에 올라앉았고, 가족의 수치로 전락했다. 불과 18일 전에 자선가는 로만이 농업은행에 진 40만 페소의 부채를 자기 돈으로 갚아주어야만 했다. 그래야만 두아르테 고속도로 14킬로미터 지점에 위치한 농장이 경매로 넘어가는 것을 막을 수 있었기 때문이다. 그럼에도 불구하고 그는 바보가 되지 않으려는 노력을 한 치도 기울이지 않았던 것이다.

호세 레네 로만 페르난데스 장군은 자신에게 비난의 말과 욕설이 쏟아지는 동안 입을 다물고 부동자세로 있었다. 트루히요는 마구 내뱉지 않았다. 화가 치밀자 그는 오히려 차분하게 말했다. 그렇게 하여 각각의 음절, 각각의 단어가 더욱 호전적이고 강도 높게 들리는 효과를 냈다. 차는 텅 빈 고속도로의 중앙에서 조금도 벗어나지 않은 채 빠르게 달리고 있었다.

"차를 세우게." 트루히요가 명령했다. 드넓은 산이시드로 공군 기지를 에워싼 울타리를 따라 설치된 첫번째 검문소에 조금 못 미친 곳이었다.

그는 차에서 뛰어내렸고, 어두웠지만 즉시 악취가 풍기는 물웅덩이를 찾아냈다. 더러운 물이 망가진 하수관에서 새어나오고 있었고, 진흙과 오물 이외에도 사방에서 모기 떼들이 그들을 공격하기 위해 몰려들었다.

"이게 우리 공화국의 최고 군기관이네." 트루히요는 다시 엄습해오는 분노를 간신히 감제하면서 천천히 말했다. "가리브해에서 가장 중요한 공군 기지 입구에서 이런 빌어먹을 쓰레기와 진흙과 악취와 모기들이 방문객을 맞이하는 게 바람직한 일이라고 생각하니?"

로만은 쭈그리고 앉았다. 그는 자세히 살펴보고서 일어났고, 다시 허리를 굽히고는 주저하지 않고 손으로 하수관을 만져보면서 구멍 뚫린 부분을 찾았다. 총통이 왜 그토록 화를 냈는지 알게 되자 비로소 마음을 놓은 것 같았다. 이 바보는 더 심각한 일이 일어날지 모른다고 두려워하고 있을까?

"물론 이건 우리 공군 기지의 수치입니다." 그는 자기가 느끼는 것보다 더 화를 내는 척했다. "망가진 부분을 즉시 수리하도록 조치를 취하겠습니다, 각하. 그리고 지위 고하를 막론하고 책임자를 문책하겠습니다."

"기지 사령관인 비르힐리오 가르시아 트루히요부터 시작해보지." 자선가가 고함쳤다. "자네가 첫번째 책임자이고, 그는 두번째야! 그가 내 조카이고 자네 처남이지만, 나는 자네가 용기를 내서 그에게 가장 가혹한 처벌을 하길 바라네. 만일 그런 용기를 내지 못하면, 내가 두 사람에게 상응하는 제재를 가하겠네. 자네뿐만 아니라 비르힐리오, 그리고 그 어떤 빌어먹을 장군도 내 작업을 망치도록 놔둘 수는 없네. 우리 군은 내가 만든 대로 계속해서 모범적인 기관이 될 걸세. 그렇게 하기 위해서는 자네나 비르힐리오, 그리고 군복만 입고 있는 무능한 작자들을 평생 감옥에 처넣어야만 하는 경우가 생길 수도 있네."

로만 장군은 차려 자세를 취하고는 구두 뒤꿈치를 소리 나게 맞붙였다.

"알겠습니다, 각하. 다시는 이런 일이 일어나지 않도록 하겠습니다. 맹세합니다."

그러나 트루히요는 이미 몸을 돌려 자동차에 타고 있었다.

"난 다시 이곳으로 돌아오겠네. 지금 맡고 보고 있는 것의 흔적이 그때도 남아 있다면 자네는 각오해야 할 거야. 빌어먹을 졸병으로 강등시켜버리겠어!"

운전사에게 고개를 돌리더니 그는 "가자"라고 지시했다. 그들은 국방부 장관을 진흙탕에 놔두고서 그곳을 떠났다.

더러운 물속에서 철벅거리는 가엾고 애처로운 로만을 뒤에 남겨두고 떠나자마자 불쾌했던 기분이 씻은 듯이 사라졌다. 그는 웃음을 터뜨렸다. 그리고 한 가지만은 확신할 수 있었다. 그것은 푸포가 하늘과 땅을 움직여서라도 그 망가진 하수관을 수리하기 위해 모든 조치를 취할 것이라는 사실이었다. 만일 그가 살아 있는 동안 이런 일이 계속 일어난다면, 그러니까 태만과 우둔함과 무관심이 그가 힘들여 이룩한 것을 손상시키더라도, 더 이상 그가 손수 막을 힘이 없을 때에는 어떤 일이 생길까? 1930년의 무정부 상태와 가난, 퇴보와 고립의 길로 되돌아갈까? 아, 만일 람피스가 그의 위업을 이어갈 능력이 있다면 얼마나 좋을까? 그러나 그는 정치나 국가 일에는 일말의 흥미도 없었다. 술과 폴로 경기와 여자들에게만 관심이 있었다. 젠장! 도미니카 공화국 국군 참모본부 총사령관인 람피스 트루히요 장군이 폴로 경기를 하면서 파리 리도 극장의 발레리나들과 사랑을 나누는 동안, 그의 아버지는 교회와 미국, 음모자들과 푸포 로만 같은 멍청이들과 이곳에서 혼자 외롭게 악전고투하고 있었다. 그는 고개를 가로저으면서 그런 씁쓸한 생각을 떨쳐버리려고 했다. 한 시간 반만 있으면 그는 산크리스토발에, 들판과 번쩍거리는 마구간, 아름다운 숲과 넓은 니구아 강으로 둘러싸인 푼다시온 농장의 평화로운 위안처에 있게 될 것이었다. 그리고 니구아 강물이 계곡으로 유유히 흘러가는 모습을 언덕 위의 집 옆에 있는 마호가니 나무, 대왕야자수, 커다란 캐슈의 우듬지 너머로 지켜볼 것이었다. 그곳에서 아침에 눈을 뜰 때면 그 평화롭고 깨끗한 경치를 바라보고, 욜란다 에스테렐의 자그마한 육체를 애무하면서 다시 기운을 회복할 것이었다. 그건 바로 페트로니우스와 솔로몬 왕의 요법이었다. 싱싱한 여성의 성기는 일흔 번의 봄을 보낸 노병을 회춘시키는 처방이었다.

라드아메스 영지에서 사카리아스 델라 크루스는 이미 차고에서 1957년형 하늘색 시보레 벨에어를 꺼낸 상태였다. 그가 산크리스토발로 갈 때 애용하는 자동차였다. 군 경호원 한 명이 그가 내일 '마호가니의 집'에서 살펴볼 서류와 농장 종업원들에게 줄 급료와 잡비로 사용할 11만 페소의 지폐 다발이 가득 들어 있는 서류 가방을 가지고 기다리고 있었다. 20년 전부터 그는 불과 몇 시간이라 할지라도 반드시 그의 이름 이니셜이 새겨진 짙은 갈색 가방을 가지고 다녔다. 또한 선물을 주거나 예상치 못한 비용을 대비해서 수천 달러 혹은 그에 상응하는 페소를 항상 현금으로 그 가방에 넣고 다녔다. 그는 군 경호원에게 가방을 뒷좌석에 놓으라고 지시하고서, 30년 전부터—그는 군에서 그의 연락병이었다—그림자처럼 그를 수행하던 키가 크고 우람한 흑인 사카리아스에게 곧 내려가겠다고 말했다. 벌써 아홉시였다. 너무 늦어지고 있었다.

그는 몸을 깨끗이 닦기 위해 침실로 올라갔다. 그리고 욕실에 들어가자마자 얼룩을 보았다. 바지 지퍼에서 양쪽 다리로 내려가고 있었다. 그는 자기가 발끝에서 머리끝까지 덜덜 떨고 있다는 사실을 알았다. 하필이면 지금 이런 일이 일어나다니! 그는 신포로소에게 다른 황록색 군복과 갈아입을 속옷을 갖다달라고 부탁했다. 비데와 세면대에서 고환과 음경, 그리고 얼굴과 겨드랑이에 비누칠을 했고, 옷을 갈아입기 전에 크림과 향수를 바르느라고 15분을 허비했다. 모든 게 빌어먹을 푸포 때문에 갑자기 기분이 나빠져서 일어난 일이었다. 그는 다시 우울한 기분에 빠졌다. 산크리스토발에서 불길한 일이 일어날 것 같은 징조였다. 그가 옷을 입는 동안 신포로소는 그에게 전보를 건네주었다. '로이즈 사 문제 해결. 제가 직접 책임자와 이야기했음. 중앙은행으로 직접 송금함. 안부 전함. 람피스.' 그의 아들은 자신의 행동을 부끄럽게 여기고 있었다. 그래서 전화를 하는 대신 전보를 보낸 것이었다.

"조금 늦었네, 사카리아스." 그가 말했다. "그러니 서두르도록 하게."

"알겠습니다, 수령님."

그는 푹신푹신한 의자에 등을 기댔다. 눈을 감고서 산크리스토발까지 가는 데 걸리는 한 시간 10분 동안 휴식을 취해야겠다고 생각했다. 그들이 탄 차는 서남쪽으로, 즉 조지 워싱턴 가로수 길과 고속도로를 향해 달리고 있었다. 문득 그는 눈을 떴다.

"모니의 집을 기억하나, 사카리아스?"

"웬세슬라오 알바레스 거리에 있는 집, 그러니까 마레로 아리스티가 살던 곳 아닙니까?"

"그리로 가게."

그건 순간적인 번득임, 즉 전광석화처럼 떠오른 기가 막힌 생각이었다. 갑자기 그는 모니의 둥글고 작은 계피색 얼굴, 고불거리는 머리카락, 반짝이는 아몬드 같은 눈에 스며 있는 짓궂음, 아담한 체구, 봉긋 솟은 가슴, 탱탱한 볼기를 지닌 달콤한 엉덩이, 육감적인 음부를 보았고, 다시 고환에서 약간의 흥분이 이는 걸 느꼈다. 귀두가 일어서면서 바지와 스쳤다. 모니. 괜찮은 생각이 아닌가. 그때, 그러니까 그녀의 아버지가 라유케라의 미국인들이 그를 위해 열어준 파티에 그녀를 손수 데려와서 "수령님, 수령님께 깜짝 선물을 대령했습니다"라고 말했던 이후, 그녀는 한 번도 그를 실망시킨 적이 없었다. 그녀는 멕시코 거리 끝에 있는 새로 개발된 주거 지역에 살고 있었다. 그 조그만 집은 그녀가 훌륭한 집안의 청년과 결혼을 하던 날 그가 선물한 것이었다. 종종 그녀를 필요로 할 때, 그는 마누엘 알폰소가 그런 경우를 위해 준비해놓은 엘엠바하도르나 하라과 호텔의 스위트룸으로 그녀를 데려갔다. 모니의 집에서 그녀와 섹스를 한다는 생각을 하자 그는 흥분했다. 그들은 그녀의 남편을 링콘 포니로 맥주를 마시러 보내고서 술값을 트루히요 앞으로 달아놓으라고 말하거나—그는 웃었다—, 아니면 사카리아스 델라 크루스와 이야기하면서 시간을 보내도록 할 것이었다.

거리는 어두웠고 텅 비어 있었지만, 그 집의 1층에는 불이 켜져 있었다. "그녀를 부르게." 그는 운전사가 현관 앞으로 걸어가 초인종을 누르는 것을 보았다. 현관문이 열리는 데 다소 시간이 걸렸다. 마침내 하녀가 나온 것 같았다. 사카리아스는 그녀에게 속삭였다. 그런 다음 문밖에서 기다렸다. 아름다운 모니! 그녀의 아버지는 도미니카 당 시바오 지부의 훌륭한 지도자였고, 그가 손수 그녀를 리셉션에 데리고 왔었다. 멋진 의사 표시였다. 그게 벌써 몇 년 전의 일이었고, 이 근사한 여자와 섹스를 할 때마다 그는 행복의 나락에 빠지곤 했다. 다시 현관문이 열렸고, 내부의 환한 불빛 속에서 그는 모니의 모습을 보았다. 갑자기 흥분이 밀어닥쳤다. 그녀는 사카리아스와 몇 마디를 나눈 후, 자동차가 있는 쪽으로 발걸음을 옮겼다. 어둠 속이라 그녀가 무슨 옷을 입었는지 볼 수 없었다. 그는 문을 열어 그녀가 들어오도록 했고, 손에 키스를 하면서 그녀를 맞이했다.

"아름다운 내 여자, 내가 오리라고 전혀 예상하지 못했지?"

"정말이지 너무 큰 영광이에요. 어떻게 지내셨어요, 수령님? 잘 지내셨어요?"

트루히요는 그녀의 손을 꼭 잡았다. 그녀를 가까이에서 느끼고 그녀를 만지고 그녀의 향내를 맡자, 그는 자기의 모든 힘을 마음대로 사용할 수 있을 것 같은 느낌을 받았다.

"산크리스토발로 가는 길인데, 갑자기 네 생각이 났어."

"정말 영광이에요, 수령님." 그녀가 당황하면서 말했다. "미리 알았더라면 수령님을 제대로 맞이하도록 단장했을 거예요."

"넌 아무래도 예뻐." 그가 그녀를 끌어당겼다. 그는 손으로 그녀의 가슴과 다리를 애무하면서 그녀에게 키스했다. 발기가 시작되는 것을 느꼈고, 그러자 세상과 자기의 삶에 자신이 생겼다. 모니는 그가 애무하게 놔두었고, 자제력을 잃지 않고 신중하게 그에게 키스했다. 사카리아스는 시보레 자동차에서 약 2미터 떨어진 곳에 서 있었다. 평소처럼 자동 소총을 손에 쥐고서 경비를 서고 있었다. 그런데 어떻게 된 거지? 모니는 여느 때와 달리 초조해하는 것 같았다.

"남편이 집에 있어?"

"예." 그녀가 아주 조그만 소리로 대답했다. "저녁을 먹으려던 참이었어요."

"그럼 나가서 맥주나 한잔 마시고 오라고 해." 트루히요가 말했다. "난 근처를 한 바퀴 돌고 있을 테니까. 5분 후에 다시 올게."

"그게 말이에요……" 그녀가 말을 더듬었고, 총통은 그녀의 몸이 경직되는 걸 느꼈다. 그녀는 잠시 머뭇거리더니 거의 들리지 않게 중얼거렸다. "마법에 걸리는 기간이에요, 수령님."

그 말을 듣자 순식간에 흥분이 사라졌다.

"월경 중이라고?" 그는 실망을 감추지 못한 채 큰 소리로 말했다.

"죄송해요, 수령님." 그녀가 말을 더듬었다. "내일모레면 괜찮아져요."

그는 그녀를 놓아주고서 못마땅한 표정으로 깊은 한숨을 내쉬었다.

"그래, 조만간 다시 만나러 올게. 잘 있어." 그는 방금 전에 모니가 나갔던 열린 문 사이로 고개를 내밀었다. "가자, 사카리아스!"

잠시 후 그는 델라 크루스에게 달거리를 하는 여자와 섹스를 해본 적이 있느냐고 물었다.

"절대 없습니다, 수령님." 그는 화들짝 놀라면서 역겹다는 표정을 지었다. "그러면 매독에 걸린다고 들었습니다."

"무엇보다도 더럽지." 트루히요가 애석해했다. 그런데 빌어먹을 우연의 일치로 욜란다 에스테렐도 오늘 월경을 하면 어떻게 할까?

그들은 산크리스토발로 향하는 고속도로로 들어섰고, 오른쪽에서 그는 '가축 박람회'와 '엘포니'의 불빛을 보았다. 먹고 마시는 커플들로 북적대고 있었다. 모니가 그토록 마음 내켜 하지 않고 적극성을 보이지 않는 건 이상한 일이 아닐까? 그녀는 항상 활달했고 생기가 넘쳤으며, 그의 명령에 언제라도 따를 준비가 되어 있었다. 남편이 집에 있어서 그랬던 것일까? 그가 그녀를 가만 놔두도록 월경 중이라고 거짓말을 하라고 시킨 것은 아닐까? 그는 어느 자동차가 그들에게 경적을 울리고 있다는 것을 어렴풋이 깨달았다. 그 차는 헤드라이트를 상향으로 조정하고 있었다.

"이 술 취한 작자들이……" 사카리아스 델라 크루스가 말했다.

그 순간 트루히요는 술 취한 놈들이 아니라는 생각이 번득 스쳤다. 그는 몸을 돌려 뒷좌석에 있는 권총을 찾으려고 했지만, 그럴 새도 없었다. 동시에 소총이 발사되는 소리가 들렸고, 탄알이 뒤 창문의 유리를 박살내버렸고, 그의 어깨와 왼쪽 팔의 일부가 뜯겨 나갔기 때문이다.

19

후안 토마스 디아스 장군과 그의 동생 모데스토, 그리고 루이스 아미아마가 돌아왔을 때, 안토니오 델라 마사는 그들의 얼굴을 보자마자 로만 장군을 찾는 작업이 수포로 돌아갔다는 사실을 알았다.

"믿기지가 않아." 루이스 아미아마가 중얼거리면서 가느다란 입술을 꽉 깨물었다. "푸포가 몰래 도망친 것 같아. 어디에서도 그의 흔적을 찾을 수가 없어."

'12월 18일 요새'에 있는 참모본부를 포함해서 그가 있을 만한 곳에 모두 가보았지만, 경비병들은 아주 거칠게 루이스 아미아마와 푸포의 동생 비빈 로만을 쫓아냈다. 그들의 동료가 그들을 맞이할 수 없거나 아니면 만나고 싶어 하지 않는 게 분명했다.

"마지막 희망은 그가 스스로 알아서 계획을 실행하고 있을지도 모른다는 거야." 모데스토 디아스가 공상했지만 그다지 확신은 없었다. "병력을 동원하고, 군 고위급들을 설득하고 있을지도 몰라. 어쨌거나 우리는 지금 매우 위태로운 상황에 처해 있어."

그들은 후안 토마스 디아스 장군의 거실에서 선 채로 대화를 나누었다. 후안 토마스 디아스 장군의 젊은 아내 차나는 그들에게 얼음을 넣은 레모네이드를 가져다주었다.

"푸포와 관련된 일이 어떻게 되어가고 있는지 알 때까지 숨어 있어야만 해." 후안 토마스 디아스 장군이 말했다.

입을 꾹 다물고 있던 안토니오 델라 마사는 분노가 온몸을 가로지르는 것을 느꼈다.

"숨는다고?" 그가 분개하면서 소리쳤다. "겁쟁이들이나 숨는 거야. 후안 토마스, 우리 작업을 마무리 짓는 게 좋겠어. 자네는 장군 군복을 입어. 그리고 우리에게도 군복을 줘. 그걸 입고 우리 모두 대통령궁으로 가는 거야. 그리고 거기서 대중들을 불러 봉기하라고 말하는 게 좋겠어."

"우리 네 사람의 힘으로 대통령궁을 점거하자고?" 루이스 아미아마가 그를 설득하려고 했다. "안토니오, 지금 미쳤어?"

"지금 거기에는 아무도 없어. 단지 경비병들만 있을 뿐이야." 안토니오가 주장을 굽히지 않았다. "트루히요 추종자들이 움직이기 전에 먼저 선수를 쳐야 해. 전국의 라디오 방송국과 연결된 대통령궁을 이용해서 국민들을 불러내야 해. 거리로 나오라고 해야 해. 그러면 군은 결국 우리를 지지하게 될 거야."

후안 토마스, 루이스 아미아마와 모데스토 디아스가 회의적인 표정을 짓자, 그는 더욱 화를 냈다. 잠시 후 방금 전에 안토니오 임베르트와 아마디토를 의사에게 데려다주었던 살바도르 에스트레야 사드알라와 페드로 리비오 세데뇨를 국제병원까지 데려다주었던 벨레스 산타나 박사가 합류했다. 그들은 푸포 로만의 행방이 묘연하자 몹시 낙담해 있었다. 그들 또한 장교로 위장하고서 대통령궁으로 잠입하자는 안토니오의 주장을 무모한 행동이며 자살 행위라고 생각했다. 안토니오의 새로운 제안에도 다들 강력하게 반대했다. 트루히요의 시체를 인데펜덴시아 공원으로 가져가 난간에 걸어놓아서, 시민들에게 독재자가 어떻게 생을 마감했는지 보여주자는 제안이었다. 동료들이 그의 제안을 거부하자, 최근에 걸핏하면 화를 냈던 델라 마사는 또다시 분통을 터뜨렸다. 겁쟁이들! 배신자들! 당신들은 조금 전에 했던 일을 할 자격이 없어! 당신들은 조국을 야수의 손에서 해방시킬 만한 사람들이 아니야! 그런데 그의 외침 소리를 듣고 차나가 놀란 표정을 지으며 거실로 들어오자, 그는 자기가 너무 심한 말을 했다는 사실을 깨달았다. 그는 친구들에게 중얼거리면서 사과를 한 다음 입을 다물었다. 하지만 여전히 불쾌한 기분이 엄습하는 것은 어쩔 수 없었다.

"우리 모두 너무 흥분해 있어, 안토니오." 루이스 아미아마가 그의 어깨를 툭툭 쳤다. "지금 중요한 것은 안전한 장소를 찾는 일이야. 푸포가 나타날 때까지 말이야. 그리고 트루히요가 죽었다는 사실을 알고 국민들이 어떤 반응을 보이는지 지켜봐야 해."

안토니오 델라 마사가 창백한 얼굴로 고개를 끄덕였다. 그랬다. 어쨌건 아미아마는 군과 정권의 고위 인사들을 음모에 가담시키기 위해 무진 애를 쓴 사람이었다. 그의 말이 맞을 것이다.

루이스 아미아마와 모데스토 디아스는 각자 알아서 숨기로 결정했다. 개별적으로 행동해야 눈에 띄지 않을 가능성이 더 높다고 판단했던 것이다. 한편 안토니오는 후안 토마스와 터키인 사드알라에게 함께 있어야 한다고 설득했다. 그들은 친척과 친구들의 집에 숨을까 했지만 곧 마음을 바꾸었다. 그들과 관련된 사람의 집이라면 죄다 경찰의 수색을 받을 게 뻔했기 때문이다. 그때 벨레스 산타나 박사가 한 사람을 떠올렸다.

"로베르트 레이드 카브랄. 내 친구예요. 완전히 비정치적이고, 오로지 의학에만 전념하는 사람이지요. 절대로 거부하지 않을 겁니다."

그는 그들을 자기 자동차로 데려갔다. 디아스 장군이나 터키인도 개인적으로는 모르는 사람이었다. 그러나 안토니오 델라 마사는 로베르트의 형인 도날드 레이드 카브랄의 친구였다. 그는 워싱턴과 뉴욕에서 반트루히요 음모를 지지하며 활동하는 사람이었다. 거의 자정 무렵에 잠을 깨우자, 그 젊은 의사는 이루 말할 수 없이 놀란 얼굴이었다. 그는 비밀 음모에 대해 전혀 모르고 있었다. 심지어 자기 형 도날드가 미국인들과 협력하고 있다는 사실조차 알지 못했다. 그러나 평소의 얼굴색과 말할 수 있는 힘을 되찾자, 그는 무어인 양식의 조그만 2층짜리 주택으로 그들을 급히 들어오게 했다. 그의 집은 너무 좁아서 마치 동화에 나오는 입구처럼 보였다. 그는 깨끗하게 면도한 청년이었고, 그의 다정한 눈은 당황함을 숨기기 위해 초인적인 노력을 기울이고 있었다. 그리고 임신 중인 아내 리히아에게 그들을 소개시켰다. 그녀는 그다지 불안해하지 않으면서 낯선 불청객들의 갑작스러운 침입을 기꺼운 마음으로 받아들였다. 그리고 그들에게 식당 한쪽 구석에서 잠자고 있던 두 살짜리 아들을 보여주었다.

이 젊은 부부는 음모자들을 2층에 있는 조그만 방으로 안내했다. 다락방이자 창고로 사용하는 방이었다. 거의 환기가 되지 않았고, 천장이 낮아 푹푹 쪘다. 그들이 다리를 모아 쭈그리고 앉을 만한 공간밖에 되지 않았다. 다리를 펴기 위해 일어나려면, 대들보에 부딪히지 않도록 몸을 웅크려야만 했다. 첫날 밤은 그곳이 얼마나 불편하고 더운지도 모르고 지나갔다. 그들은 푸포 로만에게 무슨 일이 일어났는지 추측하려고 애쓰면서 자그마한 소리로 이야기하며 시간을 보냈기 때문이다. 그런데 모든 게 그에게 달려 있는데 왜 모습을 감춘 것일까? 디아스 장군은 5월 24일에 푸포 장군의 생일날, 14킬로미터 지점에 있는 농장에서 그와 나누었던 대화를 떠올렸다. 그는 자신에게 시체를 보여주면 즉시 병력을 동원할 만반의 준비가 되었다고 디아스 장군과 루이스 아미아마에게 장담했다.

마르셀리노 벨레스 산타나는 숨을 이유가 없었지만, 그들과 마음이 하나라는 사실을 보여주기 위해 그곳에 머물렀다. 다음 날 아침 그는 뉴스를 듣기 위해 집에서 나갔다. 그리고 정오가 되기 조금 전에 몹시 동요된 얼굴로 돌아왔다. 그 어떤 군사 봉기의 징후도 없었다. 반대로 첩보부대의 딱정벌레 차들과 군인들이 가득 탄 군용 지프와 트럭들이 미친 듯이 이동하는 걸 보았다고 전해주었다. 순찰대가 골목골목을 샅샅이 조사하고 있었다. 남녀노소 수백 명이 집에서 끌려나와 라빅토리아, 엘누에베 혹은 라쿠아렌타 형무소로 끌려갔다는 소문이 돌고 있었다. 또한 국내 전역에서 반트루히요주의자로 추정되는 용의자들이 무차별적으로 체포되고 있었다. 라베가의 어느 친구는 벨레스 산타나 박사에게 안토니오 델라 마사의 모든 식구들, 즉 그의 아버지 비센테 씨부터 시작해서 그의 형제와 누이들, 조카들과 사촌들이 모카에서 모두 체포되었다고 알려주었다. 그리고 현재 경찰과 칼리에들이 모카를 완전히 점령하고 있었다. 후안 토마스의 집과 그의 동생 모데스토의 집, 임베르트의 집과 살바도르의 집은 철조망과 무장 경찰들에게 둘러싸여 있었다.

안토니오는 아무 말도 하지 않았다. 전혀 놀랄 이유가 없었던 것이다. 만일 음모가 성공하지 못하면 체제는 상상을 초월할 정도로 잔인하게 보복할 것임을 알고 있었다. 그는 늙은 아버지 비센테 씨와 형제자매들이 아베스 가르시아에게 학대받고 모욕받는 것을 상상하자 마음이 갑갑해졌다. 오후 한시경에 그 거리에 칼리에들이 타고 있는 두 대의 검은 폴크스바겐이 나타났다. 레이드 카브랄—그는 이웃 사람들의 의심을 사지 않도록 병원에 출근했다—의 아내 리히아는 기관단총을 든 사복 차림의 남자들이 이웃집을 수색하고 있다고 그들에게 조용히 알려주었다. 안토니오는 비록 작은 소리였지만 분노를 터뜨렸다.

"내 말대로 했어야만 해, 젠장. 쥐새끼처럼 여기에서 잡히느니 대통령궁에서 싸우다가 죽는 게 더 낫지 않았어?"

그날 내내 그들은 논의했고, 서로를 비난했다. 말다툼이 계속되자 벨레스 산타나 박사가 분통을 터뜨렸다. 그는 후안 토마스 디아스의 셔츠를 움켜잡고서 그런 멍청하고도 황당한 음모에 자기를 연루시킨 것을 원망했으며, 어떻게 음모자들의 신변을 보호할 대비책도 마련하지 못했느냐면서 비난을 퍼부었다. 그는 지금 그들에게 어떤 일이 일어날지 알고 있는 것일까? 터키인 에스트레야 사드알라가 끼어들어 두 사람이 서로 치고받고 싸우지 못하도록 말렸다. 안토니오는 토할 것 같은 느낌을 애써 참고 있었다.

둘째 날 밤에 그들은 논의하고 욕하고 비난하는 데 너무나 지친 나머지, 서로 포개져 다른 사람들 몸을 베개로 삼고서 땀을 줄줄 흘리며 후텁지근한 공기에 거의 질식한 채로 잠들었다.

사흘째 되는 날 벨레스 산타나 박사는 그들의 은신처로 〈엘카리베〉를 가져왔고, 그들은 '트루히요를 죽인 살인자들 수배'라고 적힌 커다란 헤드라인 아래로 자신들의 사진을 보았다. 그리고 그 아래서 로만 페르난데스 장군이 총통의 장례식에서 람피스를 껴안고 있는 사진을 보고, 자기들 계획이 실패로 돌아갔다는 것을 알았다. 이제 군과 시민의 합동 평의회는 물 건너간 것이었다. 람피스와 라드아메스는 귀국했고, 전국이 독재자의 죽음을 애도하며 울고 있었다.

"푸포가 우리를 배신했어." 후안 토마스 디아스 장군은 억장이 무너지는 것 같았다. 그는 이미 신발을 벗고 있었다. 그의 다리는 퉁퉁 부었고, 그는 숨을 헐떡이고 있었다.

"여기서 나가야만 해." 안토니오 델라 마사가 말했다. "이 가족에게 더 이상 폐를 끼칠 수는 없어. 만일 우리가 발견되면 그들 역시 죽음을 면치 못해."

"네 말이 맞아." 터키인이 동의했다. "그건 올바른 일이 아니야. 여기를 떠나자."

그런데 어디로 갈 것인가? 6월 2일 내내 그들은 실현 가능한 도주 계획을 생각했다. 정오가 되기 조금 전에 칼리에들을 실은 딱정벌레 차 두 대가 길 건너편에 멈추었고, 무장한 여섯 명이 맞은편 집으로 몰려가 문을 마구 때려 강제로 연 다음 안으로 들어갔다. 리히아에게서 위험을 경고받고서 그들은 권총을 준비하고 기다렸다. 그러나 칼리에들은 수갑을 채운 청년을 질질 끌고 나와서 그곳을 떠났다. 결국 안토니오의 제안이 최선의 방법인 것 같았다. 자동차나 소형 트럭을 구해 레스타우라시온 농장으로 가자는 것이었다. 그는 그곳에 소나무와 커피 나무로 가득한 농장을 가지고 있었고 트루히요의 제재소를 관리하고 있기 때문에 많은 사람들을 알고 있었다. 국경과 아주 가까워서 여차하면 국경을 넘어 아이티로 도망갈 수도 있었다. 하지만 어디서 차를 구할 수 있을까? 누구에게 차를 빌려달라고 해야 할까? 그날 밤 역시 걱정과 불안, 피로와 절망과 불확실성 때문에 괴로워하면서 그들은 한시도 눈을 붙이지 못했다. 자정이 될 무렵 집주인은 눈에 눈물을 가득 머금고서 다락방으로 올라왔다.

"이 거리에 있는 세 집이 수색을 당했어요." 그는 그들에게 간청했다. "언제라도 우리 집에 들이닥쳐 수색할 수 있어요. 난 죽는 게 두렵지 않아요. 하지만 내 아내와 아들은 어떻게 하죠? 그리고 배 속에 있는 아이는요?"

그들은 무슨 일이 있어도 다음 날 떠나겠다고 약속했다. 그리고 6월 4일 해거름이 질 무렵 그렇게 했다. 살바도르 에스트레야 사드알라는 혼자 떠나기로 결정했다. 그는 어디로 가야 할지 몰랐지만, 이름과 얼굴이 텔레비전과 신문에 가장 많이 등장한 후안 토마스나 안토니오와 함께 가는 것보다는 혼자 행동하는 것이 도피에 성공할 가능성이 높다고 생각했다. 터키인이 해가 질 무렵인 오후 여섯시 십 분 전에 가장 먼저 떠났다. 레이드 카브랄 부부의 침실 블라인드 사이로 그가 급히 길모퉁이로 걸어가더니 그곳에서 손을 들어 택시를 세우는 모습이 보였다. 안토니오는 몹시 심란했다. 터키인은 그의 가장 친한 친구였지만 그 빌어먹을 밤 이후 두 사람은 완전히 화해하지 못했기 때문이다. 그와 터놓고 화해할 기회가 영영 없을지도 몰랐다.

마르셀리노 벨레스 산타나 박사는 몹시 의기소침해 있던 자기 동료이자 친구인 레이드 카브랄 박사와 잠시 더 남아 있기로 결정했다. 안토니오는 수염을 깎고 다락방에서 찾아낸 낡은 모자를 귀까지 가릴 정도로 푹 눌러썼다. 반면에 후안 토마스 디아스는 변장하려는 최소한의 노력도 기울이지 않았다. 두 사람은 벨레스 산디나 박사와 포옹했다.

"언짢게 생각하지 않지요?"

"그런 감정은 추호도 없어요. 행운을 빕니다."

그들이 레이드 카브랄 박사의 환대에 감사를 표하자, 리히아는 울음을 터뜨리면서 성호를 긋고 '하느님, 제발 저들을 지켜주소서'라고 기도했다.

그들은 손을 주머니에 넣은 채 권총을 잡고서 텅 빈 거리로 여덟 블록을 걸어갔다. 그렇게 해서 안토니오 델라 마사의 동서의 동생인 토니토 모타의 집에 이르렀다. 그는 포드 소형 트럭을 가지고 있었다. 아마 그들에게 빌려주거나 아니면 훔쳐가는 데 동의할지도 몰랐다. 그러나 토니토는 집에 없었고, 그 차도 차고에 없었다. 그들에게 문을 열어준 집사는 즉시 델라 마사를 알아보았다. "안토니오 씨! 어쩐 일로 여기까지 왔습니까?" 그는 몹시 당황스럽고 겁에 질린 표정을 지었다. 안토니오와 디아스 장군은 그들이 그곳을 떠나자마자 그가 경찰을 부를 것이라고 확신하고서 급히 발길을 재촉했다. 도대체 어떻게 해야 할지 몰랐다.

"한 가지 말해도 될까, 후안 토마스?"

"뭔데, 안토니오?"

"난 그 쥐덫에서 나오게 되어 정말 행복해. 그 더위와 숨도 제대로 쉴 수 없는 먼지 구덩이에서 빠져나오게 된 게 너무 기뻐. 시원한 공기를 마시니 이렇게 좋은걸! 내 폐가 깨끗해지는 느낌이야."

"지금 자네의 말이 이렇게 들리는 것 같군. '자, 시원한 맥주나 마시면서 인생이 얼마나 아름다운지 축하하자고.' 그런데 도대체 그런 배짱은 어디서 나오는 건가?"

두 사람은 킥킥거리면서 웃었다. 파스퇴르 거리에서 두 사람은 한참 동안 택시를 잡으려고 했다. 하지만 지나가는 택시들마다 모두 손님이 타고 있었다.

"그 도로에 내가 당신들과 함께 있지 않았던 게 유감이야." 갑자기 중요한 게 생각났다는 듯이 디아스 장군이 말했다. "나 역시 염소에게 총을 쐈어야 했는데, 그 기회를 놓쳐버렸어. 제기랄!"

"후안 토마스, 자네는 그곳에 있었던 것과 마찬가지야. 조니 아베스, '검둥이', 페탄, 람피스에게 물어보면 알게 될 거야. 그들에게는 자네 역시 우리와 함께 고속도로에 있으면서 수령에게 총탄 세례를 퍼부은 사람이네. 그러니 걱정 마. 내 총탄 중의 한 알은 자네를 위해 쏜 것이니까."

마침내 택시 한 대가 섰다. 그들은 택시에 올라탔고, 그들이 머뭇거리며 목적지를 말하지 않자, 긴팔 셔츠를 입은 머리카락이 희끗희끗하고 뚱뚱한 검둥이 운전사가 뒤로 돌아 그들을 쳐다보았다. 그의 눈에서 안토니오 델라 마사는 그가 그들을 알아보았다는 것을 감지했다.

"산마르틴으로 갑시다." 안토니오가 말했다.

운전사는 아무 말도 하지 않은 채 고개를 끄덕였다. 잠시 후 그는 기름이 떨어져가고 있다고 중얼댔다. 연료 탱크를 가득 채워야만 했다. 그는 교통량이 더 많은 3월 30일가를 지났고, 산마르틴 거리와 티라덴테스 거리가 만나는 길모퉁이의 텍사코 주유소에 차를 세웠다. 그리고 연료 탱크를 열어주기 위해 차에서 내렸다. 안토니오와 후안 토마스는 이제 손에 권총을 들고 있었다. 델라 마사는 오른쪽 신발을 벗어 신발 굽을 만지작거리더니, 셀로판지로 만든 조그만 봉지를 꺼내 주머니에 넣었다. 후안 토마스가 궁금하다는 표정으로 쳐다보자 이렇게 설명했다.

"스트리크닌이야. 광견병에 걸린 개에게 사용할 거라고 말하고서 구입했지."

뚱뚱한 장군은 거드럭거리면서 어깨를 으쓱했고, 그에게 자기 권총을 보였다.

"이것보다 더 좋은 스트리크닌은 없어. 독약은 개나 여자들이 사용하는 거야. 이런 멍청한 것 가지고 엉뚱한 짓 하지 말게. 게다가 자살하려면 청산칼리를 써야지, 스트리크닌은 아무 소용도 없어, 이 바보야."

두 사람은 다시 웃었다. 슬프면서도 격렬한 웃음이었다.

"카운터에 있는 작자를 눈여겨보았어?" 안토니오 델라 마사가 차창 밖을 가리켰다. "누구에게 전화 걸고 있는 것 같아?"

"그녀의 음부가 뭘하고 있는지 묻기 위해 전화 걸고 있는 거겠지."

안토니오 델라 마사는 다시 웃음을 터뜨렸다. 이번에는 정말로 솔직하고 길게 지속된 웃음이었다.

"도대체 왜 웃는 거야?"

"우습다고 생각하지 않아?" 안토니오가 이제는 심각하게 말했다. "두 사람이 이 택시 안에 있다는 게. 여기서 도대체 뭘하는 거지? 우리는 어디로 가야 할지도 모르고 있잖아."

그들은 운전사에게 식민지 지역으로 돌아가라고 지시했다. 안토니오가 무언가를 생각해냈던 것이다. 구도심에 도착하자, 그들은 택시 운전사에게 비이니 거리에서 에스파이야트 거리로 들어가라고 말했다. 그곳에는 두 사람이 알고 있던 헤네로소 페르난데스 변호사가 살고 있었다. 안토니오는 그가 트루히요에 관해 독설을 내뱉는 소리를 들었다. 어쩌면 차량을 지원해줄지도 몰랐다. 변호사는 현관으로 나왔지만 안으로 들어가도록 하지는 않았다. 그는 눈을 깜빡거리면서 공포에 질린 표정으로 그들을 쳐다보다가, 충격에서 회복된 듯 화를 벌컥 내면서 그들을 호되게 꾸짖었다.

"지금 미쳤나? 어떻게 날 위험에 빠뜨릴 생각을 할 수 있나? 방금 전 맞은편 집으로 누가 들어갔는지 알고 있나? 주정뱅이 입헌의원이야! 내게 이런 일을 하기 전에 조금이라도 생각할 수 없나? 자, 어서 가게, 어서 떠나주게. 난 가족이 있는 몸이네. 자네들이 날 아무리 좋아한다고 하더라도, 지금은 어서 떠나게. 떠나달란 말이네! 난 아무 도움도 줄 수 없는 하찮고 비열한 인간이네."

그러고서 그들의 코앞에서 문을 쾅 닫아버렸다. 두 사람은 택시로 돌아갔다. 늙은 검둥이 운전사는 그들을 쳐다보지 않은 채 유순하게 운전석에 앉아 있었다. 잠시 후 그가 중얼거렸다.

"이제는 어디로 갈까요?"

"인데펜덴시아 공원으로." 안토니오가 말했다. 하지만 그저 행선지를 대기 위해 아무 생각 없이 한 말이었다.

이미 길거리의 가로등은 켜져 있었고, 사람들은 보도로 나와 시원한 공기를 들이마시고 있었다. 차가 출발한 지 몇 초 후 운전사가 그들에게 경고했다.

"우리 뒤에 딱정벌레 차가 있습니다. 정말 유감입니다."

안토니오는 안도했다. 아무런 행선지도 없는 이 우스꽝스러운 여행이 마침내 끝나가고 있었던 것이다. 멍청하고 바보처럼 죽느니, 차라리 총을 쏘면서 목숨을 마감하는 편이 나았다. 그들은 뒤를 돌아보았다. 10미터 간격을 두고 초록색의 폴크스바겐 두 대가 그들을 뒤쫓고 있었다.

"난 죽고 싶지 않아요." 택시 운전사가 성호를 그으며 애원했다. "은총이 가득하신 마리아여, 저를 보살펴주소서!"

"좋아요. 어떻게든 좋으니 공원으로 가서 길모퉁이에 있는 철물점에 내려주시오." 안토니오가 말했다.

그곳의 교통은 매우 번잡했다. 운전사는 트럭과 출입문까지 승객들이 매달려가던 만원 버스 사이로 파고들었다. 그리고 레이드 철물점의 커다랗고 두꺼운 판유리 입구로부터 몇 미터 떨어지지 않은 곳에서 급제동을 걸었다. 손에 권총을 든 채 차에서 내리면서, 안토니오는 마치 그들을 환영하듯이 공원의 불이 켜지고 있다는 걸 알았다. 거기

에는 구두닦이 소년들, 행상인들, 카드놀이꾼들, 부랑자들과 거지들
이 벽에 기대어 있었다. 과일과 튀긴 음식 냄새가 났다. 그는 후안 토
마스의 걸음을 재촉하기 위해 뒤를 돌아보았다. 그는 뚱뚱한데다가
피로에 지쳐 안토니오의 발걸음과 제대로 보조를 맞추지 못했다. 그
런데 그때 뒤에서 총소리가 울렸다. 동시에 고막이 찢어질 것 같은 비
명 소리. 사람들은 자동차 사이로 뛰어갔고, 자동차들은 보도로 올라
왔다. 안토니오는 광분한 목소리를 들었다. "항복하라, 개자식아!"
"너희들은 포위되었다, 개새끼들아!" 피로에 지친 후안 토마스가 걸
음을 멈추는 것을 보자, 그도 후안 토마스 옆에서 걸음을 멈추고 총을
발사하기 시작했다. 무작정 총을 쏘았다. 칼리에들과 경찰들은 바리
케이드처럼 폴크스바겐 차로 도로를 열십자로 막아 교통을 차단하고
는 그 차들을 방패로 삼고 있었다. 그는 후안 토마스가 무릎을 꿇으며
쓰러지는 것을 보았고, 그가 권총을 입으로 가져가는 것을 보았다. 그
러나 그는 자신에게 총을 쏠 수 없었다. 여러 발의 총알을 맞아 쓰러
졌기 때문이다. 그도 수많은 총탄을 맞았지만, 아직 죽지 않고 있었
다. '난 죽지 않았어, 이 개자식들아. 난 죽지 않았어.' 그는 권총에 장
전된 총알을 모두 쏜 후, 손을 바닥에서 주머니로 가져가려고 애썼다.
스트리크닌을 삼키기 위해서였다. 그러나 빌어먹을 손이 말을 듣지
않았다. 하지만 그럴 필요는 없었다. 그는 막 시작된 밤에서 반짝이는
별들을 보았고, 타비토의 웃는 얼굴을 보았으며, 다시 젊어진 것 같다
고 느꼈다.

20

그를 악취 풍기는 진창에 남겨둔 채 총통의 리무진이 출발하자, 호세 레네 로만 장군은 머리끝에서 발끝까지 덜덜 떨었다. 마치 그가 초급 장교 시절에 아이티와 도미니카 국경 주둔지인 데하본에서 보았던, 말라리아에 걸려 죽어가는 병사들 같았다. 트루히요가 가족과 이방인들 앞에서 그를 그토록 무자비하게 다루면서, 온갖 핑계를 갖다 붙이며 그를 바보천치라고 부르고, 그가 존경받을 가치가 없는 인물이라고 느끼게 한 것은 실로 오래된 일이었다. 그러나 결코 오늘 밤에 보여준 것처럼 그를 극단적으로 경멸하거나 치욕적인 막말을 퍼부은 적은 없었다.

그는 산이시드로 공군 기지로 가기 전에 덜덜 떨리는 몸과 마음이 어느 정도 평정을 되찾을 때까지 기다렸다. 초소 경비병은 국방부 장관이 한밤중에 진흙 범벅이 된 채 걸어오는 것을 보고 소스라치게 놀랐다. 산이시드로 기지 사령관이자 로만의 처남이며 미레야와 쌍둥이 형제인 비르힐리오 가르시아 트루히요 장군은 자리에 없었다. 그러나 국방부 장관은 다른 장교들을 소집해 심하게 질책했다. 그러면서 각하를 분노하게 만든 망가진 하수관을 즉시 수리할 것이며, 그러지 않을 경우 중대한 처벌을 받을 것이라고 경고했다. 수령님은 그걸 확인하러 오실 것이고, 모든 장교들은 그가 청결 문제와 관련해서는 한 치의 흠도 허락하지 않는다는 사실을 잘 알고 있었다. 그는 지프를 부르라고 지시했고, 운전사에게 집으로 가자고 명령했다. 그는 기지를 떠나기 전에 옷을 갈아입지도 않았고 얼굴과 손을 씻지도 않았다.

트루히요 시로 향하는 지프에서 그는 자기가 벌벌 떤 것이 수령님의 거친 말 때문이 아니라 자선가가 무척 화가 나 있다는 전화를 받은 순간부터 계속된 긴장 때문이 아닐까 생각했다. 하루 종일 그는 수령님이 그의 친구인 루이스 아미아마와 또 다른 친구인 후안 토마스 디아스가 획책하고 있던 음모를 안다는 것은 불가능하다고, 절대로 있을 수 없는 일이라고 수천 번도 넘게 되뇌었다. 만일 그런 음모를 알았더라면 전화로 호출할 게 아니라, 그를 체포하라는 명령을 내렸을 것이고, 그러면 그는 지금쯤 라쿠아렌타나 엘누에베 형무소에 있을 것이었다. 그렇지만 약간의 의문이 남아 심란한 나머지 저녁식사를 입에도 댈 수 없었다. 어쨌거나 기분 나쁜 순간이 있었지만 자선가가 심한 말을 한 것은 망가진 하수관 때문이지 음모를 눈치챈 게 아니었다는 사실에 그는 안도했다. 트루히요가 모든 것을 알고 있을지도 모른다는 생각만 해도 온몸이 부르르 떨렸다.

그는 많은 이유로 고발당하거나 비난받을 수 있었지만, 절대로 겁쟁이는 아니었다. 사관생도 시절부터, 그리고 모든 직책에서 그는 물불을 가리지 않는 용기를 보여주었고, 위험 앞에서도 대담하게 행동했다. 그래서 동료들과 부하들에게 남자답다는 명성을 얻었다. 그는 권투 글러브를 끼건 맨주먹으로 싸우건, 싸움에는 일가견이 있었다. 그는 그 누구도 자기를 업신여기지 못하도록 했다. 그러나 수많은 장교들처럼, 그리고 수많은 도미니카 사람들처럼, 수령님 앞에만 있으면 그의 용맹과 체면은 씻은 듯이 사라져버렸다. 그에 대한 복종심과 존경심이 솟구쳐 이성과 근육이 마비되기 일쑤였다. 그는 왜 수령님 앞에만 있으면, 그리고 왜 염소와 같은 고음의 목소리와 뚫어지게 쳐다보는 시선 앞에만 있으면 기운을 잃어버리는 것인지 자기 자신에게 수없이 묻곤 했다.

그는 트루히요가 어떤 성격이며 어떤 힘을 지니고 있는지 잘 알고 있었다. 그래서 5개월 반 전에 루이스 아미아마가 처음으로 이 체제에 종지부를 찍기 위한 음모에 관해 말했을 때, 즉시 이렇게 대답했다.

"납치한다고? 그건 바보 같은 짓이야! 그가 살아 있으면 아무것도 바꿀 수 없어. 죽여야만 해."

그들은 몬테크리스티의 구아유빈에 있는 루이스 아미아마의 바나나 농장에 있었다. 화사한 햇볕이 내리쬐는 테라스에 앉아 유유히 흘러가는 야케 강의 흙탕물을 바라보고 있었다. 그의 친구인 루이스 아미아마는 트루히요 정권이 국가 전체를 파멸로 몰아가고 쿠바와 같은 공산주의 혁명을 재촉하고 있으며, 따라서 그와 후안 토마스가 그것을 저지하기 위한 작전을 짜고 있다고 설명했다. 그것은 미국의 지원을 받는 중대한 계획이었다. 미국 대표부의 헨리 디어본, 존 밴필드, 밥 오언이 공식적으로 지지를 약속했으며, 트루히요 시의 CIA 책임자인 로렌소 D. 베리("웜피스 슈퍼마켓 주인 말인가?" "그래, 바로 그 사람이네")에게 자금과 무기와 폭탄을 제공하라고 요청했다. 미국은 베네수엘라 대통령 로물로 베탕쿠르에 대한 암살 기도 이후 트루히요의 난폭무도한 행위에 불편함을 감추지 않았고 그를 제거하고자 했다. 그러나 동시에 그들은 제2의 피델 카스트로가 도미니카 정권을 대체하지 않도록 확실히 하고 싶어 했다. 그래서 뚜렷한 반공주의자인 이 진지한 그룹을 지원하여, 군과 시민의 합동 평의회를 구성하고 6개월 후 총선거를 치르도록 한다는 게 미국의 구상이었다. 아미아마, 후안 토마스와 미국인들은 푸포 로만이 평의회 의장을 맡는다는데 의견의 일치를 보았다. 군의 협력을 이끌어내고 민주주의로의 차분한 전환을 보장하는 데 푸포 로만만 한 적임자가 있을까?

"납치해서 사임을 요구한다고?" 푸포는 진저리를 쳤다. "당신은 지금 우리가 어떤 나라에 있고, 어떤 사람을 상대로 하는지 잘못 알고 있는 것 같소. 마치 모르는 것 같소. 그는 절대로 생포될 사람도 아니고, 요구받는다고 해서 사퇴할 사람도 아니오. 당신들은 그를 죽여야만 하오."

지프를 운전하는 하사는 아무 말 없이 운전했고, 로만은 그가 가장 좋아하는 담배 러키 스트라이크를 깊이 빨았다. 그는 어쩌자고 음모에 참여하기로 동의했던 것일까? 이미 은총을 잃고 군에서 쫓겨난 후안 토마스와는 달리, 그는 자칫 잘못하면 모든 걸 잃어버릴 수 있었다. 군인으로서는 가장 높은 직책에 올라갔고, 비록 사업이 망하긴 했지만 그 농장들은 아직 그의 소유였다. 농장들은 경매에 넘어가기 직전에 수령이 농업은행에 40만 페소를 갚아주면서 가까스로 보전되었다. 물론 수령이 그의 빚을 갚아준 것은 그를 배려하고 존중해서가 아니었다. 그는 자기 가족은 절대로 나쁜 인상을 남기지 말아야 하고, 가족과 친척들에게 하나의 오점도 없어야 한다고 생각했다. 분명히 권력에 대한 욕심 때문도 아니었다. 음모가 성공하면 도미니카 공화국의 임시 대통령으로 지명될 것이며, 그러면 후에 대통령으로 당선될 가능성도 높다고 계산하고 음모를 지지하기로 한 것이 아니었다. 로만 장군은 미레야와 결혼하면서 특권적이고 그 누구도 손을 댈 수 없는 가족의 일원이 되었다. 하지만 견혼 이후 트루히요에게 무진한 모욕을 당했고, 시간이 지날수록 그것은 원한과 증오가 되었다. 그것이 바로 그가 음모를 지지하게 된 원인이었다. 그가 트루히요 가족이었기 때문에, 수령은 다른 사람들보다 빨리 그를 승진시켰고 중요한 직책에 임명했으며, 종종 현금이나 보조금 형식으로 선물을 주면서 풍족한 삶을 영위할 수 있게 해주었다. 하지만 그는 그런 수훈이나 은혜를 수령의 오만한 태도와 온갖 수모를 받아들이는 것으로 변제해야만 했다. '내게는 그게 더 중요한 거야'라고 그는 생각했다.

최근 5개월 반 동안 총통이 그에게 창피를 줄 때마다, 로만 장군은 지프가 라드아메스 다리를 건너는 지금처럼 생각했다. 즉 트루히요가 그를 하등의 가치도 없는 인간으로 느끼게 한 것과는 달리, 자기가 필요한 자질을 갖춘 사람으로, 스스로의 삶을 가진 사람으로 느끼게 될 것이라고 여겼다. 비록 루이스 아미아마와 후안 토마스는 그의 그런 자질을 의심하지 않았지만, 그는 자기가 그렇게 무능하고 쓸모없는 인간이 아니라는 것을 트루히요에게 증명하기 위해 음모에 가담한 것이었다.

그가 요구한 조건은 매우 구체적이었다. 그는 자기 두 눈으로 수령이 처형되었다는 것을 보기 전에는 손가락 하나 까딱하지 않을 것이며, 수령의 시체를 확인한 후에야 군대를 동원하고 트루히요의 형제들과 조니 아베스 가르시아를 시작으로 체제와 가장 밀접하게 연루된 장교들과 시민들을 체포할 것이라고 말했다. 그는 루이스 아미아마나 디아스 장군에게 그가 음모에 참여하고 있다는 사실을 그 누구에게도 언급하지 말라고 요구했고, 심지어 행동대장인 안토니오 델라 마사도 모르게 해달라고 말했다. 또한 서면 메시지나 전화 통화가 아니라 오로지 직접 만나서만 대화할 것을 요구했다. 그는 조심스럽게 자기가 신임하는 장교들을 핵심 직책에 임명하기 시작할 것이며, 그래서 거사날이 되면 모든 군 기관이 그의 명령에 일사분란하게 복종하게 만들겠다고 약속했다.

실제로 그는 그렇게 했다. 그는 도미니카에서 두번째로 큰 산티아고 델로스 카바예로스 요새의 책임자로 군사학교 동료이며 친한 친구인 세사르 A. 올리바 장군을 임명했다. 또한 데하본에 주둔한 제4여단장으로 자신의 충성스러운 협력자 가르시아 우르바에스 장군을 임명할 만반의 준비를 갖추었다. 구아로와는 그다지 친하지 않았지만, 그는 행동 그룹의 대원인 터키인 에스트레야 사드알라의 형제였기 때문에 터키인의 편에 설 것이라고 추정하는 건 당연했다. 그는 이 같은 계획을 이들 장군들에게도 밝히지 않았다. 그는 너무나 영리해서 발설의 위험을 감수할 사람이 아니었던 것이다. 그러나 일단 사건이 벌어지면 그들은 주저하지 않고 그의 편에 설 것이라고 확신했다.

그런데 그게 언제 일어날까? 임박했다는 것은 의심의 여지가 없었다. 푸포 장군의 생일인 5월 24일, 즉 거사 6일 전에 루이스 아미아마와 후안 토마스 디아스는 푸포의 별장으로 초대받았고, 그에게 만반의 준비가 되었다고 자신 있게 말했다. 후안 토마스는 "언제라도 가능해, 푸포"라고 단호하게 말했다. 호아킨 발라게르 대통령도 그가 이끄는 군과 시민의 합동 평의회의 일원이 되는 걸 수락할 것이라고 말해주었다. 그는 두 사람에게 자세하게 설명해달라고 요구했지만, 그들은 그런 정보를 줄 수 없었다. 발라게르에게 접근한 사람은 안토니오 델라 마사의 여자 사촌인 인디시니이 결혼한 빌리케그의 아닉 주지의 라파엘 바트예 비냐스 박사였다. 그는 꼭두각시 대통령에게 트루히요가 갑자기 사라질 경우 '애국자들과 협력할' 의사가 있는지 의중을 떠보았다. 그는 "헌법에 따르면, 트루히요가 사라질 경우 내 의견을 고려해야 할 겁니다"라고 알쏭달쏭한 대답을 했다. 그게 좋은 소식일까? 푸포 로만은 관리나 지식인을 믿지 못할 위인들이라고 생각했던 것처럼, 부드럽고 교활하고 왜소한 그 사람을 본능적으로 불신했다. 그가 무슨 생각을 하고 있는지 알기란 불가능했다. 다정한 태도와 교묘한 달변 뒤에는 항상 수수께끼 같은 것이 숨어 있었다. 하지만 어쨌거나 그의 친구들이 말한 것은 사실이었다. 즉 발라게르가 연루되면 양키들을 안심시킬 수 있을 터였다.

가스쿠에 있는 그의 집에 도착했을 때는 밤 아홉시 반이었다. 그는 지프를 산이시드로 기지로 돌려보냈다. 미레야와 그날 비번이라 부모를 만나러 왔던 젊은 육군 중위인 그의 아들 알바로는 푸포가 진흙투성이의 모습으로 나타나자 놀라움을 금치 못했다. 그는 더러운 옷을 벗는 동안 그들에게 있었던 일을 설명했다. 그리고 미레야에게 그녀의 동생인 비르힐리오 가르시아 트루히요 장군에게 전화를 걸게 해서 수령님이 노발대발했다는 말을 전해주었다.

"미안하네, 비르힐리오. 하지만 난 자네를 견책해야만 하네. 내일 열시 전에 내 사무실로 오게나."

"젠장, 하수관이 망가졌다고 그런 호들갑을 떨었단 말이야, 빌어먹을!" 비르힐리오가 재미있다는 듯이 소리쳤다. "아직도 자기 성질을 주체하지 못하는군!"

그는 샤워를 했고, 머리끝에서 발끝까지 비누칠을 했다. 욕조에서 나오자, 미레야가 깨끗한 파자마와 실크 실내복을 건네주었다. 그가 수건으로 물기를 닦고 오드콜로뉴를 뿌리고 옷을 입는 동안, 그녀는 그의 옆에 있어주었다. 수령을 비롯해서 많은 사람들이 생각하던 것처럼 그는 사리사욕을 위해 미레야와 결혼한 게 아니었다. 그는 까무잡잡하고 수줍은 아가씨를 사랑하게 되었고, 그래서 트루히요의 반대에도 불구하고 목숨을 걸고 그녀에게 청혼했다. 그들은 행복한 부부였다. 20년 넘게 함께 살아오는 동안 싸우지도 않았고 별거한 적도 없었다. 미레야와 아들 알바로와 식탁에서 이런저런 말을 하면서—그는 배고프지 않아서 럼주에 몇 개의 얼음을 띄워 마셨다—아내가 어떤 반응을 보일지 생각했다. 남편을 편들까? 아니면 가족 편을 들까? 그런 의문이 들자 궁금해 죽을 지경이었다. 그는 미레야가 수령님의 무시하는 태도에 화를 내는 걸 수없이 보았다. 그래서 아마도 자기편으로 추가 기울 것이라고 생각했다. 게다가 도미니카 여자치고 영부인이 되길 원치 않는 사람이 있을까?

저녁식사가 끝나자, 알바로는 친구들과 맥주를 마시러 나갔다. 미레야와 그는 2층에 있는 침실로 올라가서 〈도미니카의 목소리〉 방송을 틀었다. 유행하는 가수와 오케스트라의 댄스음악 프로그램이 나오고 있었다. 경제 제재 이전에 이 방송국은 라틴아메리카의 유명한 연주자와 가수들을 데려올 수 있었지만, 지난해의 위기로 인해 페탄 트루히요가 이끄는 방송국의 거의 모든 텔레비전 프로그램에는 도미니카 출신들만 출연하고 있었다. 루이스 알베르티가 지휘하는 총통 오케스트라의 메렝게와 단손을 듣는 동안 미레야는 교히아이 문제가 어서 끝났으면 좋겠다면서 걱정스럽게 말했다. 좋지 않은 분위기가 감돌고 있으며, 친구들과 카드놀이를 하면서 혁명이 일어날지 모르며, 그러면 케네디가 해병대를 파병할 거라는 소문을 들었다고 했다. 푸포는 아내를 안심시키면서, 수령님은 이번에도 자기 방식대로 일을 해결할 것이며, 나라는 다시 평화롭고 번영할 것이라고 대답했다. 그러나 그는 그렇게 말하는 자신의 목소리가 너무나 거짓처럼 들린 나머지 기침을 하는 척하면서 말을 멈췄다.

잠시 후 자동차가 급제동하더니 미친 듯이 빵빵거리는 경적 소리가 들렸다. 장군은 침대에서 뛰어내려 창문을 내다보았다. 그리고 '면도칼' 아르투로 에스파이야트 장군이 차에서 내리는 것을 보았다. 가로등 불빛을 받아 누런 색깔을 띤 그의 얼굴을 보자 그의 심장이 쾅쾅 뛰었다. 일이 일어나고 만 것이다.

"무슨 일인가, 아르투로?" 그가 창문으로 고개를 내밀면서 물었다.

"아주 중대한 일이네." 에스파이야트 장군이 다가오면서 말했다.

"아내와 함께 '엘포니'에 있었는데, 수령님의 시보레 자동차가 지나갔네. 그런데 잠시 후 총소리가 들렸네. 무슨 일인지 보러 갔는데 고속도로 한복판에서 총격전이 벌어지고 있었네."

"내려가겠네. 지금 내려가네." 푸포 로만이 소리쳤다. 미레야는 나이트가운을 걸치면서 성호를 그었다. "하느님, 제 삼촌을 보호해주소서! 저 말이 사실이 아니길, 하느님!"

그 순간 이후의 몇 분과 몇 시간은 그의 운명과 그의 가족의 운명뿐만 아니라 음모자들의 운명, 그리고 장기적으로는 도미니카 공화국의 운명을 결정지었다. 호세 레네 로만 장군은 자기가 무엇을 해야 할지 아는 명석한 사람이었다. 그는 계단을 내려가면서, 만일 그가 목숨을 부지하고 음모가 실패하지 않으려면 그런 상황에서 유일하게 현명한 행동은 가서 대문을 열어주고 전 첩보부대장에게 자기 권총에 장전된 총알을 모두 쏘아버리는 것이라는 사실을 알았다. '면도칼'은 체제의 범죄에 깊숙이 연루된 사람이었고, 트루히요의 명령에 의해 자행된 수많은 납치와 협박과 고문과 살인의 실행자였다. 이런 전력 때문에 에스파이야트는 감옥에 가거나 살해당하지 않으려면 트루히요와 체제에 무조건적인 충성을 하는 수밖에 다른 도리가 없었다.

그는 이런 것을 잘 알고 있었지만, 문을 열어주고 에스파이야트 장군과 그의 아내를 집 안으로 들어오게 했다. 그는 '면도칼'의 아내 리히아 페르난데스 데 에스파이야트의 뺨에 인사로 키스를 하면서 마음을 진정시켰다. 그녀는 자제심을 잃어버린 채 종잡을 수 없는 말을 중얼거렸다. '면도칼'은 그에게 정확하고 자세하게 설명했다. 그의 차가 접근하자, 그는 권총과 카빈총과 자동 소총에서 뿜어져 나오는 굉음을 들었고, 번쩍이는 화약 불빛 속에서 수령님의 시보레 자동차를 알아보았으며, 고속도로 한복판에서 총을 쏘는 사람을 볼 수 있었다. 그러면서 그 사람은 트루히요인 것 같다고 말했다. 하지만 그는 무장을 하지 않은 상태라 도와줄 수 없었다. 자칫 리히아가 총에 맞을지도 모른다는 두려움에 사로잡혀 이곳으로 달려왔던 것이다. 그건 15분 전, 길게 잡아도 20분 전에 일어난 사건이었다.

"잠깐만 기다리게. 옷을 갈아입어야겠네." 로만은 계단을 뛰어 올라갔고, 미레야도 그의 뒤를 쫓아왔다. 그녀는 마치 정신 나간 여자처럼 손과 고개를 흔들어대고 있었다.

"'검둥이'에게 알려야 해요." 그가 평상 제복을 입는 동안 그녀가 소리쳤다. 그녀는 그의 대답도 듣지 않은 채 전화기로 달려가 다이얼을 돌렸다. 그녀가 '검둥이'와 통화하지 못하도록 막아야 한다는 사실을 알았지만, 그는 그렇게 하지 않았다. 그는 수화기를 들었고, 셔츠의 단추를 채우면서 엑토르 비엔베니도 트루히요 장군에게 말했다.

"방금 전에 산크리스토발 고속도로에서 각하에 대한 공격으로 추정되는 사건이 일어났다는 보고를 받았습니다. 저는 지금 현장으로 출동할 예정입니다. 다른 정보가 들어오는 대로 즉시 알려드리겠습니다."

그는 옷을 입고서 이미 장전되어 있던 M1 소총을 들고 아래층으로 내려갔다. '면도칼'에게 총을 쏴서 그의 목숨을 끊어버리는 대신, 그는 이번에도 그의 생명을 보전해주었다. 그리고 에스파이야트가 쥐새끼 같은 눈으로 심히 걱정스러운 표정을 지으면서 참모본부에 경보를 발령하고 전국에 통행 금지령을 선포하라고 조언하자 고개를 끄덕였다. 로만 장군은 '12월 18일 요새'에 전화를 걸어 모든 주둔부대는 무장한 채 대기하고, 수도로 향하는 연결 도로를 전부 봉쇄하라고 지시했다. 그런 다음 내륙 지방에 있는 수비대 사령관들에게 긴급 사태가 일어났으며 빠른 시간 내에 전화나 무전으로 연락을 취할 것이라고 알렸다. 그는 결코 돌이킬 수 없는 시간을 허비하고 있었지만, 그런 식으로 행동하지 않을 수 없었다. 그래야만 '면도칼'이 일말의 의심도 떨쳐버릴 거라고 생각했던 것이다.

"가세." 그는 에스파이야트에게 말했다.

"난 리히아를 집에 데려다주겠네." '면도칼'이 대답했다. "고속도로에서 만나도록 하지. 대략 7킬로미터 지점이네."

그가 승용차의 운전대를 잡고 출발하자, 푸포 로만은 즉시 자기 집에서 얼마 떨어져 있지 않은 후안 토마스 디아스의 집으로 가서 살해 계획이 성공적으로 수행되었는지—그는 그럴 것이라고 확신하고 있었다—확인하고 쿠데타에 돌입할 것인지 알아봐야 한다는 것을 알았다. 이제는 더 도망칠 방법이 없었다. 트루히요가 죽었건 부상당했건, 그는 공범자였기 때문이다. 그러나 후안 토마스 디아스나 루이스 아미아마의 집으로 가지 않고, 그는 조지 워싱턴 가로수 길로 자동차를 몰았다. 가축 박람회장 근처에서 그는 차 안에서 신호를 보내는 사람을 보았다. 트루히요 개인 경호대장인 마르코스 안토니오 호르헤 모레노 대령이 포우 장군과 함께 타고 있었다.

"우리는 지금 몹시 걱정하고 있습니다." 모레노가 차창 밖으로 머리를 내밀면서 소리쳤다. "각하가 아직도 산크리스토발에 도착하지 않았습니다."

"암살 기도가 있었네." 로만이 알려주었다. "날 따라오게!"

7킬로미터 지점에 이르자, 그는 모레노와 포우의 전등 불빛 속에서 총탄으로 벌집이 되어버린 검은 시보레 자동차와 박살난 유리창, 그리고 아스팔트를 적신 핏자국을 보았다. 그는 살해 계획이 성공했다는 것을 알았다. 그 정도로 총탄 세례를 받았으면 죽지 않을 리가 없었다. 따라서 그는 자칭 철저한 트루히요 신봉자라고 말하던 모레노와 포우를 자기편으로 만들거나 죽여버려야만 했고, 에스파이야트와 다른 군인들이 도착하기 전에 안전하게 머무를 수 있는 '12월 18일 요새'로 달려가야만 했다. 하지만 역시 그렇게 하지 않았다. 오히려 그는 모레노와 포우처럼 침통한 표정을 지은 채 그들과 함께 주변 지역을 살펴보았고, 대령이 잡초 속에서 권총은 발견되지 기뻐했다. 삼시 후 '면도칼'이 그곳에 왔고, 경찰차와 경비병들이 속속 도착했다. 그는 그들에게 계속 수색하라고 지시했으며, 참모본부로 가야겠다고 생각했다.

그는 자신의 관용차에 앉았다. 그러자 그의 운전사인 상병 모로네스는 '12월 18일 요새'로 향했다. 그는 차 안에서 러키 스트라이크 담배를 여러 개비 피웠다. 루이스 아미아마와 후안 토마스는 총통의 시체를 싣고 다니면서 그를 미친 듯이 찾고 있을 게 분명했다. 그는 그들에게 자기가 어디에 있는지 알려줄 의무가 있었다. 그러나 그렇게 하지 않았다. 참모본부에 도착하자 그는 경비병들에게 어떤 일이 있어도 지위 고하를 막론하고 민간인을 들여보내지 말라고 지시했다.

그는 요새의 분위기가 부산하다는 것을 알았다. 정상적인 상황이라면 이 시간에 도저히 있을 수 없는 일이었다. 그는 지휘소인 집무실로 성큼성큼 올라가면서 그에게 경례하는 장교들에게 다정하게 답례했다. 또한 "장군님, 가축 박람회장 맞은편에 상륙하려는 겁니까?"라는 질문을 들었지만 대답하지 않고 지나쳤다.

그는 가쁜 숨을 몰아쉬고 심장이 쿵쿵 뛰는 걸 느끼면서 집무실로 들어갔다. 그곳에는 고위급 장교들이 스무 명 남짓 모여 있었다. 이미 여러 번 호기를 놓쳐버렸지만, 아직도 계획을 실행에 옮길 기회가 남아 있다는 것을 충분히 알 수 있었다. 그를 보자 군화 뒤꿈치를 딱 소리 나도록 맞붙이면서 경례를 했던 장교들은 최고사령부를 대표하는 그룹이었으며, 대부분 그의 친구였다. 그들은 그의 지시만 기다리고 있었다. 방금 전에 경악할 만한 공백 상태가 발생했다는 사실을 알고 있거나 직감하고 있었다. 군대의 규율을 철저하게 지키고 수령에게 절대적으로 복종해야 한다는 전통에 따라 교육을 받은 그들은 그가 분명한 목적을 가지고 국가 통치권을 인수하기를 바라고 있었다. 두려움과 희망의 빛이 페르난도 A. 산체스 장군, 라드아메스 웅그리아 장군, 파우스토 카아마뇨 장군과 펠릭스 에르미다 장군의 얼굴에 새겨져 있었다. 또한 리베라 쿠에스타 대령과 크루사도 피냐 대령의 얼굴에서도 그것을 느낄 수 있었고, 웨신 이 웨신, 파간 몬타스, 살다냐, 산체스 페레스, 페르난데스 도밍게스와 에르난도 라미레스와 같은 소령들의 얼굴에서도 두려움과 희망이 교차하고 있었다. 그들은 그가 어떻게 해야 할지 모르는 불확실성에서 구출해주기를 바라고 있었다. 군의 지도자가 직접 나서서 아직 이유는 밝혀지지 않았지만, 트루히요가 실종되거나 사망했을지도 모르는 긴박하고 중대한 상황에서 군이 공화국의 변화를 위해 천우신조의 기회를 제공해야만 한다고 설명하는 배짱과 용기가 담긴 연설을 듣고 싶어 했다. 그는 무엇보다도 혼란과 무정부 상태, 그리고 공산주의 혁명과 그 결과, 또한 미군이 점령하는 사태를 피해야만 하며, 직업상 혹은 하느님의 부름을 받아 애국자일 수밖에 없는 그들은 행동할 의무가 있다고 말해야 했다. 권력 남용으로 체제가 고립되는 바람에 국가는 수렁에 빠졌으며, 비록 과거에는 국민을 위해 훌륭히 봉사했지만, 이제는 전 세계적으로 지탄받는 독재 체제로 타락했다고 말해야 했다. 그리고 이제는 미래를 바라보는 눈을 가지고 이 사건을 진행시켜야 하며, 자기를 따르라고, 그래서 지금 열리기 시작한 깊은 수렁을 모두 힘을 합쳐 막아야 한다고 권해야만 했다. 국방의 책임자로서 그는 권위 있는 인사들로 조직된 군과 시민의 합동 평의회를 이끌 것이며, 그 평의회는 민주주의로의 전환을 가동시키는 임무를 맡을 것이고, 그러면 미국이 주도한 경제 제재가 철회될 것이고 미주기구의 통제 아래서 총선거를 치르게될 것이라고 말해야만 했다. 또한 합동 평의회는 워싱턴의 지지를 받고 있으며, 이 나라 최고기관의 지도자들인 그들이 협력해주기를 바란다고 말해야만 했다. 그는 자기가 이렇게 말하면 박수로 환영받을 것이고, 만일 그 말을 의심하는 사람이 있다고 하더라도 다른 사람들의 확신에 눌려 결국 의심을 떨쳐버릴 것임을 잘 알고 있었다. 그래서 업무 능력이 뛰어난 파우스토 카아마뇨나 펠릭스 에르미다 같은 장교들에게 트루히요 형제를 체포하고, 아베스 가르시아와 피게로아 카리온 대령, 칸디토 토레스 대위와 클로도베오 오르티스, 아메리코 단테 미네르비노, 세사르 로드리게스 비예타, 알리시니오 페냐 리베라 대위도 체포하라고 지시를 내리는 것은 어렵지 않은 일이었다. 그러면 첩보부대 조직은 무용지물이 될 것이었다.

바로 그 순간 그는 자기가 무엇을 해야 하고 무슨 말을 해야 하는지 분명하게 알고 있었지만, 그렇게 하지도 않았다. 몇 초간 머뭇거리며 침묵을 지킨 후, 모호하고 비탄에 잠긴 채 말을 더듬으면서, 총통의 신체에 대한 공격이 있었을 것을 예상하여 군은 언제든지 행동할 만반의 준비를 갖추고 주먹을 굳게 쥐고 있어야만 한다고 말하는 것으로 그쳤다. 그는 부하들에게 믿음을 주는 대신 오히려 자신의 불확실성을 전염시켰고, 부하들이 얼마나 실망하고 있는지 느끼고 만질 수 있을 것만 같았다. 그들이 기다렸던 것은 이런 말이 아니었다. 그는 자기가 당황하고 있다는 것을 숨기기 위해 내륙 지방의 수비대와 연락을 취했다. 산티아고의 세사르 A. 올리바 장군, 데하본의 가르시아 우르바에스 장군, 라베가의 구아리오넥스 에스트레야 장군에게 그는 마찬가지로 불확실한 말투로—마치 술에 취한 것처럼 혀가 제대로 말을 듣지 않았다—총통이 살해된 것으로 추정되니 모든 병력을 부대 내에 대기시키고, 허락 없이 절대로 이동하지 말라고 반복했다.

일련의 전화 통화를 한 다음, 그는 자기를 옥죄는 불확실성을 떨쳐내고서 올바른 방향으로 한 발 내디뎠다.

"아직 떠나지 마시오." 그는 자리에서 일어나면서 자기 의사를 밝혔다. "나는 즉시 최고위층 모임을 소집하겠소."

그는 공화국 대통령, 첩보부대장, 전 대통령 엑토르 비엔베니도 트루히요 장군에게 전화를 걸라고 지시했다. 그들을 이곳으로 오게 해서 체포할 속셈이었다. 만일 발라게르가 음모에 가담하고 있다면 다음 단계에서 그에게 도움을 요청할 수 있었다. 그는 장교들의 얼굴에서 당황해하는 빛을 감지했다. 그들은 서로 시선을 교환하면서 속삭였다. 그에게 전화를 바꿔주었다. 호아킨 발라게르 박사는 갑작스러운 전화에 방금 잠에서 깬 것 같았다.

"잠을 깨워 죄송합니다, 대통령님. 각하가 산크리스토발로 가던 중에 공격을 받았습니다. 국방부 장관의 자격으로 저는 지금 12월 18일 요새에서 긴급 모임을 소집하고 있습니다. 지체 없이 와주시기 바랍니다."

발라게르 대통령은 한참 동안 대답하지 않았다. 너무 긴 시간이라 로만은 전화가 끊겼졌다고 생각할 정도였다. 충격이 너무 커서 침묵을 지키는 것일까? 계획이 수행되기 시작한다는 것을 알고 기분이 좋아서일까? 아니면 한밤중이 갑자스러운 전화를 믿지 못하는 것일까? 마침내 그는 아무런 감정 없이 말하는 그의 대답을 들었다.

"만일 그토록 중대한 사태가 발생했다면, 공화국 대통령으로서 나는 군부대가 아닌 대통령궁에 있어야 하오. 난 대통령궁으로 가겠소. 긴급 수뇌부 모임을 내 집무실에서 열자고 제안하는 바이오. 그럼 다시 통화합시다."

발라게르 대통령은 그에게 대답할 시간도 주지 않고 전화를 끊었다.

조니 아베스 가르시아는 주의 깊게 그의 말을 들었다. 그러면서 좋다고, 자기는 그 모임에 가겠지만 현재 부상을 입고 마리온 병원에 막 도착한 사카리아스 델라 크루스 대위의 진술을 들은 후에 가겠다고 말했다. 유일하게 '검둥이' 트루히요만이 긴급 회의에 와달라는 그의 전화에 동의하는 것 같았다. 그는 "당장 그곳으로 달려가겠네"라고 말했다. 지금 일어나고 있는 일에 몹시 혼란스러워했다. 하지만 30분이 지나도록 그는 나타나지 않았다. 그러자 호세 레네 로만 장군은 마지막 순간의 계획이 실현될 가능성이 없다는 것을 알았다. 세 사람 중 그가 쳐놓은 덫으로 걸어 들어올 사람은 아무도 없었다. 그는 자신의 행동 때문에 위험한 상태에 빠지기 시작했고, 거기서 빠져나가기에는 너무 늦었다는 사실을 직감했다. 군용 비행기 한 대를 탈취해서 두 팔 벌려 그를 맞이할 아이티나 트리니다드, 푸에르토리코, 프랑스령 서인도제도 혹은 베네수엘라로 도망치지 않는 한 빠져나갈 구멍이 없었다.

그 순간부터 그는 비몽사몽의 상태로 들어갔다. 시간개념이 사라졌다. 그러니까 시간은 앞으로 나아가지 않았고 단 한 가지 생각을 중심으로 반복해서 빙빙 돌기만 했다. 그는 의기소침하면서 분노했다. 그는 그런 상태에서 허우적대며 그에게 남은 4개월 반을 보냈다. 물론 그런 걸 지옥이나 악몽이 아니라 삶이라고 부를 수 있는지는 알 수 없는 일이었다. 1961년 10월 12일까지 그는 시간에 대한 분명한 개념을 갖지 못했다. 반면에 미스터리한 영원성이 무엇인지 직접 체험할 수 있었으나, 그는 결코 그것에 관심을 보이지 않았다. 어느 순간 정신을 차리고 자기가 살아 있으며, 아직 그 사건이 끝나지 않았다는 사실을 기억할 때면, 그는 "널 기다리고 있는 게 '이것'이라는 걸 알면서도 왜 당연히 네가 해야 했던 행동을 취하지 않았지?"라는 질문을 던지면서 괴로워했다. 그런 질문은 그가 대단한 용기를 가지고 맞섰던 고문보다도 더 큰 상처를 주었다. 그가 그런 고문을 견뎌낸 것은 1961년 5월 30일의 그 끝없는 밤에 그토록 우유부단하게 행동했던 이유가 비겁했기 때문이 아니라는 것을 증명하기 위한 것 같았다.

사리에 맞게 행동할 수 없었던 그는 온갖 모순과 실수를 저질렀다.

그는 자기 처남인 비르힐리오 가르시아 트루히요에게 기갑연대가 주 둔하고 있던 산이시드로에서 네 대의 탱크와 세 개의 보병 중대를 납 파하여 '12월 18일 요새'의 전력을 강화하라고 명령했다. 하지만 즉 시 그는 요새를 떠나 대통령궁으로 가기로 결정했다. 그러고서 참모 본부장인 젊은 툰틴 산체스 장군에게 수색과 관련된 정보가 입수되면 즉시 자기에게 연락을 취하라고 지시했다. 그는 떠나기 전에 라빅토 리아에 있던 아메리코 단테 미네르비노에게 전화를 걸었다. 그리고 그에게 수감 중인 세군도 임베르트 바레라스 소령과 라파엘 아우구스 토 산체스 사우예이를 즉시 비밀리에 처형하고, 그들의 시체를 쥐도 새도 모르게 처리하라고 단호하게 명령했다. 그것은 생농 그놈인 안 토니오 임베르트가 자기 동생에게 그가 음모에 가담했다는 사실을 말 했을지도 모른다는 생각에 두려웠기 때문이다. 이런 임무에 익히 길 들여진 아메리코 단테 미네르비노는 그 어떤 질문도 하지 않고 "알겠 습니다, 장군님. 명령대로 하겠습니다"라고 말했다. 그는 건네받은 이 적분자들과 불평분자들의 명단을 바탕으로 수색 작업을 벌이고 있는 첩보부대, 육군, 공군의 순찰대에게 그들이 조금이라도 저항할 경우 에는 즉시 사살해도 좋다는 지시를 내릴 것이라고 툰틴 산체스 장군 에게 알려주면서 그를 당황스럽게 만들었다. 그는 이렇게 말했다. "우 리의 국익에 반하는 캠페인을 벌이는 데 이용될 죄수들을 원치 않소." 그의 부하 장군은 아무런 평도 하지 않았다. "장관님의 지시를 그대로 전달하겠습니다"라고만 말했을 뿐이다.

요새를 나와 대통령궁으로 향하려는 순간, 경비 초소의 대위가 두 명의 민간인이 자동차 한 대를 타고 요새 입구에 도착하여 그를 만나게 해달라고 요청했으며, 그중 한 명은 자신을 동생 라몬(비빈)이라고 밝혔다고 보고했다. 하지만 장군의 명령에 따라 두 민간인을 즉시 떠나게 하도록 조치했다. 그는 아무 말도 하지 않고 고개만 끄덕였다. 음모에 참여한 그의 동생 비빈 역시 형의 머뭇거림과 얼버무림에 대한 대가를 치르게 될 것이었다. 그는 일종의 최면 상태에 빠져, 비록 총통이 몸은 죽었을지라도 그의 영혼이나 정신 같은 것이 계속해서 그를 지배하고 있다고 느꼈다.

대통령궁은 혼란스러웠고 동시에 황량해 보였다. 트루히요의 가족들이 모여 있었다. 승마용 부츠를 신고 어깨에 기관단총을 멘 페탄은 보나오에 있는 그의 영지에서 달려와 마치 만화영화의 카우보이처럼 이리저리 왔다 갔다 했다. '검둥이' 엑토르는 소파에 웅크리고 앉아 마치 추운 사람처럼 손을 비비고 있었다. 미레야와 그의 장모 마리나는 죽은 사람처럼 창백하고 눈에서는 불길을 내뿜고 있던 수령의 아내 마리아 부인을 위로하고 있었다. 반면에 아름다운 앙헬리타는 하염없이 울면서 몸부림치고 있었고, 그녀의 남편 호세 레온 에스테베스(페치토) 대령은 군복을 입은 채 침통한 표정을 지으면서 그녀를 진정시키려고 헛되이 애쓰고 있었다. 그는 모든 사람의 눈이 자기를 응시하면서 새로운 소식이 없는지 묻고 있다고 느꼈다. 그는 일일이 한 사람씩 포옹하면서 군과 경찰이 집집마다, 그리고 모든 거리를 이 잡듯이 샅샅이 뒤지고 있으니 곧 소식을 듣게 될 것이라고 말했다. 바로 그때 그는 그들이 국방 책임자보다 더 많은 것을 알고 있다는 사실을 깨달았다. 음모자들 중 한 사람이며 예전에 군인으로 복무했던 페드로 리비오 세데뇨가 체포되었고, 아베스 가르시아가 국제병원에서 그를 취조하고 있었던 것이다. 호세 레온 에스테베스 대령은 파리에 있는 람피스와 라드아메스에게 이미 그 사실을 통보해준 상태였으며, 두 형제는 에어프랑스 비행기를 임대해 날아올 예정이었다. 그 순간부터 그는 몇 시간을 헛되이 써버린 탓에 자기의 지위가 보장해주던 권력이 사라지고 있다는 것도 알았다. 이제 모든 결정이 그의 집무실에서 나오는 것이 아니라, 첩보부대장 조니 아베스와 피게로아 카리온 대령의 집무실에서, 혹은 '페치토'나 그의 처남 비르힐리오와 같은 트루히요의 친척이나 가족에게서 나오고 있었던 것이다. 보이지 않는 힘이 그를 권력에서 멀어지게 하고 있었다. '검둥이' 트루히요는 회의에 킨서피기느 그의 요청에 불응 했음에도 아무런 실병노 하시 않았고 전혀 위축되지도 않았다.

그는 그들에게서 떨어져 나와 전화부스로 급히 가서 요새에 전화를 걸었다. 그는 참모본부장에게 군대를 보내 국제병원을 포위하고, 장교로 근무했던 페드로 리비오 세데뇨를 감시하고, 첩보부대가 그곳에서 그를 빼내가지 못하게 하라고 명령했다. 첩보부대가 전 장교를 빼내가려고 할 경우에는 무력을 사용해도 좋다고 허락했다. 또한 죄수는 '12월 18일 요새'로 이송되어야 하며, 그가 직접 심문할 것이라고 덧붙였다. 툰틴 산체스는 잠시 불길한 침묵을 지키더니 "알겠습니다, 장군님"이라고만 대답했다. 그는 쓰라린 심정으로, 이것이 그가 밤 동안에 저지른 최악의 실수였다고 생각했다.

트루히요의 가족이 있던 접견실에는 이제 더 많은 사람들이 모여 있었다. 모두 비탄에 잠긴 표정으로 아무 말 없이 조니 아베스 가르시아 대령의 말을 듣고 있었다. 대령은 서서 애처롭고 슬프게 말했다.

"고속도로에서 발견된 틀니는 각하의 것입니다. 페르난도 카미노 박사가 확인해주었습니다. 만약 돌아가시지 않았다 하더라도 매우 심각한 상태였을 것으로 추정됩니다."

"살인자들은 어떻게 되었소?" 로만이 도전적인 태도로 그의 말을 끊었다. "그 작자가 말했소? 그가 공모자들의 이름을 불었소?"

첩보부대장의 뚱뚱하고 흐느적거리는 얼굴이 뒤로 돌아 그를 쳐다보았다. 그는 극도로 예민해진 상태에서 첩보부대장의 이중인격자 같은 두 눈이 자기를 비웃고 있다고 여겼다.

"세 명의 이름을 불었습니다." 조니 아베스가 눈도 깜빡거리지 않은 채 그를 쳐다보면서 설명했다. "안토니오 임베르트, 루이스 아미아마, 그리고 후안 토마스 디아스 장군입니다. 특히 마지막 사람이 두목이라고 말했습니다."

"그들을 체포했소?"

"우리 첩보부대원들이 트루히요 시 전역을 샅샅이 뒤지면서 찾고 있습니다." 조니 아베스 가르시아가 자신 있게 말했다. "그 이외에도 이 사건의 배후에 미국이 개입했을 가능성이 있습니다."

그는 아베스 대령에게 치하하는 말을 몇 마디 중얼거리고서 다시 전화부스로 돌아갔다. 이번에도 툰틴 산체스 장군에게 전화를 걸었다. 그는 군 순찰대가 즉시 후안 토마스 디아스 장군, 루이스 아미아마, 그리고 안토니오 임베르트를 체포해야만 하며, 그들의 친척들도 가차 없이 잡아들이라고 지시하면서 이렇게 말했다. "생포하건 사살하건 상관없소. 차라리 죽이는 게 나을지도 모르오. 생포하면 CIA가 국외로 데려가려고 시도할지도 모르니 말이오." 전화를 끊고 그는 확신했다. 일이 이렇게 진행된다면, 망명도 불가능할 것이라고. 그렇게 되면 그는 총으로 자기 목숨을 끊는 수밖에 없을 것이다.

접견실에서 아베스 가르시아는 계속 말하고 있었다. 이제는 살인자들이 아니라, 국가가 처한 상황에 관해 말하고 있었다.

"당장 트루히요 가족 중 한 사람이 공화국 대통령직을 인수받아야만 합니다." 그는 단호하게 말했다. "발라게르 박사는 사임해야만 하며, 자신의 직책을 엑토르 비엔베니도 장군이나 호세 아리스멘디 장군에게 이양해야 합니다. 그래야 국민들은 수령님의 정신과 철학과 정책이 훼손되지 않을 것이며, 계속해서 도미니카인들의 삶을 이끌어갈 것이라는 사실을 알게 될 겁니다."

불편한 침묵이 흘렀다. 참석자들은 서로 눈길을 교환하고 있었다. 그때 페탄 트루히요의 저속하고 위협적인 목소리가 좌중을 가로질렀다.

"조니 아베스의 말이 맞아. 발라게르는 옷을 벗어야 해. '검둥이'나 내가 대통령을 맡겠어. 그래야 국민들은 트루히요가 죽지 않았다는 걸 알게 될 거야."

그때 모든 참석자들의 시선을 따라가다가 로만 장군은 그곳에 꼭두각시 대통령이 있다는 것을 알았다. 평소처럼 왜소하고 신중하게 그는 구석에 있는 의자에 앉아 그들의 말을 듣고 있었다. 그들에게 방해가 되지 않으려고 애쓰는 것처럼 보였다. 그는 평소대로 단정하게 옷을 입고 있었고, 마치 하찮은 일을 다루는 것처럼 지극히 침착했다. 그는 엷은 미소를 띠면서 차분하게 말했고, 그러자 분위기는 이내 부드러워졌다.

"여러분들도 알다시피, 나는 항상 헌법적 절차를 중시했던 총통님의 결정에 의해 공화국의 대통령이 된 사람입니다. 나는 문제들을 쉽게 풀려고 이 자리에 있는 것이지, 문제를 골치 아프게 하려고 있는 게 아닙니다. 내 사임이 이 고통스러운 상황을 누그러뜨릴 수 있다면, 기꺼이 그렇게 하겠습니다. 다만 한 가지 제안을 하고 싶습니다. 이 결정은 합법적 절차를 깨뜨린다는 것을 의미합니다. 그러나 그전에 람피스 트루히요 장군이 도착하기를 기다리는 게 신중한 처사가 아니겠습니까? 수령님의 장남이자 수령님의 정신적, 군사적, 정치적 후계자와 상의할 필요가 없습니까?"

그는 한 여자를 쳐다보았다. 트루히요주의자들의 엄격한 의전이 요구하는 바에 따라 연대기 편자들이 '자비로우신 영부인'이라고 불러야만 했던 사람이었다. 마리아 마르티네스 데 트루히요가 오만하게 말했다.

"발라게르 박사의 말이 맞아요. 람피스가 도착할 때까지는 아무것도 바뀌지 않을 거예요." 그녀의 통통한 얼굴이 다시 제 색깔을 찾았다.

공화국 대통령이 두 눈을 수줍게 내리뜨는 것을 보자, 로만 장군은 흐느적거리던 정신적 공황 상태에서 잠시 벗어났다. 동시에 시를 쓰고, 권총과 기관단총을 휴대한 남성들의 세계에서는 겉돌았던 맨손의 왜소한 사람은 자기가 무엇을 원하고 있는지, 그리고 자기가 어떤 행동을 하고 있는지 정확하게 알고 있으며, 한시도 침착성을 잃지 않고 있다는 것을 깨달았다. 반세기를 살아오면서 가장 길었던 그날 밤에, 총통의 암살로 인해 야기된 공백과 무질서 속에서, 모든 사람들이 그저 서기에 불과하거나 정권의 장식적 인물로만 여겼던 하찮은 인간이 놀라운 권위를 획득하기 시작했던 것이다.

마치 꿈을 꾸듯이, 그는 이후 몇 시간 동안 퍼즐 조각들이 공백을 메우면서 뚜렷한 모습을 형성하는 것처럼, 사건들이 서로 연결됨에 따라 트루히요의 가족과 친척들 그리고 고위급 트루히요주의자들이 그룹을 지었다가 분산되었다가 다시 모이는 것을 보았다. 자정이 되기 전에 그들은 암살 기도가 있었던 현장에서 발견된 권총이 후안 토마스 디아스 장군의 것이라는 보고를 받았다. 로만은 디아스 장군의 집뿐만 아니라 그의 형제들의 집까지 수색하라는 명령을 내렸다. 그래서 이비 피세토아 카리온 내령의 지휘 아래 섭보부내 순살내가 수색하고 있으며, 후안 토마스의 동생 모데스토 디아스는 친구이자 싸움닭 사육자인 추초 말라푼타의 집에 숨어 있다가 그 친구의 신고로 첩보부대에 이첩되었으며, 현재 라쿠아렌타에 수감되어 있다는 보고를 전화로 받았다. 15분 후 푸포는 아들 알바로에게 전화를 걸어 어깨에서 한시도 떼어놓고 있지 않았던 M1 소총용 여벌 탄환들을 가져오라고 부탁했다. 그는 자기가 목숨을 지키기 위해 싸우거나 아니면 자기 손으로 목숨을 끊을 순간이 곧 다가올 거라고 확신하고 있었다. 그리고 대통령궁에 있는 장관 집무실에서 아베스 가르시아와 루이스 호세 레온 에스테베스(페치토)와 함께 레일리 주교 문제를 논의한 끝에, 그는 자기 책임 아래 그 주교를 산토도밍고 학교에서 무력으로 끌어낼 것이라고 말하면서 그를 처형해야 한다는 첩보부대장의 의견을 지지했다. 이번 음모에 교회가 공모했다는 사실이 명백하기 때문이라고 했다. 앙헬리타 트루히요의 남편은 권총을 만지작거리면서 자기가 그 명령을 수행하면 둘도 없는 영광이 될 것이라고 말했다. 그리고 그는 한 시간도 안 되어 씩씩거리면서 돌아왔다. 작전은 심각한 사고 없이 성공리에 이루어졌다. 사고가 있었다면 몇몇 수녀들이 구타를 당했고, 두 명의 미국인 신부가 주교를 보호하려고 막아서다가 주먹으로 맞은 것뿐이었다. 유일하게 죽은 것은 칼리에를 물다가 총에 맞은 독일산 셰퍼드였다. 학교를 지키는 데 부리던 개였다. 그 성직자는 지금 산이시드로 고속도로 8킬로미터 지점에 위치한 공군 교도소에 수감되어 있었다. 교도소장인 로드리게스 멘데스 사령관은 공화국 대통령의 지시라고 하면서 주교를 처형하라는 명령을 거부했고, 페치토 레온 에스테베스가 주교를 처형하려는 것도 못하게 막았다.

망연자실한 로만은 발라게르를 지칭하는 것이냐고 물었다. 앙헬리타 트루히요의 남편은 몹시 당황스러운 표정을 지으며 고개를 끄덕였다.

"그는 아직도 자기가 존재한다고 생각하는 게 틀림없습니다. 그런데 믿을 수 없는 일은 그 빌어먹을 멍청이 난쟁이가 이 일에 개입한 것이 아니라, 그의 명령이 그대로 수행되고 있다는 것입니다. 람피스가 어서 돌아와 그 난쟁이를 제자리에 갖다놔야 합니다."

"람피스가 올 때까지 기다릴 필요 없소. 내가 지금 당장 이 문제를 처리하겠네." 푸포 로만이 벌컥 화를 냈다.

그는 큰 걸음으로 대통령 집무실을 향해 갔지만, 복도에서 잠시 현기증을 느꼈다. 그는 비틀거리면서 간신히 한쪽 구석에 있던 의자에 가서 털썩 주저앉았다. 그리고 그런 상태로 잠들고 말았다. 두어 시간 후 눈을 떴을 때, 그는 북극의 악몽을 떠올렸다. 꿈에서 그는 눈 덮인 스텝 지대에서 추위에 벌벌 떨면서 늑대 떼가 자기를 향해 달려오는 것을 보았다. 그는 벌떡 일어나서 발라게르 대통령의 집무실을 향해 거의 달려가듯이 걸었다. 그런데 문이 활짝 열려 있었다. 그는 쓸데없이 간섭하는 이 난쟁이에게 그의 권위를 확실히 보여주기 위해 단호하게 그 안으로 들어갔다. 거기에는 또 다른 놀라운 사건이 벌어지고 있었다. 레일리 주교와 정면으로 마주친 것이었다. 주교의 커다란 눈은 공포에 질려 있었고, 그의 튜닉은 반쯤 찢겨져 있었으며, 얼굴에는 주먹으로 맞은 자국이 역력했다. 그러나 키가 큰 주교의 모습은 여전히 당당한 기품을 잃지 않았다. 공화국 대통령은 그에 각별하고 있었다.

"아, 몬시뇨르, 여기 누가 왔는지 보십시오. 국방부 장관인 호세 레네 로만 페르난데스 장군입니다." 그가 두 사람을 서로 소개했다. "통탄할 만한 오해가 있어서 재차 군 당국의 유감을 표하기 위해 온 것입니다. 내가 약속하겠습니다. 그리고 군 최고책임자도 약속합니다. 그렇지 않은가요, 로만 장군? 당신뿐만 아니라 그 어떤 성직자도, 그리고 산토도밍고 학교의 수녀들도 다시는 험한 일을 겪지 않을 겁니다. 내가 직접 윌리마인 수녀와 헬렌 클레어 수녀에게 사과하겠습니다. 우리는 지금 매우 힘든 순간을 보내고 있습니다. 경험이 많은 분이니 당신도 이해하리라 믿습니다. 오늘 밤처럼 부하들이 통제력을 잃고 과도한 행위를 하는 경우가 가끔씩 있습니다. 앞으로는 절대로 그런 일이 없을 겁니다. 내가 경호원을 붙여 학교까지 모셔다 드리도록 지시하겠습니다. 앞으로 문제가 발생하면, 부탁하건대 내게 직접 연락하십시오."

레일리 주교는 마치 외계인에 둘러싸인 것처럼 두 사람을 쳐다보고
는 작별 인사로 고개를 모호하게 흔들었다. 로만은 자기의 반자동 M1
소총을 만지면서 벌컥 화를 내며 발라게르 박사에게 들이댔다.

"발라게르 씨, 당신은 내게 설명해야 해. 당신이 누군데, 지휘 체계
를 무시하고 군사시설의 내 부하 장교에게 전화를 걸어 감히 내 명령
을 철회시킨 거야? 도대체 당신이 누구라고 생각하는 거야?"

왜소한 사람은 마치 빗소리를 듣는 것처럼 그를 쳐다보았다. 잠시
국방부 장관을 뚫어지게 바라본 다음, 다정한 미소를 지었다. 그는 책
상 앞의 의자를 가리키면서 그에게 앉으라고 권했다. 푸포 로만은 한
발도 움직이지 않았다. 마치 폭발 직전의 화산처럼 그의 피가 혈관 속
에서 부글부글 끓고 있었다.

"내 질문에 대답해!" 그가 소리쳤다.

이번에도 발라게르 박사는 전혀 동요하지 않았다. 그는 시를 읊을
때나 연설문을 읽을 때와 마찬가지로 다정하게 충고했다.

"당신은 지금 매우 혼란스러워하고 있습니다. 그건 당연합니다, 장
군. 그러나 노력해야 합니다. 우리는 공화국 역사상 가장 위급한 순간
을 맞고 있습니다. 당신은 그 누구보다도 이 나라 국민들에게 냉정과
차분함의 본보기가 되어야만 합니다."

그는 분노로 이글거리는 장군의 시선을 잘 견뎌냈다. 푸포는 그를
주먹으로 치고 싶었지만 동시에 호기심과 궁금증이 일어 그런 충동을
억제했다. 발라게르는 책상 앞에 앉은 후, 동일한 어조로 덧붙였다.

"당신이 중대한 실수를 범하려는 것을 내가 막아주었으니, 오히려
내게 감사해야 합니다, 장군. 주교를 살해한다면 문제를 해결할 수 없

습니다. 아니 문제를 더욱 심각하게 만들었을 겁니다. 그건 그렇다 치고, 당신이 욕을 해댄 대통령은 당신을 도울 준비가 되어 있습니다. 그렇지만 그다지 많이 도와주지 못할 것 같아 두렵습니다."

로만은 그의 말에서 전혀 빈정거림을 감지하지 못했다. 이런 부드러운 말로 은근히 협박하는 것은 아닐까? 아니었다. 발라게르가 다정하고 인정 많게 바라보는 것으로 판단하건대 그렇지 않았다. 그러자 그의 분노가 자취를 감추었다. 이제 그는 두려워하고 있었다. 달콤한 목소리로 말하는 난쟁이가 지닌 차분함이 부러웠다.

"내가 라빅토리아에 수감된 세군도 임베르트와 파피도 신체스를 처형하라고 지시했다는 사실을 잊지 마십시오." 그는 자기가 무슨 말을 하는지 생각하지 않은 채 목청껏 소리쳤다. "그들 역시 음모에 가담하고 있었습니다. 나는 수령님의 암살에 연루된 모든 사람들에게 똑같이 할 겁니다."

발라게르 박사는 천천히 고개를 끄덕였지만, 얼굴 표정은 하나도 바뀌지 않았다.

"심각한 병에는 좋은 약이 필요한 법." 그는 불가해하게 중얼거렸다. 그러더니 자리에서 일어나 작별 인사도 하지 않은 채 집무실 문을 나가버렸다.

로만은 어떻게 해야 할지 몰라 그곳에 남아 있었다. 그는 자기 집무실로 가는 편을 택했다. 그리고 새벽 두시 반에 진정제를 먹은 미레야를 가스쿠에의 집으로 데려다주었다. 그곳에서 그의 동생 비빈을 만났다. 그는 '카르타 도라다' 럼주 병을 마치 깃발처럼 휘두르면서 경비병들에게 마시라고 강요하고 있었다. 게으름뱅이이며 주정뱅이이고 난봉꾼이며 부랑아이지만 마음씨만은 따뜻한 비빈은 제대로 몸을 가누지 못했다. 그는 토하고 세수하는 것을 도와주겠다는 핑계를 대고서 거의 안다시피 하여 비빈을 위층의 욕실로 데려가야만 했다. 단둘이 있게 되자, 비빈은 울음을 터뜨렸다. 그는 눈물이 가득 고인 눈으로 자기 형을 애처롭게 바라보았다. 거미줄처럼 한 줄기의 침이 입술에 대롱대롱 매달려 있었다. 그는 목소리를 낮추었다. 그리고 감정에 복받쳐 제대로 나오지 않는 목소리로 밤새 자기와 루이스 아미아마, 그리고 후안 토마스가 온 도시를 뒤지며 그를 찾았으며, 그들은 너무나 절망한 나머지 그에게 욕을 퍼부었다고 말해주었다. 도대체 무슨 일이 있었던 거야, 푸포? 왜 그는 아무것도 하지 않았던 것일까? 왜 숨은 것일까? 이미 모든 계획이 마련되어 있지 않았나? 행동 그룹은 그들의 임무를 완수했다. 그가 요구한 대로 시체를 가져왔다.

"왜 약속을 지키지 않은 거야, 푸포?" 한숨 소리에 그의 가슴이 요동쳤다. "이제 우리에게 무슨 일이 일어나는 거지?"

"문제가 생겼었어, 비빈. '면도칼'이 갑자기 들이닥쳤어. 그는 현장을 목격하고 오는 길이었어. 아무 일도 할 수 없었어. 이제는……"

"이제 우리는 끝장난 거야." 비빈은 콧물을 삼키면서 쉰 목소리로 말했다. "루이스 아미아마, 후안 토마스, 안토니오 델라 마사, 토니 임베르트, 모두가 말이야. 그러나 무엇보다도 형이 그런 신세가 된 거야. 형, 그리고 형의 동생이라는 이유로 내가 그렇게 된 거야. 형이 나를 사랑한다면, 지금 당장 내게 총을 쏴줘. 저 반자동 소총을 내게 쏘란 말이야. 내가 술 취해 있는 지금을 이용해줘. 그들이 내게 총을 쏘기 전에 말이야. 형이 나를 진정으로 사랑한다면 내 부탁대로 해줘."

그때 알바로가 욕실 문을 두드렸다. 그는 후안 토마스 디아스 장군의 집에 있는 자동차의 트렁크에서 총통의 시체가 발견되었다고 전해주었다.

푸포는 그날 밤 한시도 눈을 붙이지 못했다. 그다음 날도, 그다음 다음 날도, 그리고 아마도 4개월 반 동안 그랬을 것이다. 그는 수없이 의식을 잃었고, 여러 시간과 여러 낮과 여러 밤을 아무런 생각도 없고 아무런 모습도 마음속으로 그리지 못한 채, 그저 어서 죽어서 고통의 세상에서 해방되기만을 간절히 소망하면서 인사불성의 멍청한 상태에 있었다. 잠자는 것이 휴식을 취하고 자기 자신과 다른 사람들에 관해 잊어버리고, 무(無)로 용해되는 것이며, 그렇게 다시 새로운 기운을 차리고 회복된 모습으로 세상으로 돌아오는 것이라는 의미를 그는 경험하지 못했을 것이다. 모든 게 뒤섞이고 휘저어졌다. 마치 스튜 요리처럼 시간이 뒤범벅되었고, 과거와 현재와 미래가 논리적으로 진행되지 않고 끝없이 순환되는 것 같았다. 그는 대통령궁에 도착했을 때, 마리아 마르티네스 데 트루히요 부인이 수령의 시체 앞에서 울부짖으면서 "살인자들의 피가 한 방울도 남지 않을 때까지 모두 흘러내리도록 해!"라고 소리치는 장면을 또렷이 기억하고 있었다. 그리고 실제로는 하루 뒤에 일어났음이 분명했지만, 마치 연이어 일어난 것처럼 제복을 입은 날씬하고 말끔한 람피스가 창백하고 경직된 얼굴로 세공된 관 위로 상체를 구부리지 않고 그냥 비스듬히 기댄 채 수령의 화장한 얼굴을 응시하면서 "난 아버지와는 달리 적들에게 자비를 베풀 수 없어요"라고 중얼거리는 장면도 선명하게 기억했다. 그는 람피스가 수령이 아니라 자기에게 말하고 있다는 인상을 받았다. 그래서 그는 람피스를 꼭 껴안고서 귀엣말로 "람피스, 돌이킬 수 없는 손실이야. 그나마 너라도 남았으니 천만다행이야"라고 신음하듯이 말했다.

그는 그 장면에 이어 자기가 사열식 제복을 입고는 항상 휴대하고 다녔던 M1 반자동 소총을 손에 들고서 산크리스토발의 북적거리는 교회에서 거행된 수령의 장례식에 참석한 모습을 보았다. 거대해진 발라게르 대통령의 연설문 몇 줄—"신사 숙녀 여러분, 배신의 번갯불에 갈라진 채, 여기에 30년 넘게 모든 천둥에 도전했고 온갖 폭풍과의 싸움에서 승리자로 나타났던 강한 오크나무가 누워 있습니다"—을 듣자 눈시울이 뜨거워졌다는 것도 기억했다. 그는 기관단총을 든 경호원들에 둘러싸여 목석처럼 꼼짝도 하지 않고 있던 람피스 옆에서 그 말을 들었다. 그리고 그 장면과 동시에 장례일보다 하루나 이틀 혹은 사흘 전에 일어난 일이 분명했지만, 나이와 직업과 인종과 사회계층을 불문하고 수만 명의 도미니카 사람들이 끝도 없이 줄을 서서 여러 시간 동안 무자비하게 내리쬐는 햇볕 아래서 대통령궁의 계단을 올라가기 위해 기다리는 모습을 보았다. 조문객 가운데는 슬픔을 이기지 못해 미친 듯이 절규하며 실신하거나 비명을 지르는 사람들도 있었고, 부두교의 신들에게 봉헌하면서 수령님이자 위대하신 분이며 자선가이자 총통이시고 새로운 조국의 아버지에게 마지막 경의를 표하는 사람들도 있었다. 그런 애도 행렬을 지켜보면서, 그는 기술자 우아스카르 테헤다와 살바도르 에스트레야 사드알라가 체포되었으며, 안토니오 델라 마사와 후안 토마스 디아스 장군이 총을 쏘며 저항하다가 인데펜덴시아 공원에서 최후를 맞이했고, 거의 동시에 그곳에서 얼마 떨어지지 않은 곳에서 아마디토 가르시아 중위가 역시 살해되기 전에 칼리에를 죽였으며, 그가 은신했던 그의 고모 집이 군중들에게 약탈되고 파괴되었다는 소식을 부관들을 통해 듣고 있었다. 또한 자기 친구인 아미아마 티오와 안토니오 임베르트가 아무도 모르게 자취를 감추었으며 람피스가 그들을 체포하는 데 필요한 정보를 제공하는 사람에게 50만 페소를 주겠다고 현상금을 걸었다는 소문, 트루히요시와 산티아고, 라베가와 산페드로 데 마코리스를 비롯해 트루히요의 암살과 관련된 여섯 개의 지역에서 약 200명의 시민과 군인이 체포되었다는 것도 기억했다.

이런 모든 게 뒤섞였지만 적어도 그는 명료히게 기억하고 있었다. 그가 머릿속에 간직한 제대로 된 마지막 기억은 산크리스토발 교회에서 총통의 시신을 안치하는 미사가 끝나자, 페탄 트루히요가 그의 팔을 잡으면서 "푸포, 내 차로 함께 가세"라고 말했다는 것이었다. 그리고 페탄의 캐딜락에서 그는 이것이 시시각각 덮쳐오는 불행에서 벗어날 수 있는 마지막 기회라는 사실을 알았다. 즉 그 여행은 가스쿠에에 있는 그의 집에서 끝나지 않을 것이기에, 반자동 소총에 장전된 총알을 수령의 동생과 자기에게 쏴버려야만 했다. 그것은 그에게 주어진 여행의 마지막 갈림길이었다. 그 여행의 종착점은 산이시드로 공군 기지였다. 페탄은 노골적으로 "가족 모임이 있을 거야"라고 거짓말했다. 공군 기지 입구에서 두 명의 장군, 그러니까 그의 처남인 비르힐리오 가르시아 트루히요와 참모본부장인 툰틴 산체스가 조국의 자선가이자 새로운 조국의 아버지 살인자들과 공모한 혐의로 그를 체포한다는 사실을 그에게 알려주었다. 두 사람은 창백한 얼굴로 그의 눈을 피하면서 무기를 건네줄 것을 요구했다. 그는 나흘 전부터 한시도 손에서 놓지 않았던 M1 반자동 소총을 순순히 건네주었다.

그들은 그를 어느 방으로 데려갔다. 거기에는 책상 하나와 의자 하나, 낡은 타자기 한 대와 흰 종이 한 묶음이 있었다. 그들은 그에게 허리띠를 풀고 신발을 벗으라고 요구했고, 그것들을 하사에게 건네주라고 지시했다. 그는 아무것도 묻지 않은 채 그들이 시키는 대로 했다. 그들은 그를 혼자 놔둔 채 떠났고, 잠시 후 람피스와 친한 친구들인 루이스 호세 레온 에스테베스(페치토) 대령과 피룰로 산체스 루비로사가 들어왔다. 그들은 인사도 하지 않은 채 음모에 관해 아는 것을 모두 쓰라고, 음모자들의 성과 이름을 적으라고 말했다. 그러면서 발라게르 대통령이 람피스 장군을 공화국의 육해공군 총사령관으로 임명했으며, 오늘 밤 의회에서 그것을 비준할 예정이라고 했다. 전권을 지닌 람피스 장군은 음모에 관해 모든 것을 알고 있으며, 체포된 자들이 그의 이름을 불었다고 덧붙였다.

푸포는 타자기 앞에 앉았고, 두 시간 동안 지시받은 것을 했다. 그는 최악의 타자수였다. 두 손가락으로만 타자를 쳤고, 오타가 나와도 고치지 않고 그대로 놔두었다. 그는 6개월 전에 친구 루이스 아미아마와 첫 대화를 나눈 일부터 죄다 털어놓았고, 자기가 알고 있는 연루자 20여 명을 거론했지만, 비빈의 이름은 뺐다. 그는 미국이 음모를 지원한다는 사실이 자기가 참여하게 된 결정적인 동기였으며, 후안 토마스를 통해 헨리 디어본 영사뿐만 아니라 잭 베넷 영사와 트루히요 시의 CIA 책임자인 로렌소 D. 베리(윔피)가 군과 시민의 합동 평의회를 그가 이끌어주기를 바란다는 사실을 알았고, 단지 그 평의회를 이끌겠다는 것만 수락했다고 설명했다. 그리고 조그만 거짓말 하나를 삽입했다. 그는 자기가 참여하는 조건으로 총통 트루히요를 납치해 사임을 강요해야지 그 어떤 상황에서도 살해는 안 된다고 주장했지만, 다른 음모자들이 약속을 어기고 자기를 배신했다고 밝혔다. 그는 진술서를 다시 읽어보고 서명했다.

그는 한참 동안 혼자 남겨진 채 기다렸다. 5월 30일 밤 이후 처음으로 정신적 평온을 느꼈다. 낯선 장교들이 해가 질 무렵에 도착했다. 그들은 그에게 수갑을 채우고 신발을 신기지 않은 채 기지 연병장으로 끌어낸 다음 유리창에 색이 칠해진 트럭에 태웠다. 그 트럭에는 '범아메리카 교육 연구소'라고 적혀 있었다. 그는 라쿠아렌타로 끌려갈 것이라고 생각했다. 40번지의 도미니가 시멘트 공장 옆에 위치한 그 어두운 암흑의 집을 잘 알고 있었다. 그 집은 후안 토마스 디아스의 소유였지만, 그는 그 집을 국가에 매각했고, 조니 아베스는 그 집을 교묘한 방법으로 죄수들에게 자백을 받아내는 장소로 탈바꿈시켰다. 심지어 그는 6월 14일 쿠바 공산주의자들이 침공한 이후에도 그곳에 간 적이 있었다. 테헤다 플로렌티노 박사가 기괴하게 생긴 '옥좌'—지프차의 의자, 파이프, 전기 침, 긴 생가죽 채찍, 죄수에게 전기 충격을 주는 동시에 질식사시키는 데 사용하는 끝이 나무로 만들어진 교살 기구—에 앉아 심문을 받던 중에 그만 첩보부대 기술 요원이 실수로 최대 전압을 올리는 바람에 감전되어 죽었을 때였다. 그러나 아니었다. 라쿠아렌타가 아니라 메야 고속도로에 있는 엘누에베였다. 그곳은 피룰로 산체스 루비로사가 살았던 집이었다. 거기에도 '옥좌'가 설치되어 있었다. 라쿠아렌타에 있는 것보다는 작았지만 더 현대적이었다.

그는 아무런 두려움도 느끼지 않았다. 이제는 무섭지 않았다. 마치 '박힌 사람'—부두교의 의식에서 자기 자신을 비우고 영혼에 의해 점령된 사람을 일컫는 용어—처럼 트루히요가 살해된 그날 밤부터 그를 짓누르던 거대한 공포는 완전히 사라지고 없었다. 엘누에베에서 그들은 그를 벗기고서 창문도 없고 불빛만 희미하게 비추는 방의 한 가운데에 있는 시커먼 의자에 앉혔다. 역겨운 똥 냄새와 오줌 냄새 때문에 토할 것만 같았다. 의자는 부속 도구가 달려 있어 보기 흉하고 우스꽝스러웠다. 그것은 바닥에 볼트로 조여 고정되어 있었고, 발목과 손목과 가슴과 머리를 묶기 위해 사용되는 가죽끈과 고리들이 주렁주렁 달려 있었다. 그의 팔에는 전류가 쉽게 통과하도록 구리판이 덧붙여졌다. 한 움큼의 전선이 '옥좌'에서 나와 전압을 조절하는 책상 혹은 카운터까지 뻗어 있었다. 그는 의자에 묶이는 동안 희미하고 넌더리 나는 불빛 속에서 페치토 레온 에스테베스와 산체스 루비로사 사이로 람피스의 냉혹한 얼굴을 보았다. 그는 콧수염을 깎았고 항상 끼고 다니던 레이밴 선글라스를 벗은 상태였다. 그는 멍한 눈길로 푸포를 바라보고 있었다. 람피스가 1959년 6월에 벌어진 콘스탄사와 마이몬, 그리고 에스테로 온도의 생존자들을 고문하고 살해했을 때 보여주었던 시선과 똑같았다. 그는 아무 말도 하지 않고 푸포를 쳐다보고 있었다. 그러는 동안 한 명의 칼리에가 그의 머리를 박박 밀었고, 다른 칼리에는 무릎을 꿇고서 발목을 묶었으며, 또 다른 칼리에는 고문실에 향수를 뿌렸다. 로만 페르난데스 장군은 람피스의 눈을 피하지 않고 똑바로 쳐다보았다.

"푸포, 자넨 가장 악질이야." 갑자기 그는 람피스가 말하는 소리를 들었다. 그의 목소리에는 분노를 이기지 못해 한숨이 배어 있었다. "네가 장관까지 올라간 것, 그리고 지금 네가 가진 모든 것은 모두 우리 아버지 덕택이야. 그런데 왜 그랬지?"

"내 조국을 사랑하기 때문이야." 그는 자신의 목소리를 들을 수 있었다.

잠시 침묵이 흘렀다. 람피스가 다시 말했다.

"발라게르도 연루되어 있나?"

"몰라. 루이스 아미아마가 그의 주치의를 통해 떠보았다고 말했어. 그렇지만 확신하지는 못해. 난 아마도 아닐 거라고 생각해."

람피스는 고개를 흔들었고, 또다시 제 몸이 다시 버리게인의 힘에 실려 앞으로 튀어나가는 것 같은 느낌을 받았다. 갑작스러운 전기 충격이 머리끝에서 발끝까지 그의 모든 신경을 마구 두드렸다. 가죽끈과 고리가 그의 근육을 바짝 조였다. 그는 눈앞에서 불똥을 보았으며, 날카로운 바늘들이 털구멍을 찔렀다. 그는 비명을 지르지 않고 견디면서 단지 신음 소리만 냈다. 그들은 계속해서 방전했고, 그때마다 그에게 양동이로 물을 퍼부어 정신을 차리게 만들었다. 그들이 방전할 때마다 그는 의식을 잃었고 아무것도 볼 수 없었다. 그런 다음 다시 의식을 되찾기를 반복했다. 그럴 때마다 그의 콧구멍은 하녀들이 쓰는 싸구려 향수 냄새로 가득 찼다. 그는 어느 정도 품위를 유지하려고 애썼고, 동정심을 베풀어달라고 애원하는 굴욕적인 행동을 하지 않으려고 안간힘을 썼다. 헤어날 수 없는 악몽 속에서도 두 가지만은 확신했다. 하나는 고문자들 중에 조니 아베스 가르시아의 모습이 보이지 않았다는 것이다. 또 다른 하나는 어느 순간 누군가가 ─ 페치토 레온 에스테베스나 툰틴 산체스 장군이었을 것이다―비빈의 행동이 그보다 훨씬 낫다고 말했다는 것이다. 첩보부대가 호세 레예스 거리의 구석에 있던 노우엘 대주교의 집에서 그를 검거하려고 하자 입에 총을 쏘았다고 했다. 푸포는 음모에 관해 한 마디도 해주지 않았던 아들 알바로와 호세 레네도 자살을 할 수 있었는지 수없이 생각하면서 궁금해했다.

전기의자에서 작업이 한차례씩 끝날 때마다 그들은 벌거벗은 그를 눅눅한 감방으로 끌고 가서 역겨운 냄새가 풍기는 구정물을 퍼부으면서 그가 다시 반응하도록 했다. 잠을 자지 못하도록 그들은 접착테이프로 그의 눈꺼풀을 눈썹에 붙였다. 눈을 뜨고 있음에도 불구하고 반수면 상태가 되면 그들은 야구방망이로 마구 때려 그를 깨웠다. 그들은 먹을 수 없는 물질을 그의 입에 집어넣기도 했다. 처음 몇 번은 그게 똥이라는 것을 알고 토해버렸다. 그러다가 완전히 비인간적인 상태가 되자, 그들이 주는 것을 받아 먹을 수 있었다. 초기의 전기 고문에는 람피스가 그를 심문했다. 그는 수차에 걸쳐 발라게르 대통령이 연루되었느냐는 질문을 반복하면서, 푸포의 진술에 앞뒤가 맞지 않는 내용이 있는지 살폈다. 그는 혀가 그의 의지대로 움직일 수 있도록 초인적인 노력을 하면서 대답했다. 그러다가 그는 웃음소리를 들었고, 그런 다음 람피스의 흐릿하면서도 여자 같은 목소리를 들었다. "입 다물어, 푸포. 내게 하나도 말해줄 필요 없어. 난 이미 모든 걸 알고 있거든. 지금 넌 단지 아버지에 대한 배신의 대가를 치르고 있을 뿐이야." 그건 6월 14일 이후 피의 향연을 벌였을 때 귀에 거슬리는 고음과 저음의 음정을 오가던 그 목소리였다. 또한 미친 나머지 총통이 벨기에의 정신병원으로 보내야만 했을 때 들었던 바로 그 목소리였다.

람피스와의 그 마지막 대화가 끝나자, 그는 더 이상 람피스를 볼 수 없었다. 그들은 테이프를 떼어내면서 그의 눈썹도 떼어냈다. 그런 다음 술에 취해 즐거워하는 목소리가 이렇게 알려주었다. "이제 너는 어둠을 보게 될 거야. 잠을 실컷 자도록 말이야." 그는 바늘이 눈꺼풀을 찌르는 걸 느꼈다. 그들이 눈을 꿰매는 동안 그는 움직이지 않았다. 실로 눈을 봉하자 옥좌에서의 전기 충격보다 더 끔찍한 고통이 몰려왔다. 그때 이미 그는 두 번이나 자살을 시도했지만 모두 실패한 후였다. 처음에는 남아 있는 모든 힘을 모아 감방의 벽에 머리를 부딪쳤다. 그는 의식을 잃었지만 머리끄덕한 흔등 피에 씻겼을 뿐이나. 두번째는 거의 성공할 뻔했다. 그들은 또다시 전기 고문을 준비하면서 그의 수갑을 풀어주었다. 그러자 그는 쇠창살을 타고 올라가 감방을 비추고 있던 전등을 부수었다. 두 손과 두 발로 그 유리 조각을 모두 삼키면서 내출혈로 부질없는 목숨이 끝나기를 기다렸다. 하지만 첩보부대에는 두 명의 상근 의사가 있었고 고문받은 죄수가 스스로 목숨을 끊는 것을 막기 위해 조그만 응급실을 구비해놓았다. 그들은 그를 의무실로 데려갔고, 어떤 액체를 삼키게 했다. 그러자 그는 곧 모든 걸 토해냈다. 그런 다음 그의 몸속에 관을 집어넣어 창자를 청소했다. 그들은 람피스와 그의 친구들이 서서히 단계별로 그를 죽일 수 있도록 그의 목숨을 구해주었다.

그들이 그를 거세했을 때 그의 죽음은 가까이 와 있었다. 그들은 그가 옥좌에 앉아 있는 동안 칼이 아니라 가위로 그의 고환을 잘랐다. 그는 과도하게 흥분한 킬킬거리는 웃음소리와 음탕한 말을 들었다.

겨드랑이에서 강렬한 냄새와 입에서 싸구려 담배 냄새를 풍기는 작자들에게서 흘러나오는 소리였다. 그들은 그가 비명을 지를 것이라고 예상했지만, 그는 그런 기대를 만족시켜주지 않았다. 그러자 그들은 잘라낸 고환을 그의 입에 처넣었다. 그는 그토록 염원하던 죽음이 좀 더 빠르게 다가올 것이라는 희망을 가지고 그것을 삼켰다.

어느 순간 그는 모데스토 디아스의 목소리를 들었다. 후안 토마스 디아스 장군의 동생이자, 지식인 카브랄이나 주정뱅이 입헌의원처럼 아주 똑똑한 도미니카인이라는 평을 듣는 사람이었다. 그런데 그도 같은 교도소에 갇힌 것일까? 그도 자기처럼 고문을 받고 있을까? 모데스토의 목소리는 씁쓸했고 비난조였다.

"당신 잘못 때문에 우리가 여기에 있는 거야, 푸포. 왜 우릴 배신했지? 이런 일이 일어날 줄 몰랐어? 당신은 친구와 조국을 배신한 것에 대해 깊이 뉘우쳐야 해."

그는 말을 할 힘도, 입을 벌릴 힘도 없었다. 그 일이 있은 지 얼마 후, 몇 시간이 흘렀는지, 며칠이 지났는지, 아니면 몇 주가 지났는지 알 수 없었지만, 첩보부대 의사와 람피스 트루히요가 나누는 대화를 들었다.

"장군님, 더 이상 생명을 연장시키는 것은 불가능합니다."

"얼마나 남았나?" 의심의 여지 없이 람피스의 목소리였다.

"몇 시간, 아마 링거액을 두 배로 늘리면 하루 정도 살 겁니다. 하지만 이런 상태에서는 전기 충격을 견딜 수 없습니다. 넉 달이나 견뎠다는 것 자체가 믿기지 않는 일입니다, 장군님."

"그럼 조금 비키게. 난 이 작자가 자연사하도록 놔둘 수는 없어. 내 뒤에 서게. 그래야 탄피를 맞지 않을 테니."

호세 레네 로만 장군은 행복한 마음으로 최후의 총탄 소리를 느꼈다.

21

새로운 소식을 듣기 위해 밖으로 나갔던 마르셀리노 벨레스 산타나 박사는 로베르트 레이드 카브랄 박사의 무어인 양식의 집에 있는 질식할 것만 같은 비좁은 다락방으로 돌아왔다. 그들은 그곳에서 이틀을 보내고 있었다. 그는 터키인 살바도르 에스트레야 사드알라의 어깨에 동정 어린 손을 올려놓고는 마하트마 간디 거리에 있는 그의 집이 습격을 받았으며, 칼리에들이 그의 아내와 아이들을 데려갔다고 전해주었다. 그러자 그는 자수하기로 마음을 굳혔다. 그는 숨도 제대로 쉬지 못한 채 땀을 흘리고 있었다. 그가 할 수 있는 일이 무엇일까? 그 야만인들이 아내와 아이들을 죽이도록 놔둬야 할까? 틀림없이 그들은 고문을 받고 있을 것이다. 너무나 괴로운 나머지 그는 가족을 위해 기도할 마음도 생기지 않았다. 그는 숨어 있던 동료들에게 자기 결심을 말했다.

"그게 무엇을 의미하는지 알지, 터키인?" 안토니오 델라 마사가 나무랐다. "그들은 널 놀리면서 죽이기 전에 가장 야만적인 방법으로 고문을 할 거야."

"음모자들을 죄다 불 때까지 네 앞에서 가족을 고문하고 학대할 거야." 후안 토마스 디아스 장군이 주장했다.

"날 산 채로 불태울지라도, 아무도 내 입을 열게 할 수는 없을 거야." 그는 눈에 눈물을 가득 머금고서 맹세했다. "난 단지 그 빌어먹을 푸포 로만의 이름만 말할 거야."

그들은 가기들도 띠닐 깃이니, 그에게 민시 비나시 빌라고 부탁했고, 살바도르는 하룻밤만 더 머물기로 했다. 아내와 열네 살짜리 아들 루이스, 그리고 겨우 네 살밖에 안 된 딸 카르멘이 첩보부대의 지하 감옥에 잔인한 흉악범들에게 둘러싸여 있을 것이라고 생각하면서, 그는 밤새 잠을 이루지 못했고 숨도 제대로 쉬지 못했다. 기도도 하지 않았고, 다른 생각도 할 수 없었다. 죄책감이 그의 마음을 갉아먹고 있었다. 어떻게 네 가족을 이렇게 위험에 빠뜨릴 수가 있어? 게다가 페드로 리비오 세데뇨에게 총을 쏜 것 때문에 죄책감을 느꼈다. 불쌍한 페드로 리비오! 지금쯤 어디에 있을까? 그는 얼마나 두렵고 무서운 시간을 보내고 있을까?

6월 4일 살바도르는 동료들 중에서 가장 먼저 레이드 카브랄의 집을 떠났다. 길모퉁이에서 택시를 탔고, 운전사에게 아내의 사촌이며 항상 좋은 친구 관계를 유지했던 기술자 펠리시아노 소사 미에세스가 사는 산티아고 거리로 가자고 말했다. 그는 단지 아내와 아이들, 그리고 나머지 가족들에 관한 소식을 알아보려고 했지만, 불가능했다. 펠리시아노가 현관문을 열어주었지만, 그를 보자마자 마치 악마가 자기 앞에 서 있는 것처럼 '돌아가, 악마야!'라고 말하는 듯한 제스처를 지었다.

"터키인, 여기서 뭐하는 거야?" 그가 격노하면서 소리쳤다. "내게 가족이 있다는 거 몰라? 우리가 모두 죽기를 바라는 거야? 자, 어서 가! 제발 부탁이니 어서 여기서 사라져줘!"

그는 두렵고 극도로 불쾌한 표정을 지으며 문을 닫았다. 살바도르는 어찌할 바를 몰랐다. 그는 택시로 돌아가면서 뼈가 흐늘흐늘해질 정도로 기운이 빠져 있었다. 더운 날씨였지만, 그는 추워서 죽을 듯이 덜덜 떨고 있었다.

"내가 누군지 알아봤지요, 그렇죠?" 그는 뒷좌석에 앉아 운전사에게 물었다.

눈썹까지 야구 모자를 푹 눌러쓴 그 사람은 뒤돌아 그를 쳐다보지 않았다.

"난 당신이 탈 때부터 알고 있었어요." 그가 차분하게 말했다. "걱정 마요. 나와 함께 있으면 안전할 거예요. 나 역시 트루히요를 증오합니다. 어디론가 가야 한다면 기꺼이 그곳으로 데려다주겠어요. 어디로 가고 싶은가요?"

"교회로 갑시다." 살바도르가 말했다. "어떤 교회든 상관없어요."

그는 자기 자신을 하느님의 손에 맡길 작정이었다. 그리고 가능하다면 고해를 하고 싶었다. 양심의 짐을 던 다음, 교구 신부에게 경찰을 불러달라고 부탁할 생각이었다. 그러나 어둠이 짙어가던 거리를 따라 시내 중심가로 차를 몰던 운전사가 이렇게 알려주었다.

"그 사람이 당신을 신고했어요. 저기 칼리에들이 있어요."

"멈춰요." 살바도르가 명령했다. "저 작자들이 당신까지 죽이기 전에 멈춰요."

그는 성호를 긋고서 택시에서 내린 다음 양손을 위로 높이 들면서, 기관단총과 권총을 휴대하고 폴크스바겐을 타고 있던 사람들에게 아무 저항도 하지 않을 것임을 알렸다. 칼리에들은 그의 손목에 수갑을 채운 다음 그를 딱정벌레 차의 뒷좌석으로 밀어버렸다. 그의 옆에 어정쩡하게 걸터앉은 두 명의 칼리에는 고약한 땀 냄새와 빌 냄새를 풍겼다. 그들은 차를 출발시켰다. 산페드로 데 마코리스로 가는 도로가 나오자 그는 엘누에베로 갈 것이라고 짐작했다. 그는 조용히 기도하려고 했지만 그럴 수 없었기에 슬펐다. 그의 머릿속은 아무것도, 그러니까 그 어떤 생각이나 모습이 한시도 가만히 있지 않은 채 시끄럽고 혼란스럽게 펄펄 끓어오르는 용광로 같았다. 모든 게 비누 거품처럼 펑펑 터지고 있었다.

9킬로미터 지점에 그 유명한 집이 있었다. 실제로 그곳은 높은 시멘트 벽으로 둘러싸여 있었다. 그들은 정원을 지났고, 그는 호젓한 안채를 보았다. 그곳은 나무에 에워싸였고 시골풍의 건물들과 낡은 오두막집으로 이루어져 있었다. 그들이 딱정벌레 차에서 그를 우격다짐으로 내리게 했다. 그는 어둠에 잠긴 복도를 지났다. 복도 양쪽으로 벌거벗은 사람들이 떼 지어 있는 감방들이 늘어서 있었다. 그런 다음 그는 긴 계단을 내려갔다. 똥과 토사물과 그을린 고기의 역하고 매서운 냄새에 토할 것만 같았다. 그는 지옥을 생각했다. 계단 끝에서 희미한 불빛이 보였다. 어둠 속에서도 쇠문과 쇠창살이 쳐진 조그만 창문이 달린 감방이 줄지어 있으며, 수많은 머리들이 북적거리면서 누가 오는지 보려고 애쓰는 것을 느낄 수 있었다. 지하실 끝에 도착하자, 그들은 그의 바지와 셔츠와 속셔츠를 찢어버렸고, 양말과 신발을 벗겼다. 그는 수갑을 찬 채 벌거벗은 몸이 되었다. 발바닥이 거친 판석 바닥을 덮고 있던 끈적끈적한 액체에 젖어 있다는 것을 느꼈다. 그들은 계속 그를 밀쳐대면서 다른 방으로 들어가게 했다. 거의 아무것도 보이지 않는 깜깜한 방이었다. 그들은 그곳에 그를 앉히고서 금속판으로 뒤덮인 삐걱거리는 엉성한 의자에 묶었다. 의자에는 그의 손과 발을 묶을 수 있는 가죽끈과 쇠고리가 달려 있었다.

한참 동안 아무 일도 일어나지 않았다. 그는 기도하려고 노력했다. 그를 묶었던 팬티만 입은 사람 중 하나가—이제 그의 눈은 어둠에 익숙해지고 있었다—공중으로 무언가를 뿌리고 있었고, 그는 그게 라디오에서 광고하던 싸구려 향수 '나이스'라는 걸 알았다. 허벅지와 엉덩이, 그리고 어깨에서 차가운 금속판이 느껴졌고, 동시에 찌는 듯한 공기 속에서 그는 거의 숨도 제대로 쉬지 못한 채 땀을 흘리고 있었다. 이미 자기 주변으로 몰려든 사람들의 얼굴 윤곽과 냄새와 특징을 구별하고 있었다. 그는 배가 불룩 튀어나온 일그러진 몸매와 이중 턱의 흐늘흐늘한 얼굴을 알아보았다. 그는 아주 가까운 거리에 있는 의자에 두 사람과 함께 앉아 있었다.

"이건 수치스러운 일이야, 빌어먹을! 피로 에스트레야 장군의 아들이 이런 개 같은 일에 연루되다니!" 조니 아베스가 말했다. "너의 엿 같은 피에는 보은의 마음이라고는 눈곱만큼도 찾아볼 수 없어, 이 개

252

자식."

그는 자기 가족이 이번 일과는 아무런 관련이 없으며, 그의 아버지와 형제들, 아내, 그리고 아들 루이스와 딸 카르멘 엘리는 아무것도 모르고 있다고 대답하려 했다. 그러나 그때 전기 충격이 가해졌고, 그의 몸은 벌떡 일어났지만 그를 붙잡아매고 있던 가죽끈과 고리 때문에 주저앉고 말았다. 그는 털구멍에서 바늘을 느꼈고, 그의 머리는 조그만 불똥을 일으켰다. 그리고 오줌을 싸고 똥을 쌌으며 창자에 있던 것을 모두 토했다. 양동이의 물세례를 받고 그는 다시 정신을 차렸다. 그리고 즉시 아베스 가르시아 오른쪽에 있던 사람을 알아보았다. 람피스 트루히요였다. 그는 그에게 욕을 퍼붓고 동시에 아내와 아들 루이스, 딸 카르멘을 풀어달라고 애원하고 싶었지만, 그의 목에서는 어떤 소리도 나오지 않았다.

"푸포 로만이 이 음모에 연루되어 있다는 게 사실이야?" 람피스가 느닷없이 물었다.

또다시 물세례를 받자 그는 말할 기운을 되찾았다.

"그래요, 그래." 그는 말했지만, 그게 자신의 목소리인지조차 알아듣지 못했다. "그 겁쟁이, 그 배신자, 그래. 그가 우리를 속였어. 트루히요 장군, 날 죽여도 좋아. 하지만 내 아내와 아이들은 풀어줘. 그들은 아무 죄도 없어."

"그리 쉽게 죽지는 않을 거야, 개자식아." 람피스가 대답했다. "넌 지옥으로 가기 전에 연옥을 거쳐야 해. 개새끼!"

두번째 전기 충격이 가해졌고, 그의 몸은 다시 앞으로 튀어나갔지만, 손과 발과 머리는 가죽끈과 고리에 묶여 제자리에 있었다. 그는 마치 두꺼비의 눈처럼 자기 눈에서 눈동자가 튀어나오는 것 같은 느낌을 받으면서 의식을 잃었다. 다시 의식을 찾았을 때 그는 벌거벗고 수갑을 찬 채 감방 바닥에 누워 있었다. 미끈미끈한 액체의 웅덩이 한 가운데였다. 뼈와 근육이 아팠고, 마치 가죽을 태운 것처럼 고환과 항문에서 참을 수 없는 열기가 느껴졌다. 더욱 고통스러운 것은 갈증이었다. 그의 목과 혀와 입천장은 마치 뜨거워진 샌드페이퍼 같았다. 그는 눈을 감고 기도했다. 메르세데스 성모에게 기도하면서, 자기가 젊었을 때 하라바코아로 순례했고, 산토 세로에 올라가 그녀의 성전에 무릎을 꿇고 그녀를 찬미할 정도로 신앙심이 깊다는 것을 떠올려주었다. 겸손하게 그는 아내와 아이들을 잔인한 야수에게서 보호해달라고 애원했다. 공포로 가득한 가운데서도 그는 감사하는 마음을 가졌다. 다시 기도할 수 있게 되었기 때문이다.

눈을 떴을 때, 그는 자기 옆에 형 구아리오넥스가 누워 있다는 것을 알았다. 구아리오넥스는 벌거벗고 구타당한 채 온몸이 상처와 멍으로 뒤덮여 있었다. 맙소사, 그들은 불쌍한 구아로를 끔찍한 상태로 만들었던 것이다! 장군은 눈을 뜨고서, 복도에 달린 전등에서 쇠창살이 쳐진 조그만 창문으로 스며들어온 희미한 불빛 속에서 그를 쳐다보고 있었다. 그를 알아보았을까?

"형, 나 터키인이야. 동생 살바도르야." 그는 구아로 쪽으로 기어가면서 말했다. "내 말 들려? 나를 볼 수 있어, 구아로?"

그는 형과 얘기해보려고 안간힘을 쓰면서 끝도 없이 긴 시간을 보냈지만 허사였다. 구아로는 살아 있었다. 그는 움직였고, 눈을 떴다 감았다. 종종 기상천외한 말을 하면서 자기 부하들에게 "하사, 이 노새를 옮겨!" 따위의 명령을 내렸다. 그들은 구아리오넥스 장군이 철저한 트루히요주의자라고 생각했기 때문에 그에게 음모 계획을 숨겼다. 불쌍한 구아로는 아무것도 모르는데, 체포되어 고문받고 심문받았으니 얼마나 놀랐을까? 그는 다시 고문실로 끌려가 옥좌에 앉자 람피스와 조니 아베스에게 그런 사실을 설명하려고 했고, 전기 충격으로 기절을 하면서도, 그리고 '황소 불알'이라는 채찍을 맞으며 살점이 떨어져 나가는 와중에도 수없이 그 말을 반복하고 맹세했다. 그러나 그들은 진실을 아는 데 아무런 관심이 없는 듯했다. 그는 구아리오넥스나 다른 형제들, 그리고 그의 아버지는 음모에 전혀 연루되지 않았다고 하느님을 두고 맹세했고, 그들에게 에스드레아 사브날라 상관에게 한 행동은 어처구니없이 부당한 처사이며, 그들은 이 생에서 그 대가를 치르게 될 것이라고 소리쳤다. 하지만 그들은 아랑곳하지 않았다. 그들은 심문하는 것보다 고문하는 것에 더 관심을 보이고 있었다. 그가 체포된 후부터 몇 시간, 아니 며칠이나 몇 주가 지나서였는지는 모르지만, 어쨌건 무한처럼 보이던 시간이 흐른 후에야 그는 규칙적으로 자기에게 카사바 덩어리가 든 수프와 빵 한 조각과 물 한 주전자가 배급된다는 것을 알았다. 간수들은 그것을 건네주면서 침을 뱉곤 했다. 그러나 그는 이제 그 어떤 것에도 관심이 없었다. 그는 기도할 수 있었다. 고문을 받지 않고 정신이 명민할 때 그는 내내 기도했고, 종종 그러다가 잠들거나 기절했다. 그러나 고문을 당할 때는 기도하지 않았다. 옥좌에 있으면 고통과 두려움 때문에 아무것도 할 수 없었기 때문이다. 종종 첩보부대의 의사가 와서 그의 심장에 청진기를 갖다 댔고 기운을 되찾게 하는 주사를 놔주곤 했다.

어느 날 낮인가 밤인가였다. 감방에 있으면 낮인지 밤인지도 구별할 수 없다. 벌거벗은 채 수갑을 차고 있던 그를 감방에서 꺼내 계단을 올라가게 하더니, 햇빛이 비치는 조그만 방으로 처넣었다. 하얀 햇빛을 보자 눈이 부셨다. 마침내 그는 람피스 트루히요의 창백하면서도 우아한 얼굴을 볼 수 있었다. 그의 옆에는 연로한 몸에도 불구하고 꼿꼿한 자세로 피로 에스트레야 장군이 서 있었다. 아버지를 알아보자 살바도르는 눈물을 펑펑 흘렸다.

그러나 걸레짝이 되어버린 아들을 보고 감정이 흔들리는 대신, 장군은 분노하면서 소리쳤다.

"난 너를 몰라! 넌 내 아들이 아니야! 살인자! 배신자!" 그는 분노로 목이 멘 나머지 손을 마구 흔들어댔다. "넌 나와 너와 모든 가족이 트루히요의 은덕을 입었다는 걸 몰라? 네가 죽인 그분에게 말이야! 빌어먹을 놈, 어서 뉘우쳐!"

그는 비틀거리는 몸을 책상에 기대야만 했다. 그는 눈길을 아래로 떨어뜨렸다. 아버지가 거짓말하고 있는 것일까? 그렇게라도 해서 람피스를 설득하고, 나중에 그의 목숨을 구해달라고 애원하려는 것일까? 아니면 트루히요에 대한 열정이 자식에 대한 사랑보다 더 강했던 것일까? 그는 고문 시간을 제외하곤 내내 그런 의심에 사로잡혀 괴로워했다. 고문은 매일 혹은 이틀마다 계속되었고, 이제는 아주 길고도 그를 미치게 만드는 심문이 병행되었다. 그 심문에서 그들은 수천 번이나 동일한 질문을 던지면서 그에게 상세한 내용들을 동일하게 진술할 것을 요구했고, 새로운 음모자들의 이름을 캐내기 위해 애썼다. 그는 그들이 이미 알고 있는 사람들 이외에는 그 누구도 모르며, 그의 가족 중 공모자는 하나도 없고, 특히 구아리오넥스는 아무 관련도 없다고 진술했지만, 그들은 믿지 않았다. 조니 아베스와 람피스는 언제부턴가 심문하는 자리에 모습을 드러내지 않았다. 심문을 진행한 사람들은 클로도베오 오르티스 중위, 엘라디오 라미레스 수에로 변호사, 라파엘 트루히요 레이노소 대령, 그리고 경찰 부서장인 페레스 메르카도였는데, 그가 익히 잘 알고 있던 부하들이었다. 몇몇은 전기 침을 그의 몸에 찌르거나 혹은 고무를 입힌 곤봉으로 그의 머리와 등을 사정없이 때리거나 또는 담뱃불로 그를 지지면서 즐기는 것 같았고, 또 어떤 사람들은 마지못해 혹은 싫증을 내면서 그렇게 하는 것 같았다. 고문이 시작되면 전기 충격을 밤명하던 상의를 벗은 집행관 중 하나가 나이스를 공중에 뿌려 그의 배변과 그을린 살이 내뿜는 악취를 없앴다.

어느 날—그런데 그게 언제였을까?—그의 감방에 피피 파스토리사, 우아스카르 테헤다, 모데스토 디아스, 페드로 리비오 세데뇨, 그리고 툰티 카세레스가 수감되었다. 툰티 카세레스는 안토니오 델라 마사의 조카로 원래 계획은 안토니오 임베르트가 몰았던 그 자동차를 운전하기로 되어 있었다. 모두 그처럼 벌거벗은 채 수갑을 차고 있었다. 그들도 체포된 후 줄곧 이곳 엘누에베의 다른 감방에서 전기 고문과 채찍질, 인두질과 귀와 손톱 아래로 바늘을 찌르는 고문을 받고 있었다. 그리고 끝도 없는 심문에 시달리고 있었다.

그들을 통해 그는 임베르트와 루이스 아미아마가 모습을 감추었으며, 람피스는 그들을 찾으려고 혈안이 되어 제보자에게 50만 페소를 주겠다고 약속했다는 사실을 알았다. 또한 안토니오 델라 마사와 후안 토마스 디아스 장군, 그리고 아마디토가 총격전을 벌이다가 사망했다는 것도 알았다. 그는 철저하게 고립되어 있었지만, 그들은 간수와 대화를 나눌 수 있었고, 외부에서 무슨 일이 일어나고 있는지 알고 있었다. 우아스카르 테혜다는 친하게 지내게 된 고문관 중 한 사람에게서 람피스 트루히요와 안토니오 델라 마사의 아버지가 나누었다는 대화를 전해 들었다. 총통의 아들은 감옥으로 비센테 델라 마사 씨를 찾아와 그의 아들이 죽었다고 전해주었다. 그러자 모카의 늙은 지도자는 목소리도 전혀 떨지 않고 "싸우다가 죽었습니까?"라고 물었다. 람피스는 고개를 끄덕였다. 그러자 비센테 델라 마사 씨는 성호를 그으면서 "감사합니다, 하느님!"이라고 말했다.

페드로 리비오 세데뇨가 부상에서 회복된 것을 보자 그는 안심했다. '검둥이'는 그날 밤의 혼란 속에서 터키인이 그에게 총을 쏜 것에 대해 아무런 적개심도 가지고 있지 않았다. "내가 용서할 수 없는 건 그곳에서 나를 죽이지 않았다는 거야"라고 농담까지 했다. "왜 내 목숨을 살려주었어? 이렇게 만들려고? 빌어먹을 놈들!" 모두가 푸포 로만에게 심한 분노를 느꼈지만, 모데스토 디아스가 위층에 있는 그의 감옥에서 푸포가 벌거벗고 수갑을 차고 눈꺼풀을 꿰맨 채 네 명의 집행관에게 질질 끌려서 고문실로 가는 것을 보았다고 말하자 아무도 즐거워하지 않았다. 모데스토 디아스는 평생을 우아하고 똑똑한 정치인으로 살았지만, 이제 그런 흔적은 찾아볼 수도 없었다. 엄청나게 살이 빠졌고, 온몸이 상처투성이였으며, 얼굴은 무한한 절망의 표정을 짓고 있었다. '나도 저렇게 보일 거야'라고 살바도르는 생각했다. 그는 체포된 이후 한 번도 거울을 보지 못했다.

종종 그는 심문관들에게 고해신부에게 고해를 하게 해달라고 부탁했다. 마침내 먹을 것을 가져다주던 간수가 신부를 만나고 싶은 사람이 누구냐고 물었다. 모두 손을 들었다. 그러자 그들에게 바지를 입으라고 하더니 가파른 계단으로 올라가라고 했고, 터키인이 아버지에게 욕을 들었던 방으로 들여보냈다. 햇빛을 보고 피부에 닿는 따스한 햇볕을 느끼자, 살바도르는 다시 기운이 났다. 게다가 결코 못할 것이라고 체념했던 고해를 하고 성체를 받아 모실 것을 생각하니 더욱 기운이 났다. 군종신부인 로드리게스 카넬라 신부가 트루히요를 위해 함께 기도하자고 하자, 단지 살바도르만 무릎을 꿇고 그와 함께 기도했다. 나머지 동료들은 몹시 당황스럽고 불편한 얼굴로 서 있었다.

로드리게스 카넬라 신부를 통해 그는 그날이 1961년 8월 30일이라는 사실을 알았다. 겨우 석 달이 지난 것이다! 그는 그 악몽이 수백 년은 지속된 듯했다. 동료들은 모두 침울했고 쇠약해져 있었으며 사기가 땅에 떨어졌다. 그들은 서로 거의 말을 하지 않았고, 대화는 항상 그들이 엘누에베에서 보았고 들었으며 경험했던 것들을 맴돌았다. 감방 동료들의 증언 가운데 살바도르의 머릿속에 지울 수 없는 흔적으로 기억된 것은 모데스토 디아스가 울면서 들려준 이야기였다. 처음 몇 주 동안 그는 미겔 앙헬 바에스 디아스와 같은 감방에 갇혀 있었다. 5월 30일 산크리스토발로 향하는 고속도로에서 폴크스바겐을 타고 다가와 저녁 산책 때 트루히요와 함께 있었으며 트루히요는 반드시 올 것이라고 말했던 사람이 바로 그였다. 터키인은 그때 그 철저한 트루히요 추종자들 중에서도 권력자인 그가 음모에 가담하고 있다는 사실을 알고 크게 놀랐던 일을 떠올렸다. 아베스 가르시아와 람피스는 그가 트루히요의 측근이었다는 사실에 더욱 분노했다. 그래서 그가 전기의자에 앉건 구타를 당하건 인두질을 당하건, 항상 고문 현장에 직접 참석했고, 첩보부대 군의관들에게 의식을 되돌아오게 만들라고 명령하면서 계속해서 그를 고문하고 심문했다. 두세 주가 지나자 역겨운 냄새를 풍기던 평소의 밀가루 음식 대신 고깃덩이가 든 그릇이 그들에게 주어졌다. 미겔 앙헬 바에스와 모데스토는 두 손으로 배부를 때까지 게걸스럽게 먹어치웠다. 잠시 후 간수가 다시 들어왔다. 그는 바에스 디아스를 뚫어지게 쳐다보면서, 람피스 트루히요 장군은 그가 아들을 먹는데도 전혀 역겨워하지 않았는지 알고 싶어 한다고 말해주었다. 바닥에 누워 미겔 앙헬은 그에게 욕을 퍼부었다. "그 더럽고 추잡한 개새끼에게 난 그가 내 아들의 혀를 먹고 독살되기를 바란다고 전해." 간수는 웃음을 터뜨렸다. 그리고 그곳을 떠나더니 잠시 후 다시 문 앞으로 돌아와 어느 청년의 잘린 머리를 보여주었다. 간수가 붙잡고 있는 머리카락 아래로 머리통이 대롱대롱 매달려 있었다. 미겔 앙헬 바에스 디아스는 몇 시간 후 심장마비를 일으켜 모데스토의 품안에서 세상을 떠났다.

살바도르는 큰아들 미겔리토의 머리를 알아본 미겔 앙헬의 모습을 결코 지울 수 없었다. 그는 목 잘린 루이스와 카르멘 엘리의 모습을 보는 악몽을 꾸곤 했다. 잠을 자다가 갑자기 비명을 질러대는 통에 감방 동료들이 짜증을 부릴 정도였다.

스스로 목숨을 끊으려고 시도했던 몇몇 친구들과는 달리, 살바도르는 마지막까지 견디기로 마음먹었다. 이미 그는 하느님과 화해했고, 그래서 밤낮으로 기도했고, 교회는 자살을 금지했기 때문이다. 자살하는 것도 쉬운 일은 아니었다. 우아스카르 테헤다는 뒷주머니에 넥타이를 접어서 넣고 다니던 간수에게서 넥타이를 훔쳐 자살을 시도했다. 그는 목 졸라 죽으려고 했지만, 성공하지 못했다. 그리고 자살을 시도했다는 이유로 더욱 가혹한 형벌을 받았다. 페드로 리비오 세데뇨는 고문실에서 람피스의 화를 돋우면서 죽으려고 시도했다. "개새끼", "호래자식", "네미씨팔놈", "네 엄마 에스파뇰리타는 트루히요의 정부가 되기 전에 갈보였어"라고 욕했고, 심지어 그에게 침까지 뱉었다. 하지만 람피스는 그가 그토록 갈구하던 기관단총을 갈기는 대신 이렇게 말했다. "아직 아니야. 아직 너무 일러. 결국 넌 그렇게 죽게 될 거야. 하지만 아직은 네 죗값을 치러야 해."

살바도르 에스트레야 사드알라가 두번째로 그날이 며칠인지를 알았을 때는 1961년 10월 9일이었다. 그날 그들은 그에게 바지를 입게 하고서 다시 한 번 가파른 계단을 올라가게 했다. 눈이 부셨고 피부에 달콤한 햇빛을 받아 기분이 좋았던 그 방으로 가게 했던 것이다. 창백한 얼굴에 사성 장군의 멋진 군복을 입은 람피스가 〈엘카리베〉 신문을 손에 들고 있었다. 1961년 10월 9일자 신문이었다. 살바도르는 헤드라인을 읽었다. '페드로 A. 에스트레야 장군이 라파엘 레오니다스 트루히요 장군에게 보내는 편지'였다.

"네 아버지가 내게 보낸 이 편지를 읽어봐." 람피스가 신문을 건네주었다. "너에 관해 말하고 있어."

수갑을 차서 퉁퉁 부은 손목으로 살바도르는 〈엘카리베〉 신문을 받았다. 현기증과 더불어 뭐라고 말할 수 없는 역겨움과 슬픔이 일었지만, 그는 마지막까지 읽어 내려갔다. 피로 에스트레야 장군은 염소를

'모든 도미니카 사람들 중에서 가장 위대하신 분'이라고 부르면서, 자기가 그의 친구였고 경호원이었으며 부하였다는 사실을 자랑하는 한편 모멸적인 말로 살바도르를 언급하고 있었다. 그는 '길을 잃은 아들이 저지른 중죄'와 '자기 보호자와 가족들을 배신한 내 아들의 반역'에 관해 말하고 있었다. 그러나 그런 욕보다도 더 심한 것은 마지막 대목이었다. 그의 아버지는 아들이 국가 원수 살해라는 대역죄를 범해 가족의 재산이 몰수되었지만, 그에게 돈을 주어 목숨을 부지하도록 도와주었다면서 람피스에게 과도할 정도로 비굴하게 감사해하고 있었던 것이다.

그는 불쾌하고 창피한 나머지 토할 것 같은 기분으로 감방으로 돌아왔다. 동료들 앞에서 자신의 혼란과 사기 저하를 숨기려고 노력했지만, 그는 결코 고개를 들지 않았다. '나를 죽인 건 람피스가 아니라 우리 아버지야'라고 그는 생각했다. 안토니오 델라 마사가 부러웠다. 비센테 씨와 같은 아버지를 둔 아들이야말로 진정한 행운아야!

그 잔인한 10월 9일에서 며칠이 지난 후, 그와 다섯 명의 감방 동료들은 라빅토리아로 이송되었다. 그들은 호스의 물에 몸을 씻었고, 체포될 당시 입었던 옷을 돌려받았다. 터키인은 걸어 다니는 송장이 되어 있었다. 매주 목요일 30분 동안 면회가 주어졌지만, 찾아올 사람도 없었고, 아내나 아들 루이스 그리고 딸 카르멘 엘리를 포옹하고 키스할 가능성도 없었다. 그랬기에 피로 에스트레야 장군이 람피스 트루히요에게 보낸 공개 서한을 읽은 뒤로 그의 심장 주변은 얼음이 언 것처럼 싸늘했다.

라빅토리아에서 고문과 심문은 없었다. 그들은 바닥에서 잠을 잤지만, 더 이상 벌거벗지 않았다. 가족들이 보내준 옷을 입고 있었고, 수갑도 벗겨져 있었다. 가족들은 음식과 음료수와 약간의 돈을 보내줄 수 있었고, 그 돈으로 그들은 간수들을 매수해서 신문을 구입하거나 다른 죄수들에 대한 정보를 입수하거나 외부로 메시지 전달을 부탁했다. 트루히요의 독재를 비난하면서 '질서 속에서' 민주주의로 나아갈 것을 약속한 발라게르 대통령의 유엔 연설은 감옥에 갇힌 그들에게 새로운 희망을 가져다주었다. 믿을 수 없는 일이었지만, '시민 연대'와 '6월 14일 운동'이 공개적으로 대낮에 활동하면서 야당으로 움트고 있었다. 무엇보다도 기운을 차리게 하는 소식은 미국과 베네수엘라를 비롯한 다른 나라에서 여러 위원회가 결성되어 트루히요 살인범들이 국제 옵서버들의 참관 아래 시민 법정에서 재판을 받게 하라고 요구한다는 것이었다. 살바도르는 다른 친구들과 그 꿈을 함께 나누려고 노력했다. 그는 기도하면서 하느님에게 자기도 희망을 가질 수 있게 해달라고 애원했다. 그는 어떤 희망도 품지 않고 있었기 때문이다. 그는 람피스의 얼굴에서 무자비한 표정을 보았었다. 과연 그가 그들을 자유의 몸이 되게 해줄까? 결코 그럴 일은 없을 것이다. 끝까지 그들에게 복수할 게 분명했다.

페탄과 '검둥이' 트루히요가 나라를 떠났다는 소식이 들려왔다. 라 빅토리아에서는 기쁨의 환성이 터져 나왔다. 람피스도 곧 도주할 것이었다. 그리고 발라게르는 사면령을 내리는 수밖에 없을 것이었다. 그러나 논리적인 사고를 가졌고, 모든 상황을 차갑게 분석하는 데 일가견이 있는 모데스토 디아스는 지금이 바로 가족들과 변호사들이 그들을 지켜주기 위해 움직일 때라고 설득했다. 그러면서 람피스는 자기 아버지의 처형자들을 제거하지 않고는 나라를 떠나지 않을 것이라고 주장했다. 그의 말을 들으면서, 살바도르는 몸과 얼굴이 만신창이가 된 모데스토를 쳐다보았다. 그의 몸은 계속해서 살이 빠졌고, 주름살이 가득한 노인의 얼굴이 되어 있었다. 도대체 몇 킬로그램이나 빠졌을까? 그의 아내가 넣어주는 바지와 셔츠는 너무 헐렁해서 몸에서 둥둥 떠다니는 것 같았고, 매주 허리띠에 구멍을 새로 내야만 했다.

살바도르는 항상 슬픈 표정을 지었지만, 그 누구에게도 아버지의 공개 서한에 대해 말하지 않았다. 그것은 마치 그의 등 뒤에 꽂힌 비수와 같았다. 비록 계획은 어긋났고 너무나 많은 사람들이 죽고 고통을 당했지만, 그의 행동은 국가를 바꾸는 데 공헌했다. 비밀 회합이 열리고 있으며, 청년들이 트루히요 동상의 목을 잘랐고 그의 이름과 가족의 이름들이 적힌 명판들을 떼어냈으며, 몇몇 망명자들이 귀국했다는 소식이 라빅토리아의 감방 안에까지 스며들어왔다. 트루히요 독재 시대의 끝이 시작된 게 아닐까? 만일 그들이 야수를 죽이지 않았다면, 아무 일도 일어날 수 없었을 것이다.

트루히요의 형제들이 돌아왔다는 소식은 라빅토리아의 죄수들에게 얼음장처럼 차가운 샤워 물과 같았다. 기쁨을 숨기지 않은 채 교도소장인 아메리코 단테 미네르비노 소령은 11월 17일에 살바도르, 모데스토 디아스, 우아스카르 테헤다, 페드로 리비오, 피피 파스토리사, 청년 툰티 카세레스에게 밤이 될 무렵 법무부 감방으로 이송될 것이며, 다음 날 가로수 길에서 현장 검증을 할 것이라고 전해주었다. 그들은 남은 돈을 모두 털어서 간수에게 건네주었고, 가족들에게 긴급 메시지를 보내 수상쩍은 일이 일어나고 있다고 알렸다. 의심의 여지

없이 현장 검증은 연극이었다. 람피스가 그들을 죽이기로 결심했던 것이다.

땅거미가 질 무렵 여섯 사람은 수갑을 차고 감옥에서 끌려 나가 창문이 검게 칠해진 검은 소형 트럭에 올라탔다. 산토도밍고 사람들이 '들개 포획인'이라고 부르는 차였다. 세 명의 무장 경비병이 그들을 호송했다. 눈을 감은 채 살바도르는 아내와 아이들을 보살펴달라고 기도했다. 그런데 그들이 걱정하고 두려워했던 것과는 달리, 그들이 도착한 곳은 체제의 비밀 처형 장소로 선호되던 절벽이 아니었다. 그들은 시내 중심가, 즉 박람회장의 법무부 청사에 위치한 감옥으로 갔다. 그리고 그날 밤의 대부분을 선 채로 보냈다. 그곳은 너무 좁아 여섯 사람이 동시에 앉아 있을 수 없었기 때문이다. 그들은 두 사람씩 교대로 앉았다. 페드로 리비오와 피피 파스토리사는 들떠 있었다. 만일 이곳으로 데려왔다면 현장 검증을 한다는 말이 틀림없었기 때문이다. 희망적인 생각은 툰티 카세레스와 우아스카르 테헤다에게도 전염되었다. 그랬다, 그렇지 않을 이유가 없었다. 그들을 사법부의 손에 넘겨 민간 법정에서 재판을 받도록 할지도 모르는 일이었다. 그러나 살바도르와 모데스토 디아스는 회의적인 생각을 감추면서 잠자코 있었다.

아주 작은 소리로 터키인은 친구의 귀에 대고 말했다. "이게 우리의 끝이야. 그렇지, 모데스토?" 변호사는 고개를 끄덕이더니 말없이 그의 팔을 꽉 붙잡았다.

해가 뜨기 전에 그들은 감옥에서 나와 다시 '들개 포획인'에 올라탔다. 법무부 청사 주위로 놀라울 정도로 많은 군인들이 배치되어 있었다. 살바도르는 아직 어스름한 빛 속에서 모든 군인들이 공군 기장을 달고 있다는 것을 알았다. 람피스와 비르힐리오 가르시아 트루히요의 영지라고 말할 수 있는 산이시드로 기지의 병사들이었다. 그는 동료들이 놀라지 않도록 아무 말도 하지 않았다. 좁은 소형 트럭에서 그는 하느님과 말하려고 노력했다. 밤마다 시간을 할애해서 그랬던 것처럼, 체통 있게 죽게 해달라고, 겁쟁이 같은 행동으로 불명예스럽게 죽지 않게 해달라고 기도하려고 했다. 그러나 정신을 집중할 수 없었다. 그렇게 그는 자기의 시도가 실패하자 몹시 괴로워했다.

소형 트럭은 잠시 달린 후 브레이크를 밟았다. 그들은 산크리스토발로 가는 고속도로에 있었다. 그들이 트루히요를 살해한 장소였다. 태양이 하늘과 도로변의 야자수와 바위에 부딪치며 두런거리는 바다를 황금빛으로 물들이고 있었다. 그곳에는 수많은 경비병들이 있었다. 그들은 고속도로에 폴리스라인을 설치해놓고 양 방향의 교통을 차단하고 있었다.

"뭣 때문에 이런 연극을 하는 거지? 저 자식은 제 아비처럼 광대 짓을 하는군." 그는 모데스토 디아스가 말하는 소리를 들었다.

"뭣 때문에 연극을 하겠어?" 피피 파스토리사가 투덜댔다. "너무 비관적으로 생각하지 마. 이건 현장 검증이야. 판사들이 왔어. 보이지?"

"제 아비가 좋아했던 것과 똑같은 장난질이야." 모데스토가 굽히지 않고 말하면서 불쾌하다는 표정으로 고개를 가로저었다.

연극이건 아니건 그건 많은 시간이 걸렸다. 태양이 중천에서 그들의 두개골에 구멍을 뚫기 일보 직전까지 지속되었다. 그들은 한 사람씩 야외에 설치된 야전 테이블 앞으로 가야만 했다. 그곳에서 사복을 입은 두 사람이 엘누에베와 라빅토리아에서 했던 것과 똑같은 질문을 던졌다. 몇몇 속기사들이 그들의 대답을 기록했다. 단지 하급 장교들만 그곳을 맴돌고 있었다. 지겹고도 지겨운 의식이 진행되는 동안 람피스나 아베스 가르시아, 페치토 레온 에스테베스, 피룰로 산체스 루비로사와 같은 고위급들은 얼굴도 내밀지 않았다. 그들에게 먹을 것도 주지 않았고, 정오쯤 되어서야 음료수 몇 잔이 나왔다. 오후가 시작될 무렵 라빅토리아의 토실토실한 교도소장 아메리코 단테 미네르비노 소령이 모습을 드러냈다. 그는 초조하게 자기 콧수염을 가만가만 씹고 있었으며, 평소보다 더 고약한 표정을 짓고 있었다. 그는 권투 선수처럼 코가 납작했고 어깨에 기관단총은 메으며 허리와 몸 사이로 권총을 찔러 넣은 뚱뚱한 검둥이와 함께 있었다. 그들은 다시 '들개 포획인'에 올라탔다.

"어디로 가는 거지?" 페드로 리비오가 미네르비노에게 물었다.

"라빅토리아로 돌아간다." 교도소장이 말했다. "너희들이 길을 잃지 않도록 내가 직접 데려가려고 온 것이다."

"정말 영광이군." 페드로 리비오가 대꾸했다.

소령이 운전석에 앉았고 권투 선수 얼굴의 검둥이는 그의 옆에 앉았다. '들개 포획인'의 뒤편에서 그들을 호송하고 있던 세 명의 경비병은 너무나 어려 보이는 모습이 신병들인 것 같았다. 경비병들은 중요한 죄수들을 감시하고 호위해야 한다는 의무감에 짓눌려 긴장하고 있는 게 역력했다. 죄수들에게는 수갑이 채워졌을 뿐만 아니라, 종종 걸음으로 살살 걸을 수 있도록 발목에는 다소 헐겁게 밧줄이 묶여 있었다.

"이 밧줄을 묶는 이유가 뭐야?" 툰티 카세레스가 투덜댔다.

경비병 하나가 소령을 가리키면서 입에 손가락 하나를 갖다 댔다. "조용히 해."

차는 한참을 달려갔다. 살바도르는 그들이 라빅토리아로 되돌아가는 게 아니라는 사실을 알았다. 동료들의 얼굴 표정을 보니 그들도 똑같이 짐작하는 것 같았다. 그들은 입을 다물고 있었다. 몇몇은 눈을 감고 있었고, 다른 사람들은 눈을 둥그렇게 뜨고 격노의 불빛을 발산했다. 마치 자기들이 어디에 있는지 확인하기 위해 자동차의 금속 표면을 꿰뚫어보려는 것 같았다. 그는 기도하려고 애쓰지도 않았다. 너무나 불안했기에 아무 소용도 없었다. 그러나 주님은 이해해주실 것이라고 믿었다.

소형 트럭이 멈추자 그들은 높은 절벽 아래서 거센 파도가 부딪치는 소리를 들었다. 경비병들은 소형 트럭의 문을 열어주었다. 그들은 황량한 지역에 있었다. 그곳의 흙은 붉은색이었고 나무에는 나뭇잎이 별로 달려 있지 않았다. 어느 곳에 있는 것 같았다. 태양은 아직도 반짝이고 있었지만, 이미 곡선을 그리며 내려가고 있었다. 살바도르는 죽는다는 것은 잠자고 쉬는 것과 같다고 생각했다. 이제 그는 혼자 힘으로는 감당 못할 피로를 느끼고 있었다.

단테 미네르비노와 권투 선수 얼굴의 힘센 검둥이가 세 명의 젊은 경비병을 소형 트럭에서 내리게 했다. 그런데 여섯 죄수가 그들을 따라가려고 하는 순간 그들이 길을 막았다. "너희들은 여기 가만히 있어." 그러고는 즉시 총을 발사하기 시작했다. 그들이 아니라 젊은 병사들에게 총을 쐈던 것이다. 세 젊은 병사는 총탄에 맞아 구멍투성이가 된 채 쓰러졌다. 병사들은 놀라서 비명을 지를 틈도 없었고, 왜 자기들이 죽어야 하는지 생각해볼 시간도 없었다.

"지금 뭐하는 거야? 무슨 짓을 하는 거야, 이 살인자들아!" 살바도르가 큰 소리로 울부짖었다. "왜 저 불쌍한 병사들을 죽이는 거야, 이 살인자들아!"

"우리가 죽인 게 아니라, 너희들이 죽인 거야." 단테 미네르비노 소령이 딱딱하게 대답했다. 그러면서 그는 기관단총을 다시 장전했다. 그러자 코가 납작한 검둥이는 폭소를 터뜨리면서 즐거워했다. "자, 그럼 이제 너희들이 내릴 차례야."

갑작스러운 일에 너무나 놀라 여신이 빙빙한 새, 여섯 명은 차에서 내렸고, 세 경비병의 시체와 부딪쳤다. 밧줄 때문에 그들은 우스꽝스럽게 깡충깡충 뛰어서 시체를 넘어가야만 했다. 그들은 그곳에서 몇 미터 떨어져 있던 다른 소형 트럭으로 옮겨졌다. 그들이 타고 왔던 것과 똑같은 소형 트럭이었다. 사복을 입은 사람 하나가 그 장면을 지켜보고 있었다. 그들을 소형 트럭 뒤에 가둔 후, 세 사람은 앞좌석에 끼여 앉았다. 단테 미네르비노가 다시 운전대를 잡았다.

이제 살바도르는 기도할 수 있었다. 그는 동료가 흐느끼는 소리를 들었지만, 그 울음소리는 그의 마음을 흩뜨리지 않았다. 그는 가장 행복했던 순간처럼 그와 가족과 방금 살해된 세 명의 경비병, 그리고 소형 트럭에 있는 다섯 명의 동료를 위해 아무런 어려움 없이 기도했다. 그때 너무나 초조하고 불안한 나머지, 한 동료가 운전사와 그들을 분리해놓은 금속판에 머리를 마구 박으면서 욕을 퍼부었다.

그는 얼마나 오랫동안 그 차를 타고 왔는지 알 수 없었다. 한순간도 쉬지 않고 기도했기 때문이다. 그는 아내와 아이들을 떠올리면서 마음의 평화와 무한한 애정을 느꼈다. 차가 멈추고 문이 열렸다. 그는 바다와 석양, 그리고 파란 잉크색의 하늘로 가라앉고 있는 태양을 보았다.

그들은 끌려서 차에서 내렸다. 그들이 있는 곳은 수영장 옆에 있는 아주 커다란 집의 마당이자 정원이었다. 거기에는 도도하게 높이 치솟은 은빛 야자수가 한 움큼 있었고, 거기에서 약 20미터 떨어진 곳에는 테라스가 있었고, 테라스에서는 손에 술잔을 들고 있는 사람들의 모습이 보였다. 그는 람피스, 페치토 레온 에스테베스, 페치토의 동생 알폰소, 피룰로 산체스 루비로사를 알아보았고, 모르는 얼굴이 두세 명 더 있었다. 알폰소 레온 에스테베스가 위스키 잔을 손에 든 채 그들을 향해 뛰어왔다. 그는 아메리코 단테 미네르비노와 검둥이 권투 선수를 도와 그들을 야자수 쪽으로 밀어버렸다.

"한 사람씩, 페치토!" 람피스가 명령했다. '술 취했어'라고 살바도르는 생각했다. 이 빌어먹을 염소의 아들은 마지막 축제를 벌이기 위해 술에 취해야만 했던 것이다.

우선 페드로 리비오에게 총을 쏘았다. 그는 연속해서 발사된 권총과 기관단총의 총탄 세례를 받고 즉시 고꾸라졌다. 그러고 나서 툰티 카세레스를 야자수로 끌고 갔다. 툰티 카세레스는 쓰러지기 전에 람피스에게 "개자식, 비겁자, 씨팔놈!"이라며 욕을 퍼부었다. 그다음으로 모데스토 디아스는 "공화국 만세!"라고 외쳤고, 숨을 거두기 전에 바닥에서 몸부림쳤다.

이제 그의 차례였다. 그들은 그를 밀거나 질질 끌고 갈 필요가 없었다. 그는 발목에 묶인 밧줄 때문에 종종걸음을 내디디면서 스스로 그의 친구들이 쓰러져 있던 야자수로 갔고, 마지막 순간에 주님과 함께 있도록 해주신 하느님에게 감사했다. 그러면서 사드알라 가족이 신앙을 지키고 주님의 땅에서 입신출세의 길을 찾기 위해 떠나온 레바논의 작은 마을 바스킨타를 결코 보지 못할 것이라고 아쉬워하며 슬퍼했다.

22

아직 잠에서 깨어나지 않았던 호아킨 발라게르 대통령은 전화벨 소리를 듣고, 무언가 중대한 일이 발생했다고 예감했다. 그는 수화기를 들면서, 다른 한 손으로 눈을 비볐다. 국군 참모본부에서 고위급 모임을 소집하는 호세 레네 로만 장군의 목소리가 들려왔다. '그를 죽였군' 하고 그는 생각했다. 음모가 성공한 것이다. 그는 잠에서 완전히 깨어났다. 죽은 사람을 불쌍히 여기거나 분노하면서 시간을 지체할 수 없었다. 문제는 국방 책임자였다. 그는 목청을 가다듬고 천천히 말했다. "만일 그토록 중대한 사태가 발생했다면, 공화국 대통령으로서 나는 군부대가 아닌 대통령궁에 있어야 하오. 난 대통령궁으로 가겠소. 긴급 수뇌부 모임을 내 집무실에서 열자고 제안하는 바이오. 그럼 다시 통화합시다." 그는 국방부 장관이 대답할 시간도 주지 않고 전화를 끊었다.

그는 자리에서 일어나 누이들이 깨지 않도록 조용히 옷을 입었다. 틀림없이 트루히요가 죽은 것이었다. 그리고 로만이 주도하는 쿠데타가 진행 중이었다. 왜 그를 '12월 18일 요새'로 부르려고 했던 것일까? 그에게 사퇴를 강요하거나, 아니면 체포하거나 군사 봉기를 지지하라고 요구하려는 게 분명했다. 유치하고 미숙하고 엉망인 계획이었다. 전화를 거는 대신, 로만 장군은 그에게 순찰차를 보내야만 했다. 비록 국방의 최고 책임자였지만, 그는 주둔부대에 자신의 의지를 강요할 만한 신망 있는 사람이 아니었다. 그건 실패일 것 같았다.

그는 집 밖으로 나갔고, 경비 초소에 운전사를 깨워달라고 부탁했다. 운전사가 어둡고 텅 빈 막시모 고메스 기로수 길을 따라 대통령궁으로 그를 데려다주는 차 안에서 그는 이후 몇 시간 동안 무슨 일이 일어날지를 예견해보았다. 반란군 편의 주둔부대와 트루히요에게 충성을 다짐하는 부대 간의 충돌이 일어날 수 있었고, 어쩌면 미국이 군사 개입을 시도할지도 몰랐다. 워싱턴은 그런 행동을 취하기 위해 어느 정도의 헌법적 겉치레를 요구할 것이었다. 그리고 이 순간 공화국 대통령은 절대적으로 합법적이었다. 물론 그의 지위는 순전히 장식적인 것에 불과했다. 하지만 트루히요가 죽은 지금, 그의 지위는 현실성을 획득하고 있었다. 허수아비 대통령에서 진짜 도미니카 공화국의 수장으로 변하는 문제는 전적으로 그의 행동에 달려 있었다. 아마도 그는 자신은 알지 못했지만 그가 태어났던 1906년부터 이 순간을 기다리고 있었는지도 몰랐다. 다시 한 번 그는 인생의 모토를 반복했다. 그 어느 순간에도, 그 어떤 이유에서도 침착성을 잃어서는 안 된다는 것이었다.

대통령궁에 들어서서 그곳을 지배하는 혼란을 보자 그의 결심은 더욱 굳어졌다. 경비가 두 배로 강화되었고, 무장한 병사들은 총을 쏠 대상을 찾아 복도와 계단을 어슬렁거리고 있었다. 몇몇 장교들은 그가 차분하게 집무실로 가는 것을 보고 안심하는 듯했다. 그는 무엇을 해야 하는지 잘 알고 있는 사람 같았다. 그러나 그는 자기 집무실에 도착하지 못했다. 총통의 집무실 옆에 있는 접견실에서 트루히요의 가족을 보았기 때문이다. 그의 아내와 딸, 형제들, 조카들이 모여 있었다. 그는 그 순간에 적절한 침통한 표정을 지으면서 그들에게 갔다. 앙헬리타의 눈에는 눈물이 가득 고여 있었고 얼굴은 백지장처럼 창백했다. 마리아 부인의 퉁퉁하고 욕심 많은 얼굴에서는 분노, 헤아릴 수 없는 분노가 서려 있었다.

"이제 우리에게 무슨 일이 벌어질까요, 발라게르 박사님?" 앙헬리타가 그의 팔을 붙잡으면서 말을 더듬었다.

"아무 일도, 아무 일도 일어나지 않을 겁니다." 그는 그녀를 위로했다. 또한 자비로우신 영부인과도 포옹했다. "중요한 것은 차분하고 냉정해야 한다는 겁니다. 용기로 무장해야 합니다. 하느님은 각하가 죽도록 내버려두지 않으셨을 겁니다."

슬쩍 훑어보았을 뿐이지만, 그 가련한 악마 부족은 나침반을 잃고 어찌할 바를 모르고 있다는 것을 충분히 알 수 있었다. 페탄은 기관단총을 흔들면서 마치 자신의 꼬리를 물려고 애쓰는 개처럼 제자리에서 빙빙 돌고 있었다. 그리고 땀을 뻘뻘 흘리면서 자기의 사부대인 '산맥의 딱정벌레'를 동원하겠다는 등의 부질없는 말을 외치고 있었다. 한

편 전 대통령인 '검둥이' 엑토르 비엔베니도는 충격을 받은 나머지 멍한 상태였다. 그는 허공을 쳐다보고 있었고, 입에는 침이 가득 고여 있어서, 마치 자기가 누구이고 어디에 있는지 떠올리려는 사람처럼 보였다. 심지어 수령의 형제 중에서 가장 출세하지 못한 아마블레 로메오(피피)도 거지처럼 옷을 입은 채, 입을 벌리고서 의자에 웅크리고 앉아 있었다. 안락의자에는 트루히요의 여자 형제들인 니에베스 루이사, 마리나, 훌리에타, 오펠리아 하포네사가 앉아서 눈물을 훔치고 있거나 그를 쳐다보면서 도움을 간청하고 있었다. 그는 모든 사람들에게 기운을 내자는 말을 중얼거렸다. 그곳에는 무언가 공백이 있었고, 사으한 안 멜티 그년 공백을 메워야만 했다.

그는 집무실로 가서 보안대 총책임자이며, 군 고위급 중에서 가장 오랫동안 알고 지냈던 산토스 멜리도 마르테 장군에게 전화를 걸었다. 그는 아무것도 모르고 있었고, 총통이 사망했을지도 모른다는 소식을 듣자 너무나 충격을 받은 나머지 거의 30초 동안 "맙소사, 맙소사"만 연발했다. 발라게르 대통령은 그에게 공화국의 모든 사령관들과 부대장들에게 연락을 취해 그들에게 총통이 살해되었을지라도 헌법 질서는 그대로 유지될 것이며, 그들의 직위도 변화가 없을 것이라는 국가 책임자의 말을 전하라고 당부했다. "즉시 명령대로 하겠습니다, 대통령 각하." 장군은 그렇게 말하고 전화를 끊었다.

또한 그는 교황 대사와 미국 영사, 그리고 영국 대리대사가 대통령궁에 있으며, 현재 경비병들이 그들의 출입을 허락하지 않고 있다는 보고를 들었다. 그는 그들을 들여보내라고 지시했다. 그들이 찾아온 것은 총통의 살해 때문이 아니라, 산토도밍고 학교의 교문을 부수고 강제로 진입하여 몬시뇨르 레일리를 체포한 것 때문이었다. 그들은 공중으로 총을 쏘아댔고, 수녀들과 주교와 함께 있던 산후안 델라 마구아나 사제들을 마구 때렸으며, 셰퍼드를 죽였다. 그리고 주교를 강제로 끌고 갔다.

"대통령 각하, 몬시뇨르 레일리의 생명에 이상이 없도록 당신이 책임져주기 바랍니다." 교황 대사가 경고했다.

"우리 정부는 그의 생명에 대한 그 어떤 기도도 묵인하지 않을 겁니다." 미국 외교관이 경고했다. "워싱턴이 미국 시민인 레일리 주교에게 관심을 보이고 있다는 사실을 대통령 각하에게 새삼 상기시켜줄 필요는 없다고 생각합니다."

"앉으십시오." 그는 자기 책상을 둘러싸고 있는 의자들을 가리켰다. 그는 전화를 들어 산이시드로 기지 사령관인 비르힐리오 가르시아 트루히요 장군과 연결해달라고 부탁했다. 그러고는 외교관들에게 돌아왔다. "여러분보다 내가 더 이 문제를 유감으로 생각합니다. 이런 야만적 사태가 일어나지 않도록 모든 노력을 아끼지 않겠습니다."

잠시 후 그는 총통의 조카 목소리를 들었다. 세 명의 방문객에게 눈을 떼지 않으면서, 그는 천천히 그리고 신중하게 말했다.

"장군, 공화국 대통령의 자격으로 말하겠네. 나는 지금 장군이 산이시드로 기지 책임자이며 또한 각하가 총애하는 조카라는 점을 감안하여 말하는 것이네. 상황이 중대하니 본론만 짧게 말하겠네. 자네의 어느 예하 장교가 이루 말할 수 없는 무책임한 행동을 하면서, 레일리 주교를 산토도밍고 학교에서 강제로 끌어내 체포했네. 아마 아베스 가르시아의 행동일 것이라고 생각하네. 지금 내 앞에는 미국과 영국,

그리고 교황청의 대표들이 있네. 만일 미국 시민인 레일리 주교에게 불상사라도 생기면, 우리나라에 커다란 재앙이 일어날 수도 있네. 이 것이 우리 조국에게 무엇을 의미하는지 구태여 설명할 필요는 없다고 생각하네. 자네 숙부인 총통의 이름으로 이런 역사적 불행을 피하라고 요구하는 바이네."

그는 비르힐리오 가르시아 트루히요 장군의 반응을 기다렸다. 초조하게 헐떡이는 목소리로 보아 그는 주저하고 있는 게 분명했다.

"제 생각이 아니었습니다, 박사님." 마침내 그가 중얼거리는 소리가 들렸다. "이 문제에 대해 저는 보고조차 받지 못했습니다."

"나도 잘 알고 있네, 트루히요 장군." 발라게르가 거들어주었다. "장군은 사리분별이 분명하고 책임감이 강한 장교네. 결코 그런 미친 짓을 저지를 사람이 아니지. 레일리 주교가 지금 산이시드로에 있나? 아니면 라쿠아렌타로 데려갔나?"

긴장된 침묵이 흘렀다. 그는 최악의 일이 일어나지 않았는지 두려웠다.

"몬시뇨르 레일리는 살아 있나?" 발라게르가 계속해서 물었다.

"이곳에서 2킬로미터 떨어진 산이시드로 기지의 예하 부대에 있습니다, 박사님. 부대장인 로드리게스 멘데스 때문에 그를 죽이지 못했습니다. 방금 연락을 받은 사항입니다."

대통령은 목소리를 부드럽게 했다.

"장군에게 부탁하는데, 내 특사로 직접 그곳으로 가서 몬시뇨르를 석방시키게. 그리고 주교에게 정부의 이름으로 실수를 저질러 미안하다고 말하게. 그런 다음 주교와 함께 내 집무실로 오게. 무사히 데려와야 하네. 이것은 공화국 대통령이 친구에게 하는 부탁이자 명령이네. 난 자네를 믿네."

세 명의 방문객은 당황한 눈으로 그를 쳐다보았다. 그는 자리에서 일어나 방문객들을 만나러 갔다. 그리고 그들을 문까지 배웅해주었다. 그들과 악수를 하면서, 그는 조그만 목소리로 말했다.

"그가 내 지시에 복종할지 모르겠습니다. 그러나 여러분들이 보았듯이, 나는 모든 일이 합리적으로 돌아가도록 최선을 다하고 있습니다."

"어떻게 될 것 같습니까, 대통령 각하?" 미국 영사가 물었다. "트루히요주의자들이 당신의 명령을 받아들일 거라고 생각합니까?"

"그건 미국에 달려 있습니다. 솔직히 말하자면, 나도 모르겠습니다. 미안하지만, 급히 처리해야 할 다른 일이 있습니다."

그는 트루히요 가족이 있던 접견실로 되돌아갔다. 더 많은 사람들이 모여 있었다. 아베스 가르시아 대령은 국제병원에서 체포된 살인범 중 하나가 세 명의 공범을 불었는데, 그들은 퇴역 장성 후안 토마스 디아스, 안토니오 임베르트와 루이스 아미아마라고 설명했다. 의심의 여지 없이 많은 사람들이 개입되어 있었다. 그곳에 모여 그의 이야기를 듣는 사람들 중에서 그는 로만 장군을 보았다. 그의 카키색 셔츠는 땀에 젖어 있었고, 얼굴은 땀을 흘리고 있었으며, 양손으로 반자동 소총을 굳게 쥐고 있었다. 그의 눈에서는 패배를 직감한 동물의 분노가 끓어오르고 있었다. 그가 추진했던 일의 결과가 좋지 않음이 분명했다. 뚱뚱한 첩보부대장은 가냘프고 음조가 맞지 않는 목소리로 한때 장교로 복무했던 페드로 리비오 세데뇨의 실토에 따르면 음모가 군부 내로 번져 있지는 않다고 자신 있게 말했다. 그의 말을 들으면서, 발라게르는 자기를 끔찍하게 혐오하던 아베스 가르시아와 일전을 벌일 순간이 왔다는 것을 알았다. 그도 첩보부대장을 경멸했다. 하지만 불행하게도 지금과 같은 순간에는 사상이 아니라 권총이 지배하는 경향이 있었다. 가끔씩 믿는 하느님에게 그는 자기편을 들어달라고 부탁했다.

아베스 가르시아 대령이 첫번째 공격을 시도했다. 테러로 인한 공백이 생겼기 때문에, 발라게르는 트루히요 가족의 누군가가 대통령직을 맡을 수 있도록 사임하라는 요구였다. 신폭하고 지속된 말투로 페민이 그를 시시아르시 "뭣습니다, 사임해야 합니다"라고 말했다. 그는 깍지 낀 양손을 배 위에 놓고 조용히 그 말을 듣고 있었다. 마치 온순한 사제 같았다. 사람들의 시선이 그를 향하자, 자기가 끼어든 것을 사과하는 양 소심하게 고개를 끄덕였다. 그리고 겸손하게 자기는 총통의 결정으로 대통령직을 맡고 있다는 사실을 상기시켰다. 그는 자기의 사임이 국가에 도움이 된다면 당장이라도 그렇게 하겠다고 말했다. 하지만 헌법 질서를 유린하기 전에 람피스 장군이 도착하기를 기다리는 게 좋을 것 같다고 제안했다. 그러면서 이토록 중대한 문제에서 어떻게 총통의 장남을 배제할 수 있느냐고 물었다. 자비로우신 영부인이 즉시 동의하면서, 자신의 장남이 없는 상태에서 결정된 것은 그 어떤 것도 받아들일 수 없다고 밝혔다. 루이스 호세 레온 에스테베스(페치토) 대령의 보고에 따르면, 람피스와 라드아메스는 당장 날아오기 위해 파리에서 에어프랑스 전세기를 알아보고 있었다. 그 문제는 일단 연기되었다.

집무실로 되돌아오면서, 그는 진정한 싸움은 트루히요의 형제들, 즉 바보 같은 무뢰한 일당이 아니라 아베스 가르시아와 벌여야 할 것이라고 생각했다. 그는 무자비한 사디스트였다. 그러나 그는 루시퍼 같은 영리한 머리를 지니고 있었다. 그는 방금 람피스의 존재를 잊어버리는 커다란 실수를 범했다. 마리아 마르티네스는 이제 그의 협력자가 되어 있었다. 발라게르는 그런 친화관계를 어떻게 활용해야 하는지 잘 알았다. 현재와 같은 상황에서 자비로우신 영부인의 탐욕은 유용하게 이용될 수 있었다. 그러나 급한 것은 반란을 막는 일이었다. 그가 책상 앞에 앉아 있을 때, 멜리도 마르테 장군의 전화가 걸려왔다. 그는 이미 모든 군사 지역과 통화했고, 지역 사령관들은 입헌정부에 충성을 다할 것이라고 그에게 다짐했다. 그러나 산티아고 델로스 카바예로스의 세사르 A. 올리바 장군을 비롯해 데하본의 가르시아 우르바에스 장군, 라베가의 구아리오넥스 에스트레야 장군은 국방부로부터 정반대의 내용을 전달받고 몹시 혼란스러워하고 있었다. 대통령은 그런 사실을 알고 있을까?

　"구체적인 것은 하나도 모르네. 그러나 자네가 생각하는 것과 똑같은 내용이라고 상상하네." 발라게르가 멜리도 마르테 장군에게 말했다. "내가 그 사령관들에게 전화를 걸어 안심시켜보겠네. 람피스 트루히요는 국가의 군 지휘 임무를 맡기 위해 이곳으로 날아오고 있네."

　시간을 허비하지 않고 그는 세 장군에게 전화를 걸어 그들이 그의 절대적 신임을 받고 있음을 다시 한 번 확인시켜주었다. 그리고 그들에게 모든 행정권과 정치권을 인수받아 해당 지역의 질서 유지에 만전을 기하고, 람피스 장군이 도착할 때까지 자기하고만 말하라고 부탁했다. 그가 구아리오넥스 에스트레야 사드알라 장군과 통화를 끝냈을 때, 그의 비서들이 와서 비르힐리오 가르시아 트루히요 장군이 레일리 주교와 함께 대기실에 있다고 알려주었다. 그는 트루히요의 조카만 집무실로 들어오게 했다.

"자네가 공화국을 구했네." 발라게르는 그를 포옹하면서 말했다. 그가 결코 하지 않았던 행동이었다. "만일 아베스 가르시아의 명령이 실행되어 돌이킬 수 없는 사태가 발생했다면, 벌써 미 해병대가 트루히요 시에 상륙 작전을 감행하고 있을지도 모르는 일이네."

"그건 단지 아베스 가르시아의 명령만이 아니었습니다." 산이시드로 공군 기지 사령관이 대답했다. 그는 어찌할 바를 모르는 것 같았다. "공군 교도소의 로드리게스 멘데스 사령관에게 주교를 총살하라고 명령한 사람은 페치토 레온 에스테베스였습니다. 그는 그것이 제 매형의 결정이라고 말했습니다. 그렇습니다, 푸포가 직접 명령했다는 말입니다. 저는 이해할 수 없습니다. 그 누구도 제게 물어보지 않았습니다. 로드리게스 멘데스가 저와 말하기 전에 그의 처형을 거부했다는 것은 거의 기적에 가깝습니다."

가르시아 트루히요 장군은 자신의 외모와 옷에 몹시 신경 쓰는 사람이었다. 멕시코 배우 스타일을 흉내 내어 짧은 콧수염을 기르고 다녔고 머리카락에는 포마드를 발랐으며, 군복은 군 사열식에 갈 때처럼 단정하고 잘 다림질되어 있었고, 주머니에는 빠질 수 없는 레이밴 선글라스가 들어 있었다. 그는 친한 친구이자 사촌인 람피스와 똑같이 난봉꾼이었다. 그러나 지금 그의 셔츠는 끝자락이 바지에서 삐져나와 있었고 머리카락도 헝클어져 있었다. 그의 눈에는 의심과 의문이 가득 서려 있었다.

"저는 왜 푸포와 페치토가 저와 상의도 하지 않고 그렇게 결정했는지 이해가 되지 않습니다. 그들은 우리 공군을 위험에 빠뜨리려고 했습니다, 박사님."

"로만 장군은 총통이 살해되었을지도 모른다는 소식에 충격을 받아 제대로 자기를 통제하지 못하고 있네." 대통령이 대신 그에게 평계를 댔다. "다행히 람피스는 점점 회복되고 있네. 그는 반드시 이곳에 있어야 하네. 그는 사성 장군이고 수령님의 아드님이기에 자선가의 정책이 계속 이어질 것을 보장해야 하네."

"하지만 람피스는 정치인이 아닙니다. 그는 정치를 싫어합니다. 그건 박사님도 잘 알고 계십니다."

"람피스는 매우 똑똑한 사람이고, 아버지를 존경하네. 그는 국가가 그에게 기대하는 역할을 거부할 수 없네. 우리는 그를 설득해야만 하네."

가르시아 트루히요 장군은 그를 다정한 눈길로 쳐다보았다.

"저를 필요로 하시면 언제든지 돕겠습니다, 대통령 각하."

"도미니카 국민들은 오늘 밤 자네가 공화국을 구했다는 사실을 알게 될 걸세." 발라게르는 반복해서 말하면서, 문까지 그를 배웅했다. "자네는 막중한 책임을 맡고 있네, 장군. 산이시드로는 우리나라에서 가장 중요한 기지네. 그래서 질서가 유지되느냐 마느냐는 자네에게 달려 있네. 무슨 일이라도 생기면 내게 전화하게. 이미 자네 전화에 우선권을 부여하라고 지시해놨네."

레일리 주교는 칼리에들의 손에서 몇 시간 동안 공포에 떨었음이 분명했다. 그의 사제복은 찢기고 더러워졌으며, 그의 창백하고 수척한 얼굴에는 깊은 주름살이 패어 있었고, 아직도 공포로 일그러진 표정이 새겨져 있었다. 그는 조용히 똑바로 서 있었다. 그는 점잖게 공화국 대통령의 사과와 설명을 들었고, 심지어 자기를 석방시켜준 그의 노력에 감사하면서 미소를 지으려고 애썼다. "대통령 각하, 그들을 용서해주십시오. 그들은 자신들이 뭘하는지도 모르고 했습니다." 바로 그때 문이 열렸고, 로만 장군이 손에 반자동 소총을 든 채 땀을 뻘뻘 흘리며 공포와 분노로 잔인해진 시선을 던지면서 집무실로 갑자기 쳐들어왔다. 대통령은 만일 자기가 주도권을 쥐지 않으면 이 고릴라 같은 작자가 총알을 발사하기 시작할 것임을 알았다. "아, 몬시뇨르, 여기에 누가 있는지 보십시오." 과장된 말투로 그는 군의 이름으로 산후안 델라 마구아나의 주교에게 직접 사과하러 와주어 고맙다고 말하면서, 오해로 말미암아 주교가 희생양이 되었다고 설명했다. 집무실 한가운데서 석상처럼 멍하니 서 있던 로만 장군은 바보 같은 표정을 지으며 눈을 깜빡거리고 있었다. 마치 방금 잠에서 깨어난 사람처럼 눈에 눈곱이 끼어 있었다. 그는 몇 초 동안 머뭇거리더니 아무 말 없이 주교에게 악수를 청했다. 주교 역시 장군처럼 그곳에서 일어나고 있는 일에 몹시 당황해하고 있었다. 대통령은 문 앞에서 몬시뇨르 레일리와 작별했다.

자리로 돌아오자 푸포 로만은 소리쳤다. "당신은 내게 설명해야 해. 도대체 당신이 누구라고 생각하는 거야, 발라게르?" 푸포는 그의 면전에서 반자동 소총을 흔들어댔다. 대통령은 그의 눈을 쳐다보면서 냉정하고 침착하게 있었다. 그는 얼굴에서 보이지 않는 빗방울들을 느꼈다. 장군의 침이었다. 이 미치광이는 절대 총을 쏘지 못할 것이었다. 횡설수설하면서 그에게 욕과 상스러운 말을 내뱉은 후, 로만은 입을 다물었다. 그는 계속 같은 장소에서 숨을 헐떡거리고 있었다. 부드럽고 점잖은 목소리로 대통령은 그에게 감정을 자제하라고 충고했다. 지금과 같은 상황에서 국방부 장관은 평정과 차분함의 본보기를 보여주어야 한다고 지적하면서, 그가 자기에게 욕을 퍼붓고 위협을 했지만, 언제든지 그를 도와줄 준비가 되어 있다고 밝혔다. 로만 장군은 다시 헛소리와 같은 독백을 내뱉기 시작했다. 그리고 자진해서 자신이 라빅토리아에 수감되어 있던 세군도 임베르트 소령과 파피토 산체스를 총통 살인을 공모한 혐의로 처형하라고 지시했다고 밝혔다. 그는 그런 위험한 비밀을 계속 듣고 싶지 않았다. 그래서 아무 말도 하지 않고 집무실을 나갔다. 로만이 총통의 죽음과 연루되어 있다는 것은 의심의 여지가 없었다. 그의 비이성적 태도는 다른 방식으로는 도저히 설명할 수 없는 것이었다.

그는 다시 접견실로 돌아갔다. 후안 토마스 디아스 장군의 차고에 있는 어느 차량의 트렁크에서 트루히요의 시체가 발견되었다는 보고가 있었다. 발라게르 박사는 평생을 살면서 그토록 고통으로 일그러진 군인과 시민들의 얼굴, 그들의 눈에서 흘러내리던 눈물, 고아가 되었으며 모든 걸 잃어버린 것 같은 절망의 표정을 본 적이 없었다. 시체는 총알을 맞아 피범벅이 되어 엉망진창이었고 총탄이 턱을 박살내는 바람에 얼굴은 볼꼴 사나웠다. 불과 몇 시간 전에 사이먼과 도로시 지틀맨에게 점심식사를 베풀었던 대통령궁 식당의 휑뎅그렁한 식탁에 그 시체가 놓였고, 이내 시체의 옷이 벗겨지고 깨끗이 씻겨지기 시작했다. 부검 의사들이 시체를 검사하고 장례를 준비하기 위해서였다. 그곳에 있던 모든 사람들의 반응 중에서 그에게 가장 깊은 인상을 주었던 것은 미망인의 반응이었다. 마리아 마르티네스 부인은 마치 무언가에 홀린 듯이, 평상시처럼 그녀가 높은 지위에 있는 사람임을 보여주는 것 같았던 굽이 높은 신발을 신은 채 똑바로 서서 시체를 뚫어지게 쳐다보았다. 그녀는 붉어진 눈을 크게 뜨고 있었지만, 눈물을 흘리지는 않았다. 그런데 갑자기 마구 손짓을 하며 울부짖었다. "복수해! 복수해! 모두 죽여버려!" 발라게르 박사는 급히 그녀의 어깨를 팔로 감쌌다. 그녀는 그의 팔을 거부하지 않았다. 그는 그녀의 무겁고 깊은 숨소리를 들을 수 있었다. 그녀는 발작을 하듯이 몸을 떨면서 "살인자들은 죗값을 치러야 해. 그들은 단단히 죗값을 치러야 해"라고 거듭 중얼거렸다. "하늘과 땅을 움직여 우리는 그렇게 할 겁니다, 마리아 부인." 그는 그녀의 귓가에 이렇게 속삭였다. 그는 지금 이때, 자비로우신 영부인에게서 얻었던 호감을 더욱 확실하게 다져놓아야 하며, 그러지 않으면 늦을지도 모른다는 것을 깨달았다.

그는 그녀의 팔을 다정하게 눌렀다. 그리고 그런 고통을 야기했던 곳에서 떼어놓으려는 것처럼, 마리아 마르티네스 부인을 식당 옆에 있던 조그만 방으로 데려갔다. 단둘이 있다는 것을 확인하고 그는 문을 닫았다.

"마리아 부인, 영부인께서는 보기 드물게 강인한 분이십니다." 그는 다정하게 말했다. "그래서 이 비탄의 순간에 감히 용기를 내어 영부인의 슬픔을 어지럽히고자 합니다. 지금은 그게 부적절해 보일지도 모르지만, 사실은 그렇지 않습니다. 제가 영부인을 존경하고 사랑하기 때문에 이렇게 행동한다는 것을 알아주시기 바랍니다. 그럼 않으십시오."

영부인의 퉁퉁한 얼굴이 믿지 못하겠다는 표정으로 그를 쳐다보았다. 그는 슬픔이 가득한 미소를 지었다. 그는 그녀가 정신적으로 이런 끔찍한 충격을 견뎌내야만 하는 순간에 현실적인 문제로 괴롭히는 것이 부적절하다는 것을 잘 알고 있지만, 미래가 어떻게 될지 생각해야만 한다는 말로 시작했다. 이런 재앙 이후 무슨 일이 벌어질지는 아무도 모르며, 따라서 미래를 생각하여 몇 가지 조치를 취해야 한다는 것이었다. 그러면서 국민들의 배은망덕은 유다가 그리스도를 배신했을 때부터 이미 예고된 사실이며, 지금 국민들은 트루히요를 위해 울고 살인자들을 처단하라고 소리 높여 외칠 것이지만, 내일도 수령님을 기억하며 계속 충성을 다할지는 아무도 모른다고 말했다. 그리고 만일 이 국가의 질병이라고 말할 수 있는 원한의 감정이 승리한다면 어떻게 하겠느냐고 물었다. 그는 그녀의 시간을 허비하고 싶지 않으며, 그래서 구체적인 이야기로 직접 들어가는 것이라고 설명했다. 즉 마리아 부인은 자기 자신을 지켜야 하며, 어떤 사태가 일어나더라도 트루히요 가족의 노력으로 얻었을 뿐만 아니라 도미니카 국민들에게 수많은 은혜를 베풀었던 합법적인 재산을 안전하게 지켜야만 한다는 것이었다. 그러면서 이후 정치적 재조정 작업이 시작되기 전에 그런 일을 마무리 지어야 하며, 때를 놓칠 경우 매우 힘들어질지도 모른다고 지적했다. 발라게르 박사는 트루히요 가족의 사업들을 책임지고 관리하는 헨리 치리노스 상원의원과 그 문제를 논의하고, 큰 손실을 입지 않은 채 해외로 즉시 옮길 수 있는 재산이 무엇인지 연구하는 게 좋다고 제안했다. 그것은 절대적인 비밀 속에서 행해져야 한다고 당부하는 것도 잊지 않았다. 공화국 대통령은 이런 종류의 작업—가령 중앙은행이 도미니카 페소를 외환으로 바꿔주는 일—을 승인할 권한을 지니고 있지만, 앞으로도 그럴 권한이 있을지는 모르는 일이라고 덧붙였다. 또한 총통은 높은 윤리관과 도덕관 때문에 재산의 해외 이전에 관해 항상 거부 반응을 보였지만, 현재의 상황에서 이런 정책을 유지하는 것은 매우 어리석은 일이라고 설명하면서, '어리석은 일'이라는 표현을 쓴 것에 대해 양해를 구했다. 마지막으로 이것은 그녀에게 헌신적인 애정과 우정을 느끼기에 해주는 충신의 조언이라며 말을 맺었다.

자비로우신 영부인은 조용히 그의 말을 들으면서, 그의 눈을 쳐다보았다. 그리고 감사하다는 표정으로 고개를 끄덕였다.

"나는 당신이 충성스러운 친구라는 것을 알고 있었어요, 발라게르 박사." 그녀는 자신에 찬 목소리로 말했다.

"저는 그걸 영부인에게 직접 확인시켜드리고자 합니다. 이런 조언이 영부인의 기분을 상하게 하지 않았는지 걱정이 됩니다."

"아니에요, 더없이 고마운 조언이에요. 이 나라에서는 무슨 일이 벌어질지 아무도 모르니까요." 그녀는 이렇게 불평했다. "내일 당장 치리노스 박사와 말하겠어요. 모든 게 절대적인 비밀 속에서 이루어지는 거죠?"

"제 명예를 걸고 맹세하겠습니다, 마리아 부인." 대통령은 자기 가슴을 만지면서 선언했다.

그는 총통의 미망인 얼굴 표정이 바뀌는 것을 보았다. 한 가지 미심

쩍은 부분이 있었던 것이다. 그는 그녀가 무엇을 부탁할지 익히 짐작했다.

"부탁하건대, 내 아들들에게도 이 문제에 관해서는 말하지 마세요." 그녀는 아들들이 자기 말을 들을까봐 두려운 것처럼 아주 작은 소리로 말했다. "이유를 설명하려면 너무 길어요."

"그 누구에게도, 그리고 그 어떤 아들에게도 말하지 않겠습니다, 마리아 부인." 대통령은 그녀를 안심시켰다. "물론입니다. 제가 얼마나 영부인의 성격을 존경하는지 다시 한 번 말하겠습니다, 마리아 부인. 영부인이 없었더라면, 자선가께서는 결코 그분이 이루었던 모든 것을 이루지 못하셨을 겁니다."

그는 조니 아베스와의 전략적 전쟁에서 또다시 점수를 얻었다. 마리아 부인의 대답은 예측 가능한 것이었다. 그녀의 탐욕은 그 어떤 열정보다도 강했기 때문이다. 사실 발라게르는 자비로우신 영부인을 어느 정도 존경하고 있었다. 처음에는 정부로 그리고 이후에는 아내로서 그토록 오랜 세월을 트루히요 옆에 있기 위해서, '에스파뇰리타'는 모든 값싼 감성과 감정—특히 자비심—을 점차 버려야만 했고, 계산, 그것도 아주 차가운 계산과 증오심에서 위안을 찾아야만 했다.

반면에 그는 람피스의 반응에 당황했다. 라드아메스, '플레이보이' 포르피리오 루비로사, 그리고 일련의 친구들과 에어프랑스 전세기로 산이시드로 공군 기지—발라게르는 트랩 아래서 그를 가장 먼저 포옹한 사람이었다—에 도착한 지 두 시간 후, 그는 깨끗하게 면도하고 사성 장군의 군복을 입고서 아버지를 애도하기 위해 대통령궁에 나타났다. 그는 울지도 않았고 입도 열지 않았다. 슬픔에 가득 찬 그의 멋진 얼굴은 잿빛이었고 경악과 당황과 거부감이 뒤섞인 묘한 표정을 짓고 있었다. 훈장으로 가슴을 덮고는 사열식용 군복을 입고서 촛불로 둘러싸인 화려한 관 속에 누워 있는 그 사람이 장례 화환으로 가득한 그 방에 있어서는 안 될 사람이며, 그의 죽음으로 인해 세계 질서에 구멍이 생겼다고 생각하는 것 같았다. 그는 자기 아버지의 시체를 쳐다보면서 오랜 시간을 보냈다. 그는 분노를 억누르지 못하고 얼굴에 인상을 쓰고 있었다. 마치 그의 얼굴 근육이 피부에 달라붙은 보이지 않는 거미줄을 떨어내리려는 것 같았다. 마침내 "난 아버지와는 달리 적들에게 자비를 베풀 수 없어요"라고 말하는 소리가 들렸다. 흠 하나 없이 완벽한 상복을 입고서 그의 옆에 있던 발라게르 박사는 그에게 귀엣말로 속삭였다. "불가피하게 해야 할 이야기가 있습니다, 장군님. 몇 분이면 됩니다. 나도 지금이 장군님에게 몹시 어려운 순간이라는 것을 알고 있습니다. 그러나 뒤로 미룰 수 없는 문제들이 있습니다." 람피스는 자신의 감정을 자제하면서 고개를 끄덕였다. 그들은 대통령 집무실로 향했다. 가는 도중에 거대한 창문으로 갈수록 늘어나는 엄청난 인파를 보았다. 그 무리는 트루히요 시의 외곽과 인근 마을에서 온 남녀들로 계속 불어나고 있었다. 네 명씩 혹은 다섯 명씩 늘어선 줄이 몇 킬로미터에 이르렀고, 무장 경비병들은 거의 그들을 통제하지 못하고 있었다. 그들은 몇 시간째 줄을 서서 기다리고 있었다. 이미 대통령궁의 계단에 도착해서 총통의 장례실과 가까이 있다고 느낀 사람들 중에서는 오열을 터뜨리며 가슴이 찢어질 듯이 비통해하는 장면들도 눈에 띄었다.

호아킨 발라게르 박사는 자신과 도미니카 공화국의 미래가 이 대화에 달려 있다는 사실을 잘 알고 있었다. 그래서 극단적인 경우에만 사용하는 행동을 하기로 마음먹었다. 단편에 모든 걸 걸자는 것이었다. 조심스럽고 신중한 그의 성격에 반하는 행동이었다. 그는 트루히요의 장남이 자기 책상 앞에 앉기를 기다렸다. 창문으로는 마치 사나운 바다처럼 거대한 군중들이 서로 밀치면서 자선가의 시신이 안치된 곳에 도착하기를 기다리고 있었다. 그는 최소한의 불안감도 드러내지 않은 채 평소처럼 차분한 태도로 조심스럽게 준비해놓았던 것을 말했다.

"트루히요가 이룩한 작품이 오래 지속되느냐 아니면 순식간에 무너지느냐는 장군님에게, 오로지 장군님에게 달려 있습니다. 만일 그분이 남긴 유산이 사라지면, 도미니카 공화국은 또다시 야만적 상태로 침몰하게 됩니다. 우리는 1930년 이전처럼 서반구에서 가장 가난한 나라이자 가장 폭력적인 나라가 어디인지 아이티와 경쟁하게 될 겁니다."

그는 오랫동안 말했지만, 람피스는 한 번도 그의 말을 끊지 않았다. 그가 듣고 있는 것일까? 그는 고개를 끄덕이지도 않았고 가로젓지도 않았다. 한동안 그를 뚫어지게 쳐다보았고, 가끔씩 한눈을 팔면서 다른 곳을 쳐다보았다. 발라게르 박사는 그의 정신착란과 극단적인 우울증이 이런 시선으로 시작되었으며, 그래서 결국 프랑스와 벨기에의 정신병원에 입원해야만 했을 것이라고 추측했다. 그러나 그의 말을 경청하고 있다면, 람피스는 그가 무슨 말을 하는지 숙고하고 있을 것이었다. 그는 주정뱅이에 바람둥이였고 정치적 소명이나 시민적 관심사 따위는 갖고 있지 않았으며, 그가 지닌 감성이라고는 오로지 여자와 말과 비행기와 술에 대한 것에 국한되었으며, 자기 아버지처럼 잔인한 면모를 드러낼 수 있는 사람이었다. 그렇지만 그는 똑똑한 사람이기도 했다. 아마도 트루히요 가족들 중에서는 유일하게 자기의 코나 배나 음경 너머에 있는 것을 볼 수 있는 머리를 가진 사람이었을 것이다. 그는 머리가 빨리 돌아갔고 예리했다. 그래서 만일 제대로만 계발되었다면, 훌륭한 결과를 낳았을 머리였다. 바로 그런 똑똑한 머리를 겨냥해서 발라게르는 무모할 정도로 솔직하게 자기 의견을 개진했다. 그는 만일 권총을 찬 인간들에게 쓸모없는 종이처럼 버려지지 않기를 바란다면, 이것이 자기에게 남은 마지막 카드라고 확신하고 있었다.

그가 말을 넘추었다. 람피스 상군은 아버지의 시체를 쳐다볼 때보다 더 창백해져 있었다.

"내게 말해준 것의 반 정도만 공포된다고 하더라도 당신은 목숨을 잃을 수 있소, 발라게르 박사님."

"나도 압니다, 장군님. 하지만 이런 상황에서는 솔직하게 장군님에게 이야기하는 것 이외에는 다른 방법이 없었습니다. 나는 가능하다고 생각하는 유일한 정책을 장군님에게 설명했습니다. 장군님이 다른 방법이 있다고 생각하신다면, 기꺼이 따르겠습니다. 나는 이미 사직서를 써놓고 이 서랍 안에 보관하고 있습니다. 그걸 의회에 제출할까요?"

람피스는 머리를 가로저으며 아니라고 말했다. 그는 숨을 들이마시고 잠시 후 라디오 성우처럼 아름다운 목소리로 말했다.

"다른 길을 통해 나는 이미 오래전에 그와 비슷한 결론에 이르렀소." 그는 체념한 듯 어깨를 들썩거렸다. "그건 사실이오. 나는 다른 정책이 있다고 생각하지 않소. 미 해병대와 공산주의자들에게서 해방되기 위해, 그리고 미주기구와 워싱턴이 제재 조치를 철회하게 하기 위해서는 다른 방법이 없소. 당신의 계획을 받아들이겠소. 그러나 당신은 각 단계를 진행할 때마다, 모든 조치를 취하고 모든 합의를 이끌어낼 때마다, 나와 상의하고 내 동의를 구해야 하오. 그렇소. 다시 한번 말하는데, 군부 지휘권과 국가 안전의 문제는 모두 내 소관이오. 나는 당신이나 민간 관리들, 그리고 양키들의 간섭을 묵인하지 않을 것이오. 아버지의 살인과 직접적이건 간접적이건 연루된 사람은 그 누구라도 응당한 처벌을 받아야 하오."

발라게르 박사가 자리에서 일어났다.

"나는 장군님이 아버지를 존경하고 사랑한다는 것을 압니다." 그가 엄숙하게 말했다. "그 끔찍한 범죄에 대해 복수를 하겠다는 효심은 충분히 이해합니다. 그 누구도, 특히 나 자신도 정의를 구현하겠다는 장군님의 결정을 방해하지 않을 겁니다. 그것은 또한 내 열렬한 소망이기도 합니다."

그는 트루히요의 아들과 헤어지자 물컵의 물을 홀짝홀짝 들이마셨다. 그의 심장은 이제 평소의 속도를 회복하는 중이다. 그는 목숨을 건 내기를 했고, 그 내기에서 이긴 것이다. 이제 두 사람이 합의한 사항을 진행하는 일만 남아 있었다. 그는 산크리스토발 교회에서 거행된 자선가의 장례식에서 이 계획을 실행에 옮기기 시작했다. 그의 추도문은 총통에 대한 감동적인 찬사로 가득했지만, 모호한 비판적 암시로 그 의미가 희석되었다. 추도문을 듣고 아무것도 모르는 신하들은 눈물을 펑펑 쏟았고, 다른 사람들은 다소 당황스러워했고, 몇몇 사람은 이맛살을 찌푸렸으며, 수많은 참석자들은 혼란스러워했다. 그러나 외교관들은 하나같이 환영했다. 도미니카 공화국에 갓 도착한 신임 미국 영사는 "이제 바뀌기 시작하고 있습니다, 대통령 각하"라고 말하면서 그 계획을 승인했다. 다음 날 발라게르 박사는 급히 아베스 가르시아 대령을 호출했다. 대령은 항상 지니고 다니던 빨간 손수건으로 수시로 땀을 닦았다. 그런 그의 모습을 보자 발라게르는 첩보부 대장이 불쾌한 기분을 참지 못해 얼굴이 수척해졌으며, 왜 이곳으로 불려왔는지 잘 알고 있을 것이라고 생각했다.

"내가 이제 해임되있다는 것을 알려주기 위해 불렀습니까?" 아베스 가르시아는 인사도 하지 않은 채 물었다. 그는 군복을 입고 있었다. 바지는 흘러내리고, 모지는 우스꽝스럽게 한쪽으로 치우쳐저 있었다. 허리에는 권총을 차고 어깨에는 기관단총을 메고 있었다. 발라게르는 집무실 밖에서 대기하고 있는 네댓 명의 험상궂은 경호원들을 보았다.

"외교직책을 맡아달라고 부탁하기 위해서네." 대통령이 다정하게 말했다. 그의 조그만 손이 의자를 가리키고 있었다. "재능이 많은 애국자는 매우 다양한 영역에서 조국을 위해 봉사할 수 있네."

"이토록 교묘하게 내가 망명을 떠나야 하는 곳이 어딥니까?" 아베스 가르시아는 좌절감과 분노를 숨기지 않았다.

"일본이네." 대통령이 말했다. "방금 자네를 영사로 임명하는 서류에 서명했네. 월급과 기타 비용은 대사의 수준과 같을 것이네."

"더 먼 곳으로 보내주실 수는 없습니까?"

"다른 곳이 없네." 발라게르 박사가 전혀 비아냥거림 없이 변명했다. "가장 멀리 떨어진 나라는 뉴질랜드인데, 우리와 외교 관계가 없네."

땅딸막한 사람이 의자에서 움직이면서 코웃음을 쳤다. 무척 불쾌하다는 듯이 툭 튀어나온 눈알 주변에 핏발이 섰다. 그는 잠시 입가에 빨간 손수건을 갖다 댔다. 마치 손수건에 침을 뱉으려는 것 같았다.

"당신은 이겼다고 생각하고 있습니다, 발라게르 박사님." 그가 비난하는 말투로 말했다. "그러나 그건 당신의 착각입니다. 당신은 나처럼 이 체제와 떼려야 뗄 수 없는 사람입니다. 나처럼 더러움으로 얼룩진 사람입니다. 이런 전환기를 민주주의로 이끌겠다는 당신의 마키아벨리적인 놀이를 누구도 액면 그대로 받아들이지 않을 겁니다."

"실패할 가능성도 있지." 발라게르는 그 어떤 적대감도 내비치지 않으면서 인정했다. "그러나 난 그런 시도를 해야만 하네. 그러기 위해서는 몇몇 사람이 희생되어야 하고. 자네가 첫번째 희생자라는 걸 유감으로 여기네. 그러나 자네는 체제의 최악의 면을 대표하기에 다른 방법이 없네. 자네가 영웅적이며 비극적이고 반드시 필요한 존재였다는 사실은 나도 인정하네. 자네가 지금 앉은 자리에서 총통은 내게 그 점을 지적했네. 그러나 바로 그런 이유 때문에 지금과 같은 순간에는 자네를 구한다는 것이 불가능하네. 불필요하게 우리 정부를 힘들게 하지 말게. 외국으로 나가 조용히 있게. 사람들이 자네를 잊을 때까지 멀리 떨어져 있고 눈에 보이지 않는 게 자네에게 이로울 걸세. 자네에게는 적이 많아. 자네를 붙잡으려고 하는 나라가 수없이 많다네. 미국, 베네수엘라, 인터폴, FBI, 멕시코, 그리고 모든 중앙아메리카 국가들이 그렇다네. 자네는 이걸 나보다 더 잘 알고 있을 걸세. 일본은 안전한 곳이네. 게다가 외교관 지위로 있으니 더욱 안전할 것일 세. 나는 자네가 항상 강신술에 관심을 보였다는 걸 알고 있네. 장미 십자회 교리가 아니었나? 이번 기회를 이용해 그 공부에 더욱 매진해 보는 게 어떤가? 마지막으로 자네가 다른 곳에 정착하고 싶다면, 부 탁이니 내게 말하지 말게. 자네는 계속해서 월급을 받게 될 걸세. 나 는 자네 이주비와 정착비를 지급하라는 특별 지시에 서명했네. 20만 페소네. 재무부에서 인출할 수 있네. 그럼 행운을 비네."

그는 손을 내밀지 않았다. 전 첩보부대장(전날 밤 그는 아베스 가 르시아를 군에서 퇴출한다는 대통령 칙령에 서명했다)이 그의 손을 잡지 않을 것이라고 생각했기 때문이다. 아베스 가르시아는 한참 동 안 꼼짝도 하지 않은 채 핏발 선 눈으로 그를 노려보았다. 그러나 대 통령은 그가 실용적인 사람이며, 따라서 멍청하게 허세를 부리면서 반응하는 대신 그런 하찮은 직책이라도 받아들일 것이라는 사실을 알 고 있었다. 그는 아베스 가르시아가 자리에서 일어나 작별 인사도 하 지 않고 그곳을 떠나는 모습을 지켜보았다. 그런 다음 비서를 불러 '전 대령' 아베스 가르시아가 해외에서 외교 임무를 수행하기 위해 첩 보부대를 사임했다고 알리는 성명서를 손수 구술했다. 이틀 후, 〈엘카 리베〉는 총통 살인자들의 사망과 체포 소식을 알리는 5단 기사 사이 로 발라게르 박사가 노끈이 장식된 외투를 입고 디킨스의 소설 속 인 물처럼 중산모를 쓴 채 비행기 트랩을 올라가는 아베스 가르시아를 쳐다보고 있는 사진을 게재했다.

그 당시 대통령은 미국과 서방 세계의 마음에 들 수 있도록 의회를 신중하게 움직일 새로운 의회 지도자로 아구스틴 카브랄이 아니라 상원의원 헨리 치리노스를 임명하기로 결심을 굳힌 상태였다. 발라게르는 지식인이 더 적격자라고 생각했다. 그의 소박하고 침착한 태도가 그의 삶의 방식과 일치하기 때문이었다. 반면에 주정뱅이 입헌의원의 알코올 중독은 몹시 비위에 거슬렸다. 그러나 그는 주정뱅이 입헌의원을 선택했다. 불과 얼마 전에 총통의 결정에 의해 불행에 빠진 사람을 갑자기 의회에 복귀시킬 경우 골수 트루히요주의자들의 분노를 자극할 수도 있었기 때문이다. 아직은 그들이 필요했고, 따라서 그들을 너무 자극할 필요가 없었다. 치리노스는 육체적, 도덕적으로 불쾌한 인물이었지만, 술책과 합법적 책동의 재능은 무한한 사람이었다. 그보다 의회의 속임수를 잘 아는 사람은 아무도 없었다. 발라게르는 술을 역겨워했기 때문에 그들은 결코 친구로 지낸 적이 없었다. 그러나 대통령궁으로 호출하여 그에게 바라는 것을 알려주자, 상원의원은 크게 기뻐했다. 그리고 발라게르가 가장 빠르고 가장 눈에 띄지 않는 방법으로 자비로우신 영부인의 기금을 해외로 반출하도록 도와달라고 도움을 청했을 때에도 반색하면서, "대통령 각하, 슬픔에 빠진 고명하신 영부인의 미래를 보장해주는 고귀한 생각이십니다"라고 평했다. 상원의원은 일이 어떻게 돌아가고 있는지도 모르고, 자기가 안토니오 델라 마사와 후안 토마스 디아스 장군이 구식민지 지역을 배회하고 있는 것을 발견하고 첩보부대에 신고하는 영광을(그는 에스파이야트 거리에 있는 어느 친구의 집 앞에 세워진 차 안에서 그들을 보았다) 누렸으며, 람피스가 살인자들에 관한 정보를 제공하는 사람에게 포상금을 지급하겠다고 약속한 것을 상기시키면서 대통령의 선처를 요구했다. 그러자 발라게르 박사는 그에게 포상금을 받겠다는 생각은 잊어버리고 그의 애국적 고발을 선전하고 다니지 않는 게 좋을 것이라고 충고했다. 만일 그러지 않을 경우 그의 정치적 미래는 돌이킬 수 없는 피해를 볼지도 모른다고 덧붙였다. 트루히요가 측근들 사이에서 '걸어 다니는 오물'이라고 불렸던 그 사람은 즉시 그 말뜻을 이해했다.

"대통령 각하, 우선 축하드립니다." 그는 마치 자기가 연단에 올라간 것처럼 호들갑을 떨면서 소리쳤다. "저는 항상 이 체제가 새로운 시대를 향해 문을 열어야만 한다고 생각했습니다. 수령님이 사라진 지금, 폭풍을 뚫고 도미니카라는 선박을 민주주의라는 항구로 이끄는데 각하만큼 적임자는 없습니다. 각하의 가장 충성스럽고 자상한 협력자로 저를 생각해주시기 바랍니다."

그리고 실제로 그는 그렇게 했다. 의회에서 람피스 트루히요 장군에게 군부의 최고 권력을 부여하고 공화국의 군사와 경찰 문제에서 최대 권한을 승인하는 제안을 발의했고, 상원의원과 하원의원들에게 대통령이 제안한 새로운 정책에 관해 설명했다. 그러면서 이 정책은 과거를 부정하고 트루히요 체제를 배척하는 것이 아니라, 새로운 시대에 맞게 순응하면서 변증법적으로 그런 시절을 극복하는 것이며, 공화국이 뒷걸음질 치지 않은 채 민주주의를 완성하는 길이라고 알렸다. 또한 이런 정책은 미주기구 내에서 라틴아메리카와 북아메리카 형제 국가들에게 환영받을 것이며, 제재가 철회되면 다시 국제 공동체의 일원으로 참여하게 될 것이라고 주장했다. 발라게르 대통령과 자주 가지던 업무 모임에서 치리노스 상원의원은 약간의 불안감을 숨기지 못한 채 전 상원의원 아구스틴 카브랄과 관련된 대통령의 계획은 무엇이냐고 물었다.

"나는 그의 은행 계좌 동결을 해제하고, 연금을 받을 수 있도록 그가 국가에 봉사한 공로를 인정하라고 지시했네." 발라게르가 그에게 알려주었다. "현재로서는 그가 정치에 복귀하기에 적절한 시기가 아니네."

"우리는 모든 점에서 일치합니다." 상원의원이 수긍했다. "저는 지식인과 오랫동안 알고 지냈습니다. 하지만 그는 너무 자주 사람들과 충돌해서 적들을 많이 만듭니다."

"국가는 그가 너무 돌출적인 행동을 하지 않을 때에만 그의 재능을 이용할 수 있네." 행정부 최고 책임자가 덧붙였다. "나는 그에게 행정부에서 법률고문으로 일해달라고 부탁했네."

"현명하신 결정입니다." 치리노스가 다시 수긍했다. "아구스틴은 법률에 관해서는 아주 해박한 지식을 가지고 있습니다."

총통이 죽은 지 겨우 다섯 주가 지났을 뿐인데, 나라는 눈에 띄게 변화하고 있었다. 호아킨 발라게르는 불평할 것이 없었다. 그 짧은 시간에 하찮기 그지없는 허수아비 대통령에서 진정한 국가수반이 되었으며, 당파를 초월하여 모든 사람들, 특히 미국이 그를 대통령으로 인정하고 있었다. 처음에 미국인들은 믿지 못하겠다는 입장이었지만, 그가 신임 영사에게 계획을 설명한 후 그를 달리 보게 되었다. 공산주의자들의 침투를 절대 허락하지 않을 것이며 질서를 유지하고 국가를 완전한 민주주의로 나아가게 만들겠다는 그의 약속을 진지하게 받아들이게 된 것이다. 이틀 혹은 사흘마다 발라게르는 카우보이와 같은 육체를 지니고 옆길로 새지 않고 핵심만 말하는 유능한 외교관 존 캘빈 힐과 만나, 이 단계에서는 람피스를 협력자로 데리고 있어야만 한다고 그를 설득했다. 람피스 장군은 점진적 개방 계획을 받아들이고 있었다. 그는 군사권을 장악하고 있었고, 그래서 페탄과 엑토르 같은 무뢰한들과 트루히요를 추종하던 군인들을 군부 내에 데리고 있었다. 그러지 않았다면 벌써 그들은 대통령을 물러나게 했을 것이다. 람피스는 발라게르에게 몇 가지를 용인해주었다. 그래서 몇몇 망명자가 귀국했고, 라디오와 신문은 트루히요 체제에 대해 암시적으로 비판(가장 용감한 매체는 8월에 출범한 새로운 신문 〈시민연대〉였다)할 수 있었으며, 반대 세력들이 공개적으로 회합을 가지면서 점차 가시화되었다. 특히 반대 세력은 비리아토 피아요*와 앙헬 세베로 가브릴**이 이끄는 우익 '국가시민여대'와 '6월 14일 혁명운동'이라는 좌익 그룹이 주를 이루고 있었다. 그가 이런 것들을 용인한 것은 그렇게 함으로써 미래의 정치적 입지를 확보할 수 있다고 기대했기 때문인 듯하다. 트루히요라는 싱을 가신 사람이 이 나라의 공적인 삶에 다시 모습을 드러낼 수 있다고 믿었던 것이다! 그러나 지금은 그의 실수를 깨닫지 못하게 하는 게 최선의 방법이었다. 람피스는 군부를 통제하고 있었고, 군인들의 지지를 받고 있었다. 군부를 흔들어 트루히요의 잔재를 뽑아버릴 때까지는 상당한 시간이 걸릴 터였다. 정부와 교회는 다시 좋은 관계로 돌아갔고, 발라게르는 종종 교황 대사이자 대주교인 피티니와 차를 마셨다.

---

* 도미니카의 의사이자 정치인. 트루히요 체제를 공개적으로 반대하여 여러 번 투옥되었으며, 트루히요가 사망하자 '국가시민연대'를 설립하여 트루히요 가족과 친척들이 국외로 나가게 하는 데 일조했다.
** 정직함과 올곧음의 전형으로 평가되는 도미니카의 애국자로 '농민들의 천사'라고 불렸다. 트루히요가 죽은 후 농업부 장관과 내무부 장관을 역임했다.

국제 여론을 만족시키지 못했던 문제는 인권이었다. 매일 라빅토리아, 엘누에베, 라쿠아렌타를 비롯해 국내의 교도소와 수비부대 앞에서는 정치범, 고문받은 사람들, 실종자들, 살해당한 사람들을 위한 시위가 벌어졌다. 그의 집무실로 성명서, 편지, 전보, 보고서, 외교 통신문 등이 물밀듯이 밀어닥쳤다. 그러나 그는 그런 사람들을 위해, 혹은 그런 서한들의 요구 사항을 제대로 처리해줄 수 없었다. 더 정확히 말하자면, 애매한 말로 약속을 하거나 눈길을 돌리는 것 말고는 아무 일도 해줄 수 없었다. 하지만 람피스의 자유재량에 맡기기로 약속한 것은 정확하게 지켰다. 비록 그가 람피스와의 약속을 어기고 싶었을지라도 그럴 수 없었을 것이다. 그래서 총통의 아들은 마리아 부인과 앙헬리타를 유럽으로 보냈고, 마치 수많은 군중들이 트루히요를 죽이는 음모에 가담한 것처럼 지치지 않고 음모자들을 수색하고 있었다. 어느 날 젊은 장군이 그에게 단도직입적으로 물었다.

"페드로 리비오 세데뇨가 우리 아버지를 죽이는 음모에 당신을 연루시키려고 했던 것을 압니까?"

"놀라운 일은 아닙니다." 대통령은 전혀 안색을 바꾸지 않고 미소 지었다. "살인범들이 취할 수 있는 최선의 방어책은 모든 사람들을 연루시키는 겁니다. 특히 자선가의 측근들이 그 대상입니다. 프랑스 사람들은 그것을 '중독'이라고 부릅니다."

"만일 살인자 중에서 한 명이라도 더 그런 사실을 확인해주었다면, 당신도 푸포 로만과 같은 운명이 되었을 것입니다." 숨 냄새에 술기운이 배어 있었지만, 람피스는 제정신인 것 같았다. "지금 이 순간 그는 자기가 태어난 날을 저주하고 있을 것이오."

"난 그것에 관해 알고 싶지 않습니다, 장군님." 발라게르가 작은 손을 뻗으면서 그의 말을 막았다. "장군님은 도덕적 권리에 따라 범죄자들에게 복수할 수 있습니다. 그러나 부탁이니 내게 더 이상 자세히 말하지 마십시오. 장군님이 권력을 남용하고 있다는 비난이 자자합니다. 하지만 나로서는 장군님을 막는 것보다는 차라리 전 세계에서 쇄도하는 비난과 맞서는 편이 더 쉽습니다."

"좋습니다. 앞으로 안토니오 임베르트와 루이스 아미아마를 체포하게 되면 그 소식만 알려주겠습니다." 발라게르는 근사한 배우와 같은 얼굴이 일그러지는 것은 보았다. 아직 체포되지도 않고 죽시도 않은 유일한 두 음모 가담자에 관해 말할 때마다 짓는 표정이었다. "아직 그들이 국내에 있다고 믿습니까?"

"내가 보기에는 그렇습니다." 발라게르가 말했다. "만일 외국으로 도방쳤다면, 그들은 기자회견을 했을 것이고 많은 상을 받았을 겁니다. 텔레비전에도 나왔겠지요. 또한 영웅 대접을 받고 있을 겁니다. 그들은 이곳에 숨어 있습니다. 틀림없습니다."

"그럼 조만간 체포될 겁니다." 람피스가 중얼거렸다. "수천 명의 군인과 경찰들이 집집마다, 그리고 그들이 숨어 있을 만한 곳은 죄다 샅샅이 뒤지고 있습니다. 그들이 도미니카 공화국에 있다면 체포될 것입니다. 여기 없더라도, 이 세상을 모두 뒤져서라도 그들에게 아버지의 죽음에 대한 대가를 치르게 할 작정입니다. 내가 가진 돈을 모두 쓰는 한이 있더라도 그들을 찾아내고야 말 겁니다."

"그런 소망이 이루어지길 바랍니다, 장군님." 총명하고 이해력이 빠른 발라게르가 말했다. "하지만 한 가지만 부탁하겠습니다. 범인 수색을 정당한 방식으로 해주길 바랍니다. 지금 우리는 도미니카 공화국이 민주주의로 가고 있다는 것을 증명하는 힘든 작업을 수행하고 있습니다. 만일 커다란 스캔들이 터지면 이 작업은 실패하고 맙니다. 그러니까 제2의 갈린데스 사건이나 베탕쿠르 사건이 발생하면 곤란합니다."

음모자들의 문제와 관련되면, 총통의 아들은 고집을 부렸다. 발라게르는 그들을 석방하는 게 좋다고 중재하면서 시간을 허비하지 않았다. 이미 체포된 사람들의 운명은 결정되어 있었다. 만일 임베르트와 아미아마가 체포된다면, 그들도 같은 운명을 맞을 게 분명했다. 게다가 그것이 그의 정국 운영에 도움이 될지 확신할 수도 없었다. 실제로 시절은 바뀌고 있었다. 국민들의 감정은 변덕스러웠다. 1961년 5월 30일까지만 해도, 도미니카 국민들은 목숨을 걸고 트루히요를 신봉했다. 후안 토마스 디아스, 안토니오 델라 마사, 에스트레야 사드알라, 루이스 아미아마, 우아스카르 테헤다, 페드로 리비오 세데뇨, 피피 파스토리사, 안토니오 임베르트와 그들과 한패인 사람들에게 손을 댈 수만 있었다면 그들의 눈과 심장을 빼냈을 것이다. 그러나 도미니카 국민들이 지난 31년 동안 경험했던 수령과의 신비주의적 공존 개념은 이미 사라지고 있었다. 학생들과 '시민연대', 그리고 '6월 14일 운동'이 소집한 길거리 모임은 처음에는 소수만이 두려움 속에서 참가했지만, 한 달, 두 달, 석 달이 흐르자 참가자의 수는 수십 배로 늘어났다. 산토도밍고(발라게르 대통령은 이미 트루히요 시에 과거의 이름을 복원시키려는 제안을 준비해놓고 있었고, 치리노스 상원의원은 적절한 시기에 의회에서 갈채를 받으며 통과시킬 예정이었다)의 인데펜덴시아 공원은 종종 인파로 꽉 차곤 했다. 산티아고, 라로마나, 산프 란시스코 데 마코리스와 다른 도시에서도 마찬가지였다. 두려움은 사라져갔고, 사람들은 갈수록 트루히요를 거부하고 있었다. 발라게르 박사의 후각은 역사의 흐름에 민감했고, 그래서 새로운 감정이 억누를 수 없이 점점 증폭될 것임을 알았다. 트루히요를 반대하는 경향이 대중들 사이에 번지기 시작하면, 트루히요 살인자들은 강력한 정치적 인물로 부상할 것이었다. 그게 누구에게 유리할까? 그것 때문에 그는 '걸어 다니는 오물'의 조심스러운 시도를 심하게 야단친 것이었다. 치리노스 상원의원은 새로운 발라게르 운동의 의회 지도자 자격으로 의회가 5월 30일 음모자들을 사면하는 데 동의하면, 미주기구와 미국이 경제 제재를 철회할 가능성이 있겠느냐고 물으면서 그에게 상의했다.

"의도는 좋습니다, 상원의원. 그러나 그 결과는? 사면은 람피스의 감정을 건드릴 것이고, 그러면 그는 즉시 사면된 사람들을 모두 죽이라고 지시할 것입니다. 우리의 노력은 수포로 돌아가게 됩니다."

"각하의 통찰력은 정말이지 빈틈이 없습니다." 치리노스 상원의원은 감탄을 금치 못했다. 박수를 치는 것과 거의 다름없었다.

이 문제만 제외하면, 람피스 트루히요는 발라게르가 기대했던 것 이상으로 순순히 협조했다. 그는 산이시드로 기지와 보카치카에 있는 해변의 집에서 매일 술에 취해 살았다. 임신한 그의 공식 아내이자 젊은 배우인 리타 밀란을 파리에 두고 떠나온 그는 마지막 정부인 파리 리도 클럽의 발레리나와 그녀의 어머니를 그의 집으로 데려오기도 했다. 그는 트루히요 시에 산토도밍고라는 이름을 되돌려주고 총통, 람피스, 앙헬리타, 라드아메스, 훌리아 부인 혹은 마리아 부인이라고 불리던 도시와 장소들, 거리와 광장과 지형, 그리고 교량의 이름을 다시 짓자는 의견에 동의했다. 그는 거리나 가로수 길, 혹은 공원이나 고속도로에 설치된 트루히요나 그의 가족의 동상이나 명판, 흉상이나 사진 혹은 포스터를 훼손하는 학생들과 반란자들, 그리고 부랑아들을 가혹하게 처벌하라고 주장하지도 않았다. 발라게르가 '애국적 이타주의의 행위로' 총통과 그의 아들들 소유였던 토지와 별장과 농업 사업체들을 국가에, 즉 국민에게 양도하는 게 좋겠다는 제안을 했을 때도 이의 없이 받아들였다. 람피스는 공개 서한을 통해 그렇게 했다. 그래서 국가는 경작 가능 토지의 40퍼센트를 소유하게 되었고, 쿠바 다음으로 아메리카 대륙에서 가장 많은 공기업을 소유한 나라가 되었다. 람피스 장군은 트루히요주의의 부와 상징들이 체계적으로 제거되자 당혹해하는 우악스러운 타락자들, 즉 총통 형제들의 분노를 가라앉혔다.

어느 날 밤 누이들과 매일 먹는 메뉴인 닭 국물, 쌀밥, 샐러드와 밀크푸딩으로 저녁식사를 마친 후, 발라게르 대통령은 침대로 가려고 식탁에서 일어나다가 실신했다. 단지 몇 초만 의식을 잃었을 뿐이지만, 펠릭스 고이코 박사는 그에게 만일 이런 강도로 계속 일한다면, 그해가 가기 전에 그의 심장이나 뇌가 수류탄처럼 폭발할 것이라고 경고했다. 그는 트루히요가 죽은 날부터 겨우 서너 시간만 잠을 자고 있었다. 그는 더 많이 자야만 했고, 운동을 해야만 했으며, 주말마다 긴장을 풀어야만 했다. 그는 밤에 침대에서 다섯 시간 이상 있으려고 노력했으며, 저녁을 먹은 다음에는 산책을 했다. 그러나 사람들이 트루히요를 연상하면서 그를 의심하지 않도록 조지 워싱턴과 멀리 떨어진 길을 택했고, 이제는 에우헤니오 마리아 데 오스도스 공원이라고 이름 붙여진 옛 람피스 공원으로 갔다. 일요일에는 미사 후에 두어 시간 동안 낭만주의와 모더니즘 시를 읽거나 '황금시대'의 스페인 고전을 읽으면서 머리를 식혔다. 가끔 성난 시민들이 거리에서 그를 보고 "발라게르, 종이인형!"이라고 모욕하기도 했지만, 대부분의 경우는 "안녕하세요, 대통령 각하!"라고 인사했다. 그러면 그는 바람에 실려 날아가지 않도록 귀까지 푹 눌러쓴 모자를 벗으면서 예의 바르게 감사를 표했다.

1961년 10월 2일, 그는 뉴욕에서 연기는 유엔총회에서 노미니카 공화국에서는 진정한 민주주의와 일련의 새로운 상황들이 태어나고 있다'고 말하면서 수백 명의 외교관 앞에서 트루히요 독재는 시대 착오적이었으며, 자유와 권리를 잔혹할 정도로 탄압했다고 인정했다. 그리고 도미니카 국민들이 자유와 권리를 되찾을 수 있도록 도와달라고 자유국가들에 부탁했다. 며칠 후 그는 파리에서 마리아 마르티네스 부인의 신랄한 편지를 받았다. 자비로우신 영부인은 대통령이 '내 남편이 이룬 훌륭한 업적과 당신 스스로 31년 동안 입이 마르도록 찬양했던 것'을 기억하지 않은 채, 트루히요 시절에 대한 '부당한' 그림을 그렸다고 불평했다. 그러나 대통령이 걱정하던 사람은 마리아 마르티네스가 아니라 트루히요의 형제들이었다. 페탄과 '검둥이'는 람피스와 격렬한 회합을 가졌으며, 람피스에게 그 약골이 유엔에 가서 그의 아버지를 모독해도 좋다고 허락했는지 알려달라고 요구했다. 이제 그 작자를 대통령궁에서 쫓아내고 국민이 요구하는 대로 트루히요 가족이 다시 권력을 잡아야 해! 그러자 람피스는 만일 자기가 쿠데타를 일으킨다면 미 해병대의 침략을 피할 수 없으며, 존 캘빈 힐이 직접 그것을 경고했다고 대답했다. 그러면서 허약하고 합법적인 대통령이라는 직책 뒤에서 결속을 다지는 것만이 자기들이 할 수 있는 유일한 길이라고 강조했다. 또한 발라게르가 미주기구와 미국 국무부가 제재 조치를 철회하도록 교묘하게 이끌어가고 있으며, 그런 목적을 달성하기 위해서는 자신의 신념과는 반대되는 내용을 유엔에서 연설해야만 했다고 설명했다.

그러나 발라게르가 뉴욕에서 귀국한 지 얼마 후 행정부 최고수반과 가진 모임에서 트루히요의 아들은 예전보다 훨씬 덜 관용적이었다. 그는 강도 높은 적대감을 드러냈고, 불화가 불가피해 보였다.

"유엔총회에서 했던 것처럼 계속해서 우리 아버지를 공격할 생각이오?" 총통이 살해되기 몇 시간 전에 발라게르와 마지막으로 만났을 때 앉았던 그 의자에 앉아서 람피스는 그를 쳐다보지 않은 채 말했다. 그의 시선은 바다를 향해 고정되어 있었다.

"다른 방법이 없습니다, 장군님." 대통령은 슬픔에 잠겨 인정했다. "모든 게 바뀌고 있다고, 도미니카 공화국은 민주주의를 향해 문을 열고 있다고 믿게 하려면, 과거에 대한 자아비판을 해야만 합니다. 장군님에게는 몹시 고통스러운 일이라는 걸 나도 압니다. 그리고 나도 고통스럽기는 매한가지입니다. 정치라는 건 종종 이런 종류의 번민을 요구합니다."

한참 동안 람피스는 대답하지 않았다. 술에 취해 있는 것일까? 마약을 먹은 것일까? 그를 미치기 직전의 상태로 만들었던 그런 정신적 위기가 다가오고 있는 것일까? 푸르스름하고 커다란 다크서클과 시선을 가만히 두지 못하고 불안해하던 그는 이상하게 얼굴을 찡그렸다.

"나는 장군님에게 내가 무엇을 할 것인지 이미 설명했습니다." 발라게르가 덧붙였다. "나는 우리가 합의한 내용을 철저하게 지키고 있습니다. 장군님은 내 계획을 승인했습니다. 만일 장군님이 이 나라를 통치하고 싶다면, 산이시드로에서 탱크를 동원할 필요는 없습니다. 지금 당장 내가 사임할 테니까요."

람피스는 지겹다는 표정을 지으며 한참 동안 그를 쳐다보았다.

"모두가 내게 그렇게 하라고 요구하고 있소." 그가 바꾸던 의복도 없이 중얼거렸다. "내 작은아버지를, 시벽 사령관들, 고위 장교들, 사촌들, 아버지의 친구들이 이구동성으로 요구하고 있소. 그러나 나는 당신의 자리에 앉고 싶지 않소. 난 그따위 일을 좋아하지 않소, 발라게르 박사. 내가 왜 그런 일을 맡아야 하오? 아버지와 같은 대가를 치르기 위해서요?"

그는 깊이 낙담한 표정을 지으며 입을 다물었다.

"만일 장군님이 권력을 원치 않으시면, 내가 그 권력을 행사하도록 도와주십시오."

"더 도와달란 말이오?" 람피스가 조롱하듯이 대답했다. "내가 아니었다면, 내 작은아버지들이 이미 오래전에 총을 쏘면서 당신을 그 자리에서 끌어냈을 것이오."

"그걸로 충분하지 않습니다." 발라게르가 대답했다. "장군님은 거리에서 일어나는 시위들을 보셨을 겁니다. '시민연대'와 '6월 14일 운동'의 집회는 갈수록 과격해지고 있습니다. 만일 우리가 그들을 통제하지 않으면 더 악화될 겁니다."

총통 아들의 얼굴이 다시 본래의 색을 되찾고 있었다. 그는 고개를 앞으로 쑥 뺀 채 기다렸다. 마치 대통령이 자신에게 요청할지 모른다고 생각했던 것을 정말로 요청할 것인지 스스로에게 묻는 것 같았다.

"장군님의 작은아버지들은 떠나야만 합니다." 발라게르 박사가 부드럽게 말했다. "그들이 이곳에 있으면, 국제사회나 국민 여론도 우리가 추진하는 변화를 믿지 않을 겁니다. 장군님만이 그들을 설득할 수 있습니다."

대통령이 이제 그에게 무례하게 나오기 시작한 것일까? 람피스는 놀란 얼굴로 그를 쳐다보았다. 마치 방금 들은 내용을 믿지 못하겠다는 표정이었다. 다시 긴 침묵이 흘렀다.

"사람들이 새로운 시대의 빌어먹을 것을 그대로 받아들이게 하기 위해, 아버지가 만든 이 나라를 떠나라는 것이오? 나 역시 이 나라를 떠나야 한다는 거요?"

발라게르는 잠시 기다렸다.

"그렇습니다." 조마조마한 마음으로 그가 작은 소리로 대답했다. "장군님도 떠나야 합니다. 하지만 아직은 아닙니다. 먼저 작은아버지들이 떠난 후에 그렇게 해야 합니다. 내가 정부를 공고히 만들도록 도와주고, 군부가 이제 트루히요는 더 이상 이곳에 없다는 것을 깨닫게 만든 다음에 떠나야 합니다. 이것은 장군님에게 그다지 새로운 것이 아닙니다. 장군님은 항상 알고 있었습니다. 장군님과 가족, 그리고 친구들에게 가장 좋은 것은 이 계획을 발전시키는 것입니다. '시민연대'나 '6월 14일 운동'이 정권을 잡게 되면 더 좋지 않은 일이 벌어짐니다."

그는 권총을 꺼내지도 않았고, 발라게르에게 침을 뱉지도 않았다. 얼굴은 다시 창백해졌고, 미치기 일보 직전의 표정을 지었다. 그는 담배에 불을 붙이고는 몇 번이나 연기를 내뱉으면서 그 연기가 사라지는 걸 우두커니 지켜보았다.

"나는 이미 오래전에 이 나라를, 빌어먹을 놈들과 배은망덕한 놈들로 가득한 이 나라를 떠나야만 했소." 그가 중얼거렸다. "아미아마와 임베르트를 찾았다면, 난 벌써 여기를 떴을 것이오. 아직도 내가 찾지 못한 사람이 그 둘이오. 내가 아버지에게 했던 약속을 지키면 난 떠날 것이오."

대통령은 망명 중인 후안 보시*와 도미니카 혁명당의 동료들의 귀국을 허락하는 서류에 서명했다고 알려주었다. 장군은 그의 설명에 귀 기울이는 것 같지 않았지만, 발라게르는 보시와 도미니카 혁명당원들은 '시민연대'와 '6월 14일 운동'과 반트루히요 운동의 주도권 쟁탈을 위해 격렬한 투쟁을 벌일 것이라고 설명했고, 이런 식으로 정부에 봉사할 것이라고 덧붙였다. 하지만 진정한 위험은 '시민연대'의 신사들에게 있었다. 왜냐하면 그들이 세베로 카브랄처럼 부유층이며 미국에 영향력이 있는 보수층이었기 때문이다. 후안 보시는 그 점을 잘 알고 있기에, 그토록 강력한 경쟁자가 정권을 잡지 못하도록 정당하고 합법적인 모든 일―그리고 아마도 부당하며 불법적인 일까지

---

* 트루히요가 죽은 후 민주적으로 선출된 최초의 입헌 대통령. 그 이전에 그는 트루히요 독재체제에 반대하는 도미니카 야당의 대표였으며, 그로 인해 25년 넘게 해외에서 망명 생활을 했다.

도—을 서슴지 않을 것이었다.

라빅토리아에는 약 200명의 공범들이 수감되어 있었다. 그들은 실제 음모에 관여했거나 혹은 그랬을 것으로 추정되는 용의자들이었다. 트루히요 가족들이 나라를 떠난 후에, 그들을 사면하는 게 바람직했다. 그러나 발라게르는 트루히요의 아들이 아직 살아 있는 처형자들을 석방시키게 놔두지는 않으리라는 것을 잘 알고 있었다. 그는 그들을 인정사정없이 다룰 것이었다. 가령 그는 로만 장군을 4개월간 고문했고, 죄수가 배신의 죄책감을 이기지 못해 스스로 목숨을 끊었다고 발표했지만, 그의 시체는 결코 발견되지 않았다. 모데스토 디아스의 경우도 마찬가지였다. 만일 그가 살아 있다면, 람피스는 아직도 그를 인정사정없이 마구 다루고 있을 게 분명했다. 죄수들—반대파는 그들을 처형자라고 부르고 있었다—의 문제는 그가 이 정권에 부여하고자 하는 새로운 얼굴에 오점이 될 수 있었다. 외교 사절들과 각국 대표단, 정치인들과 기자들은 쉬지 않고 도착하여 그들에 대한 관심을 표시했고, 대통령은 능수능란한 속임수를 동원하여 왜 그들에 대한 재판이 아직까지 이루어지지 않고 있는지를 설명하면서, 그들의 목숨은 존중될 것이며 그들의 재판은 국제 옵서버들이 참석한 가운데 철저하고 양심적으로 진행될 것이라고 맹세했다. 그런데 왜 람피스는 그들을 살려두고 있는 것일까? 왜 안토니오 델라 마사의 거의 모든 형제들처럼—마리오, 볼리바르, 에르네스토, 피롤로를 비롯하여 수많은 그의 사촌들과 삼촌들은 반대 세력을 들끓게 만들 수 있는 동인이라는 이유로 감옥에 갇히지 않은 채, 체포 당일 총에 맞거나 구타를 당해 살해되었다—죽이지 않는 것일까? 발라게르는 처형자들의 피가 자신의 명예에 오점이 되리라는 사실을 잘 알고 있었다. 이것은 그가 아직도 맞서 싸워야 할 힘든 과제였다.

이 대화가 있은 지 며칠 후, 람피스가 전화를 걸어 좋은 소식을 알려주었다. 자기 작은아버지들을 설득했다는 내용이었다. 페탄과 '검둥이'는 긴 휴가를 떠날 것이었다. 10월 25일 엑토르 비엔베니도는 미국인 아내와 함께 자메이카로 날아갔다. 페탄은 '트루히요 대통령' 프리깃함을 타고 카리브해를 둘러보겠다면서 도미니카를 떠났다. 존 캘빈 힐 영사는 발라게르에게 이제는 제재 조치가 철회될 가능성이 커졌다고 털어놓았다.

"너무 오래 걸리지 않았으면 좋겠습니다, 영사님. 대통령이 요구했다. "하루하루가 지날수록 우리 공화국은 질식해 죽어가고 있습니다."

산업체는 정치적 불확실성과 수입 제한으로 인해 거의 마비되어 있었다. 가게들은 수입물품 부족으로 텅텅 비었다. 람피스는 트루히요 가족의 이름으로 등록되지 않은 회사들과 무기명 증권을 손해 보며 팔았고, 중앙은행은 도미니카 화폐를 실제로 존재하지도 않는 환율로 계산해 판매 대금을 외환으로 바꾸어 캐나다와 유럽 은행들에 송금해야만 했다. 트루히요 가족은 대통령이 걱정했던 것과 달리 아주 많은 외화를 외국으로 송금하지는 않았다. 마리아 부인은 1200만 달러를, 앙헬리타는 1300만 달러를, 라드아메스는 1700만 달러를, 그리고 지금까지 람피스는 약 2200만 달러를 송금했고, 총 합계는 6400만 달러에 이르렀다. 그보다 더 많은 돈을 보낼 수도 있었다. 그러나 이제 중앙은행 보유고는 얼마 안 있으면 바닥날 것이고, 더 이상 병사들이

나 교사들 그리고 공공기관 종사자들에게 월급을 지급하지 못할 것이었다.

11월 15일에 내무부 장관이 공포에 사로잡혀 대통령에게 전화를 걸었다. 페탄과 엑토르 트루히요 장군이 예상과 달리 귀국했다는 소식이었다. 그는 대통령에게 자신들이 머무를 곳을 찾아달라고 요청하면서, 언제든지 군사 쿠데타가 발생할 수 있다고 압박했다. 많은 군인들이 그들을 지지하고 있었다. 발라게르는 급히 캘빈 힐 영사를 불러 상황을 설명했다. 람피스가 그걸 저지하지 않는 한, 많은 군인들이 페탄과 '검둥이'의 반란 기도를 지지할 것이라고 설명했다. 그러면 내전이 발발할 것이고, 그 결과는 아무도 알 수 없었다. 또 한차례 트루히요 반대자들에 대한 무차별 학살이 벌어질 터였다. 영사는 모든 걸 알고 있었다. 그러면서 케네디 대통령이 직접 함대를 파견하라고 지시했다는 사실을 그에게 알려주었다. 항공모함 '밸리포지', 제2함대의 기함인 순양함 '리틀록'과 구축함 '하이먼', '브리스틀', '비티'호가 푸에르토리코를 출발하여 도미니카 해안으로 오고 있었다. 만일 쿠데타가 일어난다면 약 2천 명의 해병대가 상륙할 것이었다.

네 시간 동안 람피스와 통화를 시도한 끝에, 마침내 간단히 통화할 수 있었다. 람피스는 불길한 소식을 전해주었다. 그와 작은아버지들 사이에 심한 말다툼이 있었다는 것이다. 그들은 나라를 떠날 생각이 없었다. 람피스는 그렇다면 자기가 떠나겠다고 경고했다.

"그럼 이제 무슨 일이 일어날 것 같습니까, 장군님?"

"이 순간부터 당신은 맹수들이 날뛰는 우리에 혼자 남았다는 것을 의미하오, 대통령." 람피스가 웃었다. "행운을 비오."

발라게르 박사는 눈을 감았다. 이후에 닥칠 시간과 나날은 결정적일 것이었다. 트루히요의 아들은 어쩌려는 것일까? 나라를 떠날까? 스스로 목숨을 끊을까? 그는 파리로 가서 아내와 어머니, 그리고 형제자매들과 모여서 뇌이에 구입해둔 아름다운 저택에서 파티를 벌이고 폴로 경기를 하면서 여자들과 함께 위안을 삼을 것이 분명했다. 그는 이미 가능한 모든 돈을 인출했고, 곧 압류될 몇몇 부동산만 남겨놓고 있었다. 어쨌거나 그는 문제가 아니었다. 문제는 제정신이 아닌 맹수들이었다. 총통의 동생들은 곧 총을 쏘기 시작할 것이었다. 그것이 그들이 능숙하게 할 수 있는 유일한 일이었다. 소문에 따르면 페탄이 작성한 제거 명단에서 1순위는 발라게르였다. 그래서 그가 가장 좋아하는 격언처럼 '천천히 그리고 바위 쪽으로 강을 건너야만' 했다. 아무것도 두렵지 않았다. 단지 그가 추진했던 작품의 가장 훌륭한 부분이 폭력배의 총탄에 훼손된다는 게 슬펐을 뿐이다.

다음 날 새벽에 내무부 장관이 그의 잠을 깨워 군인들이 트루히요의 시체를 산크리스토발 교회의 납골당에서 꺼내 보카치카로 가져갔다고 알려주었다. 람피스 장군의 개인 선착장이 있는 그곳에는 요트 '앙헬리타'가 정박해 있었다.

"난 아무것도 듣지 않은 것으로 하겠네, 장관." 발라게르가 그의 말을 잘랐다. "그리고 장관도 내게 아무 말 하지 않은 것으로 하게. 몇 시간 푹 자는 게 좋을 것 같네. 오늘은 아주 긴 날이 될 테니 말이네."

장관에게 충고한 것과는 달리, 그는 다시 잠을 이룰 수 없었다. 람피스는 자기 아버지의 살해범들을 처리하지 않고는 떠나지 않을 것이며, 살해범들을 불법적으로 처형하면 그가 지난 몇 달간 부지런히 매달려온 일들이 수포로 돌아갈 수도 있었다. 그는 대통령인 자기와 더불어 공화국은 미국과 도미니카 지도층이 염려하는 혼란이나 내전 없이 민주주의를 향해 가고 있다고 전 세계를 설득하는 중이었다. 그런데 그가 할 수 있는 일이 무엇일까? 죄수들에 대해 어떤 명령을 내리건, 그것은 람피스의 지시와 모순될 것이고, 따라서 군은 그의 지시를 무시할 것이었다. 그러면 그가 군에 대해 아무런 권위도 행사하지 못한다는 사실이 만방에 알려질 것이 뻔했다.

그러나 이상하게도 무장 봉기와 시민 학살이 임박했다는 소문이 퍼졌을 뿐, 11월 16일과 17일에는 아무 일도 일어나지 않았다. 그는 국가가 완전히 평온한 것처럼 일상 업무를 보았다. 그리고 11월 17일 해가 질 무렵 람피스가 해변에 있는 그의 집을 떠났다는 보고를 받았다. 잠시 후 람피스는 술에 취해 자동차에서 내렸고, 엘엠바하도르 호텔의 정면을 향해 수류탄을 던졌지만, 다행히 불발로 끝났다. 그 후 그의 행선지를 아는 사람은 아무도 없었다. 다음 날 아침, 앙헬 세베로 카브랄이 이끄는 '국가시민연대' 대표단이 생사가 걸린 중대한 문제라면서 즉시 대통령과 만나게 해줄 것을 요구했다. 대통령은 그들을 접견했다. 세베로 카브랄은 몹시 흥분한 상태였다. 그는 우아스카르 테헤다가 아내 린딘에게 마구 휘갈겨 써서 보낸 종이를 마구 흔들어대고 있었다. 라빅토리아에서 몰래 반출된 편지로, 모데스토 디아스와 툰티 카세레스를 포함하여 트루히요 살해 혐의로 기소된 여섯 명이 나머지 정치범들과 분리되어 다른 감옥으로 이송될 것이라고 밝히고 있었다. '우리를 죽일 거야, 여보'라고 그 편지는 끝맺고 있었다. '국가시민연대' 대표는 죄수들을 사법부의 손에 인도하거나 아니면 대통령령을 내려 석방시킬 것을 요구했다. 죄수의 아내들은 그들의 변호사들과 함께 대통령궁 문 앞에서 시위를 벌이고 있었다. 국제 언론은 이미 취재 경쟁을 벌이고 있었으며, 미국 국무부와 다른 서양 대사관들도 경계 상태에 돌입해 있었다.

소스라치게 놀란 발라게르 박사는 그들에게 자기가 손수 이 문제에 개입하겠다고 약속했다. 그 어떤 범죄 행위도 용인하지 않을 것이라고 맹세했다. 그가 받은 보고서에 따르면, 여섯 음모자의 이송은 수사를 가속화하기 위한 목적을 띠고 있었다. 그것은 단지 현장 검증 절차에 불과했다. 현장 검증이 끝나면 지체 없이 재판이 시작될 예정이었다. 물론 헤이그 국제재판소의 참관자들이 지켜보는 가운데 재판은 진행될 것이고, 그가 직접 참관자들을 도미니카로 초청할 작정이었다.

'국가시민연대' 지도자들이 떠나자마자, 발라게르는 공화국 검찰총장인 호세 마누엘 마차도 박사에게 전화를 걸었다. 경찰청장인 마르코스 A. 호르헤 모레노가 왜 에스트레야 사드알라, 우아스카르 테헤다, 피피 파스토리사, 페드로 리비오 세데뇨, 툰티 카세레스와 모데스토 디아스를 법무부 감옥으로 이송하라고 지시했는지 아느냐고 물었다. 검찰총장은 아무것도 모르고 있었다. 그는 몹시 분개하면서 반응했다. 누군가가 사법부의 이름을 함부로 도용하고 있으며, 그 어떤 판사도 범죄 현장 검증을 지시하지 않았다고 했다. 매우 불안하고 당황하는 척하면서, 그건 도저히 참을 수 없는 일이라고 말했다. 발라게르는 즉시 법무부 장관에게 이 사건을 철저히 수사하고, 책임자들을 분명하게 밝혀 문책하고 고발하라고 지시하겠다고 덧붙였다. 그리고 자기가 한 일을 문서로 남기기 위해 비서에게 메모를 구술했고, 그것을 급히 법무부 장관에게 가져가라고 명령했다. 그런 다음 장관에게 전화했다. 장관은 몹시 당황스러워했다.

"어떻게 해야 할지 모르겠습니다, 대통령 각하. 지금 제 사무실 문 앞에 죄수의 아내들이 와 있습니다. 저는 성명을 발표하라고 사방에서 압력을 받고 있지만, 아무것도 모르고 있습니다. 각하께서는 왜 법무부 감옥으로 그들이 이송되었는지 아십니까? 아무도 제게 그걸 설명해주지 못하고 있습니다. 이제 그들은 새로운 현장 검증을 위해 고속도로로 가고 있는데, 그걸 지시한 사람은 아무도 없습니다. 산이시드로 기지의 병사들이 그 지역을 철저히 차단하고 있어 현장에 접근할 수도 없습니다. 도대체 제가 어떻게 해야 합니까?"

"장관이 직접 가서 설명을 요구하게." 대통령이 지시했다. "우리 정부가 불법적인 행동을 막기 위해 최선을 다했다는 증거가 있어야 하네. 절대적으로 필요한 것이네. 미국 영사와 영국 영사를 대동하여 그곳으로 가도록 하게."

발라게르 박사는 직접 존 캘빈 힐에게 전화를 걸어 법무부 장관이 취할 조치를 지지해달라고 부탁했다. 동시에 람피스 장군이 출국할 준비를 하고 있다면, 트루히요의 형제들이 행동으로 옮길 가능성이 농후하다고 알려주었다.

그는 계속 업무를 처리했다. 겉으로 보기에는 재정 위기 타개에 몰입해 있는 것 같았다. 그는 점심시간에도 집무실을 비우지 않았고, 재무부 장관과 중앙은행 총재와 일하면서, 일체의 전화나 방문을 받지 않았다. 저녁이 될 무렵, 비서가 법무부 장관의 메모를 건네주면서 장관과 미국 영사는 범죄 현장에 갔지만 무장 공군 병력에 의해 제지되었다고 알려주었다. 그리고 법무부나 검찰청 그리고 법원도 그런 절차를 진행하거나 요청한 적이 없었고 그런 사실은 금시초문으로, 군부에서 단독으로 결정한 사항이라고 확인해주었다. 밤 여덟시 반경에 집에 도착했을 때 그는 경찰청장인 마르코스 A. 호르헤 모레노 대령의 전화를 받았다. 세 명의 무장 경비병을 실은 소형 트럭이 고속도로에서 사법 절차를 마치고 죄수들과 함께 라빅토리아로 오다가 실종되었다는 소식이었다.

"모든 노력을 기울여 그들을 찾게, 대령. 필요한 모든 경찰력을 동원하게." 대통령이 지시했다. "소식이 들어오면 시간에 상관없이 언제든지 전화하게."

트루히요 가족이 그날 오후 총통 살해자들을 모두 처형했다는 소문에 불안해하던 누이들에게 발라게르는 아무것도 모른다고 말했다. 아마도 사회 불안과 동요를 확산시키려는 불온 극단주의자들이 꾸며낸 얘기일지도 모른다고 대답했다. 거짓말로 누이들을 안심시키면서 그는 람피스가 이미 그 일을 저질렀다면 오늘 밤에 떠날 것이라고 추측했다. 그렇다면 트루히요 형제들과의 대결은 다음 날 새벽이 될 것이었다. 그들은 그를 체포하라고 명령할까? 아니면 그를 죽일까? 그의 조그마한 머리는 그들이 자기를 제거한 순간 국가의 역사적 발전 과정은 제동이 걸릴 것이고, 그러면 그런 발전적 시도가 있었다는 것 자체가 곧 도미니카의 정치에서 지워질 것이라고 생각했다. 그는 전혀 불안해하거나 걱정하지 않았다. 단지 호기심과 궁금증을 느꼈을 뿐이다.

그가 파자마로 갈아입고 있을 때, 다시 호르헤 모레노 대령이 전화를 걸었다. 소형 트럭이 발견되었으며, 여섯 명의 죄수는 세 명의 경비병을 살해한 후 도주했다는 소식이었다.

"무슨 수를 쓰더라도 탈주범들을 찾아내게." 그는 어조를 바꾸지 않은 채 읊조렸다. "대령, 자네는 그 죄수들의 목숨에 책임을 져야 하네. 그들은 이 새로운 범죄로 법에 의해 재판을 받아야만 하네."

잠을 자기 전에 그는 동정심이 일어 몸을 떨었다. 오늘 오후 틀림없이 람피스에게 살해되었을 죄수들 때문이 아니라, 트루히요의 아들이 죄수들의 도주라는 연극을 진짜처럼 보이게 하기 위해 살해하도록 지시한 세 명의 병사 때문이었다. 아무도 믿지 않는 우스꽝스러운 속임수에 현실성을 부여하기 위해 가련한 세 병사는 무참하게 살해된 것이었다. 하등의 쓸모도 없는 유혈 행위였다.

다음 날 대통령궁으로 가는 길에 그는 〈엘카리베〉의 안쪽 지면에서 '트루히요 살해범들, 라빅토리아로 호송하던 세 명의 호위병을 살해한 후 도주'했다는 기사를 읽었다. 그러나 그가 두려워하던 사건은 일어나지 않았다. 그는 다른 사건들로 바쁘게 보냈다. 오전 열시경, 누군가가 그의 집무실 문을 발로 쾅 차서 열었다. 손에는 기관단총을 들고 허리에는 권총들과 수류탄이 주렁주렁 달려 있었다. 페탄 트루히요 장군이 역시 장군 군복을 입은 동생 엑토르와 함께 집무실로 뛰어든 것이었다. 그들은 개인 호위병으로 스물일곱 명의 무장 군인을 대동했다. 모두 얼굴이 흉악범 같았고, 술에 취해 있는 듯했다. 이런 무례한 무리들의 행동으로 인한 불쾌감이 두려움이나 공포보다 더욱 강하게 밀려왔다.

"당신들에게 의자에 앉으라고 말할 수 없군요. 모두가 앉을 의자가 없으니 말입니다. 미안합니다." 왜소한 체구의 대통령이 자리에서 일어나면서 사과했다. 그는 태연해 보였고, 그의 조그맣고 통통한 얼굴은 점잖은 미소를 띠고 있었다.

"진실의 시간이 왔네, 발라게르." 짐승 같은 페탄이 소리치면서 침을 뱉었다. 그는 위협적으로 기관단총을 휘둘렀고, 대통령의 면전에 들이댔다. 대통령은 뒷걸음질 치지 않았다. "그 빌어먹을 짓과 위선은 집어치워! 어제 람피스가 그 개새끼들을 끝장낸 것처럼, 우리는 자유롭게 활보하고 다니는 놈들을 처단할 거야. 배신자들부터 시작하겠어. 첫번째가 바로 우리를 배신한 난쟁이야."

이 저속한 멍청이도 술에 취해 있었다. 발라게르는 분노와 불안감이 솟구쳤지만, 철저하게 자신을 통제하면서 그런 감정을 숨겼다. 그는 차분하게 창문을 가리켰다.

"페탄 장군, 나와 함께 바라보십시오." 그런 다음 그는 엑토르에게 말했다. "당신도 마찬가지입니다."

그는 창문 쪽으로 걸어갔고, 커다란 창문 앞에서 바다를 가리켰다. 화창한 아침이었다. 해변 앞으로 햇빛을 받아 반짝거리는 미국 전함세 대의 모습이 선명하게 보였다. 전함의 이름을 읽을 수는 없었지만, 미사일을 장전한 순양함 '리틀록'의 긴 대포와 항공모함 '밸리포지'와 '프랭클린 D. 루스벨트'의 포신이 도시를 겨냥하고 있는 것을 볼 수 있었다.

"저 전함들은 당신들이 권력을 탈취하는 순간 이곳을 포격하기 위해 기다리고 있습니다." 대통령이 아주 천천히 말했다. "다시 우리를 침략하기 위해 구실이 생기기만 기다리고 있지요. 공화국을 또다시 양키에게 점령당하게 만든 도미니카인으로 역사에 길이 남고 싶습니까? 그걸 원한다면 내게 총을 쏴서 날 영웅으로 만들어주시오. 내 후계자는 이 의자에 한 시간도 앉아 있지 못할 겁니다."

그들은 그가 하는 말을 끝까지 들었고, 그는 그들이 자기를 죽이지 못할 것이라는 사실을 알았다. 페탄과 '검둥이'는 서로 속삭였다. 두 사람은 동시에 말했고, 그래서 서로 상대방의 말을 한 마디도 이해할 수 없었다. 흉한들과 그들의 경호원들은 어찌할 바를 모른 채 서로 쳐다보았다. 마침내 페탄이 부하들에게 나가라고 명령했다. 트루히요의 두 동생과 있게 되자, 그는 자기가 싸움에서 이겼다고 추측했다. 그들은 그의 앞에 앉았다. 불쌍한 것들! 그들의 얼굴에는 언짢은 표정이 역력했다. 두 사람은 어디서부터 시작해야 할지도 모르고 있었다. 그가 나서서 도와주어야만 했다.

"국가는 당신들의 행동을 기다리고 있습니다." 그는 다정하게 말했다. "당신들이 람피스 장군처럼 애국심을 발휘하고 관대한 행동을 보여주기를 바라고 있습니다. 당신들의 조카는 국가를 평화롭게 하기 위해 떠난 것입니다."

성격이 포악하고 직설적인 페탄이 그의 말을 잘랐다.

"람피스처럼 해외에 수천만 달러와 재산이 있으면 애국자가 되는 건 쉬운 일이지. 그러나 '검둥이'나 나는 해외에 집도 없고 증권도 없고, 은행 계좌도 없어. 우리의 재산은 모두 여기 이 나라 안에 있어. 우리는 해외 송금을 금지시킨 수령님의 지시에 복종한 유일한 멍청이들이라고. 그게 공평하다고 생각해? 발라게르 씨, 우리는 바보가 아니야. 우리가 소유한 땅과 부동산은 곧 압류될 거야."

그는 이제 마음이 놓였다.

"그건 해결 방법이 있지요." 그가 두 사람을 안심시켰다. "물론 가능한 방법이 있습니다! 조국이 당신들에게 요구하는 인자하고 자비로운 행동을 하면, 그에 대한 보상을 받는 게 마땅하지요."

이 순간부터는 모든 게 지루하고 따분한 금전적 협상에 불과했다. 대통령은 그 협상을 통해 자기가 돈에 탐욕을 부리는 사람들을 경멸한다는 것을 재확인했다. 돈은 그가 결코 욕심내지 않았던 것이다. 마침내 그는 그가 합당하다고 생각하는 액수에 합의했다. 그들이 떠남으로써 공화국이 평화와 안정을 누리는 대가였다. 그는 숭앙은행에 두 형제에게 각각 200만 달러를 내주고, 그들이 신발 상자에 보관하고 있고 수도의 은행에 저축해놓은 1100만 페소를 외화로 바꿔주라고 지시했다. 그 협약을 확실히 하기 위해 페탄과 엑토르는 미국 영사의 서명을 요구했다. 존 캘빈 힐은 즉시 동의했고, 문제가 유혈 사태 없이 선의에 바탕을 두고 해결된 것을 기뻐했다. 그는 대통령에게 축하하면서 "위기일수록 진정한 정치인을 알아보는 법이지요"라고 말했다. 겸손하게 눈길을 아래로 떨어뜨리면서, 발라게르 박사는 트루히요 동생들이 출국하면 기쁨과 환희의 함성이 전국을 가득 메울 것이고 약간의 무질서도 생기겠지만, 여섯 명의 죄수가 살해되었다는 사실을 기억하는 사람은 그리 많지 않을 것이라고 생각했다. 그들의 시체는 결코 발견되지 않을 것이다. 따라서 그들의 살해로 인해 그가 받는 타격은 그다지 크지 않을 것이었다.

각료회의에서 그는 정치범을 총 사면하고, 그들을 즉각 석방하며 반란 혐의로 진행 중인 모든 재판을 중단하는 데 내각이 만장일치로 합의해줄 것을 요구했다. 그리고 도미니카 당을 즉각 해산시킬 것을 명령했다. 각료들은 자리에서 일어나 박수로 그 결정을 환영했다. 그러자 뺨을 약간 붉히면서 보건부 장관 타바레 알바레스 페레이라가 지난 6개월 동안 도망자 루이스 아미아마 티오가 자기 집에 숨어 있었으며, 대부분의 시간 동안 옷과 파자마가 들어 있던 좁은 장롱에 틀어박혀 있었다고 알려주었다.

발라게르 박사는 그의 인도주의적 정신을 높이 찬양했고, 그에게 아미아마 박사와 함께 대통령궁으로 와달라고 부탁했다. 아미아마뿐만 아니라 이제 곧 모습을 드러낼 안토니오 임베르트는 공화국 대통령의 영접을 받을 것이었다. 그렇게 대통령은 조국에 위대한 공헌을 한 그들에게 존경과 감사를 전할 것이었다.

23

아마디토가 떠난 후, 안토니오 임베르트는 그의 사촌인 마누엘 두란 바레라스의 집에 한참 동안 머물렀다. 후안 토마스 디아스와 안토니오 델라 마사가 로만 장군을 만날 것이라는 희망은 갖지 않았다. 아마도 정치군사적 계획이 발각되었을 것이고, 푸포는 죽었거나 체포되었을 것이며, 아니면 겁을 집어먹고 발을 뺀 것이 분명하다고 생각했다. 이제 숨을 도리밖에 다른 대안이 없었다. 그의 사촌 마누엘과 함께 여러 가지 가능성을 저울질해본 끝에, 먼 친척이자 두란의 처형인 글라디스 델로스 산토스의 집으로 가기로 결정했다. 그녀는 이 집에서 가까운 곳에 살고 있었다.

해가 뜨기 시작하는 시간이었지만 아직 어두웠다. 마누엘 두란과 임베르트는 빠른 걸음으로 그 어떤 차량이나 보행자와도 마주치지 않은 채 여섯 블록을 걸었다. 다소 시간을 지체한 후 델로스 산토스 박사는 문을 열어주었다. 그녀는 실내복을 입은 채 눈을 마구 비볐다. 그러는 동안 그들은 설명했다. 그녀는 별로 놀라지도 않는 표정이었다. 이상할 정도로 차분하게 반응했다. 40대 중반쯤 되어 보였고, 통통했지만 민첩한 여자였다. 자신감이 넘쳤고, 세상을 냉정하고 공평하게 바라보고 있었다.

"무슨 일이 있어도 이곳에 머물게 해주겠어요." 그녀가 임베르트에게 말했다. "하지만 여기는 안전하게 숨어 있을 곳이 못 돼요. 난 이미 한번 체포된 적이 있어서, 첩보부대의 요주의 인물이거든요."

가정부들이 그를 발견하지 못하도록, 그녀는 그를 차고 옆에 있는 창문 없는 창고에 숨겨주고서, 접을 수 있는 매트리스를 펼쳐주었다. 환기가 안 되는 조그만 공간이었다. 안토니오는 그날 밤 내내 한시도 눈을 붙일 수 없었다. 그는 콜트 45구경 권총을 통조림이 가득한 선반에 놓았다. 그는 긴장했고, 그의 귀는 어떤 수상쩍은 소리도 들을 수 있도록 경계를 게을리하지 않았다. 종종 그는 동생 세군도를 생각했고, 그럴 때마다 소름이 돋으면서 몸서리를 쳤다. 아마도 그는 라빅토리아에서 고문을 받고 있거나 아니면 살해되었을 것이다.

여자 집주인은 열쇠로 창고를 잠갔고, 다음 날 아침 아홉시에 그를 꺼내주었다.

"가정부에게 하라바코아에 사는 가족을 방문하고 오라고 오늘 휴가를 주었어요." 그녀는 그의 기운을 북돋웠다. "집을 마음대로 돌아다녀도 좋아요. 이웃 사람들에게만 들키지 마요. 그 컴컴한 소굴에서 어떤 밤을 보냈을지 충분히 짐작해요."

부엌에서 망구와 튀긴 치즈, 그리고 커피로 아침을 먹으면서, 두 사람은 라디오 뉴스를 들었다. 트루히요가 살해되었다는 언급은 전혀 없었다. 델로스 산토스 박사는 잠시 후 직장으로 출근했다. 임베르트는 샤워를 했고 조그만 거실로 내려갔다. 그는 안락의자에 털썩 주저앉고는 콜트 45구경 권총을 다리 위에 놓은 채 잠들었다. 그러다가 누군가가 흔들어 깨우는 바람에 깜짝 놀라면서 신음 소리를 냈다.

"당신이 오늘 새벽에 그곳에서 나온 지 얼마 후에 칼리에들이 마누엘을 데려갔어요." 글라디스 델로스 산토스가 몹시 흥분하고 동요하면서 말했다. "조만간 그를 고문해서 당신이 여기에 있다는 사실을 알아낼 거예요. 빨리 여길 떠나야 해요."

그랬다. 하지만 어디로 가야 할까? 글라디스는 임베르드 가족의 집으로 갔었고, 거리는 경비병들과 칼리에들로 들끓고 있었다. 그의 아내와 딸은 체포되었을 것이다. 그는 보이지 않는 손이 자기 목을 죄는 것 같은 느낌을 받았다. 하지만 집주인이 더욱 두려움을 느낄까봐 자신의 고통과 번민을 드러내지 않았다. 그녀는 이미 바뀌어 있었다. 초조한 나머지 말하는 내내 눈을 떴다 감았다 했다.

"사방에 칼리에들이 탄 딱정벌레 차와 경비병들을 실은 트럭들이 깔려 있어요." 그녀가 말했다. "자동차들을 검문하고, 지나는 사람들의 신분증을 확인하고 있어요. 집으로도 마구 들어가요."

텔레비전과 라디오 혹은 신문은 아무것도 말하지 않았다. 하지만 소문은 날아다니고 있었다. 트루히요가 살해되었다는 소식이 입에서 입으로 전해지며 도시 전역에 퍼져갔다. 사람들은 두려움에 사로잡혔고, 무슨 일이 일어날지 몰라 혼란스러워했다. 거의 한 시간 동안 그는 머리를 쥐어짰다. 어디로 갈까? 가능한 한 빨리 여기에서 나가야만 했다. 그는 델로스 산토스 박사에게 도와주어 고맙다고 말하고서 무작정 거리로 나왔다. 한쪽 손은 바지 오른쪽 주머니에 들어 있는 권총을 놓지 않았다. 그는 정해놓은 방향도 없이 한참을 방황하다가 치과 주치의를 떠올렸다. 카밀로 수에로 박사는 군병원 근처에 살고 있었다. 카밀로와 그의 아내 알폰시나가 그를 맞이했다. 비록 그를 숨겨줄 수는 없었지만, 그와 함께 숨을 만한 곳을 찾았다. 그는 문득 프란시스코 라이니에리를 떠올렸다. 그는 오래된 친구였으며, 이탈리아 사람의 아들이었고, 몰타 기사단*의 대사였다. 프란시스코의 아내 베네시아와 임베르트의 아내 구아리나는 함께 차를 마시면서 카드놀이를 하는 사이였다. 아마도 이 외교관은 그에게 외국 대사관이나 영사관에 은신처를 구하도록 도움을 줄 수 있을 것 같았다. 만반의 예방조치를 취하면서, 그는 라이니에리의 집에 전화를 걸었고, 전화기를 알폰시나에게 건네주었다. 그러자 그녀는 임베르트 아내의 처녀 시절 이름인 구아리나 테손이라고 말하면서, 프란시스코를 바꿔달라고 했다. 그는 즉시 전화를 받았고, 능청스럽게도 너무나 정중히 인사하면서 그녀를 놀라게 했다.

"안녕하세요, 구아리나 부인. 인사를 하게 되어 너무나 기뻐요. 오늘 밤 약속 때문에 전화한 거죠, 그렇죠? 걱정 마세요. 부인을 데려오도록 차를 보내겠어요. 괜찮다면 일곱시 정각에 보내겠어요. 다시 한번 주소를 불러주시겠어요?"

---

* 1080년 성지를 순례하는 순례자들을 위해 예루살렘에 세워진 아말피 병원에서 시작된 종교기사단의 이름.

"점쟁이인가요, 아니면 미친 걸까요? 도대체 어떻게 알았는지 모르겠어요." 전화를 끊으면서 알폰시나가 말했다.

"그럼 이제부터 일곱시까지 뭘할까요, 알폰시나?"

"알타그라시아 성모에게 기도하도록 해요." 그녀가 성호를 그었다. "그전에 칼리에들이 들이닥치면, 당신 권총을 사용하도록 해요."

일곱시 정각에 외교관 번호판을 단 번쩍거리는 뷰익 자동차 한 대가 문 앞에 멈춰 섰다. 프란시스코 라이니에리가 손수 운전하고 있었다. 안토니오 임베르트가 옆자리에 타자마자 그는 출발했다.

"자네에게서 걸려온 전화라는 걸 단번에 알았어. 구아리나와 자네 딸은 우리 집에 있거든." 라이니에리가 인사 대신 이렇게 말했다. "트루히요 시에 구아리나 테손이 두 명일 리는 없잖아. 그러니 자네일 수밖에 없었지."

그는 매우 차분했고 심지어 기분도 좋은 것 같았다. 라이니에리는 다림질한 지 얼마 되지 않은 셔츠를 입고 라벤더 향수 냄새를 풍기고 있었다. 그는 크게 우회하여 한적한 도로를 통해 멀리 떨어진 자기 집으로 그를 데려갔다. 주요 도로에는 바리케이드를 쳐놓고 모든 차량들을 세우고 검문하고 있었기 때문이다. 트루히요의 죽음을 공식적으로 발표한 지 한 시간도 채 지나지 않았기에, 도시 분위기는 걱정과 불안으로 가득 차 있었다. 마치 모든 사람들이 그런 감정이 폭발하기를 기다리는 것 같았다. 대사는 평소와 다름없이 우아했고, 트루히요의 살해나 함께 음모를 꾸민 사람들에 대해서는 전혀 묻지 않았다. 너무나 자연스럽게, 마치 컨트리클럽이 주최할 다음 테니스 대회에 관해 말하듯이 그는 이렇게 말했다.

"현재와 같은 상황에서는 그 어떤 대사관도 자네에게 은신처를 제공하지 않을 것이네. 그런 생각은 버리는 게 좋네. 그리고 대사관에 숨는다 하더라도 크게 도움이 되지 않을 걸세. 아직도 정부라는 게 있는지는 모르겠지만, 이 정부는 치외법권 따위를 존중하지 않을 테니까. 자네가 어디에 있든지 무력으로 자네를 체포할 거야. 현재 자네에게 남은 유일한 길은 숨는 것이네. 내 친구들이 있는 이탈리아 영사관에는 직원들이 너무 많고, 방문객들이 수시로 드나들어. 하지만 난 절대적으로 신뢰할 수 있는 사람을 찾았네. 유요 달레산드로가 쫓기고 있을 때, 이미 한 번 그런 일을 했었지. 그는 단지 한 가지 조건만을 요구했네. 그건 아무도 몰라야 한다는 거야. 심지어 구아리나도 말이네. 무엇보다도 그녀의 안전을 위해서야."

"물론이지." 토니 임베르트가 중얼거리며 대답했다. 그는 가벼운 우정만을 유지하고 있던 프란시스코가 자진해서 그의 목숨을 구하기 위해 그토록 커다란 위험을 감수하고 있다는 점에 몹시 놀랐다. 그는 프란시스코의 대담하고 무모할 정도의 따스한 마음씨에 너무나 당황한 나머지, 고맙다는 인사도 제대로 하지 못했다.

라이니에리의 집에서 그는 아내와 딸을 껴안을 수 있었다. 그들이 처한 상황을 고려해볼 때, 그들은 놀라울 정도로 차분하게 행동했다. 그러나 딸을 품에 안았을 때 그는 레슬리의 조그마한 몸이 떨고 있다는 걸 느꼈다. 그는 두 시간 정도 아내와 딸을 비롯해 라이니에리의 가족과 함께 보냈다. 그의 아내는 지난밤에 그가 쓸 물건을 담은 가방을 하나 가져왔다. 깨끗한 옷가지 몇 점과 면도 용품이 들어 있는 가방이었다. 그들은 트루히요에 대해서는 일언반구도 하지 않았다.

구아리나는 이웃집 여자들에게 들은 이야기를 그대로 전해주었다. 새벽녘에 제복과 사복을 입은 경찰들이 그의 집에 들이닥쳐 집 안에 있는 물건들을 모조리 꺼내 두 대의 소형 트럭에 싣고 가져갔으며, 가져갈 수 없는 것은 모두 깨뜨리거나 박살내버렸다고 했다.

시간이 되자, 외교관은 그에게 살며시 시계를 가리켰다. 임베르트는 구아리나와 레슬리와 포옹한 후 키스하고서, 프란시스코를 따라 일하는 사람들의 전용 출입구를 통해 거리로 나갔다. 몇 초 후에 헤드라이트를 하향 조정한 조그만 자동차 한 대가 그들 앞에 멈췄다.

"그럼 행운을 비네." 라이니에리가 손을 내밀며 작별했다. "가족 걱정은 하지 말게. 아무것도 부족하지 않게 내가 신경 쓸 테니."

임베르트는 운전사 옆자리에 앉았다. 그는 젊었고 와이셔츠를 입고 넥타이를 맸지만 재킷은 입고 있지 않았다. 음악과 같은 이탈리아 억양이 묻어났지만, 흠잡을 데 없는 스페인어로 자기를 소개했다.

"내 이름은 카바글리에리입니다. 이탈리아 대사관 직원입니다. 내 아내와 나는 당신이 우리 아파트에서 편안하게 보낼 수 있도록 최선을 다할 겁니다. 우리 집에는 당신의 동정을 엿볼 증인이 한 명도 없으니 안심하셔도 됩니다. 우리는 단둘이 살고 있습니다. 요리사도 없고 가정부도 없습니다. 아내가 집안일을 좋아하거든요. 그리고 우리 두 사람은 요리하는 걸 즐긴답니다."

그는 빙긋이 웃었고, 안토니오 임베르트는 자기도 살며시 웃어주는 게 예의라고 생각했다. 그 부부는 마하트마 간디 가에서 그리 멀지 않은 새 아파트 건물의 꼭대기 층에 살고 있었다. 살바도르 에스트레야 사드알라의 집에서 멀지 않은 곳이었다. 카바글리에리 부인은 남편보다 더 젊었다. 그녀는 날씬한 몸매를 지녔고, 눈은 아몬드와 비슷했으며 머리카락은 검은색이었다. 그녀는 마치 주말을 보내러 온 죽마고우를 대하듯이 밝고 명랑하게 그를 맞이했다. 알지도 못하는 사람, 그것도 증오로 가득한 수천 명의 경찰과 군인들이 눈을 뒤집고 찾고 있는 최고통치자의 살해범을 은닉시켜주는 일인데도 전혀 걱정하는 기색을 보이지 않았다. 그들과 6개월 3일을 사는 동안, 그는 귀신도 감지할 수 있을 정도로 극도로 예민한 상태였지만, 두 사람에게서는 그 때문에 불편하다는 내색을 한 번도 느낄 수 없었다. 이 부부는 자신들이 목숨을 건 위험한 놀이를 하고 있다는 사실을 알고 있었을까? 물론이었다. 그들은 도미니카 국민들이 그 극악무도한 살해범들 때문에 얼마나 공포에 사로잡혀 있고 얼마나 당황해하는지 텔레비전을 통해 상세하게 보고 들었다. 또한 많은 국민들이 그들에게 피신처 제공을 거부했을 뿐만 아니라, 서둘러 고발했다는 내용도 시청했다. 우선 그들은 기술자 우아스카르 테헤다가 체포되는 걸 보았다. 공포에 사로잡힌 교구 신부는 산토 쿠라 데 아르스 교회를 찾아온 그를 강제로 쫓아냈고, 곧바로 첩보부대에 신고했다. 그런 다음 후안 토마스 디아스 장군과 안토니오 델라 마사의 파란만장한 여행이 자세히 이어졌다. 그들은 택시를 타고 트루히요 시의 거리를 돌아다녔고, 그들이 도움을 구하기 위해 찾아간 사람들에 의해 바로 고발당했던 것이다. 그리고 칼리에들이 아마디토 가르시아 게레로를 숨겨준 불쌍한 노파를 어떻게 끌고 가는지를 보았으며, 아마디토가 살해된 후에 군중들이 노파의 집을 어떻게 약탈하고 파괴하는지도 자세히 보았다. 이런 끔찍한 장면들과 이야기들에도 카바글리에리 부부는 전혀 겁을 먹지 않았고, 그를 다정하고 예의 바르게 대해주었다.

람피스가 귀국하자 임베르트와 집주인들은 그의 도피 생활이 길어질 것임을 알았다. 그들을 배신한 호세 레네 로만 장군은 트루히요의 아들과 공식적인 자리에서 뜨겁게 포옹했다. 그것을 보고 그는 푸포가 그들을 배신했으며 군사 봉기는 일어나지 않을 것임을 알았다. 그의 조그만 세상에서, 즉 카바글리에리 부부의 펜트하우스에서 그는 군중들이 몇 시간씩 줄을 서서 트루히요의 죽음을 애도하는 것을 보았고, 그가 알지도 못하는 루이스 아미아마와 함께 자기 모습이 텔레비전 화면에 나오는 것을 보았다. 또한 사기 일굴 위로 신고히는 새김에게 현상금을 지급하겠다는 광고가 나온 걸 보았다. 현상금은 처음에는 10만 페소였다가, 나중에는 20만 페소로 올라갔고, 마침내 50만 페소가 되었다.

"도미니카 화폐 가치가 워낙 떨어져 그래봐야 관심을 가지는 사람도 없을 겁니다." 카바글리에리가 말했다.

그는 곧 매우 엄격하게 일상생활을 영위하게 되었다. 침대 하나와 작은 스탠드와 나이트테이블이 있는 조그만 방이 그의 은신처였다. 그는 아침 일찍 일어났고, 거의 한 시간 동안 팔굽혀펴기, 윗몸일으키기, 제자리 뛰기 등의 운동을 했다. 그리고 집주인 부부와 함께 아침을 먹었다. 긴 논의 끝에, 그는 집 안 청소를 도와도 좋다는 집주인의 허락을 받아낼 수 있었다. 쓸고, 진공청소기를 돌리고, 가구와 물건들의 먼지를 총채로 떨어내는 일은 그에게 일종의 의무이자 오락거리가 되었다. 그는 의식적으로, 그리고 정신을 집중하면서 동시에 기쁨을 느끼며 그런 일을 했던 것이다. 청소는 가능했지만, 부엌에 들어가는 것은 허락받지 못했다. 카바글리에리 부인은 훌륭한 요리사였다. 특히 하루에 두 번 내오는 파스타 요리는 걸작이었다. 그도 어렸을 때부터 파스타 요리를 무척 좋아했다. 그러나 6개월간의 은신 생활 이후, 그는 두꺼운 면발의 요리, 탈리아텔리, 라비올리를 비롯해 파스타 요리라면 쳐다보기도 싫을 정도로 질려버렸다.

집 안의 허드렛일이 끝나면, 그는 오랜 시간 동안 책을 읽었다. 그전에는 결코 훌륭한 독자가 아니었지만 그 6개월 동안 그는 독서의 기쁨을 발견했다. 책과 잡지는 유폐 생활과 일상, 그리고 불확실성이 가져다주는 우울증을 이겨내기 위한 최고의 방어물이었다.

그는 텔레비전에서 미주기구 위원회가 정치범들과 인터뷰를 하러 왔다는 소식을 들었을 때, 비로소 구아리나가 음모에 가담했던 그의 모든 친구들 아내와 함께 이미 몇 주째 감옥에 갇혀 있다는 것을 알았다. 집주인들은 구아리나가 체포되었다는 것을 그에게 숨기고 있었다. 반면에 약 보름 후에는 기쁨에 들뜬 표정으로 구아리나가 석방되었다는 희소식을 즉시 전해주었다.

그는 걸레질을 하거나 쓸거나 진공청소기를 돌릴 때조차도 총알이 장전된 콜트 45구경 권총을 손에서 놓지 않았다. 그 누구도 그런 그의 결심을 깨뜨릴 수 없었다. 그는 아마디토, 후안 토마스 디아스, 그리고 안토니오 델라 마사처럼 할 작정이었다. 살아서 체포되지 않고, 칼리에들을 죽이면서 세상을 마감할 생각이었다. 그것이 람피스와 그의 일당들의 일그러진 정신이 고안해낸 학대와 고문을 받는 것보다 더 품위 있고 가치 있는 죽음이었다.

오후와 밤에 그는 주인들이 가져다준 신문을 읽었고, 그들과 함께 텔레비전 뉴스를 보았다. 그가 읽고 본 것에 그다지 신빙성을 두지는 않았지만, 현 체제가 착수한 이중적 방향을 믿고자 했다. '이중적'인 것은 한편으로 발라게르가 이끄는 민간정부는 국가가 민주주의로 가고 있다고 선언하고 있었지만, 다른 한편으로 람피스가 이끄는 군부 및 경찰은 수령이 있었을 때와 마찬가지로 여전히 아무런 처벌도 받지 않은 채 사람들을 살해하고 고문하고 죽이고 있었기 때문이다. 어쨌든 망명자들이 귀국했고, 반대파들인 '시민연대'와 '6월 14일 운동'이 발행한 조그만 출판물이 속속 모습을 드러내고 있다는 사실에 그는 기운을 얻었다. 또한 공산주의자들의 시위를 고발하기 위한 목적으로 사용되긴 했지만, 공식 매체들이 종종 보도하던 반정부 학생 회합들도 그의 기운을 북돋우는 데 일조했다.

그는 트루히요의 독재체제를 비판하고 나라를 민주화시키겠다고 약속한 호아킨 발라게르의 유엔 연설문을 듣고 깜짝 놀랐다. 지난 31년 동안 '새로운 조국의 아버지'에게 변함없는 충성으로 봉사했던 그 왜소한 체구의 남자가 바로 이 사람이 맞나 하는 의문이 들 정도였다. 그는 카바글리에리 부부가 집에서 저녁을 먹을 때면 오랫동안 식후 대화를 나누곤 했다. 하지만 그들은 자주 밖에서 저녁을 먹었고, 그럴 때마다 카바글리에리 부인은 오븐에 파스타를 준비해놓곤 했다. 어느 날 식후 대화에서, 그들은 이 도시가 곧 '산토도밍고 데 구스만'이라는 옛 이름을 되찾을 것이라는 소문이 돌고 있다는 정보와 함께 발라게르의 유엔 연설문에 빠져 있던 내용을 보충해주었다. 트루히요 형제가 쿠데타를 일으켜 잔인하고 모진 독재체제가 다시 들어설 거라는 우려가 있음에도 점차 사람들은 두려움을 떨쳐버리고 있다고, 즉 수많은 도미니카 사람들이 일종의 마법에 걸려 트루히요에게 몸과 마음을 바쳤지만 이제는 그런 마법에서 점차 깨어나고 있는 게 분명하다고 했다. 또한 갈수록 트루히요에 반대하는 목소리와 성명서와 행동이 밖으로 표출되고 있으며, '시민연대', '6월 14일 운동', 혹은 도미니카 혁명당에 대한 지지자가 더욱 늘어나고 있고, 그들의 지도자는 이제 귀국해서 시내 중심가에 사무실을 열었다고 알려주었다.

그의 유배 생활에서 가장 슬픈 날은 동시에 가장 행복한 날이기도 했다. 11월 18일, 텔레비전 뉴스는 람피스가 나라를 떠났다는 소식과 더불어 수령님의 여섯 살해범(네 명의 실행자와 두 명의 공모자)이 범죄 현장 검증을 마치고 라빅토리아로 돌아가던 중 그들을 호송하던 세 명의 병사를 죽이고 도주했다고 알렸기 때문이다. 텔레비전 화면 앞에서 그는 결국 울음을 터뜨리고 말았다. 그가 가장 사랑하던 친구였던 터키인을 비롯한 동료들이 엉터리 연극에 들러리로 동원된 세 명의 병사와 함께 죽었던 것이다. 물론 그들의 시체는 영원히 발견되지 않을 게 분명했다. 카바글리에리 씨는 그에게 코냑 한 잔을 주었다.

"용기를 내세요, 임베르트 씨. 곧 아내와 딸을 만날 수 있을 거라는 생각만 하도록 하세요. 당신의 도주 생활도 곧 끝날 겁니다."

얼마 후 트루히요 형제들과 그들 가족의 출국이 임박했다는 소식이 텔레비전에서 흘러나왔다. 그의 감금 생활도 끝이 난 것이었다. 주요 음모자들뿐만 아니라 수백 명의 죄 없는 사람들이―그의 동생 세군도도 그중 하나였다―그들의 추적에 걸려들어 살해되고 고문당했거나 혹은 계속 수감되어 있는 상황이었지만, 적어도 그는 그런 추적을 피해 살아남았다. 그런 사람이 또 한 명 있었는데, 루이스 아미아마였다. 그는 곧 아미아마가 하루에도 수많은 시간을 옷장에 숨은 채 여섯 달을 보냈다는 것을 알게 되었다.

트루히요 형제가 출국한 다음 날, 정치범에 대한 총 사면이 발표되었다. 감옥 문이 열리기 시작했다. 발라게르는 '독재자 처형자들'에게 어떤 일이 벌어졌는지 진실을 조사할 진상규명위원회를 발족하겠다고 공표했다. 라디오와 신문과 텔레비전은 그날 이후 그들을 살해범이라고 부르는 것을 중단했다. 그들은 새로운 명칭인 '처형자'에서 영웅으로 불리게 되었으며, 그리 오랜 시간이 지나지 않아 전국의 거리와 광장과 가로수 길에는 그들의 이름이 붙여지기 시작했다.

사흘째 되는 날, 그는 해가 질 무렵 조심스럽게 은신처에서 나갔다. 집주인 부부는 고맙다는 인사를 받는 것도 극구 사양했고, 외교관으로서의 직책이 위험해질 수도 있으니 자신들의 신원을 절대 밝히지 말아달라는 부탁만 했다. 그는 혼자 집으로 들어갔다. 오랫동안 그와 구아리나, 그리고 레슬리는 아무 말도 없이 꼭 껴안았다. 그리고 서로 자세히 살펴보면서, 그는 구아리나와 레슬리가 비쩍 말랐지만, 자기는 5킬로그램이나 늘었다는 사실을 확인했다. 그는 자기를 숨겨준 주인의 이름을 말하는 대신 그 집에서 스파게티를 많이 먹어서 그런 것 같다고 설명했다.

그들은 한참 동안 아무 말도 할 수 없었다. 황폐해진 임베르트의 집은 곧 꽃바구니로 가득 찼고, 친척들과 친구들과 심지어 모르는 사람들까지 그를 찾아와 포옹하고 축하하면서 가끔씩 감격에 복받쳐 떨기도 했고 눈에 눈물을 가득 머금기도 했다. 그리고 그를 영웅이라고 부르면서 그의 행동에 감사를 표했다. 그런데 갑자기 방문객 사이에 한 명의 군인이 나타났다. 그는 대통령실의 부관이었다. 테오프로니오 카세다 소령은 경례를 붙이고서 국가 원수가 방금 전에 현 보건부 장관의 집에 숨어 있다가 모습을 드러낸 루이스 아미아마 씨와 그를 내일 오전 정오에 대통령궁에서 만나고 싶어 한다고 전했다. 그리고 축하의 미소를 띠면서 헨리 치리노스 상원의원이 방금 전에 의회에 ("그렇습니다, 트루히요 시절의 의회와 동일합니다") 안토니오 임베르트와 루이스 아미아마가 국가에 세운 지대한 공로를 높이 평가하여 도미니카 육군의 삼성 장군으로 임명하는 법안을 제출했다고 알려주었다.

다음 날 아침 그는 구아리나와 레슬리와 함께—세 사람은 가장 좋은 옷으로 골라 입었지만 안토니오의 옷은 너무 꽉 조였다—약속을 지키기 위해 대통령궁으로 갔다. 수많은 사진사들이 그들을 맞이했고, 정복을 입은 어느 경비병이 '받들어 총'을 하면서 그들에게 경의를 표했다. 대기실에서 그는 루이스 아미아마를 만났다. 아주 마른 몸매에 음울한 표정을 짓고 있었으며, 입술이 거의 보이지 않는 사람이었다. 그때부터 아미아마는 그의 둘도 없는 친구가 되었다. 두 사람은 악수를 했고, 대통령과의 면담 이후에 다시 만나기로 했다. 그리고 함께 죽거나 실종된 모든 음모자들의 아내(즉 미망인)들을 방문하고, 서로 각자가 겪은 이야기를 들려주기로 했다. 바로 그런 약속을 하고 있을 때 국가 원수의 집무실 문이 열렸다.

마음으로부터 우러나오는 기쁨의 표정과 미소를 머금은 호아킨 발라게르 박사가 사진사들의 플래시를 받으면서 양팔을 벌린 채 그들 앞으로 다가왔다.

24

"마누엘 알폰소는 정시에 나를 데리러 왔어요." 우라니아가 허공을 바라보며 말한다. "그가 문을 두드렸을 때 거실의 뻐꾸기시계가 여덟 시를 알렸어요." 그녀의 고모 아델리나, 사촌 루신다와 마놀리타, 그리고 조카 마리아니타는 긴장이 더 이상 고조되지 않도록 서로의 눈을 피한다. 숨도 제대로 쉬지 못한 채 놀란 표정으로 단지 그녀만을 바라본다. 이미 잠든 삼손은 구부러진 부리를 초록색 깃털 속에 찔러 넣고 있다.

"아빠는 화장실에 간다는 핑계를 대고 자기 방으로 달려갔어요." 우라니아가 차갑게, 거의 법적 진술을 하듯이 계속 말한다. "'안녕, 잘 갔다 오렴, 내 딸아. 좋은 시간 보내.' 아빠는 이렇게 말하며 내 눈을 쳐다보지 못했어요."

"어떻게 그렇게 자세히 기억하고 있니?" 아델리나 고모가 이제는 기운도 없고 권위도 없는 조그맣고 주름진 주먹을 움직인다.

"많은 것을 잊어버렸어요." 우라니아가 기운차게 대답한다. "하지만 그날 밤의 일은 모두 기억해요. 곧 알게 될 거예요."

가령 그녀는 마누엘 알폰소가 스포츠웨어를 입었고—그런데 총통의 파티에 스포츠웨어를 입고 가나?—목 칼라가 벌어진 파란 셔츠와 크림색의 가벼운 재킷을 걸쳤으며, 가죽 스니커즈를 신었고 실크 스카프로 목의 상처를 가리고 있었다는 사실을 기억한다. 그리고 잘 나오지도 않는 목소리로 그녀에게 핑크색의 오건디 드레스가 아주 아름다우며, 하이힐을 신으니 더 성숙해 보인다고 말했다. 그러고는 그녀의 뺨에 키스하면서 "서두르자, 늦겠어"라고 말했다. 그는 우라니아에게 차 문을 열어주고 먼저 앉으라고 한 다음 그녀 옆자리에 앉았다. 제복을 입고 모자를 쓴 운전사가 차를 출발시켰다. 그녀는 그의 이름이 루이스 로드리게스라는 것도 기억하고 있었다.

"조지 워싱턴 가로수 길로 내려가는 대신, 차는 터무니없이 빙빙 돌았어요. 인데펜덴시아 거리를 통해 식민지풍의 도심으로 나아가더니, 그곳을 가로지르면서 시간을 지체했어요. 늦었다는 말은 새빨간 거짓말이었어요. 아직 산크리스토발로 가기에는 이른 시간이었던 거예요."

마놀리타는 손을 내밀더니 풍만한 육체를 앞으로 굽힌다.

"이상하다고 생각했는데도 마누엘 알폰소에게 왜 그러냐고 묻지 않았어요? 아무것도 물어보지 않았던 거예요?"

처음에는 묻지 않았다. 아무것도 묻지 않았다. 물론 그들이 구도심을 지난다는 건 아주 이상했다. 마누엘 알폰소가 마치 경마장이나 컨트리클럽에 가듯이 옷을 입고 총통의 파티에 간다는 것도 이상하긴 마찬가지였다. 하지만 우라니아는 대사에게 아무것도 묻지 않았다. 그와 아구스틴 카브랄이 그녀에게 거짓말을 했다고 의심하기 시작했던 것일까? 그녀는 잠자코 있으면서, 마누엘 알폰소의 듣기 거북하고 망가진 목소리를 흘려듣고 있었다. 그는 우라니아에게 오래전에 런던에서 열렸던 여왕 엘리자베스 2세의 대관식 파티를 언급하면서 자기와 앙헬리타 트루히요("그녀는 당시에 젊은 아가씨였고 너처럼 아름다웠어")가 국가의 자선가를 대표해서 그 파티에 참석했다고 말했다. 그러나 우라니아는 문을 활짝 열어 안이 훤히 들여다보이는 오래된 집들과, 대낮의 뜨거운 열기가 가신 뒤 시원한 서녁을 즐기기 위해 흔들의자나 걸상 혹은 벤치에 앉거나 현관이나 보도의 경계석에 앉아서 수도의 낡은 거리를 거대한 친목회나 클럽 혹은 축제의 장으로 만드는 그 집들의 가족들—할아버지와 할머니들, 젊은이들과 아이들, 개들과 고양이, 심지어 앵무새와 카나리아들—을 보는 데 정신이 팔려 있었다. 두 명 혹은 네 명씩 짝을 지어 도미노 놀이를 하는 사람들—항상 남자들이고 항상 나이 먹은 사람들이다—은 촛불이나 등불을 밝힌 조그만 탁자 주위에 둘러앉아 주변에서 두런거리는 사람들에게 아무런 관심도 보이지 않았다. 그것은 마치 카운터와 흰색 페인트를 칠한 나무 선반들 위에 '카르타 도라다', '하카스' 술병 혹은 사과술 '베르무데스'의 병들과 통조림, 그리고 밝은 색깔의 상자들로 넘쳐흐르고, 사람들이 물건을 사기 위해 들르는 조그맣고 활기찬 식료품점과 비슷한 풍경이었다. 우라니아는 현대 산토도밍고에서 사라졌거나 사라지고 있으며, 혹은 몇 세기 전 유럽에서 건너온 탐험가들이 신세계 최초의 기독교 도시를 건설하면서 산토도밍고 데 구스만이라는 음악적인 이름을 붙여주었던 바둑판 모양의 거리들에서만 볼 수 있을지도 모르는 이런 광경을 생생하게 기억했다. 우라니아, 너는 마지막 날 밤에 그런 광경을 보게 될 거야.

"차가 고속도로로 접어들자, 보름 후 트루히요가 살해된 그 장소를 지날 때쯤에 마누엘 알폰소가 시작했어요." 몹시 불쾌해하는 목소리가 우라니아의 이야기를 끊는다.

"무슨 소리를 하려는 거야?" 침묵을 지키던 루신다가 묻는다. "뭘 시작했다는 거야?"

"날 준비시키기 시작했어." 우라니아의 목소리는 다시 안정된다. "내 마음을 누그러뜨리고, 나를 겁주고, 나를 황홀하게 만들기 시작했어. 몰록*의 신부들처럼, 악마의 입인 불구덩이에 던져지기 전에 공주처럼 옷을 입고 실컷 먹었던 그 신부들처럼 말이야."

"그러니까 넌 아직도 트루히요를 만난 적이 없다는 말이구나. 한번도 그분과 직접 얘기해본 적이 없구나." 마누엘 알폰소는 기쁜 듯이 큰 소리로 말한다. "아마 네 평생 잊지 못할 경험이 될 거야!"

그래, 그렇게 될 것이었다. 자동차는 별들이 총총 박힌 하늘 아래로 코코넛야자수와 은빛 야자수 사이를 지나면서 산크리스토발로 향하고 있었다. 파도가 시끄러운 소리를 내며 부딪치는 카리브 해변을 따라 달리고 있었다.

---

* 고대 중동 전역에서 유아 희생제물을 받은 불의 신.

340

"그런데 뭐라고 말했어요?" 우라니아가 입을 다물자, 마놀리타가 조급해하면서 조른다.

그는 총통이 양갓집 규수들과 만날 때면 완벽한 신사라고 설명했다. 군사와 행정 문제에서는 엄격하기 그지없는 총통은 '여자들에게는 장미꽃잎을 이용하라'는 격언을 자신의 철학으로 삼았다. 그렇게 항상 아름다운 여자들을 대한다고 그는 말해주었다.

"넌 정말 행운아야." 그는 자신의 열정, 즉 그의 말을 더 알아듣지 못하게 만들었던 감정적 흥분 상태를 그녀에게 전염시키려고 애썼다. "트루히요가 너를 손수 '마호가니의 집'으로 초대하는 거야. 그게 얼마나 큰 영광인지 알아? 그런 영광을 누린 사람은 열 손가락에 꼽힐 정도로 적어. 내 말을 믿도록 해, 우라니아."

바로 그때 우라니아는 그날 밤의 처음이자 마지막 질문을 던졌다.

"나 말고 또 누가 이 파티에 초대받았나요?" 그녀는 아델리나 고모와 루신다, 그리고 마놀리타를 쳐다본다. "나는 그가 뭐라고 대답할지 확인하고 싶었어요. 이미 나는 파티 따위는 없을 거라는 사실을 알고 있었어요."

자신감 넘치는 남자의 얼굴이 그녀를 쳐다보았다. 우라니아는 대사의 눈동자에서 번득이는 빛을 보았다.

"다른 사람은 없어. 이건 너를 위한 파티야. 단지 너만을 위한 거야! 상상이 되니? 그게 무슨 의미인지 모르겠니? 내가 평생에 정말 드문 기회라고 말하지 않던? 트루히요가 너에게 파티를 열어주는 거야. 그건 복권에 당첨된 것과 마찬가지야, 우라니타."

"그런데 이모는? 이모는 뭐라고 했어요?" 조카 마리아니타가 들릴

락 말락 한 가냘픈 목소리로 묻는다. "이모는 무엇을 생각했어요?"

"난 자동차 운전사 루이스 로드리게스를 생각했어. 그 사람밖에 생각하지 않았어."

넌 대사의 위선적인 이야기의 증인인 모자 쓴 그 운전사에게 너무나 창피했다. 그는 자동차의 라디오를 틀었다. 두 곡의 이탈리아 대중가요 〈볼라레〉와 〈차오 차오 밤비나〉가 흘러나왔다. 그러나 그녀는 마누엘 알폰소가 감언이설로 자기를 행복하고 행운아처럼 느끼게 하려는 계략의 말을 하나도 빠뜨리지 않고 들었다고 확신했다. 그녀 혼자만을 위해 열어주는 트루히요의 파티라니!

"아버지를 생각했어요?" 마놀리타가 무심결에 묻는다. "아구스틴 삼촌을 생각했어요? 외삼촌이……"

그녀는 미처 말을 맺지 못하고 입을 다문다. 아델리나 고모는 눈짓으로 나무라는 표정을 짓는다. 늙은 여자의 얼굴이 허탈해지고, 깊은 절망의 표정을 드러낸다.

"아버지에 대해 생각한 사람은 마누엘 알폰소였어." 우라니아가 말한다. "내가 착한 딸이었을 것 같아? 내가 아구스틴 상원의원을 도와주려고 했을 것 같아?"

그는 힘든 임무를 수없이 책임졌던 외교관답게 치밀하고 미묘하게 그런 말을 했다. 이것이 영원히 질투에 사로잡힌 사람들이 드리운 함정에서 아버지를 꺼내주고 도와줄 수 있는 둘도 없는 기회가 아니겠느냐고 말하면서, 총통은 국가의 이해관계에 대해서는 엄격하고 무자비할 수도 있지만, 실제로는 낭만적인 사람이며 그의 가혹함은 우아하고 매력적인 여자 앞에서는 태양 아래에 있는 얼음덩이처럼 모두

녹아버린다고 설명했다. 그는 그녀가 똑똑하기 그지없기에 만일 총통이 아구스틴에게 다시 손을 내밀고 그의 자리와 명성과 권력과 지위를 되돌려주길 원한다면, 그런 목적을 충분히 달성할 수 있을 것이라고 말했다. 그러면서 그녀가 트루히요의 마음에 감동을 선사하기만 하면 충분하며, 그는 미녀의 청원을 절대로 거부하지 않는 마음을 지니고 있다고 덧붙였다.

"또한 내게 몇 가지 충고도 해주었어." 우라니아가 말한다. "수령님이 좋아하지 않는 일이 무엇인지 알려줬어. 그런 것을 절대로 하지 말라고 했지. 그는 다정하고 부드러운 여자를 좋아하지만, 그에 대한 존경과 사랑을 감추지 않는 여자를 마음에 들어 한다고 했어. 나는 '그가 나에게 무슨 말을 하고 있는 건가?'라는 의문이 들었어."

그들은 어느새 산크리스토발에 도착했다. 수령이 이곳에 있는 커다란 교회 옆의 조그만 집에서 태어났기에 아주 유명해진 도시였다. 카브랄 상원의원은 우라니타를 수령님이 직접 건설하라고 지시하신 그 교회로 데려가서, 벨라 사네티가 성경 대목에 바탕을 두고서 그린 프레스코 벽화를 설명해주었다. 벨라 사네티는 스페인 망명자로 수령님이 자비를 베풀어 도미니카 공화국의 문을 열어주었던 사람이다. 그 산크리스토발 여행에서 그녀는 카브랄 상원의원을 따라 유리병 공장과 무기 공장을 구경했고, 니구아 강물이 흘러가는 계곡을 돌아다니기도 했다. 이제 그녀의 아버지는 딸을 산크리스토발로 보냄으로써 수령님의 용서를 구하고 있었다. 그리하여 동결된 계좌를 풀어주고, 다시 상원의원장으로 복귀시켜달라고 부탁하고 있었다.

"마호가니의 집에서는 멋진 경치를 감상할 수 있어. 계곡과 니구아

강, 푼다시온 농장의 말들과 목축 떼를 모두 굽어볼 수 있거든." 마누엘 알폰소가 자세하게 설명했다.

첫번째 경비 초소를 통과한 후, 자동차는 언덕을 올라가기 시작했다. 언덕 꼭대기에 우뚝 서 있는 그 집은 그 섬에서 멸종되기 시작하던 값비싼 마호가니 나무로 지어져 있었다. 총통이 일주일에 이틀 정도 머물면서 밀회를 갖거나 혹은 더러운 일이나 무모한 사업을 비밀리에 수행하는 곳이었다.

"마호가니의 집을 생각하면, 오랫동안 나는 카펫을 가장 먼저 떠올렸어요. 방 전체를 덮고 있었고, 총천연색으로 국가의 문장이 크게 수놓여 있었어요. 그런 다음 더 많은 것들을 기억했지요. 침실에는 유리문이 달린 옷장이 있었는데, 거기에는 온갖 종류의 제복이 들어 있었고, 그 위에는 군모와 베레모가 한 줄로 놓여 있었어요. 양쪽 끝이 늘어진 나폴레옹 스타일의 모자도 있었어요."

그녀는 웃지 않는다. 어두운 표정을 짓고, 눈과 목소리에는 무언가 횅뎅그렁한 게 스며들어 있다. 아델리나 고모와 마놀리타, 루신다도 웃지 않는다. 방금 전에 토하러 화장실에 들어갔다가 나온 마리아니타도 웃지 않는다(우라니아는 그녀가 구역질하는 소리를 들었다). 앵무새는 여전히 잠들어 있다. 침묵이 산토도밍고를 덮고 있다. 자동차 경적이나 엔진 소리, 라디오나 주정뱅이들의 웃음소리, 거리를 떠도는 개들이 짖는 소리도 들리지 않는다.

"내 이름은 베니타 세풀베다예요. 들어와요." 나무 계단 아래서 여자가 우라니아에게 말했다. 나이가 꽤 들었고, 아무런 감정도 배어 있지 않은 목소리였지만 그녀의 제스처와 표정에는 모성애적인 것이 엿

보였다. 제복을 입은 그녀는 머리에 스카프를 두르고 있었다. "이리로 와요."

"가옥 관리인이었어요." 우라니아가 말한다. "매일 모든 방에 꽃을 꽂아놓는 일을 맡고 있는 여자였어요. 마누엘 알폰소는 입구에 남아 장교와 말하고 있었어요. 나는 그를 다시는 볼 수 없었어요."

베니타 세풀베다는 통통한 손으로 그녀에게 금속 창살이 쳐진 창문 너머의 어둠을 가리켰고 '저건' 오크나무 숲이며, 과수원에는 망고 나무와 삼목이 넘쳐나지만, 그곳에서 가장 아름다운 것은 집을 둘러싸고 있는 편도나무와 마호가니 나무이며, 그 향내가 집 안 구석구석까지 스며든다고 설명했다. 그런데 우라니아가 그 냄새를 맡았을까? 그랬을까? 해가 뜨면 그녀는 곧 강과 계곡, 제당 공장, 푼다시온 농장의 마구간 같은 경치를 볼 수 있을 것이다. 그런데 그녀는 으깬 바나나와 달걀 프라이, 소시지나 훈제 고기, 그리고 과일주스가 나오는 도미니카 스타일의 아침식사를 하게 될까? 아니면 총통처럼 커피만 마시게 될까?

"베니타 세풀베다에게서 내가 온 밤을 그곳에서 보낼 것이며, 총통과 함께 잠을 잘 것이라는 얘기를 들었어요. 정말이지 크나큰 영광이었어요!"

가옥 관리인은 오랜 경험에서 나오는 자신감을 가지고서 첫번째 층계참에서 그녀를 멈추게 하고는 불이 희미하게 켜진 널찍한 방으로 들어가게 했다. 그곳은 바였다. 주변은 나무의자로 에워싸여 있었고, 의자 등이 모두 벽에 붙어 있어서 가운데에 춤을 출 수 있는 넓은 공간이 마련되어 있었다. 커다란 자동 전축이 있었고, 바 뒤로는 술병과

컵과 크리스털 술잔으로 가득한 선반이 있었다. 그러나 우라니아는 넓은 방의 한쪽 끝에서 다른 쪽 끝까지 펼쳐져 있던 도미니카 공화국의 문장이 수놓인 거대한 회색 카펫에만 눈길을 주었다. 그녀는 총통이 서 있거나 말을 타고 있는 모습, 혹은 군복을 입거나 농부처럼 옷을 입은 모습, 또는 책상에 앉아 있거나 연사용 탁자 뒤에 서서 대통령 휘장을 두르고 있는 모습의 초상화와 사진 들이 벽에 걸려 있다는 것도 거의 눈치채지 못했다. 또한 푼다시온 농장의 훌륭한 젖소들과 종마 덕분에 받은 은 트로피와 증명서들이 플라스틱 재떨이와 싸구려 장식품과 뒤섞여 있으며, 뉴욕의 메이시 백화점 라벨이 그대로 붙어 있는 그 싸구려 장식품들이 탁자와 찬장과 선반을 치장하고 있다는 사실도 알지 못했다. 베니타 세풀베다는 그녀에게 정말로 어떤 술도 마시고 싶지 않으냐고 물은 다음, 그 '키치' 기념물 안에 그녀를 놔두고 떠났다.

"물론 그때는 '키치'라는 단어가 없었다고 생각해요." 그녀는 마치 고모나 여자 사촌들이 그 단어에 대해 문제를 삼을 것 같다고 생각했는지 이렇게 설명했다. "몇 년 후에야 그 단어가 극단적으로 조악한 취향과 허식을 표현할 때 쓰는 말이라는 걸 알았어요. 키치라는 단어를 듣거나 읽을 때마다 '마호가니의 집'이 떠올랐어요. 그건 정말로 '키치' 기념물이었어요."

뜨거웠던 5월의 그날 밤, 그녀도 일종의 키치였다. 그녀는 경박한 상류층 아가씨처럼 핑크색의 오건디 연회복을 입고 있었고, 에메랄드가 박힌 조그만 은 목걸이와 금 도금된 귀고리를 걸고 있었다. 목걸이와 귀고리는 어머니의 물건이었으나, 트루히요가 초대한 파티에 가는 딸을 위해 그녀의 아버지가 특별히 허락한 것이었다. 그녀는 믿을 수가 없었다. 그래서 자기에게 일어나고 있는 일이 현실이 아니라고 생각했다. 그녀는 조국의 문장 위에, 그 우스꽝스럽게 장식된 방에 서 있는 조그만 여자아이가 자기 자신이 아니라고 생각했다. 아구스틴 카브랄 상원의원은 자선가이자 새로운 조국의 아버지에게 살아 있는 봉헌물로 그녀를 보냈던 것일까? 그랬다. 이제는 의심의 여지가 없었다. 그녀의 아버지는 마누엘 알폰소와 이걸 준비했던 것이다. 그러나 아직도 그녀는 그렇지 않다고 믿고 싶었다.

"바가 아닌 어딘가에서 누군가가 루초 가르시아의 음반을 틀었어요. '키스해줘요, 키스해줘요, 오늘 밤이 마지막인 것처럼'."

"나도 기억해요." 마놀리타는 그녀의 말을 끊은 것이 미안하다는 듯 얼굴을 찡그리며 사과한다. "하루 종일 라디오와 파티에서 〈베사메 무초〉가 울려 퍼지곤 했어."

후텁지근한 산들바람과 시골과 풀과 나무의 짙은 향내가 스며들어 오던 창가에 서서, 그녀는 목소리를 들었다. 마누엘 알폰소의 손상된 목소리였다. 고음과 저음을 쉴 새 없이 오가며 쟁쟁거리는 다른 목소리는 트루히요의 목소리가 틀림없었다. 그녀는 목덜미와 의사가 맥박을 잴 때마다 만지던 손목에서 가려움을 느꼈다. 아직까지도, 그러니까 뉴욕에서도 중요한 결정을 내려야 할 때 손목에서 항상 느끼는 가려움증이었다.

"난 창문으로 뛰어내릴까도 생각했어요. 무릎을 꿇고 그에게 사정하면서 눈물을 흘릴까도 생각했어요. 그리고 내가 살아서 나가고 언젠가 아버지에게 복수를 하기 위해서는 이를 악물고 그가 원하는 대로 해줘야만 한다고 생각했어요. 그들이 저 아래서 이야기하는 동안 수천 가지 생각이 머릿속을 스쳐 지나갔어요."

아델리나 고모는 흔들의자에서 깜짝 놀라면서 입을 열지만, 아무 말도 하지 않는다. 백지장처럼 하얘져 있고, 움푹 팬 눈에는 눈물이 가득하다.

목소리들이 더 이상 들리지 않았다. 잠시 침묵이 흘렀다. 그런 다음 계단을 올라오는 발소리가 들렸다. 그녀의 심장이 멈추지는 않았을까? 바의 어둠침침한 불빛 속에서 넥타이도 매지 않고 재킷도 걸치지 않은 채 황록색 제복을 입은 트루히요의 모습이 나타났다. 그는 미소를 지으며 그녀를 향해 다가왔다.

"안녕, 아리따운 아가씨." 그는 목례로 인사하면서 속삭였다. 그리고 한 손을 내밀었고, 우라니아도 자동적으로 자기 손을 내밀었다. 그러자 트루히요는 악수를 하는 대신 그녀의 손을 자기 입술로 가져가서 키스했다. "마호가니의 집에 온 걸 환영해, 아리따운 아가씨."

"그의 눈에 관해, 트루히요의 시선에 관해서는 수없이 많이 들었어요. 아빠에게서, 그리고 아빠 친구에게서요. 그때 나는 그들의 말이 맞다는 걸 알았어요. 깊이 헤집는 시선, 사람의 마음속까지 뚫어보는 시선이었어요. 그는 아주 친절하고 정중하게 웃고 있었지만, 나를 완전히 발가벗기는 시선이었어요. 나는 실오라기 하나 걸치지 않은 것 같은 느낌을 받았어요. 나는 더 이상 내가 아니었어요."

"베니타가 네게 아무것도 주지 않았어?" 손을 놓지 않은 채, 트루히요는 바에서 가장 환한 곳으로 그녀를 데려갔다. 형광등에서 파란 불빛이 뿜어져 나오는 곳이었다. 그는 2인용 소파에 앉으라고 권했다. 그는 그녀를 자세히 쳐다보더니, 노골적으로 위에서 아래로, 그리고 아래에서 위로 천천히 훑어보면서 머리끝에서 발끝까지 점검했다. 마치 푼다시온 농장에서 새로 구입한 소나 말을 점검하는 것 같았다. 그의 캐묻는 것 같은 희뿌옇고 고정된 시선에서 그녀는 그 어떤 욕망이나 흥분도 감지하지 못했다. 단지 재고품처럼 그녀의 몸을 측정하고 있다는 느낌을 받았다.

"그는 실망했어요. 지금은 그 이유를 알지만, 그날 밤에는 알지 못했어요. 나는 호리호리했어요. 비쩍 말랐던 거지요. 하지만 그는 튼실한 여자들, 가슴과 엉덩이가 불룩 튀어나온 여자들을 좋아했거든요. 전형적인 열대 지방 사람들의 취향이지요. 심지어 그는 해골 같은 여자를 다시 트루히요 시로 돌려보내야겠다고 생각했을지도 몰라요. 하지만 그러지 않았어요. 왜 그랬는지 알아요? 처녀막을 파괴한다는 생각만 해도 남자들은 흥분하거든요."

아델리나 고모는 신음 소리를 낸다. 주름이 가득한 조그만 주먹을 위로 치켜들고 있었고, 입술은 공포와 비난의 표정을 지으며 반쯤 열려 있었다. 그녀는 인상을 쓰면서 애원한다. 그러나 아무 말도 하지 못한다.

"너무 노골적으로 말해서 미안해요, 고모. 그건 나중에 그가 했던 말이에요. 맹세컨대, 그가 한 말을 그대로 인용할게요. '처녀막을 터뜨린다는 생각만 해도 남자들은 흥분해. 페탄, 그 짐승 같은 페탄은 손가락으로 그걸 터뜨리면 더욱 흥분하지.'"

나중에 그는 자제력을 잃고 입에서 뒤죽박죽된 말과 한숨과 욕설을 토해내고 자신의 슬픔과 괴로움을 덜어주는 배설물을 뿜어낸 후, 그렇게 말했던 것이다. 그러나 아직 그는 애써 점잖게 행동하고 있었다. 그는 여자아이에게 자기가 마시고 있던 술을 주지 않았다. '카를로스 1세'를 마시면 속이 타버릴 수 있는 어린 여자아이였기 때문이다. 그는 달콤한 셰리주를 주어야겠다고 생각했다. 그는 손수 그 술을 따라서 잔을 부딪치며 건배했다. 입술만 겨우 적셨을 뿐이었지만, 우라니아는 목에서 무언가 뜨거운 것을 느꼈다. 미소를 지으려고 했을까? 돌연한 공포심을 드러내 보이면서 정색을 했을까?

"모르겠어요." 그녀는 어깨를 으쓱거리면서 말한다. "우리는 함께 그 소파에 있었어요. 내가 들고 있던 셰리주 술잔이 심하게 떨렸어요."

"난 어린 여자아이들을 먹지 않아." 트루히요가 미소를 지으면서 말하고는 그녀의 술잔을 집어서 테이블 위에 올려놓았다. "넌 항상 그렇게 조용히 있니? 아니면 지금만 조용히 있는 거야?"

"그는 나를 아리따운 아가씨라고 불렀어요. 마누엘도 나를 그렇게 불렀어요. 우라니아가 아니라 우라니타라고, 아리따운 아가씨라고 했어요. 그건 두 사람이 벌이는 놀이였어요."

"춤추는 것 좋아하니? 네 또래의 여자아이들처럼 틀림없이 그렇겠지." 트루히요가 말했다. "난 춤을 무척 좋아해. 훌륭한 댄서야. 비록 춤출 시간은 거의 없지만 말이야. 자, 이리 와 함께 춤추자."

그는 자리에서 일어났고, 우라니아도 그를 따라 일어났다. 그녀는 건장한 그의 몸을 느꼈다. 다소 불룩한 배가 그녀의 배와 스치는 것을 느꼈고, 코냑 냄새를 풍기는 숨 냄새와 그녀의 허리를 잡고 있는 따스한 손길도 느꼈다. 그녀는 자기가 기절할 것이라고 느꼈다. 루초 가르

350

시아는 이제 더 이상 〈베사메 무초〉를 부르지 않고, 대신 〈알마 미아〉*를 부르고 있었다.

"정말로 춤을 잘 추었어요. 청각이 아주 좋아서 리듬에 맞춰 마치 젊은 사람처럼 움직였어요. 박자에 스텝을 맞추지 못한 사람은 나였어요. 우리는 두 곡의 볼레로와 토냐 라 네그라의 구아라차를 춤추었어요. 메렝게 리듬에 맞추어 추기도 했고요. 그는 이제 자기 덕택에 고급 카바레와 점잖은 집에서도 메렝게를 춘다고 말했어요. 전에는 그 음악에 관해 편견이 있었고, 점잖은 사람들은 그게 검둥이와 원주민들의 음악이라고 여겼다고 설명했지요. 누가 음반을 바꾸었는지는 모르겠어요. 마지막 메렝게가 끝나자, 내 목에 키스를 했어요. 부드러운 키스였어요, 온몸에 전율이 쫙 끼치는 키스였어요."

그는 그녀의 손을 붙잡고 손깍지를 낀 채, 그녀를 소파에 앉히고서 자기도 그녀 옆에 바짝 붙어 앉았다. 그리고 재미있다는 듯이 그녀를 살폈고, 그런 동안 숨을 몰아쉬며 코냑을 마셨다. 평온하고 흡족해하는 것 같았다.

"넌 항상 그렇게 스핑크스처럼 말이 없니? 아니, 아니, 그건 아마도 네가 날 너무 우러러보아서 그런 걸 거야." 트루히요가 웃었다. "난 신중하고 말없는 미녀들이 좋아. 그런 미녀들은 사람들이 감탄사를 연발하게 그냥 놔두거든. 무관심한 여신들이지. 너 같은 사람을 위해 쓴 시를 한 편 읊어줄게."

"그는 파블로 네루다의 시를 읊었어요. 귀에 대고, 내 귀와 머리카

---

* '내 영혼'이라는 뜻.

락을 그의 입술과 콧수염으로 스치면서 읊었어요. '네가 조용히 있는 모습이 난 좋아. 내가 없는 것과 같고, 네 눈이 날아가버린 것 같고, 키스가 네 입을 닫게 한 것 같아서.' 그는 '입'이라는 단어와 함께 손을 뻗어 내 얼굴을 움직였고, 내 입술에 키스를 했어요. 그날 밤 나는 수많은 것들을 처음으로 했어요. 셰리주를 마시고, 엄마의 보석으로 치장하고, 일흔 살의 노인네와 춤을 추고, 입술에 첫 키스를 받았어요."

그녀는 파티에서 남학생들과 춤을 춘 적이 있었지만, 딱 한 번 남학생에게서 키스를 받았을 뿐이다. 막시모 고메스 거리와 조지 워싱턴 가로수 길의 교차점에 있는 비시니 가족의 커다란 집에서 열린 생일 파티에서였다. 그 남학생의 이름은 카시미로 사엔스였고, 외교관의 아들이었다. 그는 그녀에게 춤을 추자고 청했고, 춤이 끝날 무렵 그녀는 자기 얼굴에서 그 남학생의 입술을 느꼈다. 그녀는 머리까지 빨개졌고, 금요일에 학교 지도 신부에게 고해성사를 하면서 그 죄를 언급하는 순간, 너무나 창피하고 당황스러워 목소리가 제대로 나오지 않았다. 그러나 그 키스는 이번 것과 비교도 되지 않았다. 각하의 짧은 콧수염이 그녀의 코를 스쳤고, 이제는 끈끈하고 따뜻한 그의 혀끝이 그녀의 입술을 열려고 안간힘을 쓰고 있었다. 그녀는 저항했지만, 마침내 입술과 이를 벌렸다. 축축하고 격렬한 작은 독사가 그녀의 입안으로 격앙한 듯 들어와서 탐욕스럽게 움직였다. 그녀는 질식할 것만 같았다.

"키스할 줄 모르는구나, 아리따운 아가씨." 트루히요가 웃으면서 놀랐지만, 동시에 흡족하다는 듯이 다시 그녀의 손에 키스했다. "처녀구나, 그렇지?"

"그는 흥분하고 있었어요." 우라니아가 말하면서 허공을 쳐다본다. "그의 물건이 꼿꼿하게 서 있었죠."

마놀리타는 짧게 깔깔거리고 웃는다. 그러나 그녀의 어머니와 언니는 웃지 않는다. 그녀의 조카는 당황해하면서 시선을 떨어뜨린다.

"미안해요. 하지만 난 발기에 관해 말해야만 해요." 우라니아가 말한다. "남자는 흥분하면 성기가 딱딱해지면서 커져요. 그의 혀를 내 입속에 넣었을 때, 각하는 흥분했어요."

"올라가자, 아리따운 아가씨." 그는 약간 흐려진 목소리로 말했다. "그럼 우리가 좀 더 편하게 있을 수 있을 거야. 넌 기적적인 것을 발견하게 될 거야. 사랑이지. 그리고 쾌락이기도 해. 내가 가르쳐주겠어. 날 두려워하지 마. 난 페탄처럼 야수가 아니야. 난 여자아이들을 잔인하게 다루면서 즐기는 사람이 아니야. 난 여자아이들도 즐기는 걸 좋아해. 널 행복하게 만들어주겠어, 아리따운 아가씨."

"그 사람은 일흔 살이었고, 난 불과 열네 살이었어요." 우라니아가 다섯 번이나, 아니 열 번이나 강조한다. "우리는 너무나 어울리지 않는 커플이었어요. 섞난간과 무거운 나무 창살이 설치된 계단으로 올라갔어요. 애인처럼 우리는 두 손을 꼭 잡았어요. 신방(新房)으로 가는 할아버지와 손녀 같았어요."

나이트테이블의 램프가 켜져 있었고, 우라니아는 모기장이 올라가 있는 사각형의 단철(鍛鐵) 침대를 보았다. 그녀는 천장에서 천천히 돌아가는 선풍기의 날개 소리를 들었다. 수를 놓은 하얀 시트가 침대를 덮고 있었고, 베개와 쿠션들이 머리 쪽에 놓여 있었다. 상큼한 꽃 냄새와 풀 냄새가 풍겼다.

"아직 벗지 마, 아리따운 아가씨." 트루히요가 중얼댔다. "내가 도와줄게. 기다려, 금방 돌아올게."

"처녀성을 잃는 것에 관해 말하면서 우리가 얼마나 불안해했는지 기억 나, 마놀리타?" 우라니아가 다시 사촌을 쳐다본다. "마호가니의 집에서 총통에게 그걸 잃어버리게 될 줄은 전혀 상상하지 못했어. 나는 생각했어. '발코니로 뛰어내리면, 아빠는 엄청난 양심의 가책을 느끼며 후회하게 될 거야.'"

그는 잠시 후에 돌아왔다. 벌거벗은 몸에 하얀 점들이 박힌 파란색 실크 잠옷을 입고, 심홍색 슬리퍼를 신고 있었다. 코냑 한 모금을 홀짝 마시고는 술잔을 화장대 위에, 그러니까 손자들에게 둘러싸인 그의 사진들 사이에 놓았다. 그는 우라니아의 허리를 잡고서 침대 모서리에 앉게 했다. 모기장이 걷혀 있던 공간이었다. 두 개의 커다란 나비 날개처럼 보이던 묶인 모기장이 그들의 머리 위로 드리워져 있었다. 그는 서두르지 않고 우라니아를 벗기기 시작했다. 등 단추를 하나씩 차례대로 풀었고, 그녀의 원피스를 죄고 있던 벨트를 풀었다. 옷을 벗기기 전에 그는 무릎을 꿇고서 다소 힘들게 상체를 앞으로 숙여 그녀의 신발을 벗겼다. 여자아이가 그의 갑작스러운 손가락 움직임에 산산이 부서질지도 모른다고 생각했는지, 그는 아주 조심스럽게 나일론 스타킹을 벗기면서 그녀의 다리를 어루만졌다.

"발이 차갑구나." 그가 다정하게 속삭였다. "춥니? 이리 와, 내가 따뜻하게 해줄게."

무릎을 꿇은 채 그는 양손으로 그녀의 발을 비벼주었다. 그리고 가끔씩 발을 자기 입으로 가져가서 키스했다. 발등에서 시작하여 발가락으로 내려가 뒤꿈치로 향하면서, 그는 짓궂은 미소를 가볍게 지었다. 그러고는 몸이 근질근질하지 않으냐고 물었다. 마치 자기가 참을 수 없는 욕망으로 기쁨의 간지러움을 느끼는 것 같았다.

"그는 그렇게 내 발을 잡고서 오랜 시간을 보냈어요. 알고 싶어 할지는 모르겠지만, 난 간지러움을 느끼지 않았어요. 흥분의 기미조차도 느끼지 않았어요."

"얼마나 무서웠겠니." 루신다가 용기를 북돋운다.

"그 순간은 아니었어. 그때까지는 무섭지 않았어. 하지만 나중에는 무척 두려웠어."

각하는 힘들게 일어나더니 다시 침대 모서리에 앉았다. 그녀의 옷과 반쯤 봉긋 솟아난 조그만 가슴을 지탱하고 있던 핑크색 브래지어, 그리고 삼각팬티를 벗겼다. 그녀는 아무런 저항도 하지 않은 채 가만히 있으면서, 그가 그렇게 하도록 놔두었다. 트루히요가 핑크색 팬티를 그녀의 다리 사이로 미끄러뜨릴 때, 그녀는 각하의 손가락이 서두르고 있다는 것을 알았다. 손가락은 땀에 젖어 있었고, 그녀를 만지는 부위의 피부를 뜨겁게 달구었다. 그는 그녀를 눕게 했다. 그러고는 일어나서 잠옷을 벗고 벌거벗은 채 그녀 옆에 누웠다. 조심스럽게 그는 드문드문한 우라니아의 음모에 손가락을 갖다 대고서 움직였다.

"계속 흥분 상태였던 것 같아요. 나를 건드리고 애무하기 시작했을 때, 그리고 자기 입으로 내 입을 열게 하면서 키스했을 때, 내 가슴과 목과 등과 다리를 키스했을 때 그는 흥분해 있었어요."

그녀는 저항하지 않았다. 그가 만지고 애무하고 키스하게 놔두었고, 그녀의 몸은 각하의 손이 지시하는 자세와 움직임을 취하며 복종했다. 그러나 그녀는 그의 애무에 상응하는 애무로 그를 즐겁게 해주지 않았다. 눈을 감지 않을 때면 그녀는 천장에서 천천히 돌아가는 선풍기의 날개만을 뚫어지게 바라보았다. 그때 그녀는 그가 혼잣말로 중얼거리는 소리를 들었다. "처녀막을 터뜨린다는 생각만 해도 남자들은 흥분해."

"그날 밤의 첫번째 입에 담지 못할 말, 첫번째 저속한 말이었어요." 우라니아가 분명하게 밝힌다. "그런 다음에는 그것보다 더 심한 말을 했어요. 그때 나는 그에게 무슨 일이 일어나고 있다는 걸 알았어요. 그가 화를 내기 시작했어요. 내가 시체처럼 가만히 있어서, 내가 그에게 키스를 해주지 않았기 때문일까요?"

그게 아니었다. 이제 그녀는 그걸 알고 있었다. 그녀가 자신의 처녀막 파괴 행위에 참여했건 하지 않았건, 각하는 그런 것에 관심이 없었다. 그가 만족감을 느끼는 데는 그녀의 처녀막이 온전한 상태이고, 그래서 자기가 처녀막을 찢고 자신의 쭈그러진 성기로 그녀가 고통을 이기지 못해 신음하고 울부짖고 눈물을 흘리게 만드는 것으로 충분했다. 그는 자신의 성기를 그녀의 음부 안에 넣은 채 그녀의 갓 뚫린 은밀한 부위의 벽이 조이면 행복해할 것이었다. 하지만 그가 우라니아에게서 기대했던 것은 사랑도 아니었고 쾌감도 아니었다. 그가 아구스틴 카브랄의 어린 딸이 '마호가니의 집'으로 와도 좋다고 수락한 것은 단지 라파엘 레오니다스 트루히요 몰리나가 일흔 살의 나이와 전립선의 문제에도 불구하고, 그리고 신부들과 양키들, 베네수엘라 사람들과 음모자들 때문에 머리가 지끈지끈 아파도, 자기가 아직 진정한 남자이며, 딱딱하게 발기하여 자기 앞에 있는 여자아이의 처녀막을 찢을 힘이 있는 성기를 지닌 염소라는 것을 확인해보기 위함이었다.

"경험이 없었지만 난 알았어요." 그녀의 고모와 사촌들, 그리고 조카는 우라니아의 속삭이는 목소리를 듣기 위해 머리를 바짝 가까이 갖다 대고 있었다. "그에게 뭔가 일이 생기고 있었다는 걸요. 아래쪽에서 말이에요. 그는 할 수가 없었어요. 그래서 화를 낼 찰나였죠. 여자에 대한 예의 따위는 깡그리 잊어버릴 찰나였어요."

"이제 시체 놀이 따위는 그만해, 아리따운 아가씨." 그녀는 그가 완전히 딴사람이 되어 명령하는 소리를 들었다. "무릎을 꿇어. 내 양다리 사이로. 그래, 그거야. 손으로 그걸 잡아서 입으로 가져가. 그리고 빨아. 내가 네 것을 빨았듯이 말이야. 그게 설 때까지 계속해. 만일 서지 않으면 네게 좋지 않은 일이 일어날 거야."

"난 노력했어요. 정말로 모든 힘을 다했어요. 두렵고 역겨웠지만 그렇게 했어요. 모든 걸 다했어요. 나는 웅크리고 앉아서 그걸 입안에 넣고 키스를 했고, 속이 메스껍도록 빨았어요. 해도 해도 부드러웠고 축 늘어져 있었어요. 나는 하느님에게 제발 그게 서게 해달라고 기도했어요."

"그만해, 우라니아, 그만해!" 아델리나 고모는 울지 않는다. 아무런 동정심도 없이 공포에 휩싸여 우라니아를 쳐다본다. 그녀는 눈을 휘둥그레 떴고, 흰자위는 불룩해지면서 멍한 표정을 짓고 있다. 충격을 받아 몸을 심하게 떨고 있다. "우리에게 무슨 이야기를 하려는 거야, 우라니아? 이제 그만해!"

"하지만 난 실패했어요." 우라니아는 고모의 말에 아랑곳하지 않고 계속한다. "그는 팔로 자기 눈을 가렸어요. 아무 말도 하지 않았어요.

그가 얼굴에서 팔을 떼었을 때는 나를 증오하고 있었어요."

그의 눈은 시뻘겋게 충혈되어 있었고, 그의 눈동자는 분노와 수치를 이기지 못해 노랗고 뜨거운 불빛을 내뿜으며 이글거리고 있었다. 예의라고는 눈곱만큼도 없이 전투적이고 적대적으로 그녀를 노려보았다. 마치 그녀가 그에게 돌이킬 수 없는 해를 입힌 것 같았다.

"만일 네가 여기서 처녀로 나갈 것이고, 네 아버지와 함께 날 비웃을 수 있을 거라고 생각하면 큰 오산이야." 그는 무언의 분노를 터뜨리면서 침을 튀기며 분명하게 말했다.

그는 그녀를 팔로 잡더니 자기 옆에 쓰러뜨렸다. 그리고 그의 다리와 허리를 움직이면서 그녀 위에 올라탔다. 살덩이가 그녀를 짓눌렀고, 그녀를 매트리스로 밀어붙이고 있었다. 코냑 냄새와 분노의 냄새로 그녀는 토할 것만 같았다. 우라니아는 그의 근육과 부서져 가루가 될 것만 같은 그의 뼈를 느꼈다. 숨이 막혔지만, 그녀는 그가 손으로, 아니 손가락으로 거칠게 그녀를 더듬더니 덤불을 헤치고는 강제로 그녀 안으로 들어오고 있다는 걸 알 수 있었다. 칼에 찔린 듯이 구멍이 나는 것을 느꼈다. 그러자 머리끝에서 발끝까지 강한 전기가 흘렀다. 그녀는 죽을 것 같다고 느끼면서 비명을 질렀다.

"계속 비명을 질러, 이년아. 이제 네가 배웠나보구나." 각하의 상처 입은 성난 목소리가 그녀에게 막말을 토해냈다. "이제 벌려봐. 정말로 망가졌는지, 아니면 네가 수작을 부리는 건지 확인해야 하니까."

"정말이었어요. 내 양다리 사이에 피가 묻어 있었고, 그와 침대시트와 침대에도 묻어 있었어요."

"그만해! 이제 그만해! 왜 자꾸 더 이야기하는 거야, 우라니아?" 그녀의 고모가 소리친다. "이리 와라. 이제 성호를 긋고 기도하자꾸나. 네가 가장 원하는 것을 위해 기도하자. 하느님을 믿니? 알타그라시아 성모를 믿니? 네 어머니는 알타그라시아를 믿는 독실한 신자였어, 우라니타. 그녀가 매년 1월 21일이 될 때마다 이게이의 바실리카 성당으로 순례를 가기 위해 준비했던 게 기억나는구나. 넌 지금 원한과 증오로 가득해. 그건 좋지 않아. 과거에 무슨 일이 있었는지는 중요하지 않아. 자, 이제 기도하도록 하자, 우라니타."

"그런 다음에……" 우라니아는 고모의 말에 아랑곳하지 않고 계속 말한다. "각하는 다시 침대에 드러누워 눈을 가렸어요. 가만히, 아주 가만히 있었어요. 잠든 건 아니었어요. 눈물이 흘러나왔어요. 울기 시작했던 거예요."

"울기 시작했다고?" 루신다가 큰 소리로 묻는다.

갑작스럽게 영문을 알 수 없는 왁자지껄한 소리가 들린다. 다섯 여자는 일제히 고개를 돌린다. 삼손은 자기가 잠에서 깨어났다는 사실을 재잘거리면서 알리고 있다.

"나 때문에 운 게 아니었어요." 우라니아가 설명한다. "비대해진 전립선 때문에, 죽어버린 그의 음경 때문에, 페탄이 좋아했던 것처럼 처녀막을 손가락으로 뚫어야 한다는 비애감 때문에 울었던 거예요."

"하느님 맙소사! 우라니아, 제발 부탁이니 그만해." 아델리나 고모가 성호를 그으며 애원한다. "이제 그만해."

우라니아는 늙은 고모의 주름지고 검버섯이 가득한 조그만 주먹을 어루만진다.

"정말 모골이 송연한 말이에요. 나도 알아요. 입에 담지 못할 말들이에요, 아델리나 고모." 그녀의 목소리가 부드러워진다. "맹세컨대, 난 그런 말들을 입에 올린 적이 없어요. 그런데 내가 왜 아빠에 대해 그렇게 모진 말을 하는지 알고 싶어 하지 않았나요? 내가 에이드리언 으로 떠난 후 왜 가족과 소식을 끊었는지 묻지 않았나요? 이제 그 이 유를 알겠죠?"

때때로 그는 흐느끼고, 한숨 소리와 함께 그의 가슴이 오르내린다. 희끄무레한 몇 개의 털이 그의 젖꼭지와 거무죽죽한 배꼽 주위에서 자라고 있다. 그는 계속해서 팔로 눈을 가리고 있다. 그녀가 있다는 사실을 잊어버린 것일까? 억누를 수 없는 슬픔과 괴로움 때문에 그녀 라는 존재가 그의 머릿속에서 지워진 것일까? 그녀는 그가 애무하거 나 강간했을 때보다 더 화들짝 놀란다. 그녀는 양다리 사이의 상처와 따끔거림을 잊는다. 자기 허벅지와 침대시트에 묻은 피 얼룩도 두려 워하지 않는다. 그녀는 움직이지 않는다. 다시 눈에 보이지 않는 존 재, 존재하지 않는 사람이 된다. 털 없는 다리를 가진 울고 있는 그 남 자가 그녀를 본다면 용서하지 않을 것이고, 발기 불능으로 인한 분노 와 눈물로 인한 수치심을 그녀에게 퍼부을 것이고, 어쩌면 그녀를 죽 일 수도 있었다.

"그는 이 세상이 공평하지 않다고 말했어요. 이 배은망덕한 나라를 위해, 염치라고는 눈곱만큼도 없는 이 나라 사람들을 위해 그토록 열 심히 노력하고 싸웠는데, 왜 이런 일이 일어나는 거냐고 말했어요. 그 는 하느님에게 말하고 있었어요. 모든 성인들과 우리의 성모에게 말 하고 있었어요. 아니, 악마에게 말했는지도 몰라요. 울부짖으며 애원 하고 있었어요. 왜 자기에게 그토록 많은 시련을 주느냐고 물었어요.

그가 짊어져야 했던 자식들의 십자가, 그를 죽이려고 했고 그가 평생을 통해 이루었던 일을 망가뜨리려는 음모들에 대해 늘어놓았어요. 그러나 그것을 불평하고 있었던 것은 아니에요. 그는 살아 있는 적들을 어떻게 분쇄해야 할지 알고 있었어요. 젊었을 때부터 그렇게 해왔지요. 그가 참을 수 없었던 것은 비열한 행위, 그가 방어할 기회조차 주지 않는 행동이었어요. 이제 왜 그랬는지 난 알아요. 수많은 처녀를 유린했던 그 빌어먹을 음경이 더 이상 서지 않았기 때문이었어요. 그것이 그 거인을 울게 했던 거예요. 정말 웃기지 않아요?"

그러나 우라니아는 웃지 않았다. 그녀는 자기가 그곳에 있다는 사실을 그가 기억하지 못하도록 간신히 숨만 쉬면서 꼼짝도 하지 않고 그의 말을 들었다. 그의 독백은 파편석이었고 일관성이 없었으며, 오랜 침묵으로 끊어지기 일쑤였다. 그는 목소리를 높여 소리치기도 했고, 들리지 않을 정도로 목소리를 낮추기도 했다. 가엾고 처량한 신세 한탄에 불과했다. 우라니아는 오르내리는 그 가슴에 시선을 빼앗겼다. 그녀는 그의 몸을 쳐다보지 않으려고 애썼지만, 가끔씩 그녀의 눈은 그의 축 늘어진 배, 하얘진 음모, 죽어버린 조그만 음경, 그리고 털 없는 다리를 향해 움직였다. 이것이 바로 총통이며 조국의 자선가이고 새로운 조국의 아버지이며, 재정 독립의 복구자였다. 아버지가 30년 간 충성을 다해서 헌신했고, 가장 소중한 선물인 열네 살에 불과한 딸을 바쳤던 수령님이었다. 그러나 일은 상원의원이 기대한 대로 되지 않았다. 그래서 그녀의 아버지는 복직되지 못했고, 우라니아는 그런 사실을 마음속으로 기뻐했다. 복직은커녕 그를 감옥에 처넣거나 아니면 죽일지도 몰랐다.

"갑자기 팔을 들더니 빨갛게 퉁퉁 부은 눈으로 나를 쳐다보았어요. 지금 난 마흔아홉 살이지만, 그 모습을 떠올리면 아직도 몸이 부들부들 떨려요. 그 순간부터 35년을 떨면서 보내야만 했어요."

그녀는 손을 내밀고, 그녀의 고모와 사촌과 조카는 그녀가 떨고 있다는 사실을 확인한다.

그는 마치 사악한 귀신을 바라보듯이 놀라움과 증오가 뒤섞인 눈길로 그녀를 쳐다보았다. 붉고 사나운 눈으로 뚫어지게 바라보자, 그녀는 얼어붙었다. 움직일 수 없었다. 트루히요의 두 눈이 그녀를 훑어보았고, 그녀의 허벅지까지 내려가더니, 피 얼룩이 묻은 매트리스로 건너뛰고는 다시 그녀를 노려보았다. 그리고 극도의 불쾌감을 참지 못하고 이렇게 명령했다.

"일어나. 어서 씻어. 네가 침대를 어떻게 해놓았는지 보이지 않아? 여기서 꺼져!"

"나를 나가게 한 것은 기적이었어요." 우라니아가 회상한다. "그가 절망에 빠져 울고 불평하며 자기 자신을 불쌍히 여긴 것을 모두 본 나를 살려준 것은 기적이었어요. 우리의 수호 성모님이 내게 베푼 기적이었어요, 고모."

그녀는 일어나 침대에서 뛰어내린 다음, 바닥에 흩어져 있던 옷가지를 주웠다. 그리고 서랍장에 부딪히면서 욕실로 몸을 피했다. 그곳에는 비누 거품으로 가득 뒤덮인 하얀 도자기 욕조가 있었다. 코를 찌르는 비누 냄새에 머리가 아플 지경이었다. 거의 말을 듣지 않는 두 손으로 그녀는 간신히 다리를 씻었고, 출혈을 막기 위해 조그만 수건을 이용한 다음 옷을 입었다. 원피스 단추를 채우고 허리띠를 채우는 일이 힘들었다. 스타킹도 신지 않은 채 신발을 신었다. 그리고 거울에서 립스틱과 마스카라로 더럽혀진 얼굴을 보았다. 우라니아는 그걸 씻어내면서 시간을 보내지 않았다. 그랬다가는 그가 생각을 바꿀 수도 있었기 때문이다. 얼른 뛰어 내려가서 '마호가니의 집'에서 도망쳐야 한다는 생각뿐이었다. 방으로 돌아갔을 때, 트루히요는 더 이상 벌거벗고 있지 않았다. 그는 이미 파란색의 잠옷으로 몸을 가리고 있었고, 손에는 코냑 잔을 들고 있었다. 그녀에게 계단을 가리켰다.

"어서 가. 어서 가." 그가 질식할 것 같은 목소리로 말했다. "베니타에게 깨끗한 침대시트와 매트리스를 가져오고, 이 더러운 것을 모두 치우라고 해."

"첫번째 계단에서 나는 발을 헛디뎠고 신발굽이 부러졌어요. 거의 3층 높이를 구르다시피 내려갔어요. 나중에 보니 발목이 퉁퉁 부어 있었어요. 베니타 세풀베다는 1층에 있었어요. 아주 차분하게 내게 미소를 지었어요. 나는 수령님이 지시한 것을 말하려고 했지만, 한 마디도 입에서 나오지 않았어요. 단지 손가락으로 위층을 가리키기만 했어요. 그녀는 내 팔을 잡고서 경비병들이 있는 입구까지 데려다주었어요. 내게 의자 하나가 있는 구석진 방을 보여주었어요. '여기가 수령님의 군화를 닦는 곳이야.' 그곳에는 마누엘 알폰소도 없었고 그의 자동차도 없었어요. 베니타 세풀베다는 구두닦이가 앉던 의자에 앉으라고 했어요. 난 경비병들에게 둘러싸여 있었어요. 그녀는 그곳을 떠나더니 잠시 후에 돌아와서, 내 팔을 붙잡고 지프가 있는 곳으로 데려갔어요. 운전사는 군인이었어요. 그 운전사가 나를 트루히요 시까지 데려다주었어요. 운전사가 '집이 어디야?'라고 묻자, 나는 '산토도밍고 학교로 가주세요. 난 그곳에서 살아요'라고 대답했어요. 아직 어둠이 가시지 않은 때였어요. 새벽 세시, 아니 네시였던 것 같아요. 학교 문이 열리는 데 시간이 꽤 걸렸어요. 학교 경비원의 모습을 보았을 때도 난 미처 말을 할 수가 없었어요. 나를 무척 아껴주었던 메리 수녀님을 만나서야 비로소 입을 열 수 있었지요. 수녀님은 날 식당으로 데려가서 물을 주고 이마에 물을 적신 수건을 올려주었어요."

한동안 잠자코 있던 삼손이 다시 깃털을 부풀리면서 울어댄다. 좋다는 것인지 불쾌하다는 것인지 알 수 없다. 그 누구도 말을 하지 않는다. 우라니아는 컵을 들지만, 텅 비어 있다. 마리아니타가 컵에 물을 따라준다. 그러나 긴장한 나머지 주전자에서 물을 흘린다. 우라니아는 시원한 물 몇 모금을 마신다.

"이런 잔인하고 참혹한 말을 들려주는 건 바로 나 자신에게 도움이 되고 싶어서예요. 이제 이 이야기는 잊어버리도록 하세요. 이미 끝난 일이니까요. 이미 지난 일이고 그 누구도 어떻게 할 수 없는 일이니까요. 아마도 다른 여자였다면 그런 충격을 극복했을 거예요. 하지만 난 그러고 싶지도 않고 그럴 수도 없어요."

"우라니타, 지금 무슨 말을 하는 거예요?" 마놀리타가 따진다. "왜 그럴 수가 없어요? 언니가 어떤 일을 했는지 봐요. 언니가 가지고 있는 걸 봐요. 언니는 모든 도미니카 여자들이 부러워할 만한 삶을 살고 있어요."

그녀는 일어나 우라니아에게로 간다. 그녀를 껴안고 뺨에 키스한다.

"넌 정말로 내 마음을 몹시 아프게 했어." 루신다가 다정하게 꾸짖는다. "하지만 네가 어떻게 불평할 수 있니? 너의 경우에는 전화위복이라는 말이 딱 맞아. 넌 최고의 대학에서 공부했고 네 분야에서 성공을 거두었어. 또한 널 행복하게 해주고 네 일에 걸림돌이 되지 않는 남자도……"

우라니아는 그녀의 팔을 톡톡 치고는 고개를 가로저으며 부정한다. 앵무새는 입을 다물고 그녀의 말을 듣는다.

"너한테 거짓말을 했어. 애인 같은 거 없어." 그녀는 아직 갈라진 목소리로 희미한 웃음을 지으며 말한다. "지금까지 한 명도 없었고, 앞으로도 그럴 생각이 없어. 루신다, 왜 그런지 궁금하지? 그때부터 그 어떤 남자도 내 몸에 손을 댈 수 없었어. 나의 유일한 남자는 트루히요였어. 이건 사실이야. 누군가가 내게 접근해서 나를 여자로 바라보면 난 토할 것만 같아. 소름이 돋아. 나는 그가 죽었으면 좋겠다고 바라고, 그를 죽이고 싶은 충동도 느껴. 왜 그런지 설명하기는 어려워. 난 공부했고 직업도 있고, 돈도 잘 벌어. 그건 사실이야. 하지만 왠지 모르게 허전하고 아직도 두려움으로 가득 차 있어. 마치 하루 종일 공원에서 소일하면서 멍하니 쳐다보는 뉴욕의 노인들처럼 허탈해. 그래서 일하고 또 일하고 지칠 때까지 일만 하는 거야. 자신 있게 말하지만, 날 부러워할 이유는 하나도 없어. 오히려 난 너희들이 부러워. 그래, 그래, 나도 알아. 고모와 너희들도 문제가 있고, 힘든 시기를 보냈고, 실망하고 절망하기도 했어. 그러나 가족이 있고 남편도 있고 아이들도 있고 친척도 있고 조국도 있어. 그런 게 바로 인생이겠지. 하지만 아빠와 총통은 나를 불모지로 만들었어."

삼손은 초조하게 다시 새장의 막대기들 사이를 거닐기 시작한다. 엉덩이를 앞뒤로 흔들면서 걷다가 멈추고 자기 발톱으로 부리를 간다.

"우라니타, 그건 과거의 시절이었어." 아델리나 고모가 눈물을 삼키면서 말을 머뭇거린다. "아버지를 용서해야 해. 네 아버지도 많은 고통을 받았고, 지금도 받고 있어. 정말 끔찍한 시기였어, 우라니타. 그렇지만 그건 과거야. 아구스틴은 절망하고 있었어. 그는 감옥에 갈 수도 있었고, 살해될 수도 있었어. 네 아버지는 네게 고통을 주거나 상처를 입히고 싶어 하지 않았어. 아마도 그게 너를 구하는 유일한 방법이라고 생각했을 거야. 지금은 아무도 이해하지 못하지만, 당시에는 그런 일들이 비일비재하게 일어나곤 했잖니. 여기에서의 삶은 그랬어. 아구스틴은 이 세상에서 그 누구보다도 널 사랑했어, 우라니타."

늙은 고모는 마음이 산란하여 손을 비틀고 감정을 주체하지 못해 흔들의자에서 움직인다. 루신다는 가까이 다가가서 그녀의 머리카락을 반반하게 펴주고서 진정제 몇 방울을 먹여준다. "진정해요, 엄마. 불안해하지 마세요."

정원과 맞닿은 조그만 창문으로 별들이 평화로운 도미니카의 밤하늘에서 반짝거린다. 그것들은 지나간 시절의 일이었을까? 따스한 산들바람이 가끔씩 식당으로 들어와 성인 조각상들과 가족 사진들 사이의 화분에 있는 꽃들과 커튼을 흔든다. '과거의 일이기도 하고 그렇지 않기도 해'라고 우라니아는 생각한다. '여기에는 그 당시의 것들이 아직도 공중에 떠다니고 있어.'

"끔찍한 시절이었어요. 하지만 그 덕택에 난 관대함과 섬세한 마음씨, 그리고 메리 수녀님의 인간애를 알게 되었어요." 그녀가 한숨을 쉬며 말한다. "메리 수녀님이 아니었다면 나는 미쳤거나 죽었을 거예요."

메리 수녀는 문제를 해결할 수 있는 방법을 발견했고, 신중함이 무엇인지 보여주는 본보기였다. 학교 양호실에서 출혈을 멈추게 하고 통증을 완화시키기 위한 응급조치를 해주었을 뿐만 아니라, 사흘도 안 되는 시간에 도미니크 수녀회의 수도원장을 움직였고, 절차를 간소화하여 모범 학생이며 지금 목숨이 위태로운 우라니아 카브랄에게 미시간의 에이드리언에 있는 시에나 하이츠 학교에서 공부할 수 있게 장학금을 주도록 설득했다. 메리 수녀는 교장실에서 아구스틴 카브랄 상원의원을 만났고(그를 안심시키면서 말했을까? 아니면 을러대면서 말했을까?), 그에게 딸이 미국으로 가는 걸 허락하라고 요구했다. 또한 우라니아가 산크리스토발의 사건 이후 몹시 불안해하고 있으니 딸을 만날 생각일랑 접으라고 설득했다. 메리 수녀 앞에서 아구스틴 카브랄은 어떤 표정을 지었을까? 우라니아는 수없이 그런 생각을 했었다. 위선적으로 놀라는 표정을 지었을까? 불쾌한 표정이었을까? 아니면 얼떨떨한 표정을 지었을까? 후회하는 표정이었을까? 부끄러운 얼굴이었을까? 그녀는 묻지 않았고, 메리 수녀도 그걸 말하지 않았다. 수녀들은 미국 영사관으로 가서 비자를 얻어주었으며, 발라게르 대통령과의 면담을 요청했다. 도미니카 사람들이 해외로 나갈 때 신청해야만 하는 정부 허가서는 몇 주일씩 소요되었지만, 그걸 신속하게 처리해달라고 부탁했다. 상원의원 카브랄이 파산자 신세가 되었기 때문에, 산토도밍고 학교에서 항공료를 대신 부담했다. 메리 수녀와 헬렌 클레어 수녀는 그녀를 공항까지 배웅해주었다. 비행기가 이륙하자 우라니아가 그들에게 가장 감사했던 것은 아버지가 그녀를 만나지 못하도록, 심지어 멀리서도 보지 못하도록 하겠다는 약속을 지킨 것이었다. 이제 그녀는 트루히요의 뒤늦은 분노에서 목숨을 구해준 것에 대해서도 감사하고 있었다. 그렇지 않았더라면 아마도 이 섬에서 한 발짝도 나갈 수 없었거나 아니면 상어 밥이 되었을지도 모르는 일이었다.

"너무 늦었어요." 그녀는 시계를 보며 말한다. "새벽 두시가 다 되었어요. 아침 일찍 비행기를 타야 하는데 아직 가방도 꾸리지 않았어요."

"내일 뉴욕으로 돌아가는 거야?" 루신다가 슬프게 묻는다. "난 네가 며칠 더 있을 줄 알았어."

"출근해야 해." 우라니아가 말한다. "사무실에서 현기증 날 정도의 종이 더미가 날 기다리고 있어."

"이제는 더 이상 과거처럼 하지는 않을 거지요, 우라니타?" 마놀리타가 그녀를 껴안는다. "우리가 편지 쓰면 언니도 답장할 거지요? 가끔씩 이곳으로 휴가 와서 가족들을 만날 거지요, 그렇죠?"

"물론이야." 우라니아는 고개를 끄덕이며 역시 마놀리타를 껴안는다. 그러나 자신이 없는 목소리다. 아마도 이 집, 이 나라에서 나가면 또다시 이 가족과 이 사람들, 그리고 자신의 과거를 잊으려고 할 것이다. 그리고 오늘 밤 그랬던 것처럼, 이곳으로 와서 자신의 이야기를 들려준 것을 후회할지도 모른다. 아니, 그러지 않을지도 모른다. 아마도 그녀는 이 가족들과 어떤 식으로든 관계를 재건하려고 할지도 모른다. "이 시간에 택시 부를 수 있어?"

"우리가 데려다줄게." 루신다가 자리에서 일어난다.

우라니아가 몸을 숙여 아델리나 고모를 껴안자, 노인은 꼭 부여잡고서 맹수의 발톱처럼 굽고 날카로운 손가락으로 그녀를 놓지 않는다.

겨우 진정되었던 마음이 다시 동요하는 것 같다. 잔주름으로 둘러싸인 움푹 팬 두 눈에는 충격과 고통의 눈빛이 서려 있다.

"아마 아구스틴은 몰랐을 거야." 마치 틀니가 빠진 것처럼 그녀는 힘들게 말을 더듬는다. "마누엘 알폰소가 오빠를 속였을 수도 있어. 아구스틴은 원래 아주 순진한 사람이거든. 얘야, 네 아버지를 너무 미워하지 마라. 그는 무척 외롭게 살았고 충분히 고통을 받았어. 하느님 께서는 우리에게 용서하라고 하셨어. 훌륭한 가톨릭 신자였던 네 어머니를 생각해서 아빠를 용서해."

우라니아는 그녀를 진정시키려고 노력한다. "알았어요, 알았어요, 고모. 고모가 말하는 대로 할 테니 걱정하지 마세요. 부탁이에요." 두 딸이 노인을 에워싸고서 마음을 가라앉히려고 애쓴다. 노인은 마침내 고개를 끄덕이면서 일그러진 얼굴로 의자 안에서 몸을 움츠린다.

"이런 이야기를 들려줘서 미안해요." 우라니아가 그녀의 이마에 키스한다. "시시하고 하찮은 일일지도 모르지만 오랜 세월 동안 나를 너무 괴롭혔어요."

"이제 괜찮아질 거예요." 마놀리타가 말한다. "내가 엄마와 함께 남아 있을게요. 우리에게 이야기한 건 아주 잘한 일이에요. 그런데 제발 편지 좀 하고, 시간 나면 전화도 해요. 이제 우리와의 관계를 끊지 마요, 우라니아."

"약속할게." 우라니아가 말한다.

마놀리타가 그녀를 문까지 배웅하고, 루신다의 낡은 자동차 옆에서 작별 인사를 나눈다. 현관 앞에 주차해 있던 그 자동차는 중고 도요타이다. 다시 우라니아를 포옹하면서 마놀리타는 눈시울이 뜨거워진다.

하라과 호텔로 향하는 자동차가 가스쿠에 지역의 황량한 거리를 달리는 동안, 우라니아는 괴로워한다. 넌 왜 그렇게 한 거지? 네 영혼을 잠식했던 악몽에서 해방되어 이제는 다른 사람처럼 느낄 것이라고 생각했니? 물론 아니었다. 그것은 인간이 지닌 결점 때문이었다. 감상주의에 빠지거나 네가 항상 증오했던 일종의 자기연민이었다. 그렇다면 넌 다른 사람들이 너를 불쌍히 여기고 너를 동정해주기를 바랐니? 그렇게 네가 혐오하던 것에 앙갚음하면서 만족해하고 싶었니?

그때 그녀는 조니 아베스 가르시아의 최후를 떠올린다. 그것은 종종 우울함에서 벗어나기 위한 치료법이 된다. 몇 년 전에 그녀는 아이티의 수도인 포르토프랭스로 파견 나갔던 세계은행의 동료인 에스페란시타 보우리카우드에게서 그 이야기를 들었다. 전 첩보부대장은 일본으로 떠나지 않았다. 대신 발라게르가 강요했던 풍요로운 황금빛 망명 생활을 즐기면서 캐나다와 프랑스, 그리고 스위스를 떠돌다가 포르토프랭스에 정착했다. 에스페란시타는 아베스 가르시아의 이웃집에 살게 되었다. 아베스 가르시아는 아이티로 가서 뒤발리에* 대통령의 자문관으로 일했다. 그러나 어느 정도 시간이 흐르자, 그는 자신의 새로운 수령에 반대하는 음모를 꾸몄고, 아이티 독재자의 사위인 도미니크 대령이 주도한 반란 계획을 지지했다. '파파 독'**은 불과 10분 만에 그 문제를 해결했다. 에스페란시타는 어느 날 오전 중간 시간쯤 두 대의 소형 트럭에서 '통통 마쿠트'*** 대원 20여 명이 내려

---

* 프랑수아 뒤발리에. 1957년부터 1971년까지 아이티의 대통령으로 재직했으며, 1964년 자신을 종신 대통령으로 선포하면서 본격적인 독재정권을 수립했다.
** 뒤발리에 대통령의 애칭.

총을 마구 난사하며 이웃집으로 쳐들어가는 것을 보았다. 단지 10분만에 끝난 작전이었다. 그들은 조니 아베스를 죽였고, 조니 아베스의 아내를 죽였으며, 조니 아베스의 어린 두 아이를 죽였고, 조니 아베스의 두 하녀를 죽였으며, 또한 조니 아베스의 닭과 토끼와 개 들을 죽였다. 그런 다음 집에 불을 지르고 그곳을 떠났다. 에스페란시타 보우리카우드는 워싱턴으로 돌아온 후 정신과 치료를 받아야만 했다. 넌네 아빠가 그렇게 죽길 바랐니? 아델리나 고모가 말한 것처럼 넌 원한과 증오로 가득 차 있니? 다시금 그녀는 허탈해진다.

"그 사건, 그런 모든 멜로드라마를 이야기해서 몹시 유감이야, 루신다." 그녀는 하라과 호텔 입구에서 말한다. 1층의 카지노에서 들려오는 음악 소리에 그녀의 목소리가 파묻혔기 때문에, 그녀는 크게 말해야만 한다. "오늘 밤 내가 아델리나 고모를 너무 힘들게 했어."

"그런 말 하지 마, 우라니아. 이제 네게 무슨 일이 있었는지, 왜 네가 침묵을 지켰는지 이해하게 되었어. 우라니아, 부탁이니 다시 돌아와 만나자꾸나. 우리는 네 가족이고, 이곳은 네 조국이야."

우라니아가 마리아니타에게 작별 인사를 하자, 마리아니타는 마치 그녀와 하나가 되고 싶다는 듯이, 그녀 안에 묻히고 싶다는 듯이 포옹한다. 그녀의 날씬한 몸이 마치 종잇장처럼 떨린다.

"난 이모를 무척 사랑하게 될 것 같아요, 우라니아 이모." 그녀가 귀엣말로 속삭이고, 우라니아는 슬픔이 가득 차오르는 것을 느낀다. "매달 이모에게 편지를 쓸게요. 답장을 해도 좋고, 하지 않아도 좋아

*** 1959년에 창설된 뒤발리에의 사부대로, '국가치안의용대'라고도 불린다.

요."

우라니아는 가는 입술로 그녀의 뺨에 여러 번 키스를 한다. 마치 조그만 새가 먹이를 쪼는 것 같다. 호텔로 들어가기 전에 우라니아는 사촌의 낡은 자동차가 요란하게 하얀 물거품으로 부서지는 파도를 배경으로 조지 워싱턴 가로수 길을 따라 시야에서 사라지기를 기다린다. 그녀는 하라과 호텔로 들어간다. 왼편으로 카지노와 그에 부속된 나이트클럽이 환하게 밝혀져 있고, 음악 소리와 사람들의 목소리, 슬롯머신 소리, 룰렛 노름꾼들이 환호를 지르는 소리로 몹시 소란스럽다.

그녀가 엘리베이터 쪽으로 가는데 한 남자가 그녀의 길을 막는다. 체크무늬의 셔츠와 청바지를 입고 로퍼를 신은 채 약간 술에 취한 40대의 관광객이다.

"아가씨, 술 한잔 초대해도 괜찮을까요?" 그는 점잖게 인사하면서 영어로 말한다.

"내 앞에서 꺼지지 못해, 더러운 주정뱅이." 우라니아는 발길을 멈추지 않은 채 대답하면서, 이 무모한 남자의 당황해하고 놀라는 표정을 본다.

방으로 들어오자 그녀는 가방을 꾸리기 시작한다. 그러나 잠시 후 창가로 다가가서 반짝이는 별들을 보고 파도의 물거품을 바라본다. 그녀는 자신이 그날 밤에 눈을 붙이지 못할 것이며, 남은 시간을 가방을 꾸리는 데 쓸 거라는 사실을 알고 있다.

'마리아니타가 내게 편지를 보내면, 답장을 할 거야'라고 그녀는 결심한다.

처녀성의 비밀을 통해 드러나는
독재정치와 그 정신적 상처

영원한 노벨문학상 후보, 드디어 상을 받다

1980년대 초부터 거의 30년 동안 매년 노벨문학상 후보로 거론되던 페루 작가 마리오 바르가스 요사가 드디어 2010년 노벨문학상 수상자로 결정되었다. 그 소식을 전하면서 스페인 최대 일간지인 〈엘파이스〉는 이렇게 첫머리를 시작했다. "『염소의 축제』의 작가는 권력구조의 지도를 그려내고 개인의 저항과 반역, 그리고 좌절을 통렬한 이미지로 포착해내어 스웨덴 한림원의 높은 평가를 받았다." 수상이 발표되던 순간, 바르가스 요사는 뉴욕에 머무르면서 프린스턴 대학교에서 보르헤스에 대한 강의를 하고 있었다.

바르가스 요사가 노벨문학상 수상자로 결정되자 멕시코의 전 대통령 비센테 폭스는 자신의 트위터에 이런 글을 남겼다. "축하해 마리오! 드디어 자넨 해냈어! 이제 이 대륙에는 보르헤스, 파스, 자네, 모두 세 명이야!" 보르헤스는 노벨문학상 후보로 꾸준히 오르기는 했지만 결코 노벨문학상을 타지는 못했기에, 멕시코 정치인의 글은 전 세계 방송의 비아냥거리가 되었다. 비센테 폭스는 2007년에도 어느 강연회에서 이렇게 말했다. "라틴아메리카는 완전한 독재에서 벗어나야만 합니다. 콜롬비아의 노벨문학상 수상자 마리오 바르가스 요사가 말했던 것처럼 말입니다." 이 말에는 두 개의 커다란 오류가 있다. 우선 2007년 당시 바르가스 요사는 노벨문학상 후보였지만 아직 수상하지는 못한 상태였으며, 그의 국적은 콜롬비아가 아니라 페루였다.

이 두 개의 일화는 라틴아메리카 정치인들이 얼마나 문학에 무지한지를 보여주는 대목처럼 보일 수도 있다. 그러나 이런 거듭된 실수는 무지의 소치라기보다는 오히려 의도적인 것처럼 들린다. 라틴아메리카 현대 작가를 보르헤스와 동일한 위치로 평가한다는 것 자체가 최고의 영예이기 때문이다. 또한 2007년의 오류는 마치 바르가스 요사도 가르시아 마르케스와 동일한 위상이라 이미 노벨문학상을 타야 했는데, 그러지 못했다는 것을 비유하는 것처럼 들린다.

한편 2010년 노벨문학상 수상자로 결정되자 바르가스 요사는 "나의 정치적 견해 때문이 아니라, 내 문학작품 때문에 수상을 결정했기를 바란다"고 밝히면서 이렇게 덧붙인다. "아직 많은 면에서 문제가 있기는 하지만, 라틴아메리카는 이제 많은 것이 개선되었습니다. 오늘날 우리 대륙에는 과거보다 독재체제가 훨씬 적으며, 지금은 우익정권이건 좌익정권이건 민주체제를 따르고 있습니다. 이런 발전과는 달리 퇴보를 보여주는 대표적인 나라가 쿠바와 베네수엘라입니다. 하지만 갈수록 국민의 지지가 적어지는 것을 볼 때, 이런 전횡적이고 반

민주적인 흐름은 곧 퇴출될 것 같은 인상을 받습니다."

바르가스 요사는 2000년대 들어 유달리 독재체제에 관심을 보인다. 이런 점에서 스페인 유력 일간지 〈엘파이스〉가 그에게 국제적 명성을 가져다주었던 초기 작품이 아니라, 후기 대표작이자 도미니카의 독재에 관한 소설인 『염소의 축제』를 거론했다는 것은 의미가 깊다. 이것은 중국의 반체제 인사인 류샤오보가 2010년 노벨평화상 수상자로 결정된 것에서도 드러난다. 바르가스 요사는 그런 결정을 환영하면서 "거대한 경제발전을 이룬 중국이 여전히 독재와 정치에 융통성이 없다"고 비판하는데, 이 말은 그의 정치적 소견이 어떤 것인지 잘 보여준다. 비록 바르가스 요사는 스웨덴 한림원이 자신의 정치적 견해가 아닌 '문학성' 때문에 노벨문학상을 수여했기를 바란다는 희망을 밝혔지만, 『염소의 축제』에서는 그의 문학성뿐만 아니라 정치적 견해를 동시에 음미할 수 있다. 이 작품은 정치를 그대로 재생산하지 않고 재창조한다. 즉 현실을 모방하지 않고 수정하여 새로운 현실을 만들면서 문학성을 획득한다. 이렇듯 『염소의 축제』는 문학과 정치의 관계를 재정립하며 미래를 향한 창조적 가치를 구현하고 있다.

『염소의 축제』와 라틴아메리카 독재자 소설의 전통

독재자 소설은 라틴아메리카에서 오랜 전통을 자랑하는 문학 장르이다. 아르헨티나의 후안 마누엘 로사스의 독재에 바탕을 둔 호세 마르몰의 『아말리아』(1844)는 흔히 이 장르의 첫 소설로 여겨진다. 이후 라틴아메리카에서는 수많은 독재자 소설이 출간되었다. 특히 20세기 중반에 들면서 미겔 앙헬 아스투리아스의 『대통령 각하』(1946), 호르헤 살라메아의 『위대한 부룬둔 부룬다는 죽었다』(1951), 엔리케 라포우르카데의 『아캅왕의 축제』(1964)가 발표되었고, 1970년대에는 라틴아메리카 최고의 작가들인 알레호 카르펜티에르의 『방법론 기원』(1974), 아우구스토 로아 바스토스의 『나 최고』(1974), 가브리엘 가르시아 마르케스의 『족장의 가을』(1974)이 출간되면서, 독재자 소설은 절정에 이르렀다. 이런 전통은 1980년대에 들어 루이사 발렌수엘라의 『도마뱀 꼬리』(1983)와 토마스 엘로이 마르티네스의 『페론의 소설』로 이어졌다. 이후 독재자 소설은 약간 주춤하는 것 같았지만, 2000년에 마리오 바르가스 요사가 『염소의 축제』를 발표하면서 또다시 이 장르에 불을 지폈다.

　문학을 아는 사람들이라면 독재자 소설은 사회 비판을 목적으로 삼고 있기 때문에 리얼리즘 형식을 취할 것이라고 생각할 것이다. 그러나 20세기 중반 이후에 출간된 대부분의 라틴아메리카 독재자 소설은 실험기법을 사용하면서 독특한 형식을 구성한다. 그들은 전통적인 사실주의 소설의 구조를 거부하면서, 사실주의는 현실이 쉽고 단순하게 관찰될 수 있다고 가정하는 오류를 범하고 있다고 비판한다. 이런 새로운 기법의 사용으로 지역적 문제는 보편적인 것으로 승화되고, 정돈된 세계관은 파편화되고 왜곡되거나 혹은 환상적인 서사물이 된다. 이렇게 라틴아메리카 독재자 소설의 작가들은 내용뿐만 아니라 형식을 통해서도 독재를 비판한다. 특히 '작가author'와 '권위authority'의 어원적 관계를 다시 점검하면서, 특권적인 가부장적 모습을 비롯해 모든 의미의 유래처럼 보이는 권위적 아버지 같은 작가의 전통적 역할에 의문을 제기한다. 이런 작가들은 비전통적 방식으로 소설을 쓰면서 독자들에게 사회적, 정치적 문제가 그들의 일상생활에 어떤 영향을 끼치는지 살펴본다.

『염소의 축제』는 바르가스 요사의 작품 중에서 두번째 독재자 소설로 간주될 수 있다. 그의 첫번째 독재자 소설은 『카테드랄 주점에서의 대화』(1969)이다. 이 소설은 1948년부터 1956년까지 페루를 통치했던 마누엘 오드리아의 독재정치에 바탕을 두고 있다. 그리고 『염소의 축제』(2000)는 1931년부터 1961년까지 도미니카 공화국을 공포로 몰아넣은 라파엘 레오니다스 트루히요의 독재정권을 다룬다. 바르가스 요사는 어느 평론가와의 인터뷰에서 『염소의 축세』를 쓰게 된 동기를 이렇게 밝혔다

1975년 내가 8개월가량 도미니카 공화국에 머물던 시절, 도미니카 사람들과 대화를 할 때면 나는 피할 수 없는 주제에 관해 수많은 일화를 들었습니다. 그 주제는 바로 트루히요의 독재 시절입니다. 또한 나는 이 인물과 그를 살해하기 위한 음모, 또한 가공할 탄압정치에 관해서도 읽었습니다. 그런데 그중에서 내게 가장 충격을 주었던 것은 로만 장군과 같은 인물들의 행동이었습니다. 독재자를 살해하는 데 성공했으면서도 이후의 계획을 실패로 돌아가게 만든 주요 가담자들의 행동이었지요. 그런데 왜 실패했을까요? 주요 음모자들은 자신들이 저지른 일을 보고는 스스로 겁을 집어먹었습니다. 트루히요의 시체는 거기에 있었지만, 트루히요는 계속 그들 안에 살아 있었던 것이지요.

이렇듯 바르가스 요사는 트루히요 독재 시절의 역사에 바탕을 둔 소설을 통해 트루히요 독재가 도미니카 국민들의 심리에 어떤 영향을 끼쳤는지 보여주고자 했다. 그리고 이런 목적을 달성하기 위해 그는 라파엘 레오니다스 트루히요 일생의 일부, 즉 그의 마지막 나날에 초점을 맞췄다. 이것을 출발점으로 삼아 플래시백, 대화, 회상, 다양한 화자의 등장, 목소리의 중첩 등을 통해 독재자의 삶에서 중요했던 순간들을 재구성한다. 또한 이 소설은 역사적 사실에 바탕을 두고 있지만, 1인칭 화자를 비롯해 다양한 화자들, 트루히요와 다른 인물들의 생각과 대화를 보여준다. 그리고 이런 '상상된 사실'을 실제 확인 가능한 역사적 사실이나 사건과 뒤섞으면서, 트루히요의 절대 권력과 그것이 국민들에게 끼친 영향으로 나아간다.

지나치기 쉽지만 의미 있는 요소들

스페인어판 『염소의 축제』는 르네상스 시대의 이탈리아 화가 암브로조 로렌체티의 〈나쁜 정부의 알레고리〉의 일부를 책 표지로 선택하고 있다. 이 그림은 『염소의 축제』를 이해하는 데 매우 유용하다. 이 소설이 도미니카의 독재자 라파엘 레오니다스 트루히요 정권의 역사를 신화적 알레고리로 접근하고 있기 때문이다. 게다가 로렌체티의 그림에서는 소설의 제목에 등장하는 '염소'가 권력을 탐하는 악마의 발밑에 그려져 있다. 이렇듯 이 소설의 표지는 정의가 존재하지 않고 탐욕과 허영 등 악덕으로 가득한 나쁜 정부를 보여주면서 작품의 내용을 암시한다.

또한 제목인 『염소의 축제 *La Fiesta del Chivo*』도 어느 정도 소설의 내용을 예시하고 있다. 스페인어에서는 책 제목을 쓸 때 영어와 달리 고유명사를 제외한 단어를 모두 소문자로 표기한다. 그런데 이 작품의 제목에서 '염소(Chivo)'의 첫 글자는 대문자로 적혀 있다. 이 소설에서 일반적으로 음모자들은 트루히요를 '염소'라고 부른다. 이것은 도미니카 국민들이 독재자의 뒤에서 그를 지칭하기 위해 사용하던 별명인데, 트루히요 자신이 자랑하는 과도한 성욕과 그의 워낙 뛰어난 남성적 능력 때문에 붙여진 것이다. 이는 번식력과 생명력의 상징을 통해 악마주의의 육욕적 관점을 내포하는 전통적 관점과도 일치한다.

한편 '축제(Fiesta)'의 첫 글자도 제목에서는 대문자로 적혀 있기 때문에, 여기서는 '커다란 파티'를 의미한다. 다시 말하면 독재자의 죽음을 의미하는 유혈 축제이다. 과도한 성욕과 축제를 통해 그는 권력을 공고화한다. 즉, 공개적으로는 '조국의 아버지'로 남으면서 가족 이데올로기를 중시하는 것 같지만, 사적 공간에서는 수없이 강간을 저지르면서 가족을 해체시킨다. 그는 국가의 안녕을 위해 필요한 '아버지'라는 이미지를 부각시키지만, 각료들의 아내와 딸 혹은 자기의 관심을 불러일으키는 여자들을 성적으로 정복했다고 떠벌리면서 권력을 확보한다. 트루히요는 도미니카 국민들의 가족관계를 약화시키면서 자신의 권력을 영속시킨다. 이렇게 이 소설의 제목인 '염소'라는 상징과 '축제'라는 용어는 독재자의 방탕함을 의미하며, 동시에 그의 권력을 영속화시키기 위한 통치 방법임을 상징한다.

바르가스 요사는 이 소설을 '루르데스와 호세 이스라엘 쿠에요에게' 바치고 있다. 이들은 도미니카 공화국에서 『염소의 축제』를 출간하는 타예르 출판사 사장 부부이다. 도미니카 공화국에서 가장 날카로운 정치평론가 중 하나인 호세 이스라엘 쿠에요 에르난데스는 이렇게 말한다. "1975년이었던가요? 어느 토요일 늦은 밤에 집으로 돌아오자마자, 마리오 바르가스 요사의 전화를 받았습니다. 하라과 호텔에서 건 전화였습니다. 그는 내게 트루히요에 관한 소설을 구상하기로 결심했다고 말했습니다. 우리는 참고자료와 인터뷰를 찾는 데 협조해주었습니다." 쿠에요 부부는 1975년에 바르가스 요사와 그의 아내 파트리시아가 도미니카 공화국을 방문하여 몇 달간 체류했을 때부터 알고 지낸 사이였다. 바르가스 요사는 그들 덕택에 트루히요 시절에 관한 광범위한 역사적 자료를 접할 수 있었고, 그것을 바탕으로 이 작품을 구상하고 상상할 수 있었다.

또한 이 작품이 제사(題詞)로 노래가사를 인용하고 있는 점 역시 의미심장하다. "사람들은 열정적으로 5월 30일에 염소의 축제를 기념한다"라는 가사에는 이 소설의 제목이 포함되어 있다. 또한 이 노래의 제목인 〈염소를 죽였네〉는 이 소설이 전개할 트루히요 암살이라는 주제를 예시하고 있다. 이 노래는 도미니카 음악을 대표하는 메렝게인데, 메렝게는 도미니카 공화국 사람들이 자신들의 정체성을 확인하는 음악장르이며, 따라서 민중의 목소리이다.

메렝게는 트루히요 독재 시절의 대표적인 음악장르이기도 하다. 독재자는 이 음악을 정치에 십분 활용했다. 가령 이 소설에서 조니 아베스 가르시아의 부하들은 당시 유행하던 트루히요를 찬양하는 메렝게를 매일 밤 틀어놓아서 토머스 레일리 주교가 은신해 있던 산토도밍고 학교의 수녀들이 한숨도 못 자게 한다. 또한 우라니아는 "그(트루히요)는 이제 자기 덕택에 고급 카바레와 점잖은 집에서도 메렝게를 춘다고 말했어요"라고 언급하면서, 그 음악장르가 정치화되었음을 암시한다. 그가 정권을 잡자, 이시도로 플로레스라는 가수는 〈고생은 끝났네〉라는 메렝게를 통해 정치적 변화를 이야기하면서 새로운 지도자의 등장이 야기한 희망을 이렇게 표현한다. "오라시오는 떠났고/이제 트루히요가 들어온다네/우리는 이제 수령에게/희망을 건다네/이제 고생은 끝났네, 끝났어." 하지만 아이로니컬하게도 바로 메렝게라는 음악장르를 통해 도미니카 민중은 그의 죽음을 축하하는 노래도 부르게 된다.

독재정치가 낳은 희생양 우라니아의 이야기

『염소의 축제』는 모두 24장으로 구성되어 있으며, 세 개의 상이한 이야기가 중첩되어 있다. 이 이야기들은 관점과 시간, 그리고 공간도 다르지만, 모두 트루히요의 독재라는 역사적 상황을 다루고 있다. 이 소설에서 트루히요의 독재 시절을 재구성하는 세 개의 관점은 차례로 등장한다.

(1) 35년 만에 도미니카 공화국으로 돌아온 우라니아의 현재 관점 (1996년).

(2) 트루히요와 그의 협력자들의 대화를 통한 과거의 관점.

(3) 독재자 살해 음모와 그를 처형한 사람들의 죽음, 그리고 새로운

정부 수립.

12장에서 트루히요가 살해되지만, 이런 순서는 15장까지 그대로 유지된다. 그러나 16장부터는 다소 변화한다. 16장과 24장은 우라니아의 이야기이며, 한 장은 트루히요에 관한 것이고, 나머지는 모두 트루히요 살해 이후의 사건과 관련되어 있다.

이 소설은 트루히요의 독재에 초점을 맞추고 있지만, 주인공은 우라니아이다. 그녀는 이 소설의 처음과 마지막을 장식하는 사람으로, 실존 인물이 아니라 바르가스 요사가 만들어낸 인물이다. 우라니아는 잔인하기 그지없던 독재 기간 동안 자유를 빼앗기고 침묵을 지켜야만 했던 탄압받은 모든 여자들을 상징한다. 또한 독재자에 의해 상상할 수 없을 정도로 치욕을 당하고 타락해야만 했던 도미니카 국민 전체를 대표하기도 한다. 바르가스 요사는 자신이 만들어낸 우라니아에 대해 이렇게 설명한다.

우라니아는 내게 매우 감동적인 인물입니다. 나는 이 소설이 과거의 역사적 관점뿐만 아니라 현대적 관점을 지닐 수 있도록, 즉 독재와 트루히요의 죽음을 비롯해서 그 이후 전개된 혼돈과 폭력을 그 당시부터 누적된 모든 경험을 바탕으로 현대적 관점에서 쓰기 위해 우라니아를 만들어냈습니다. 그리고 여성 인물이 역사의 주인공 중 하나가 되기를 원했기 때문이기도 합니다. 독재는 특히 여성에게 잔인했습니다. 모든 라틴아메리카 독재는 남성우월주의에 물들어 있습니다. 남성우월주의는 라틴아메리카의 독특한 현상입니다. 절대 권력을 휘두르는 권위주의 체제는 실제로 여자를 허약한 대상으로 만들어 마구 짓밟습니다. 트루히요에게 섹스는 권력과 남성성, 그리고 남성우월주의 사회의 최고 가치를 보여주는 상징 중 하나입니다. 그래서 여성은 항상 대상이 되는 겁니다. 부모들은 딸을 트루히요에게 선물하고, 그는 가장 가까운 협력자들의 아내와 잠자리를 하면서 치욕을 줍니다. 그것은 그들에게 그의 권력과 권위를 보여주기 위함입니다.

그리스 신화에 의하면, 우라니아는 아홉 무사의 하나로 천문의 여신이며 하늘과 빛의 딸이다. 왼손에는 지구, 오른손에는 못을 들고 발밑에는 침묵의 상징인 거북을 두고 있으며, 별로 수놓인 외투를 입고 하늘을 바라보고 있는 모습으로 그려진다. 아홉 무사는 제우스와 기억의 여신 므네모시네 사이에서 태어난 딸들이다. 비르가스 요사의 『염소의 축제』도 우라니아의 기억으로 구성된다. 우라니아 카브랄은 기억을 통해 공포와 부정과 부패와 비극으로 점철된 독재 시기를 재창조한다. 그것은 '살아 있는 제물', 즉 희생제물이었던 우라니아의 고통스러운 목소리와 제한된 기억을 통해 이루어진다. 이렇게 트루히요 독재의 어두운 시절은 열네 살짜리 희생자의 개인적 이야기를 통해 전개되지만, 그녀가 받은 상처는 개인적인 것일 뿐만 아니라 도미니카 전체 국민의 목소리이기도 하다.

우라니아는 더럽고 추잡한 정치적 거래의 희생자이다. 31년 동안 충실하게 봉사했지만 특별한 이유 없이 독재자의 총애를 잃어버리자, 그녀의 아버지인 아구스틴 카브랄은 다시 총애를 받기 위해 희생양으로 딸을 염소에게 바친다. 그러면서 우라니아의 처절한 운명이 시작된다. 그녀의 아버지는 '지식인'이라는 별명을 지니고 있지만, 그런 별명이 무색할 정도로 그는 수령에게 무조건적인 충성을 다하며, 수령과 관련된 것은 제대로 판단하지도 못한다. 그렇게 마누엘 알폰소, 아구스틴 카브랄, 그리고 독재자 트루히요는 '염소의 축제'를 준비한다. 그것은 단 한 명의 초대 손님만 있는 은밀한 행사이며, 그 손님은 바로 우라니아이다. 일흔 살의 독재자 트루히요는 발기가 되지 않는 바람에 '마호가니의 집'에서 열린 그 축제를 제대로 즐기지 못한다.

그 사건 이후 우라니아는 조국을 떠나 35년간 돌아오지 않는다. 그녀는 명문 하버드 대학을 우수한 성적으로 졸업하고 성공한 변호사로 뉴욕에 살고 있지만, 트루히요에게 강간당했고 아버지의 배신을 경험한 열네 살의 연약한 여자애이기도 하다. 그녀가 마흔아홉이 되어 조국을 방문한 것은 중풍에 걸린 여든세 살의 늙은 아버지를 만나기 위한 것이 아니라, 자신의 운명을 결정해버린 파렴치한 음모와 자신이 그 희생의 대상이었던 강간을 밝히기 위함이다.

그녀는 35년 전부터 비밀을 간직하며 살고 있고, 이 비밀은 그녀가 아버지를 증오한 세월과 동일하다. 이 비밀은 아구스틴 카브랄이 정치적 위기에서 벗어나기 위해 우라니아를 '살아 있는 제물'로 바친 것이다. 그녀의 아버지는 가부장적인 방식으로 마치 우라니아의 육체가 자신의 소유물인 것처럼 협상의 대상으로 사용하여 외동딸의 처녀성을 제공한다.

이런 비밀을 간직하고 그녀는 미국으로 혼자 건너가 자신의 상황을 극복하고 성공하면서 그 어떤 남자의 도움 없이 혼자 살 수 있는 여자가 된다. 스스로 자신의 삶을 설계하면서 그녀가 태어나고 자란 남근중심주의적 세계의 한계를 넘어선 인물이다. 그것은 자기 아버지뿐만 아니라 그녀에게 접근하는 모든 남자를 상징적으로 죽이면서 얻게 된 결과이다. 하지만 공적 공간에서의 이런 성공과는 달리, 사적 공간에서는 아직도 조국의 아버지가 남긴 깊은 상처를 안고 살아가는 열네 살의 어린 여자아이이다. 사적 공간과 공적 공간에서의 이런 차이는 바르가스 요사가 그리는 여성 인물의 한계로 작용한다.

바르가스 요사의 여성 인물들과 우라니아

여성은 바르가스 요사의 작품에서 오랫동안 수번씩 위시를 사시했다. 그의 초기 소설에서 여성 인물들은 사창가와 매춘의 이미지를 띠었다. 여성의 육체는 남성들의 정체성을 구성하기 위한 부차적 요소로 사용되었다. 이후 바르가스 요사 작품의 여성은 젊은 남자에게 성적 관심을 표현하는 어머니의 모습으로 옮겨갔다. 이런 두번째 모델의 대표 작품으로 『나는 훌리아 아주머니와 결혼했다』(1977), 『새엄마 찬양』(1989)과 『리고베르토 씨의 비밀노트』(1997)를 들 수 있다. 두번째 경우, 여성은 성모-창녀라는 전통적인 이분법에서 벗어나지만, 여성해방이나 여성의 자기표현 같은 차원으로 발전하지는 못한다.

1990년대 말부터 바르가스 요사는 여러 에세이를 통해 기존의 작품과는 다른 여성적 이미지에 관해 말해왔다. 가령 2006년에는 어느 강연에서 "내 일생에서 여자들은 중요한 존재였고, 그건 내 작품에서도 마찬가지입니다. 심지어 나의 가장 최근 작품에서도 여자는 중심입니다"라고 말했다. 바르가스 요사의 여성관의 세번째 단계를 보여주는 첫 작품이 바로 『염소의 축제』이다. 이 작품에서 작가는 독립적으로 살아가는 전문직 여성인 우라니아를 주인공으로 등장시킨다. 그녀는 기존의 여성 인물과 다르다. 우라니아는 『새엄마 찬양』의 루크레시아와는 달리 구체적으로 설정된 역사적 맥락 속에 위치한다.

우라니아의 삶에서 가장 특징적인 요소는 마흔아홉 살의 나이에도 아직 애인이 없다는 사실이다. 이 소설에서 성생활의 부재는 미스터리로 제시되고, 그 이유는 나중에 밝혀진다. 우라니아는 남성이 자신들의 정체성을 만들기 위해 이용하는 육체적 차원의 여성이나 전통적 관념을 넘어서는 어머니로 규정될 수 없다. 이 작품에서 바르가스 요사는 혼자 사는 여주인공을 내세우면서 기존의 낡은 정형화에 빠지지 않는다. 가령 우라니아는 지식인 남성이 행하는 습관을 가지고 있다. 그것은 바로 독서에 대한 열정으로, 이 작품에서 반복해서 나타난다. 그녀는 힘든 일과를 보내고서도 매일 조금씩이라도 책을 읽는다. 그리고 반신불수의 백만장자에게 19세기 소설을 큰 소리로 읽어주면서 하버드 대학의 학비를 마련하기도 한다. 독서는 그녀에게 뿌리를 잃어버리지 않도록 해준 도덕적 힘이었다. 즉, 독서 덕분에 그녀는 미국에 살면서도 계속 도미니카 여자로 남을 수 있었던 것이다.

그러나 소설이 진행되고 독재자 암살이 가까워지면서, 1961년 사건이 작품 속에서 더욱 비중을 차지하고 중년의 우라니아의 삶에 대한 언급은 점점 희미해진다. 동시에 그녀의 삶은 더욱 전통적인 여자의 모델로 회귀한다. 이 점은 우라니아가 자기 사촌들에게 아버지의 정치적 위기를 회상하는 대목에서 분명해진다. 그녀는 마누엘 알폰소가 찾아온 날 밤에 알타그라시아 성모에게 아버지가 어려운 상황에서 빠져나오게 도와준다면 평생 순결을 유지할 것을 맹세했다고 밝힌다. 그리고 작품 마지막에 그녀가 아버지를 증오하게 된 이유를 밝히면서, 왜 성생활을 하지 않았는지의 미스터리는 어느 정도 해결된다. 즉, 그녀의 아버지와 마누엘 알폰소, 트루히요가 서로 공모하여 만든 '축제'로 인해 그녀가 섹스를 혐오하게 되었으며, 또한 성관계가 아닌 독재자의 손가락으로 순결을 잃었기 때문에 성모와의 약속을 지켰던 것이라고 볼 수 있다.

이것은 우라니아가 뉴욕에서 초현대적인 삶을 살지만, 계속해서 라틴아메리카의 전통적 사회구조에서 벗어나지 못하고 있음을 보여준다. 『염소의 축제』에서 바르가스 요사는 능동적인 여성을 그리려 하고, 실제로 이 작품에서도 이런 생각을 종종 볼 수 있다. 가령 수령인 트루히요는 발기가 되지 않자 눈물을 흘리지만, 우라니아는 지난 35년간 자신을 억누르고 있던 말 못할 사실을 사촌들에게 털어놓자 허탈감을 느낀다. 남녀의 성역할이 전도된 것을 보여주는 대목이다. 한편 우라니아는 이 소설의 마지막 장면에서 라틴아메리카의 전통적인 성역할을 떠올리게 만드는 그녀의 조카 마리아니타에게 답장하겠다고, 보다 감성적인 사람이 되겠다고 약속한다. 이렇게 이 소설에서는 전통적인 남녀 성역할의 전도를 통해 능동적인 여성의 이미지가 구현되기도 하지만, 결국 여자 주인공은 전통적 사회의 성역할에서 완전히 자유롭지는 못하다. 그녀는 적극적인 여성인 것 같지만 성역할이 규정되어 있었고, 라틴아메리카의 부르주아 사회가 남성우월주의 사고의 독재자를 지지하며 여자들에게 순결을 강요했던 지난 과거에서 벗어나지 못하고 있다.

엇갈리는 비판과 찬사

구체적인 인물을 다룬 대부분의 유명한 역사소설이 그렇듯이, 마리오 바르가스 요사의 『염소의 축제』 역시 비판과 찬사를 동시에 받는다. 트루히요주의자들은 이 소설이 부정확하고 근거 없는 거짓말을 늘어놓으면서 자신들을 모략하고 있다고 비판한다. 그러자 바르가스 요사는 자기 소설이 트루히요주의자들을 분노하게 만든 것에 대해 몹시 만족한다고 밝힌다. 한편 '5월 30일' 영웅들의 가족도 마찬가지로 신랄하게 반응한다. 그들도 작가가 사실을 허위로 날조했으며, 『염소의 축제』에 서술된 사실로 인해 모욕을 느낀다고 밝힌다. 그런 비판의 대부분은 『염소의 축제』에 역사적 엄밀성이 결여되어 있고, 허구와 소설이 혼합되어 있고, 역사가 왜곡되어 있다는 점에 집중된다.

경제발전을 이끌었지만 탄압정치를 구현한 트루히요 정권처럼 몹시 까다롭고 민감한 주제를 다룰 경우, 그 누구에게도 상처 입히지 않기란 불가능하다. 그러나 『염소의 축제』는 소설이지 역사책이 아니며, 사실과 부합하지 않는다는 이유로 평가 절하될 수는 없다. 소설의 본질을 망각하고 이루어진 대부분의 비판은 예술작품이 어떻게 되어야 하며, 어떻게 되지 말아야 한다는 식으로 분석하고 평가하는 잘못된 관점을 지니고 있다. 소설에서는 작중인물들의 행동과 서술된 이야기가 현실과 엄격하게 일치해야 할 필요는 없다. 중요한 것은 역사적 요소들이 예술적으로 작용하고 작품 전체에 통합되어야 한다는 것이다.

역사가가 역사를 위조한다면 그는 고려할 가치도 없는 책을 만들게 될 것이다. 그러나 소설가가 그렇게 한다고 하더라도, 그것은 문학적·예술적 관점에서 아무런 의미를 지니지 않는다. 예술에서 중요한 것은 사실성이 아니라 유사성, 즉 현실을 모방하는 것이 아니라 그럴듯하게 만들어내는 것이기 때문이다. 그래서 예술성은 역사적 맥락이 아닌 서술의 맥락에서 고려되어야 한다.

이런 점에서 문학 비평가들의 의견은 도미니카의 역사가들과 사뭇 다르다. 가령 세바스천 셰익스피어는 〈뉴 스테이츠먼〉에서 "충격적일 정도로 정교한 소설이다. 작품 배경은 훌륭하다. 분뇨와 태운 살의 악취를 숨기기 위해 전기의자에 뿌린 싸구려 향수의 냄새와 같은 세세한 장치는 그 누구도 흉내 낼 수 없는 바르가스 요사의 재능이다"라며 극찬을 아끼지 않았다. 그리고 릴리아나 웬도프는 〈라이브러리 저널〉에서 트루히요 독재 시절이 고약함과 야비함으로 점철되어 있다는 것을 지적하며, "상당히 훌륭한 언어를 구사하여 불쾌할 수 있는 요소들을 제거한다"고 평했다. 한편 조녀선 히우드는 〈가디언〉에서 "『염소의 축제』는 어둡고 복잡하다. 그러나 또한 훌륭하고 인간적이다"고 평가한다.

『염소의 축제』는 역사가들의 비판과 더불어 문학 비평가들의 칭송을 동시에 받은 작품이다. 출간된 지 10년이 흐른 지금 초기의 비판은 힘을 잃었고, 이 소설은 단순한 도미니카의 독재자 소설이 아니라, 라틴아메리카 내외부에 아직도 존재하는 독재와의 투쟁에 대한 조언이며, 동시에 독재를 경험한 사람들이 마음속에 품고 있는 악령을 어떻게 제거할 것인지를 보여주는 일종의 엑소시즘으로 그 의미가 확장되고 있다. 그러면서 이 소설은 바르가스 요사의 대표작품으로 인정받을 뿐만 아니라, 2000년 이후에 발표된 라틴아메리카 소설 중에서 가장 훌륭한 작품으로 평가받고 있다. 스웨덴 한림원의 노벨문학상 선정 이유처럼, 이 작품은 단지 한 나라가 아닌 전 세계의 권력 구조에 대한 지도를 그려내고 저항과 봉기, 그리고 개인의 패배를 예리하게 간파하여 지적하기 때문이다.

송병선

1936년	3월 28일 페루의 아레키파에서 에르네스토 바르가스와 도라 요사 사이에서 태어남. 부모는 그가 태어나기 전에 헤어짐. 어머니의 친척 집에서 어머니와 함께 살게 됨.
1937년	할아버지가 영사로 있던 볼리비아의 코차밤바로 어머니와 함께 이사함.
1945년	페루 북부의 피우라로 거처를 옮김.
1940년	부모의 불화가 해결되어 리마로 이사함.
1951년	리마 지역 신문 〈크로니카〉에서 작가로 일함.
1952년	군사학교를 중퇴하고 피우라로 돌아와 고등학교를 마치고 문학 경력을 쌓기 시작함. 지방 신문에서 칼럼니스트로 활동. 1년 전 리마에서 썼던 희곡 「잉카의 도주*La huida del Inca*」를 무대에 올리고 시를 출판함.
1953년	리마의 산마르코스 대학에서 문학과 법학을 공부함.
1955년	열세 살 연상의 숙모 훌리아 우르키디와 결혼함.
1957년	뉴스 진행자, 도서관 사서로 일하며 문학 잡지에 글을 기고함. 두 개의 단편 「두목들*Los jefes*」과 「할아버지*El abuelo*」를 페루 신문 〈메르쿠리오〉와 〈코메르시오〉에 발표함. 대학을 졸업함.
1958년	단편 「도전*El desafío*」으로 프랑스의 문학 잡지 『르뷔 프랑세즈』의 단편소설 공모에 당선되어 잠시 파리를 방문함. 마드리드 대학에서 장학금을 받아 박사논문을 작성함. 또한 민속그룹인 '잉카 춤꾼들'을 만들어 경연대회에서 1등을 차지하고 스페인 순회 공연을 함.

1959년	단편집 『두목들 *Los jefes*』로 레오폴도 아리아스 문학상을 수상함. 파리로 옮겨가 유럽에서 몇 년간 자진 망명 생활을 함.
1960년	파리에서 경제적으로 불안한 삶을 영위함. 베를리츠 학교에서 스페인어를 가르치고, AFP 통신에서 근무하고, 후에는 프랑스 라디오 텔레비전 네트워크에서 일함. 중요한 라틴아메리카 작가들을 만남.
1962년	첫 소설 『도시와 개들 *La ciudad y los perros*』을 탈고하고, 쿠바의 미사일 위기를 취재함. 잠시 페루를 방문하고 파리로 돌아옴. 카를로스 바랄을 만나 세익스 바랄 간이도서상에 작품을 응모함.
1963년	『도시와 개들』로 간이도서상 수상. 스페인 비평상을 받고, 포르멘토르상에서 2등을 차지함.
1964년	페루로 여행하여 밀림 지역을 다시 방문하고 두번째 소설의 자료를 준비함. 훌리아 우르키디와 이혼함.
1965년	쿠바의 문화 기구인 〈아메리카의 집〉 문학상 심사위원이 되고, 그 잡지의 편집위원으로 활동함. 사촌인 파트리시아 요사와 결혼함.
1966년	『녹색의 집 *La casa verde*』을 출간함. 뉴욕에서 열린 국제 펜클럽에 초청받음. 리마의 『카레타스』 잡지에 글을 씀. 큰아들 알바로가 태어남. 부에노스아이레스 문학상 심사위원으로 위촉됨. 거처를 런던으로 옮기고 퀸 메리 칼리지에서 강의함.
1967년	『애송이들 *Los cachorros*』 출간. 『녹색의 집』이 페루 국가 소설상, 스페인 비평상, 베네수엘라의 로물로 가예고스상을 수상함. 로물로 가예고스상 시상식에서 그의 유명한 글 「문학은 불길 *La literatura es fuego*」을 발표함. 세바스티안 살라사르 본디의 『전집 *Obras completas*』 서문을 쓰며 그

글에서 작가의 소명의식에 관해 논의함. 둘째 아들 곤살로
가 태어남.

1969년   『카테드랄 주점에서의 대화*Conversación en La Catedral*』
출간. 푸에르토리코 대학에서 강의함.

1970년   훌리오 코르타사르와 오스카르 코야소스와 함께 문학 에세
이집 『혁명의 문학과 문학의 혁명*Literature en la revolu-
ción y revolución en la literatura*』을 출간. 바르셀로나로
거처를 옮김. 가브리엘 가르시아 마르케스에 관한 박사논문
을 작성하고, 「오늘날의 라틴아메리카 문학*Latin American
Literature Today*」이라는 글을 발표함.

1971년   무학 에세이집 『가르시아 마르케스: 아버지 죽이기의 역사
García Márquez: Historia de un deicidio』 출간. 『녹색의
집』이 어떻게 쓰였는지 설명하는 문학 에세이 『어느 소설의
비밀 역사*Historia secreta de una novela*』 출간.

1973년   소설 『판탈레온과 특별봉사대*Pantaleón y las visitadoras*』
출간.

1974년   자발적 망명에 종지부를 찍고 페루에 영주하기로 결정함.
딸 모라가나가 태어남.

1975년   문학·에세이 『영원한 향연: 플로베르와 보바리 부인*La
orgía perpetua: Flaubert y "Madame Bovary"*』 출간.

1976년   국제 펜클럽 회장으로 선출됨. 예루살렘 대학에서 강연하
고, 『판탈레온과 특별봉사대』 영화 제작에 참여함.

1977년   소설 『나는 훌리아 아주머니와 결혼했다*La tía Julia y el
escribidor*』 출간. 국제 펜클럽 회장으로 유럽과 러시아, 미
국을 여행함. 오클라호마 대학에서 개최된 제6회 스페인어
권 작가대회에서 주빈으로 선정되며, 케임브리지 대학에서
강의함.

1978년	〈현대세계문학〉에서 바르가스 요사 특집호를 발행함.
1979년	스미스소니언 재단의 레지던스 작가로 선정됨.
1980년	일본을 여행함.
1981년	희곡 『타크나의 아가씨La señorita de Tacna』와 소설 『세상 종말 전쟁La guerra del fin del mundo』, 에세이 모음집 『사르트르와 카뮈Sartre y Camus』 출간.
1982년	『나는 훌리아 아주머니와 결혼했다』로 이탈리아 라틴아메리카 재단의 릴라상 수상.
1983년	희곡 『카티와 물소Kathie y el hipopótamo』 출간. 학술지 〈심포지엄〉에서 바르가스 요사 특집호를 발행함.
1984년	에세이 모음집 『역경을 무릅쓰고Contra viento y marea』와 소설 『마이타의 이야기Historia de Mayta』 출간.
1985년	프랑스 정부가 수여하는 레지옹 도뇌르 훈장을 받음.
1986년	소설 『누가 팔로미노 몰레로를 죽였는가? ¿Quién mató Palomino Molero?』 출간. 희곡 『충가La Chunga』 출간. 아스투리아스 왕자상 수상.
1987년	소설 『이야기꾼El hablador』 출간. 미국 현대언어협회 명예 회원이 됨.
1988년	소설 『새엄마 찬양Elogio de la madrastra』 출간.
1990년	페루 대통령 후보로 출마, 알베르토 후지모리에게 패배함. 플로리다 인터내셔널 대학에서 명예박사 학위를 받음.
1991년	잉거솔 재단의 록펠러 연구소가 주는 T.S. 엘리엇상 수상.
1992년	보스턴 대학과 이탈리아의 제노바 대학에서 명예박사 학위를 받음.
1993년	소설 『안데스의 리투마Lituma en los Andes』로 플라네타상 수상. 대통령 선거전 회고담이라고 볼 수 있는 에세이집 『물속의 물고기El pez en el agua』 출간.

1994년	조지타운 대학과 예일 대학에서 명예박사 학위를 받음. 세르반테스상 수상
1995년	예루살렘상 수상. 스페인의 무르시아 대학과 바야돌리드 대학에서 명예박사 학위를 받음.
1997년	소설 『리고베르토 씨의 비밀노트*Los cuadernos de don Rigoberto*』출간. 리마 대학에서 명예박사 학위를 받음.
1999년	호르헤 이삭스상 수상. 하버드 대학에서 명예박사 학위를 받음.
2000년	소설 『염소의 축제*La Fiesta del Chivo*』출간. 산마르코스 대학에서 명예 졸업장을 받음.
2001년	스위스 다보스 세계 경제 포럼이 수여하는 크리스탈상을 받음. 산마르코스 대학에서 명예박사 학위를 받음.
2003년	소설 『천국은 다른 곳에*El paraíso en la otra esquina*』출간. 부다페스트상 수상. 옥스퍼드 대학에서 명예박사 학위를 받음. 베를린에 있는 세르반테스 연구소에서 '바르가스 요사 도서관' 개관.
2005년	소르본 대학에서 명예박사 학위를 받음. 미국의 〈포린 폴리시〉와 영국의 〈프로스펙스〉가 선정한 가장 영향력 있는 지식인 100명에 선정됨.
2006년	소설 『나쁜 소녀의 짓궂음*Travesuras de la niña mala*』출간.
2007년	희곡 『오디세이와 페넬로페』출간. 스페인의 말라가 대학과 라리오하 대학, 프랑스의 랭스 대학에서 명예박사 학위를 받음.
2008년	스페인의 알리칸테 대학과 베네수엘라의 시몬 볼리바르 대학, 페루의 가톨릭 대학에서 명예박사 학위를 받음. 우루과이 소설가 후안 카를로스 오네티에 관한 비평서 『소설

여행*El viaje a la ficción*』 출간.

2009년   에세이집『칼과 유토피아*Sables y utopías*』 출간. 돈키호테
                국제문학상 수상. 스페인의 그라나다 대학에서 명예박사
                학위를 받음.

2010년   노벨문학상 수상.

문학동네 세계문학전집 발간에 부쳐

세계문학은 국민문학 혹은 지역문학을 떠나 존재하는 문학이 아니지만 그것들의 총합도 아니다. 세계문학이라는 용어에는 그 나름의 언어와 전통을 갖고 있는 국민문학이나 지역문학의 존재를 인정하면서 그것을 넘어서는 문학의 보편적 질서에 대한 관념이 새겨져 있다. 그 용어를 처음 고안한 19세기 유럽인들은 유럽문학을 중심으로 그 질서를 구축했지만 풍부한 국민문학의 전통을 가지고 있는 현대의 문학 강국들은 나름의 방식으로 세계문학을 이해하면서 정전(正典)의 목록을 작성하고 또 수정한다.

한국에서도 세계문학 관념은 우리 사회와 문화의 변화 속에서 거듭 수정돼왔다. 어느 시기에는 제국 일본의 교양주의를 반영한 세계문학 관념이, 어느 시기에는 제3세계 민족주의에 동조한 세계문학 관념이 출현했고, 그러한 관념을 실천한 전집물이 출판됐다. 21세기 한국에 새로운 세계문학전집이 필요하다는 것은 명백하다. 우리의 지성과 감성의 기준에 부합하는 세계문학을 다시 구상할 때가 되었다.

문학동네 세계문학전집은 범세계적으로 통용되는 고전에 대한 상식을 존중하면서도 지난 반세기 동안 해외 주요 언어권에서 창작과 연구의 진전에 따라 일어난 정전의 변동을 고려하여 편성되었다. 그래서 불멸의 명작은 물론 동시대 세계의 중요한 정치·문화적 실천에 영감을 준 새로운 작품들을 두루 포함시켰다.

창립 이후 지금까지 한국문학 및 번역문학 출판에서 가장 전문적이고 생산적인 그룹을 대표해온 문학동네가 그간 축적한 문학 출판 경험을 바탕으로 새로운 세계문학전집을 펴낸다. 인류가 무지와 몽매의 어둠 속을 방황하면서도 끝내 길을 잃지 않은 것은 세계문학사의 하늘에 떠 있는 빛나는 별들이 길잡이가 되어주었기 때문이다. 우리가 자부심과 사명감 속에서 그리게 될 이 새로운 별자리가 독자들의 관심과 애정에 힘입어 우리 모두의 뿌듯한 자산이 되기를 소망한다.

문학동네 세계문학전집 편집위원
민은경, 박유하, 변현태, 송병선, 이재룡, 홍길표, 남진우, 황종연

지은이 **마리오 바르가스 요사**

1936년 페루 아레키파에서 태어났다. 1963년 『도시와 개들』을 발표하며 주목받는 작가로 떠올랐고, 1966년 출간한 『녹색의 집』으로 로물로 가예고스상을 수상하며 세계적 명성을 얻었다. 2010년 노벨문학상을 수상했다. 주요 소설로 『나는 훌리아 아주머니와 결혼했다』 『새엄마 찬양』 『판탈레온과 특별봉사대』 등이 있다.

옮긴이 **송병선**

한국외국어대학교 스페인어과를 졸업하고, 콜롬비아의 카로 이 쿠에르보 연구소에서 석사학위를, 하베리아나 대학교에서 문학박사 학위를 취득했다. 하베리아나 대학교 전임교수를 역임했으며, 현재 울산대학교 스페인·중남미학과 교수로 재직중이다. 지은 책으로 『영화 속의 문학 읽기』 『보르헤스의 미로에 빠지기』 『〈붐 소설〉을 넘어서』 등이 있으며, 옮긴 책으로 『거미여인의 키스』 『콜레라 시대의 사랑』 『새엄마 찬양』 『판탈레온과 특별봉사대』 『마크롤 가비에로의 모험』 등이 있다.

세계문학전집 052
염소의 축제 2

양장본 초판 인쇄 2010년 10월 18일
양장본 초판 발행 2010년 10월 27일

지은이 마리오 바르가스 요사 | 옮긴이 송병선 | 펴낸이 강병선
책임편집 이은현 | 편집 오효순 오동규 | 독자모니터 김형철 양은희
디자인 이경란 송윤형 한충현 김민하 | 저작권 김미정 한문숙
마케팅 정민호 김도윤 장선아 박보람 | 온라인 마케팅 이상혁 한민아 정진아
제작 안정숙 서동관 김애진 | 제작처 한영문화사(인쇄) 우진제책(제본)

펴낸곳 (주)문학동네
출판등록 1993년 10월 22일 제406-2003-000045호
주소 413-756 경기도 파주시 교하읍 문발리 파주출판도시 513-8
전자우편 editor@munhak.com | 대표전화 031) 955-8888 | 팩스 031) 955-8855
문의전화 031) 955-3576(마케팅), 031) 955-2687(편집)
문학동네카페 http://cafe.naver.com/mhdn

ISBN 978-89-546-1318-7 04870
　　　978-89-546-1020-9 (세트)

www.munhak.com